U0602135

敬　启

　　周立民先生和陆其美先生主编的《深圳的阳光》，立意深远，选文内容丰富，时间跨度长。在编辑过程中，我们本着尊重历史、重视现实的原则，尽量保留选文原貌，同时按照现代出版规范进行了统一梳理，对部分选文做了说明或者删减。敬请作者见谅。

　　另外，我们已经联系到部分选文的作者，他们同意将作品列入《深圳的阳光》出版，但由于作者面广，仍有部分作者无法取得联系。请作者或其亲属看到本书后尽快与我们联系，以便奉寄样书和稿酬。

诚致谢意！

联系人：孙艳
电话：0755–83464876
Email：13510263958@139.com

深圳出版社

SUNSHINE IN
SHENZHEN

周立民 陆其美 ◎ 主编

深圳的阳光

深圳出版社

图书在版编目（CIP）数据

深圳的阳光 / 周立民, 陆其美主编. -- 深圳 : 深
圳出版社, 2024.8
ISBN 978-7-5507-4024-2

Ⅰ.①深… Ⅱ.①周… ②陆… Ⅲ.①散文集—中国
—当代 Ⅳ.①I267

中国国家版本馆CIP数据核字(2024)第091485号

深 圳 的 阳 光
SHENZHEN DE YANGGUANG

出 品 人　　聂雄前
责任编辑　　孙　艳
责任校对　　彭　佳
责任技编　　梁立新
封面设计　　吴圳龙
　　　　　　李尚斌

出版发行　　深圳出版社
地　　址　　深圳市彩田南路海天综合大厦（518033）
网　　址　　www.htph.com.cn
订购电话　　0755-83460239（邮购、团购）
设计制作　　深圳市花间鹿行文化传播有限公司　0755-33133493
印　　刷　　深圳市华信图文印务有限公司
开　　本　　787mm×1092mm　1/16
印　　张　　22.25
字　　数　　380千
版　　次　　2024年8月第1版
印　　次　　2024年8月第1次
定　　价　　89.00元

CONTENTS

目录

2

深圳之春

3

深圳散记

4

深圳记忆

5

深圳之爱

1

深圳春秋

深圳六千年

王　璧

　　提起深圳，很多人只认为它是一个从过去的小镇骤然间发展起来的"一夜城"。谈到文化，则会说，这里本是"文化沙漠"。其实，这都是对深圳历史不十分了解的结果。二十年来，深圳文化文物工作者经过大量艰辛的工作已经比较准确地认定了，深圳是一片有着六千年人类活动史和深厚的文化底蕴的沃土，是一颗在历史上熠熠生辉的明珠，是会使今天每一个深圳人感到骄傲和自豪的地方。

　　在深圳地区，现在已知的最早居民是生活在原始社会母系氏族社会的原始人群。这一时期的遗址目前已发现的有咸头岭、大梅沙区、大黄沙、小梅沙、下洞等五处。时间距今有六千年左右。原始社会晚期，居民迅速增加，几乎遍布今天深圳市的各个区、镇。仅二十年时间，我们已发现了赤湾、上洞、虎地山、沙头村、鹅公岭、冬瓜岭、向南村、西沥水库等四十余处遗址，文化遗存十分丰富，出土的石器工具、陶器用具残片真可谓车载斗量。其中不乏制作精美的陶器，这说明了我们的先人已经具有很高的审美观念和工艺制造技术。

　　这里特别值得一提的是，考古工作者曾三度发掘位于深圳地区东部的咸头岭遗址，它文化内涵较丰富而富有特色，已经被一些专家学者命名为"咸头岭文化"。它的文化遗物已经引起了学术界的广泛注意。

　　深圳进入青铜时代相对于中原地区要稍晚一些，一般专家学者已经认定为西周时期。广东地区也已进入了青铜时代，但深圳南山向南村遗址大量出土的文物遗存对比，为人们提供了深圳可能在较早于西周时期就进入青铜时代的论据。当然，这还有待于考古学者们的进一步探索和研究。

秦汉时期，随着国家的统一，设置郡县，深圳地区划进了华夏民族国家的版图。史书记载，秦代就已向岭南进行了三次较大规模的移民，这些移民散布在珠江三角洲大部分地区，和当地土著古越族居民相融合，从而创造了既有岭南特色，又有中原古风的地方文化。在汉代国力强盛的影响下，深圳地区经济得到了很大的发展，当时产盐业已十分发达。南头古城一带，居住人口密集，商业经济发达。在南头红花园汉墓出土的一块乘法口诀铭文砖，是目前国内仅见的最早表述九九口诀的铭文砖刻。它反映了当时深圳地区在科技文化方面已和中原地区毫无二致，当时属于世界发达地区。

唐代开始的较大规模的商业活动为深圳地区的经济发展又注入了新的活力，这从不断发现的宋代窖藏钱币的数量上可见一斑。仅1995年10月在宝安区松岗镇沙埔尾村发现的窖藏铜币就已达到数吨之多，实在惊人，因这一时期东莞、深圳、香港一带是岭南制盐业的中心，同时也是香料出口的主要地区。

元朝的建立，南宋朝廷南迁，最终导致宋王朝的覆灭。深圳地区又成了当时世人瞩目的地方。战败被俘的文天祥在过伶仃洋时曾写下了"人生自古谁无死，留取丹心照汗青"的千古绝唱。陆秀夫最后扶幼帝投海自尽，至今在南山还留有宋少帝陵，供人凭吊。

明代以来，海盗肆虐，广东沿海地区广建卫所，抵御外敌。至今保存完好的大鹏所城就始建于明初洪武年间。现已建成的大鹏古城博物馆陈列的大量照片如实讲述了古城逾五百年的风雨沧桑。

谁都知道，九龙海战是我国近代中华民族英雄儿女抵御外侮的发端，也是深圳人民值得骄傲的壮举。深圳人民在近百年间亲身经历了外国势力的入侵，是国土被分割那段最屈辱历史的见证人。竖立在"中英街"上的界碑，是深深烙在我们民族身上的耻辱，"中英街历史博物馆"对这段历史做了最好的注释。

又是在深圳的三洲田，这样一个山区小村落却成了中国革命先行者孙中山先生领导的民主革命的首发地。

从某种意义上讲，深圳可以说是中国近代史的一个缩影，许多重要的历史事件在这里发生，许多重要的历史人物曾在这个舞台上留下了世人永远铭记的形象。

中国共产党成立后，中国历史翻开了崭新的一页，广东是马克思主义在中国传播较早的地区。早在1924年广东农讲所的学员就来到宝安，发动群众，建立党组织。深圳在香港海员大罢工和党所领导的省港大罢工中起到了重要的作用，组织起来的工人纠察队在深圳陆路、水路日夜巡逻，执行封锁香港的任务。今仍尚存完好的"思月书院"，就是当年工运的活动站。

抗日战争中活跃在深港一带的东江纵队，多次重创日军，威名远震。坐落在东门老街的叶挺指挥部向人们讲述了那段可歌可泣的斗争史话。东纵战士为营救香港文化人所作的贡献至今仍在广为传颂。可以说深圳处处都有着当年斗士们战斗的史迹，他们的英雄业绩将彪炳青史。

新中国成立以后，尤其是改革开放以来，这个逐渐被人们遗忘的地方再次春风吹拂，充满生机。"春天的故事"奏响的雄壮乐章催人奋进，它标志着中国人民为振兴中华、强国富民又开始踏上了新的更加伟大的征程。改革开放的20年是永远值得我们大书特书的恢宏篇章。

深圳是块神奇的土地，深圳这片沃土哺育了我们的先人，他们用勤劳的双手早已把江山装点。我们后来人又在前人的基础上，神奇般地创造出更加值得骄傲的伟业。让我们尽情讴歌，唱响那改革开放的雄伟乐章，用我们的双手去拥抱更加壮美的明天。

历史就是这样在不断续写着。历史从来没有间断过，历史向人们昭示的绝不仅仅是一度的辉煌，让历史告诉未来的人们，在这块土地上将有无数奇迹诞生，今后还将创造出更多的奇迹，深圳历史将更加辉煌。

（选自《深圳文史》第3辑，海天出版社2001年3月版）

中英街界碑　新旧之"界"

李粹之

　　百年之前，英帝国侵占香港，在中国领土上划出了一道深刻的伤痕，伤痕之上，有界碑——它是内地与香港之界，也是新旧时代之界。

　　深圳的沙头角镇有这样一条特殊的街道，虽然长不过 250 米，最宽处也只有 5 米，但游客去到对面，却曾需要到公安局办理"通行证"才能入内。它就是著名的中英街。

　　这条街的一半，曾经是英国殖民时代香港新界的一部分，由此得名。在香港回归前的半个世纪里，中英街隶属于港督府的巡警，与新中国的执勤人员，时常会在街心分列的 8 块界碑处，四目相对，擦肩而过。

　　衣着风格迥异的两拨人马留下了不少经典照片，秋毫无犯却又显得十分怪异。这些景象，今早已不复，但中英街从旧到新的历史，全部映照在了界碑之上。

旧貌：1898 年，多事之秋

　　众所周知，英国是通过三份不平等条约而攫取了统治香港的权利，它们分别是 1842 年的《南京条约》（得香港岛）、1860 年的《北京条约》（得九龙）以及 1898 年的《展拓香港界址专条》（得新界）。

前两份条约分别是第一次及第二次鸦片战争中，英国得到的胜果，而《展拓香港界址专条》则完全是谈判桌上凭"口舌"达成的。清朝是如何失去这个新界的？说来非常巧合，其中缘由，与法国人在广东势力的扩大有关。

1897 年，一艘法国军舰"白瓦特号"意外发现广东湛江（即"广州湾"）港口得天独厚，遂报告法国政府，计划将此地变为所谓"法属印度支那"的一部分。次年 3 月，法国先向清朝要求允许其在南方建立"煤栈"，随即出兵向广州湾内推进。

消息传到英国人耳中，立刻引起了他们的警觉。与第二次鸦片战争时狼狈为奸的姿态不同，英法此时早已成为抢夺殖民地的对手。英国此前借着《北京条约》控制了清朝海关，但如若法国获得良港，必然挑战英国在清朝的权威。

而对于清朝来说，英法都是不能得罪的强敌。更何况此时甲午战争刚刚结束不久，清朝海军主力北洋舰队灰飞烟灭，手中实在没有能拿出来讨价还价的筹码。

无奈之下，清朝只好两头讨好。既答允法国租借广州湾的要求，又同意英国"维持均势"的策略。于是，清政府借口目前英国治下香港的面积太过狭小，难以防卫，开始着手与英国划定新边界。《展拓香港界址专条》记载："溯查多年以来，素悉香港一处非展拓界址不足以资保卫，今中英两国政府议定大略，按照粘附地图，展扩英界，作为新租之地。"

其实，早自洋务运动开展以来，在 19 世纪的最后三十年，清政府的外交策略便发生了不小转折 —— 寄希望于利用列强们惯于使用的条约体制，维护大清在东亚的旧册封体系里的领袖地位及国家安全。

清政府的这一心态，在 1879 年丁日昌条陈海防事宜时表现得淋漓尽致。当时日本对清朝的属国朝鲜虎视眈眈，丁日昌给出的建议就是，由大清牵线，让朝鲜与欧美列强尽数立约建交。如此一来，日本但凡敢起灭国之心，所有立约各国必然会因为跟自己有利益牵扯，而站出来阻挠，可以不战而屈人之兵。

而 1898 年，对于清朝来说，也确是实实在在的多事之秋。光绪皇帝主导的维新变法最终被慈禧太后扼杀，中央经受了一次不小的动荡。此时英法狼子野心欲壑难填……在英国人的胃口膨胀更大之前，用"谈判条约 + 扩大租界"来堵住他们的嘴，或许是清政府当时唯一能选择的道路。

《展拓香港界址专条》签订的次年，负责勘界的两国官吏来到了沙头角镇，竖立界碑。最先竖立起来的分界物，是六根高约一米、写着"大清国新安县界"几个字的木质界桩，1905 年，才替换成了如今我们见到的石质界碑，数目增加到二十块。

今天，中英街界碑遗留下来的还有 8 块，只不到原数的一半，其中一块位于桥底，已经陷入淤泥中，所以游客常见的只有 1 到 7 号界碑。它们之间相距 30 到 100 米不等，界碑的两面都有刻字，清朝领土的这面刻"光绪二十四年，中英地界第 X 号"，新界这面则是"ANGLO CHINESE BOUNDARY 1898 NO. X"。

这样看似奇幻的"一街两制"的划界方式在思之令人发笑的晚清，却是不值一提。就拿《展拓香港界址专条》的影响来说，除了中英街外，还形成了香港内"九龙城"这一特区。按条约中规定，九龙城堡垒依旧由大清派官驻守，但英国人随后又驱逐了清朝军兵，致使此处成了中国保留主权，却隔绝在英属香港范围内的"三不管"堡垒。

"套娃"式的领土，正是一个垂暮帝国留给后世的无奈与笑料。不过，九龙城如今已被拆毁，中英街的 7 块界碑，成了这段历史几乎唯一还在原址的纪念物。1941 年，日军占领香港后，曾将 3–7 号界碑挖出丢弃，直到七年之后它们才被寻回立于原址。

我们战胜了日本，却无力改变英国继续掌控新界的局面。

新颜：从废物到国保

从 1840 年鸦片战争开始的百年屈辱史，是中国人记忆中难以抹去的伤痕。其实，何止是中国，东亚诸国在这一时期内几乎集体沦为欧美列强的傀儡政府。因此，在取得独立之后如何处置被殖民时期的文物，在许多国家都成了进退两难之事。往正面看，知耻而后勇，留下以鞭策后人未为不可。可如果大张旗鼓地修缮及宣传，伤害国人感情也是必然。韩国在 1995 年将日治时代的象征 ——"朝鲜总督府"建筑全部拆除，正是这种矛盾心态走向极端的反映。

1997 年香港回归后，对中英街界碑的保护也一样陷入一种"模棱两可"的情况。

从上世纪初，中英街两岸已经建起了一批规模颇大的商铺，4 号碑至 5 号碑之间建起了两层骑楼，5 号碑的周围，则有"栋源泰"杂货店、"东和隆"米铺，7 号界碑一边也有"茂生堂"药店。1959 年，深圳历史上第一家外贸商店"沙头角综合商店"开业。如果按照国内对文保单位的保护原则，这些周遭的商铺其实都该被拆除，但这无疑是不可能的。

此外，就像中英两方的军警制服的差别一般，中英街界碑的两侧样貌，也是天差地别。英国人的百年经营，让深圳这一方的街道显得萧条凄凉。直到改革开放后，沙头角镇利用起了与香港一方仅一线之隔的优势，让资源越过界碑，在深圳构筑起了一座座新时代的店铺。

车水马龙，熙熙攘攘，中英街改头换面成了购物天堂。可福兮祸之所伏，界碑的命运却正与此相反，它们时不时就会遭到往来行人以及车辆的剐蹭，变得伤痕累累。

到本世纪初时，中英街1号界碑被垃圾包围，2号碑出现了30度角的倾斜，3号碑两侧都被摩擦出了深槽。各个界碑的个头也高低不平了起来……然而，界碑本就有四分之一是属于香港的。虽然早在1989年，广东省就将属于我方的界碑定为省级文保单位，但香港却始终未将中英街界碑列入"法定古迹"名单，这也就意味着对界碑的保护，难以全面得到两地官方的支持。

幸运的是，始终有一批学者与政府人员为这批特殊的"纪念物品"奔走。2003年，深圳与香港开始筹建营救代表团，对共同保护中英街界碑进行协商，终于令它们度过了那段最尴尬而艰难的岁月。

2019年，中英街界碑被列入第八批全国重点文保单位，正式升级成为了国家级文物。

其实，不论荣耀还是屈辱，既然曾发生在中国的土地上，那就是不能被忽视或遗忘的历史。从上而下，大家逐渐正视起中英街界碑也代表着拥有反思那一百年的勇气。

（选自《中华遗产》2020年第10期）

宝安县第一次党代会旧址探寻

遥 云

历史上的中共宝安县第一次党员代表大会早在 1928 年就召开了。会议旧址仍在，是清朝中期的建筑，在今日的阳光下透着一种古朴的风骨。

在宝安区松岗镇燕川村，我看到了当年"宝安县第一次党代会"旧址 —— 素白陈公祠。在祠前的老榕树下听村里几位资深老党员话说当年，甚是感慨。

他曾和先父同赴刑场

今年 76 岁的陈汉昌老人，他的父亲陈细珍就在这次秘密的党代会上被选为宝安县委候补委员。70 多年过去了，当年宝安县召开第一次党代会时才四岁的陈汉昌老人，如今在对历史的追忆中显得十分激动。

陈细珍于 1924 年入党。这年二儿子陈汉昌出生，满月那天，彭湃还专程赶来喝喜酒。父亲担任县委候补委员后，长时间离乡在外，家里的经济状况就明显下降，几个孩子必须过早地参与农事，才能维持一家简朴的生活。铁了心革命的父亲，在家庭的默默支持下，长期在广州、香港等地从事革命活动。

1946 年，父亲又回到村里，在务农的同时进行地下革命工作。

次年，村里有人向国民党地方武装告密，就在一个天气晴朗的夏日，五个着便装的国民党武装分子，向燕川村摸来。他们找到了正在河边摸鱼的陈汉昌，佯装熟人般与他打招呼。警惕的陈汉昌说，他不认识他们。可这几个人却有根有据地说他们是共产党的游击队，使陈汉昌不得不信。

他将这几个"游击队员"带回家，谁知当父亲陈细珍出现在他们面前时，这几个人竟立即拔出暗藏的左轮手枪，将他和父亲抓了起来。他和父亲被关在虎门。这期间，他们不时被拷打，被追问："为什么要加入共产党？"陈细珍的回答只有一个："为抗日！"

两个月后，他和父亲被押回松岗。一周后的一个夜晚，他们父子俩和另一名共产党人被偷偷地押到一个山头上，此时，父子俩明白国民党要对他们下毒手了，父亲说："别怕！"儿子说："不怕！"当有人提出要换个山头时，父亲陈细珍则大声说："不用，就在这里行了！"

黑夜里枪声骤起，格外刺耳。陈细珍和另一名共产党人就这样被国民党杀害了，陈细珍的儿子陈汉昌则又被押回牢房。一个月后，家人用几十担稻谷才将他赎出。这年他23岁。遗憾的是，他已记不起父亲被枪杀时的准确年龄。之后党组织曾派当时的地下宝安县委民政科的同志来看望过他们一家，这位同志一到他家就流泪。以后他们家也多次与当时的地下党组织有过联系。

如今的日子可告慰先烈

往事如烟，如今可以告慰先烈的是，村里的经济日益发展，现今的燕川村常住人口约1200人，总面积7.2平方公里，村里有独资、三资、内联企业70多家，随着经济收入的快速增长，村民的日子一天比一天富裕。就说陈汉昌一家，50岁的大女儿和46岁的二女儿都随丈夫在香港定居，40岁的大儿子是恒兆工业区经理，小儿子36岁，在一家企业当厂长。陈汉昌的重孙女都已3岁。陈汉昌73岁的妹妹还健在，她一家住在另一个镇里，生活十分美满。

在聊家常中，村里资深老党员陈柱波、陈成安说着说着还兴致勃勃地唱起了四五十年代十分流行的革命歌曲，《当兵好》《社会主义好》等等。两位陈老骄傲地说，自从燕川村召开了宝安第一次党代会后，这里就成了党组织的活动基地。抗战时，曾生领导的东江纵队也经常在这里开展活动。这里的山脉一直通到珠江口。那年头入党尽管各种条件有限，但庄严的入党仪式至今想来还是历历在目。1956年入党的陈柱波清楚地记得，当时的入党仪式是在松岗码头一座旧庙中举行的，几个村同时入党的 5 人向党旗庄严举手宣誓，公社下来蹲点的干部是入党介绍人。公社干部看中陈柱波是因为他无论种田还是修水利都踏踏实实做，是劳动能手。

"我们这些人都是党叫干啥就干啥的，真的是这样!"朴实的陈成安老人这样告诉我。他这一辈子当过生产队长，也先后到砖厂、奶牛场、肥料场等处干过，兢兢业业一辈子，现在老了，还和村里几个老党员一起义务为老年活动中心服务。

陈汉昌老人补充说，以前的党员带头革命、带头干活、带头吃苦，这些优良传统都需要年轻人继承发扬，特别是对那些只讲享受的年轻人。他说他对党代会旧址有特殊的感情，经常走去看看；他的两个儿子都是党员，他还鼓励大外孙写入党申请。村里的几个老党员都爱跟后生们唠叨："没有共产党就没有新中国。"

说着说着，陈成安还拿出保存完好的 80 年代的松岗镇党代会当选证书给记者"见识见识"，虔诚之心显露于表。

共识使旧址复原

望着修缮后的素白陈公祠，我便想到那几位人大代表和一位多年从事文物工作的老同志。正因为这些人大代表的议案和这位文物工作者的责任心，有关方面意识到它在深圳现代革命史上的重要地位，并很快作出了反应。

这是 1996 年的 10 月，从事近三十年文物工作的市文管办副主任周英女士来到宝安，这是她调来深圳后第一次到宝安调研。在看了几处文物保护单位后，周英向陪同的区文化局人员提出要看些有保存价值的文物的想法。此时区文化局的老王就带她去看素白陈公祠。当她看了这座清朝建筑后，就以职业的敏感意识到，无论从建筑本身来说，还是从地方史、革命史等方面来考虑，素白陈公祠都有重要的保存价值。她将自己的想法告诉了区文化局，区文化局的领导完全赞同她的看法，并告诉她已有区及市人大代表向政府交了有关议案。

此后，周英又多次向市委宣传部、市文管办有关领导提到此事。文物工作者和人大代表的提议，引起了市领导的重视，其间，市委、市政府主要领导先后到燕川村看访宝安县第一次党代会旧址 —— 素白陈公祠。区政府同时进行了积极有效的"抢救"工作，将旧址中的村卫生所、幼儿园搬迁出来。

1998 年 10 月，市有关部门正式下发全面维修素白陈公祠党代会旧址的决定，接着，市委宣传部拨了 100 万元的专款，1999 年 3 月完成工程设计图。而当时，这座清代岭南传统建筑，彩绘已全部剥落，两旁廊柱倒塌，石料构件风化，屋顶到处漏水，门楼已改变模样，上面写着"卫生所"几个字。

1999年10月，维修工程结束，宝安县第一次党代会旧址以崭新的面貌呈现在众人面前。"旧址"有3间，两进深，二侧廊，中庭院；为了减少湿度与紫外线对展品的损害程度，维修后的"旧址"增加了玻璃穹顶，这使"旧址"带有了一点现代气息。

据有关人士透露，"旧址"将辟为"宝安县一大会址纪念馆"，并将正式对外开放。

另外，与该旧址有相关联系的陈氏宗祠——东宝行政督导处旧址，也已纳入维修计划。燕川村的陈氏宗祠是一座三进式四排房院落，原祠名为明朝理学家陈献章所书，1896年重建，全部用青砖砌成。该祠坐北朝南，宽22米，进深42米。1944年7月，为巩固革命根据地，建立革命政权，路西解放区抗日民主政府——东宝行政督导处在陈氏宗祠宣布成立，谭天度为主任，何鼎华、王仁钊为副主任，下设政治、民政、司法、宣教、税务、财政等6个科和武装部、政工队、新大众报社、警卫连等。督导处下辖9个行政区并成立了区政府，直到1946年6月，东江纵队北撤时才停止活动。该祠至今保存较好。它将和宝安县第一次党代会会址一起，作为一个历史的见证，为后人讲述当年的革命故事。

（选自《深圳文史》第3辑，海天出版社2001年3月版）

为了共和国的诞生而战斗

陈　方

　　我出生于广东宝安（今深圳市）坑梓盘古石村一个亦农亦工的家庭。母亲和祖父、祖母务农为业，维持家庭生活。父亲为香港海员工人，是西餐厨师，其有限的工资收入，除去个人生活费用外，对家庭生活和孩子教育有一定经费支持。我五岁开始入学读书。对我的童年和少年影响颇大的有两件事：一是 1938 年 10 月侵华日军在大亚湾登陆，国民党军一触即溃，家乡及华南沿海大片国土沦于敌手，日本侵略军肆虐我国同胞，我村农民黄汉等被枪杀，妇女曾某等被强奸，我家的一头大水牛、一头大母猪被抢去。1941 年冬日军占领香港，不久我父亲就逃难回乡，与家人一起种田谋生。1943 年大旱灾，农业失收，兵灾加天灾，遭遇大饥荒，生活极为困苦。二是 1938 年冬曾生同志领导的惠（阳）宝（安）人民抗日游击总队在淡水成立，与王作尧领导的东莞模范壮丁队一道，共同抗日。1943 年 12 月 2 日成立了广东人民抗日游击队东江纵队。曾生、王作尧等东纵同志经常活动在我们家乡，宣传群众，武装民兵。当时在我村学校执教的教师黄秉文（地下党员）等常向我们讲授"国家兴亡，匹夫有责，中国必胜日本必败"的道理。这段经历，使我初步懂得：中国共产党领导的东江纵队是真正抗日的人民武装队伍，这支队伍和人民一道抗击了日本侵略军，解救我们家乡同胞。我时年尚小，不足参加东纵，但内心对东纵非常敬佩。

1945年8月，日本向中国无条件投降，坚持8年的全面抗日战争终于以我国胜利、日本失败而结束。我父亲面临何去何从的选择。他早年受过乡村书塾教育，思想进步，勤劳敬业，乐于助人。他在家乡逢年过节，都帮乡亲书写对联，料理公众事务。他教诲我要"多读点书将来做一个有文化的高尚的人，能做教书先生更好"。这时，他决定重回香港海员工会，再操当年熟悉的西餐厨师那份工作，并把我带去香港读书，这样既可以减轻家里和母亲负担，又可以实现他让我"多读点书"的愿望。我母亲仍留在家乡耕田持家，还有一个胞弟随母亲在家乡读书。我跟随父亲在香港，先后居住在九龙旺角长沙湾道255号2楼我父亲的香港海员工会联合公司处，和九龙城龙冈道7号1楼我的堂姐家里，接触的都是进步海员工人和亲戚朋友，对我都有较好影响和支持。我在香港期间先后就读过九龙建华小学、香岛中学、旺角英语学校，对我增长文化知识、思想政治进步、认识社会发展、做人处世为友，都有较好的促进。

　　我居香港期间，国内政治形势发生了新的变化和发展。国民党发动的内战很快爆发。1946年6月29日，为了执行"双十协定"，东江纵队北撤山东解放区。我在国内革命形势的影响和推动下，特别是香港地下党员同志的直接教育和引导下，为了追求革命、追求真理、追求前途、追求新中国的诞生，1948年毅然放弃在香港读书、生活的机会回到家乡求学，参加革命工作。成行前，我说服了父亲，辞去了为我报了名的香港南华汽车专科学校的学位。他鼓励我回去要努力读书，自觉帮助家里生产劳动。有一年他回乡过春节，特地写了一副对联，文曰：大地资产望蒋至，王朝末日还不知。要我贴在大王爷庙的大门，我照办了，村民看了都翘指赞好。

　　指导和鼓励我选择回乡求学，参加革命工作的是地下党员黄香同志等。黄香是东纵时期的地下党员，抗战时在我家乡从事革命活动。记得在1945年春夏间，黄香在一次执行任务中，在坑梓乡老坑村红围街狭路上与两个日军相遇。日军把他唤到一间小店里盘查，从他身上搜出有抗日宣传品，立即紧张起来。但日本人对中文似懂非懂，一个日军端起步枪，上起刺刀严加看守，另一个日军在埋头查看宣传材料。在此危急时刻，黄香沉着不惧，机智勇敢，神速地飞脚踢倒持枪的日军，同时出手重拳把查看宣传材料的日军打倒在地，即拔脚向小店后面的树山跑去，在一棵碗口大的龙眼树背面稍作掩蔽，日军开了两枪，打中树干，未伤及人。之后，黄香爬越一堵2米多高的屋墙，在高墙和密树的掩蔽下奔向山上，安全脱险。日军望尘兴叹，调头回营，受到其上司斥骂：你们两个日本皇军，逮不住一个八路的，笨蛋、无能！这个真实故事，乡间广为流传，我更记忆尤深。抗日战争胜利后，东江纵队北撤山东，黄香留在地方工作。他在香港期间，常常与我叙谈国事。他讲述共产党领导的中国革命形势和必胜前途，新中国曙光就在前头；中国青年在中国革命中的责任，任重道远而光荣；进步青年应投身革命，报效祖国，争取远大光明前途。他鼓励我尽早回乡一边读书，一边参加革命工作，以后会有人和我联络的。

我回到家乡，先后就读于惠侨中学、光祖中学。春节过后不久，惠东宝人民护乡团（后改编为人民解放军江南支队）政治部杨钧（主任）、救荒队戴光（教导员）、梁丹、邱胜等，以及黄香、黄兆基、黄旭等地下党员同志，常到我村活动，有时住在我村（有的同志住在我家）；有时几个人、十几人，有时几十人，经常来来往往，部队纪律严明，群众关系密切。黄香同志把我介绍给他们认识后，就经常联系来往，研究开展工作。粤赣湘边区恢复武装斗争以来，取得了很大的胜利，粉碎了宋子文主粤后发动的第一期和第二期的"清剿"，发展壮大了自己的武装队伍；江南支队先后胜利地组织了攻击沙鱼涌守敌之战、山子下伏击战、红花岭战斗，沉重地打击了敌人。斗争的胜利形势，对我执行地下党员和部队布置的工作任务，有很大的鼓舞。当时我的主要任务有两方面：一是秘密任务，负责向坪山田心荫本学校的地下党员叶锡桥、赖光同志和龙岗同乐一鸣学校地下党员黄光同志送情报信件，这两条专线我一人负责，单线联系，不分日夜、晴雨，有件必送，按时送到，从无延误，计约完成任务上百件；二是公开任务，以学生身份，佩戴起校章，与村中几个地下党员、学校的进步同学配合，宣传革命形势争取群众，开展减租减息，调整耕地，救荒济贫。经过几个月的工作，任务完成很好，群众发动起来了，农会、妇女会、青年会、学生会等群众组织和夜校成立了；发展了生产，改善了群众生活。地下党组织和部队领导同志，对我的工作表现和成绩很满意，对我的成长进步也很关心。黄香、戴光同志常到我家与我谈话，给我讲社会发展由低级向高级，社会主义、共产主义一定要实现的道理；讲共产党的性质、目标、宗旨、党员条件等，给了我《中国共产党章程》《党员须知》《社会发展简史》等书，要我好好阅读，启发鼓励我入党。我读完后，感受新鲜，收益很大。过了一段，他们又问我学习心得怎样。我说中国共产党是中国工人阶级政党，是领导中国革命的政党，是为实现社会主义、共产主义伟大目标而奋斗的政党，能够做一个共产党员是光荣的，我有决心接受党的考验。在党组织培养帮助下，我填写了入党志愿书，黄香、戴光同志作为介绍人，报上级批准。在暑假期间一个晴朗日子里，当我在禾坪晒谷的时候，地下党员同志通知我到本村学校，举行入党宣誓仪式。同时宣誓入党的还有两人。入党后编入地下党支部过组织生活，共有党员8人，黄仕强为支部书记，公开身份是农会会长。我入党后，工作更积极，任务也更重，要求也更高，革命斗争更为广泛，更加复杂了。

回顾过去有几件事对我教育很大。四五月间，一个伪甲长对我们兴办的夜校不满，砸坏了夜校的书桌台凳。经调查核实后，我们即组织积极青年和学生群众把他找出来评理斗争，在证据和群众面前，那个伪甲长只好低头认错，赔偿损失，保证改过。这个斗争我们胜利了，夜校得以继续开办。六七月，我送情报信件到坪山田心荫本学校，回家途经竹坑村，过了河上岸时，与国民党军队相遇。我机警地利用地形地物掩蔽，转入一户农民家里作掩护。刚好他们修建房屋，我即扮成做工的，避开敌军，安全归来。九十月间，国民党153师部队从宝安到惠州，经过松子坑村时，地下党支部书记、农会会长黄仕强因情报失误，与国民党军队相遇，被抓起来，押到惠州。我和另两名地下党员获悉后，一方面第一时间向地下党组织负责人黄香、黄旭、黄兆基等同志报告，一方面与支部党员、农会会员商议组织营救。由支部组织领导，由农会群众出面，并利用一名较为进步的国民党乡长出面，找国民党153师师长黄志洪的父亲去做黄的工作（黄志洪是坑梓农田村人），说黄仕强是个好人，要他念于乡亲关系和他家庭利益，尽早放人。结果对外以罚10担谷为条件放回黄仕强，地下党员和进步群众自觉捐赠，保释了黄仕强。

1949年（己丑年）春节前夕，地下党组织负责人黄旭、黄兆基到我家来拜年并向我打招呼：全国解放战争形势发展很快，为了迎接全国解放、建立新中国和建立新中国后的建设，需要大批干部，上级党组织决定春节后调你到边纵2团工作，希望你做好准备，到时会派人来带你去报到。我说服了母亲和家人，并托人告知在香港的父亲。过了元宵以后，我持地下党组织的介绍信到坪山竹园村2团团部报到，接受任务。当时全国解放战争形势很好，我在这个重要时刻参加边纵部队工作，内心感到喜悦和光荣。在团部经过几天训练学习、组编队伍、部署任务和配发装备后，即开赴惠阳潼湖开展新区工作。我们队伍的代号叫"北进"，有二三十人，与代号叫"欣乐"的武工队七八十人一起活动。队长兼指导员叶振光。队里成立党支

深圳市光祖中学（越众拍摄）

部，叶振光任支部书记，组织委员是叶纪华，我任宣传委员。

我投笔从戎之日，正是人民解放军粤赣湘边纵队正式成立之时。我们以欣乐乡为基地，驰骋于潼湖、东莞之间，转于惠（州）樟（木头）公路南北，打击敌人，发动群众，发展党团基层组织，建立人民政权，组织迎军支前。三四月间，获悉情报：国民党宝安县县长陈仕英被当局提升为粤北"绥靖"司令，日内从惠州经惠樟公路赴任。2团部分主力在潼湖部队配合下，在陈江至梧村间路段伏击，一举生俘陈仕英及其护卫人员，有力打击和威胁了惠州之敌。四五月间，为打击惠樟路段国民党反动派的气焰，我"北进"队和"欣乐"武工队决定打掉国民党谢岗村自卫中队。经过侦察和研究，决定化装成农民，傍晚收工时发动袭击。战斗结果缴获花机一挺、驳壳枪两支，步枪十余支、子弹几百发，打击了敌人，武装了自己，鼓舞了群众，扩大了游击区。

夏秋之间，解放大军已南渡长江，向湖南、江西挺进，迫近广东。一天晚上，我与林子谦同志出发到麻岭村做群众工作。路上忽然发现一群黑影从樟木头方向蜿蜒而来。老林是东纵老战士，富有经验，他机警地把我按低，两人伏在一棵树干旁，并找好掩体，立即把手枪上膛，我也把手枪子弹推进了枪膛。看清对方是国民党军队后，他放大嗓门大声喊道：站住，不准动，我们是中国人民解放军，缴枪不杀，宽待俘虏。对方停下脚步，答话：我们就是来找解放军的，你们真的是解放军吗？我们答：是，要找解放军就派两个代表过来谈。对方来了两个人，我们对他们说：要找解放军我们带你们去，我们大队就在小山上，解放军的政策是宽待俘虏，奖励投诚起义有功的。但你们必须把枪支捆起来用人挑着走。他们答应了。于是，我们在麻岭找了两个民兵挑着枪支，踏着月夜山路，把他们带回我部队驻地欣乐乡石鼓村，并煮了一锅鸭粥给这十二个饿了几天的国民党兵吃。这次缴获的有加拿大轻机枪1挺，三八步枪10支，子弹500发。向团部报告后，受到了表扬。

五六月间，我参加了团部举办的青干班学习。参加学习的有三十多人，是从各连队抽调来的政治干部。学习内容是中央关于建立新民主主义青年团的决定和有关文件，培养建团专职干部。由边纵东江第一支队副政委祁烽主持，黄章、陈炳绍等同志为授课老师。学习期间学员编成连队，过军事生活。由于处在战争环境，学习、生活是流动性的。经过一个多月学习，我作为青年团的专职干部仍派回原部队工作，和其他同志一起，开展建立党团基层组织工作。经过一段努力，首先在欣乐乡发展了一批党团员，建立了党、团支部，先后建立了妇女会、农会和乡政府，罗锦全（新发展的党员）任农会会长和乡长。并通过党团基层组织，筹备了一批粮食，支援前线，迎接解放军入粤，解放广东。

广东全境解放后，我们部队就地参加清匪反霸、镇压反革命、土地改革的斗争。有一场剿匪斗争不可忘怀。土匪头子邱东海（当地人），为了组织"反共救国地下军"，破坏土地改革，由国民党派遣从香港潜回。我民兵发现后即向我们报告，我与区武装部叶参谋带领民兵两百多人，四面包围了山村，封锁了道路，组织小分队地毯式地搜山清路，但未发现敌人。一直到第二天下午三点多钟，民兵队长黄镜清发现在一处不引人注意的浪基草丛中有人，他向我报告后即向敌人扑过去。一声枪响，黄即卧倒，我和叶参谋接着冲下去，看见邱东海已自杀倒在血泊里。接着连续破获了国民党"反共救国地下军"，缴获了一批武器，镇压了一批武装反革命分子。这次剿匪任务胜利完成了，为开展土地改革扫除了障碍。

土改结束后，我就地转业到地方搞青年和教育工作。组织上还先后送我到华南团校、中南团校、广东教育学院、华南师范学院、广东省委党校等学习、深造。在欢庆中华人民共和国成立 50 周年之际，回眸为共和国诞生而战斗的岁月，我不由心潮澎湃，思绪万千：我的每一点成绩都是党领导取得的，每一个进步都是党教育培养的结果。这种心情，正如我在《华诞寄乡思》一诗中所写的那样：

己丑年间入伍征，离乡屈指已何年？

欢逢建国五十载，正是有缘岁月龄。

梓里斯人牵梦萦，居城念故望振兴。

欣闻特市安社稷，喜览神州逾舜天。

（选自《深圳文史》第 2 辑，海天出版社 2000 年 2 月版）

从香港到宝安

萧　乾

一　我控诉

　　我不曾带伤，又回到香港来了。我是归自一个距香港仅三小时水程，但竟至真相不明的地方——宝安县。我看到了传闻"泊X舰十七艘"的大铲洋面。整个下午，我骑着单车走遍据说"已有敌人登陆"的南头。我没遇到敌人。

　　在宝安，这亲昵绵和的祖国土地上，农民们还在田塍上镇定地劳作着，渔民依然在晴蓝的天空下，向赤湾的闪亮海面撒着网，所有山冈的绿叶下，都踞伏着我们的军队，机关枪口直冲着敌人可能登陆的沙滩，白天蛰伏，夜间不停歇地调动。全县壮丁，全副武装的共几千人，编成三大队。逐日打靶，随时准备为保乡土而战。连我们的海关关员都还遥望着敌舰，继续执行他们的职务。在前海，大铲与伶仃岛间的海面上，泊有四条船，但只有一条是敌舰，与守卫在中央水界上的英舰一艘，紧紧对峙。另外三艘，一条是葡萄牙拖船，拖了两条煤炭船赴省，中途为敌舰劫留。据驻扎赤湾沿海的陈宁安营附郑重告记者，自去冬十一月三日，该国接防以来，大小铲之间的洋面从不曾泊过两艘以上的敌舰。

　　香港的报纸是当天可到宝安的。我不能隐瞒该县军民看到这里的种种无稽谣诼，如何惊愤交集。为什么敏感的香港对它的紧邻竟如此隔膜? 为什么不能镇静下来，把注意转向那些抛下家园，如洪流般流亡的难民? 为什么侨胞们不趁交通未断，报国有路的时候，在救护工作上快帮他们点忙？

如今，宝安县立平民医院已取消了。一个战地救护队已成立。本来兼医生的院长是安徽人，不谙粤语，现下团长是严若霞女士，宝安县立小学的校长，一个自告奋勇的"外行"。昨天他们已出发大涌了。在这位广东南丁葛尔①的组织下，只有十个义勇团员，且都是仅仅受过短期救护训练的男女青年。他们统共每月经费（原来平民医院的）是一百五十"毫"洋。药是由香港买，合成港币才五十多元，请问，那够一位阔少的半宵挥霍吗？在湾下我与百多难民蹲在一张船篷上，我听到他们的抽咽，我看到流亡的凄惨。港当局虽在锦田设了难民营，莫非身为同胞的我们不能也伸一把手吗？

我伫立在这中英水界边线的赤湾沙滩上。向右看，是阴毒诡计的敌舰，右首，山岭的那里，正是奢侈健忘的香港。我烦躁地想责问广阔无际的天：世界为什么安排得如此古怪，如此不公？人与人之间的情感为什么如此隔绝？仅仅相隔一水，这边是英勇，壮烈，与贫匮；那边是酩酊，拥抱，钱如水般流——

二 "安全水"上

天刚亮，我是趁香港还酣睡着的时候，悄悄走上开往宝安的小火轮。平素拥挤不堪的甲板上，这时候疏疏朗朗地没有几个搭客。谁愿意离开一个歌舞升平的港口到一个"危险地带"去呢？深秋的清晨，虽说在南国，也颇凉沁的。

七点钟，汽笛沉痛地长啸一声，（熟睡的香港也许微翻个身，但它不会醒来）船很寂寞的启碇了，山顶的华厦，中环的繁荣，如扇面般滑过我们的视野。船向着九龙的腋窝航进。天空蓝得没有空隙，如若不是浮起一层晨雾，海面平坦得几乎透明了。在急水门那"小巫峡"，我们遇到水警轮巡逻返港。航出激流，青山呈现，秀丽如一幅画屏。山麓下，卧着富人浴棚别墅。但在海天衔接处，隐在上下磨刀岛后面的一片远山，正是英勇的唐家湾。一只雪白快艇由我们船边驶过，用望远镜一望，原来有一条英国巡洋舰横在中英水界的边缘上。我们是漂在"安全水"上呵！

我走进了驾驶间，一声不响地坐在那舵手身旁——后来才知道他就是船长。

---

① 现译为南丁格尔。

这是一只小火轮，一切来得分外亲切和蔼。船长不戴金边帽，他的制服是一身油绸裤褂，一手搔着脚趾，一手掌那性命攸关的方向舵，好老练的一个舵手。

慢慢地，我们谈话了。他狠狠啐了口唾沫，指了那快艇的背影唠叨着："一点钟三十七里哪！我们海关新买的几条，同这一样，就全给东洋人抢去了。还追进英国水来呢！"他又指给我看，青山背后是省港走私的要口，上省带白糖大米，下来偷运钨沙。海关屡遭敌侵扰，已不能在水上巡逻，这些人更为所欲为了。说有一个走私商，倾其所有买了一批钨，半夜乘蛇艇偷渡，想弄到香港卖，中途却为敌水兵劫去。"报应哪！"他又啐了一口。

转过大澳，伶仃岛哭丧着脸，如一弃儿般卧在我们眼前了。它是敌人在华南最初的掠夺物。在嶙峨的岛上，不知那魔手究竟藏匿着怎样的诡计，威胁——破坏东南亚洲的安宁。

我们擦过铜鼓，很狡黠地沿了中英水界，向深湾（Deep Bay）航来。这时太阳已升到半天，龟裂的峦岩上，凹处已散铺起黑影，如蟹，如蝙蝠。绿的海，远处为蓝色梭起，如嵌了边。倏忽抖擞着银光如钻饰。四下有守分的渔船，张了灰、白、棕和米红色的帆，在"安全水"上张网。

但在这美丽的秋天海上，已浮动了一股血腥气息！距英舰不远处，一只闯入的敌舰已在南头前面停泊了。是威胁，也是这桌大自然的美筵上一只丑恶肮脏的苍蝇。

三　彷徨的流民

船转入深湾，所有欣赏海景的心情全淹没了。我看到了久违的祖国土地，炸毁了的桥梁和码头。湾下乡——我们小火轮抛锚的地方，是一个渔村，靠岸麇集了近二十只大大小小的难民船。遥遥看到我们，便像见了白衣观音一般，橹桨齐向小火轮摇来。我立在船栏，望着颠簸在海中的他们，不禁忆起了四年前鲁省的大水灾，这回祸魁是日本，一股泛滥了东亚的洪水。

住在沙龙里的人们，你们摹想得出那凄惨的景象吗？船是破而小的，上面每一空间都塞满了残旧的网篮，红色的被包，透天的雨遮，甚而咭咭喳喳的小鸡笼。还有它们的主人，满脸愁苦的难民，由西乡由固安逃来的，有些自家有船，你还可看到背了婴儿的少妇，青布包头，立在船前使桨，（丈夫儿子全留守保乡）秃顶的老婆婆掌舵，海风吹着她那几根稀白头发。一个小波浪她得咧一下那没了牙齿的嘴。吃奶的婴儿没结没完地哭，像是也懂得了恋眷家乡。稍大些的孩子紧绷了菜色的小脸蛋，呆呆地望着一切遭际。小小胸腔里在接受着一份真实人生教育。离家时也许很凉，但也许还是为了"舍不得"，孩子大人都穿上厚厚的冬衣，有一条红毛绳围脖的，定也披了出来，衬着花格衫，那颜色使人看了想到一个农家的节日。然而这是怎样一个节日呵！

那条三桅满帆的大船，首先贴近了。愈大的船，载的愁苦也愈多。首先为我注意到的是一个近七十的老先生，宽边草帽下是一张癯瘦的脸，他抽着水烟，透过深厚的近视镜，很讽刺地望着一切。在乡下这无疑是位文雅人。在他身边的大约是个小孙孙，还傻傻地啃着一段早熟的甘蔗哩。

然而并不都那么安闲呵！贴近的船溅起一片水沫，溅湿了船头的几个。这边"白衣观音"上的水手嚷了："回去吧！香港不准上岸！"帆船上的妇人们就不依不饶地嚷，叫，张了手臂，无助地哀求。"上吧，到锦田就给扣下了！"这时一个才由香港归来的搭客就插嘴喊："锦田去不得，一去就再出不来。"

于是，这唯一的生路又堵住了。谁能想象那种徘徊凄楚的表情呢！

这时，有性子急躁的，夹了席篓扁担，就硬迈上了船。随着又拥上了一堆。老太婆的缠足迈不过来，扯了小媳妇的衣角骂。孩子哭喊，连篓里的小鸡也咭咭叫起，像是也不甘心这命运的彷徨。

天是晴朗的。深湾三面环山，远树间散布着秋的声息。衬着这美丽的画面，却是这样一幅丢家弃业、凄惨的流民图。

四 由蛇口到宝安

我们乘舢板又折向蛇口。

远远便看到了"岩口建筑公司"的横匾。棚道下面，便是那堆折腰断背的钢骨水泥，毁灭的惨象下，闪露着抵御的坚定。

蛇口是内地与香港间往来的一个重要咽喉。水是"英国的"，陆地是中国的。除了运输外，公路西通太平虎门（太宝路），东直达乌石岩惠阳，滨海方向，有南山作天然屏障，沿海走出数里，都是松软浅平的沙滩，常时可以泅水垂钓，战时沙滩有拒敌舰之功效。据一位对粤海极熟稔的航海家告记者，由此上溯，两岸都是浅而多螺岸，航海家望之最皱眉的 Oyster Bank。不但军舰无从驶近，连小火轮也不用打算贴靠。唯一水深的地方是赤湾，所以敌舰总在那一带洋面窥伺。所幸那里我们已布置重兵了。

到蛇口，先见到驻守该地的李瑞符排长。他很生气地指给我看，"樟木头哪会退？你自己看，赤湾登陆的敌人在哪里？"然后，他告我日机总是下午三点左右飞来，除了十六日在宝安属西乡丢了三弹，并无损失外，敌机的活动始终不出侦查。

但当我们坐在静穆怡人的绿荫下，吃着"野餐"时，西北角的天空传来轰轰的马达声。我赶忙放下干粮，走到树荫外瞭望。是一个小坏家伙，但飞得高而鬼祟，故意迎取阳光之向，无从辨出那标志。我们只好又坐下来果腹。朋友还关起他那只心爱的手提留声机，唱起《义勇军进行曲》。即刻，这歌声在山谷、高岗，都听到雄壮的反响。我们知道左近每一方尺的国土都有哨兵在把守着。我们就更洪声地唱了起来，用这个回答那天空的隆响。

据当地人谈，炸码头是十六日的事，早七点，刚好有一大批难民由内地逃到蛇口，想搭小火轮去港暂避，其中还有虎门要塞司令的家眷，海关为维持码头秩序，就指定他们在木棚一边等候。十一点光景，正当港轮拐过湾角要靠岸时，突然几个工兵抱了六匣火药，慌张地嚷着"命令到了，要炸码头！"那些才由炮火下逃出的惊弓之鸟怎样吓怕是容易想象出来的。登时他们抛下箱笼什物，妇孺哭喊大作，就向四下奔命。不上数分钟，轰然一声，地面的建筑物飞向天空，万物颤抖了一下，又重归寂静。虽然码头和桥炸后，眼前遭受不便的是我们自己的军民，（我今天就为肩单车过桥，费去不少汗水和时间）因记者不谙军事，不便评论交通线轰炸的迟早。总之，既非敌人临阵，这事原可做得更镇定些的。下午两点前，所有宝安境内的公路桥梁全炸完了，随着每一巨响，跃起一缕乌烟。据报关行说，这家公司损失不下十万元。但只要挡得住敌人，这数目在那庞大数目的总和中，可算得什么呢？留着一道结算吧。

蛇口的海滨红蜻蜓多，屋里蚊蝇更多。

饭后我们各乘一架脚踏车，由蛇口向宝安城进发。这一路，是凄凉而美丽。南山脚下，沿了海滨都是防御工事，蜿蜒有如长城。我们在祖国的田土上骑车了，滑在地上的影子分外亲切。路旁，三代显考的墓碣上，长着多刺的番娄斗，杂生着无名的羊齿科野草。两旁栽的尽是暗绿浑厚的荔枝林。甘蔗的叶尖刷刷作响，令人眷念华北平原上的大豆高粱。朱砂色的土地上，蹒跚着笨大的水牯，垂了粗壮脖颈，似有所思，又似有所寻。猛然长鸣一声，又似有所呼喊。娇小燕子伏在电线上怔忡张望。这和平的小禽方归自寒冷的北国，如今，难道华南的巢窝又得遭受魔手摧残？

路上很少行人，许多崇巍的宅园如"荔香园"都倒上了锁。偶尔遇到一个背草的老妪，或一个推独轮车的壮汉，尖锐的轴声很寂寞地在空中荡动扯转着，一种凄凉之感油然浮起。

这时，天空又有飞机隆隆飞来。虽然仍飞得很高，但因太阳光芒已弱，我们辨出那可厌恶的国徽了。时间是太有限了，我们没心去躲它，车轮继续在朱砂色的道上滑进。

我们"渡"了几座炸毁了的桥。有的可以绕小道，有的非要从那仰脚朝天的残肢下钻不可，在一座破桥上，我看到一个苍老农夫坐在残石的一端，似在打盹，又似在对那破桥出神。看到我们肩车过河的困难，兀自叹了口气："炸吧，炸得还不够碎。鬼子休想进我们的门槛。"

陈屋虽只是一个村子，那崇巍古老如堡垒的建筑，那市廛的熙攘嚣尘，却说明了它的富裕而有根基。大新街仅是宝安的城厢，然繁华远胜湘黔一个府县。所有这些，都是多少代祖先的血汗，和海外华侨奇凌重辱下经营所获的结果。宝安，正如岭南岭东各县，是太美，太富，太古老了。为了对得起祖宗，我们也不能容敌人染指！

五 太平的宝安

在宝安城门外，遇到了陈宁安营附。我们把自行车亲密地倚在一起，立在道旁就攀谈起来。他告我们侵博罗的仅是 × 骑兵，毫不足惧。最近我们有了一大批铁甲车运到。桂军健儿 × 师已在增城惠阳间作战了。最后他微笑地告我，今天下午三点的前方消息是"大胜利"。

由平民医院访严团长出来，便去见梁县长。

这时，铺在田埂、竹林上的阳光已成橘红色了。宝安，像一切县城，有的是一座几乎碰头顶的矮城门。在黄昏走过，备觉亲切温柔。城墙上，闪烁着"应买国货""拥护领袖"和新生活的标语。想到一年余前正轨上进的日子，对侵略者更痛恨起来。我们的车在城里碎石子道上，微觉颠簸，然而可更有趣味。

传闻终是传闻，这还是一个太平的小城。虽然有些住家的屋门已倒锁了，但出我们意料之外，大三元饭馆还开着，"太白楼"的店前还立着个木牌："好朋友，请上楼；又有茶又有饭。"这是一个富有的县城，也是一个镇定的。

梁县长不在家，陈秘书长恐不便作主，对记者支支吾吾。虽说了许多次"我广东人自有准备，哪怕他日本小鬼！"但一点着边际的话也不肯露布。唯一得到的事实是县政府事先本准备一旦有事，难民是向惠阳一带疏散的，如今惠阳倒先失守，所以只好任民众自动逃亡。

这时，已是薄暮了。归途的路是悠长的，我们没时间再逗留，但一种伤感心理引我们走进山坡上的中山公园。怎样一幅难忘的图画呵！玫瑰色的锦霞散落在西天，给黄昏的海配上灿烂金饰。公园里杜鹃花盛开，西马拉亚杉庄严地排在道旁，秋虫与蛙合奏着，海寂静无声。沿岸渔火，星星点点。敌舰隐在黑影里，如长昼的一个噩梦。园中虎石下还有一张石桌，上刻就对弈的棋盘。悠闲的日子已消逝了呵，如今，下棋的人老的逃了难，少壮的握起枪来。

六 甲长的打算

天色既晚，我们索性计划一个满足浪漫情绪的夜晚。我们一气又摸黑骑到桂庙。把车存在该地朋友处，决定贪夜沿着海滨的沙滩走回去。

我们每个人手握一根木棍，渺茫而好奇地由桂庙扑奔海滨。这时，夜幕上已系满了星斗。那颗明烛般的太白星，正当山角，直像悬挂着一般。海浪嬉戏地轻扫着岸缘，沙滩有如北极冰山，形状是每日依潮水冲积而变化。多少次我们迷了路，鞋袜已填满了沙粒。沙滩上且时有草鞋鱼篓绊脚。远处的狗吠声冲破沉寂的夜空。湾角处我们遇到一个哨兵。用电筒照完我的"证明书"才点首放行。

然而到了湾下村，我们终于迷了路。我们走进一个修船的工厂。几个船工叼着烟蒂，正俯着腰在钉木板。洋烛伴着一声声的叮当跳耸着，多神秘的一个夜晚。我们要求谁领我们到蛇口。他们摇头说"哼，正忙呢"。一个咬了手指的小孩站在门口。我问他可认得路，他垂下头去说，"认得，可是我怕黑，我不敢回来！"

终于，我们找到了杂货店的老板——本乡的甲长。他踏着木屐，慨然答应送我们上去蛇口的大道。

"怎么，不打算逃吗？"我顺口这样问他。

木屐在坟丛间迅速熟谙地穿行着。这是他的乡土呵。

"逃？逃到哪里？"他像是生了我的气。随后，又亢奋地说："昨天上面已经发下好枪了。我和我儿子，连我女人都可以拼一场。"

说着，他向海面望空揍了一拳。木屐在夜的荒野上，哑哑地擦响着。

1938.10.19

（选自《萧乾文集》第 2 卷，浙江文艺出版社 1998 年版）

脱险杂记（节选）

茅 盾

十一

三十多分钟以后，三条木船都靠了岸，这是宝安县属，是沦陷区。

此地一望平坦，全是稻田，远处青山，象①一座屏风，这就是我们的目的地了。

岸上有三个日本兵，他们是来检查我们的护照（元朗伪组织所发的），并点验人数。大家以为不免要把行李打开让他们看一看，哪里知道竟也不必。日本兵一面唱数，一面挥手，似乎不很耐烦。

过了这"鬼门关"的人们都跑得很快。现在当然不是整齐的队形了，三三两两，颇为凌乱。我们三五人过了这"鬼门关"时，看见前面的人已经走远了，便停下来打算等一等后来的人。可是那"向导"——这时他也站在路边，大概也在计算人数，——催我们快走。我们有点不懂为什么要那样着急，却又听见那三个日本兵在咆哮了，猜想起来，也在骂我们怎么不走。我们只好走了，不多几步，回头再看，呵，后面来的三五位神色仓皇逃也似的奔了来了。他们一面跑，一面向我们挥手喊道："快走呵，日本小鬼要打人了！"

我们弄得莫明其妙，只好急走。我们穿过大片收割过了的稻田，那星罗棋布

---

① 本文"象"等字词用法和现在的规范不一致，为保持经典原貌，不予改动。

的寸把高的禾根，石头一样硬，时时绊着我们的脚。这一阵跑步，可把我们考验倒了，我们一步一步落后。待到走完了那大片的田，转进了一条有些树木也有几间破屋（象是庙宇）的石板路时，我们离前面最大一群已经很远，差不多看不见了。不过，在我们后面，相隔数丈，也还有十来人，他们是最后登岸的，他们也不象能够快跑，中间似乎就有韬奋，他的扭了筋的脚并没全好。

不管怎样，我们要歇一歇了。我和沚就坐在路旁一间破屋的阶石上。说老实话，依据昨天的经验，如果空手，又不赶紧，走走歇歇，那么，一天走这么五六十里，也还可以对付。如果拿了衣包，一口气跑步，那是十里路也有点吃不消了。登岸后，至多走十来里，或许还不到此数，可是因为背着衣包跑步，所以不行。我们歇了几分钟，最后那批人也到了，果然有韬奋，也有独一的穿了那古董长袍极象测字先生的 C 君。有一位象是"向导"的汉子和他们在一处，他是押阵的罢？这一股也在路旁歇下来了。

但是那位"押阵"仁兄一股劲儿催促大家再走。他说的是客家话，没有人听得懂，但看神气也猜得到他是惟恐和前面那一大队人们失却联系。休息在路旁的人们于是都站起来走了，韬奋也在内。有人代他背了包袱，不知从哪里弄来一截毛竹，他当作拐杖使。我和沚各自去提那原来的衣包，糟糕，不知怎的，重得很。沚说，以后不知还有多少困难的路程呢，反正是要丢的，不如今天丢了罢。我们一共有两个衣包，一重一轻，轻的那个一床毛毯，几件衬换衣，于是决定丢那个重的。这时人都走远了，那位"押阵"的仁兄却跑回来大声催我们赶快走。我提起那轻的包袱，沚拿了那个装着日用零碎东西的小藤包，头也不回就走了。"押阵"仁兄指着地上那衣包，说了几句，我们不懂，可也猜得到他的意思。

"这是我们的，"我对他说，"不要了，我们拿不动。"

"押阵"仁兄也许不懂我们的话，也许懂，他着急而又生气似的大声叫着。"押阵"仁兄身上已有一个大包袱，不知是谁的，但可以断定不是他自己的东西。我们和他语言不通，只好随他在那里跳脚，自顾自急急忙忙赶上那走远了的伙伴们。现在他们已经转了弯，前面出现了人家，一条狗朝他们汪汪地吠。我们跑步也到那转角时，却见"押阵"仁兄也赶上来了，他一手提着我们丢下的那个小包袱，而原来归他负责的那个大包袱他却顶在头上。

"啊，谢谢你，"我站住了对他说，"可是，你这样使不出力。找一根树枝来，咱们俩一块儿抬罢！"路旁有树枝，那是老百姓砍下来当柴烧的，看样子也还结实。

可是他大概不懂我的话，只挥手叫我们走，我们只好走了。幸而不多几步"向导"折回来寻找我们了，于是他分担了"押阵"的负荷。

又走了至多半里，便到了大队休息的地方。

这是路边的一个广场，我们的人东一堆西一堆的坐在地上。广场后边是一排平房，里面也有我们的人。进平房去一看，空空洞洞一统间，原来不是住人的，象是什么货仓；这时太阳光斜射在广场上，平房内却很阴暗。我和沚回到场上，在一株小树下，把包袱做靠背，也就坐下了。

卖食物的担子来了，货不多，一会儿就卖光。但是大伙儿这时更迫切的需要还不是吃的而是喝的。我们的"向导"大概是去办什么公事去了，只是那"押阵"的留在这里照料一切，他很负责，不幸办事手段不太老练，对于这一大群的既不了解情况又不遵守纪律、老是乱钻乱跑、自由行动的流亡客，他简直没有办法。流亡客群中有一半是本省人，其中好几位早已在这镇上"巡视"一周，回来告诉大家说，有粥店，很不坏。于是有人不禁大动食指，打听那粥店的所在，又有人则劝他们忍耐一下，总以少走动为妙，因为这镇上是有日本兵的，而且也怕要走时找不到。

"今天还得走么？"有人不以为然地问。

"怎么不走！"十分肯定的回答，却又机密地悄悄说，"这里是敌人的区域呢，不要忘记了呵！"

"那么就应当赶快走，又叫大家停在这里干么？"

"听说是跟老百姓办好了交涉，在烧饭呢！"另一人插口说，"大概等饭来了吃过就走。"

这一说，引起了更大的争论。认为今天不应当再赶路的人们就主张不必等这顿饭，因为时间已经不早，而饭还没影子。他们抱怨"组长"们太没计算，只凭主观，不看看客观情形——自然也很不满意他们的不"民主"，可是没有说出来。

我在这里得补一笔。从九龙出发后，有几位是负责专和"向导"们联系的；何时行，何时止，以及其他事务，"向导"们只告诉那几位（事实上，人数太多，"向导"只能找几位接洽），而这几位则又各自认定若干"客人"由自己负责照料。由于实际情形的不可能，这样的"编制"当然不是开一个会来决定的，而且也没有正式宣布谁属于谁的一组，不过大家意会到有这么一种"办法"罢了。这几位居间负责的，大家心目中就名之曰"组长"，究竟共有几人，是哪几位，却也没有人说得出来，而我呢，甚至于还不知道自己是归谁在"负责"的，反正我也没有知道的必要。我们现在是集体生活，大家怎样，我也怎样，还不曾发生过需要知道谁是我这一组的负责者或同组是哪几位的感觉。

话再说回来，当大家正在议论纷纷的时候，"向导"和另外两三个陌生人来了。他们在广场上巡视一周，又进那几间平房去看了看，便又走了。有人高兴地喊着："来了，来了！"坐在广场上的人们马上一窝蜂起来，攒成一堆。我正在呆着，不知道发生了什么事，忽然沚推了我一把，说："开饭了。"我机械地站了起来，走到那人堆边一看，原来还不是饭而是碗筷，已经快抢光了。

后来，知道今天决定留在这里过宿，刚才和"向导"同来的两三个陌生人其中有一个就是这地方的伪乡长，他答应借那一排平房给我们过夜。又据说，本来预定不在这里过夜，但时间既已不早，而大家又都疲乏了，只好改变计划。

终于饭来了。三四个女人挑着饭箩和菜肴，还有两大桶开水。这时候，太阳已经落山，广场上渐有点蒙蒙起来了。

十二

清早，大家都起来了，收拾好行李，等候出发。所有的行李都聚在一处，这时这才觉得数量倒也不少。据说今天可以雇到挑夫。不多的功夫，来了几个老百姓，带着棕绳和扁担。讲定了挑力，记得好象每挑法币十元。行李都不重，然而件数多了，又且大小不等，配搭困难；结果抽出小件，仅留较大的，配成了四担。

现在就盼"向导"快来。他一早就上那伪乡长那里去了，为的离境也要通行证。在这些事情上，伪乡长当然要些"好处"的，昨天就听说过，"向导"打算送伪乡长法币一百元，合算起来，每人还派不到一元，这也算得很公道的交易了。

"这个伪乡长不算顶坏。"有人说。"他当然看得出来，我们是什么路数。他总算是帮忙的了。"

但是伪乡长之所以肯帮忙，还是因为我们有了那个"向导"，伪乡长是知道这位"向导"的来历（东江游击队）的，他怎么敢得罪他？

这些情形，大家都知道了，因此都很定心，专等吃过早饭动身。可是早饭偏偏来的慢。韬奋的脚昨晚又抹了万金油，经过一夜的休息，今天颇有起色，他这时靠着一株小树坐在地上，很焦急地说："要是不赶路，早就好了。可是今天到这时候还没出发，回头又要赶了。"正说着，他看见"长柄葫芦"走近来，就高声问道："怎样？光是等早饭呢，也还等别的什么呢？"

"当然，早饭要等，别的什么也要等，""长柄葫芦"回答，"而最主要的，我们得等候日本兵来点验过人数这才可以走。这些日本兵，据伪乡长说，要到九点钟才有功夫来办这件事。"这就是说，如果十点钟我们能够动身也还是运气好呢！

不久，早饭来了，太阳也露脸了，看太阳的地位此时不过八点钟。大家抢着吃过了早饭，那四位挑夫以为就要动身了，便再一度试试那挑子有没有头轻重。等到知道还要等候，他们就说回去也吃了饭再来。种种情形，都表示一二小时内不会马上出发。有人半认真半开玩笑地大声号召道："谁要出恭，跟我来！回头没有时间别后悔呵！"

集团出恭的人们刚去了不久，"向导"和那伪乡长突然来了，神情有点紧张，宣告日本兵马上要来点验，要大家排起队来。大家也被这突然的好消息弄慌了，高声叫喊那些集团出恭的人们赶快回来，又请"向导"派人去找那回去吃饭的四个挑夫。

乱了一阵，队伍排成了，伪乡长就先回去，——当然是去"恭陪"那日本兵来"点验"，不料他这一去就象断了线的风筝，没有下文了。排好队的人觉得解散也不好（恐怕日本兵突然又来了，会借此挑剔留难），但这样"罚站"也实在难受，大家都要求"向导"去找伪乡长弄个明白。"向导"去了不久就回来，说伪乡长还在日本兵那里，显然也是在等候。

又过了约莫半小时，终于来了。伪乡长之外，另有一个中国人，大概是翻译。日本兵一共四个，都带着长枪。其中一个手里拿着一张纸，原来就是我们从元朗出境时的通行证。

点过了人数，四个日本兵就分为两起，排头两个，排尾两个，吆喝着就开步走了。这一下，颇出意外，但大家自然只有跟着走，日本兵一路喊着一二，愈走愈快，大家几乎变成跑步了。这时走的路又不是来时走过的，但转眼间已经离开那村镇，面前是一片平阳草地，不远处又有小小的山。俄而到了山脚下，队伍停止了，排头的日本兵仰脸高声向山头上叫话。山头上也有日本兵。两下问答了几句，忽然听得排头的日本兵大声吆喝，队伍就动了。我和沚在队伍中段，我们跟着前列跑，却看见本来在排头的两个日本兵此时却站在路边，看着我们一列一列走过。于是我们知道，日本兵押送我们是到此为止。

可是有人在后面喊叫，"转来，转来！"怎么？变了卦么？全队都站住了。远远只见那位"押阵"的着急地在招手。另外一位，不认识的，正和两个日本兵指手划脚在说话。四担行李放在地上，挑夫们惶惑地看着那两个兵。我们以为这是要检查行李了，倒也坦然。但接着又知道并不是检查行李，而是日本兵不许挑夫出境。行李还得自己拿。

我们那件决心要丢过一次的包袱是在那四担之内的。想想迟早要丢，便不打算去拿了。"向导"此时也叫大家站在原处不要动，行李他去照料。同时，也听得山头上那日本兵在高声吆喝，——不许我们站在那里，催我们走。于是大队慢慢地又朝前走了，却也有几个人离开行列，去弄行李。

转过那山脚，我们看见前面是一条三岔路，便停止在路旁休息。搬行李的这时也赶上来了。"向导"、"押阵"，还有那位不认识的，都背着一二件。不认识的那位好象就是本地人，现在由他带路。他用一根粗而矮的棍子把两个包袱作一对儿挑着扛在肩头，其中一个就是我们的。

现在我们穿着田塍走，队形没有先前那样整齐了，单行，稀密不匀，谈笑的声音渐多而且渐高了。抬头一望，横在我们前面的，是一片青翠的连峰，据说山那边就是游击区。

不知他是有意呢或者无意，那位带路的带我们在田里老兜圈子，他向田里做活的老百姓问了二次路，又被放哨在田里的日本兵喝问了一次。但在这一喝问之后，我们就离开那大片的刚收割了的稻田，走上了灌木密茂的山坡。那山坡愈走愈高，后来到了一块较为平坦的地方，大家都累了，就坐在路边休息。这里有几株大树，大家分成几股都坐在树下。这里是半山腰，据说，爬过这座山还有一座更高的山，不过那已经到了"家"。

带路的那位，任务告终，他和"向导"他们很客气地话了别，就下山回去了。这时大概也将近中午了罢？

熟悉情形的人说：还有三十多里山路，安全是没有问题了，走慢些也不妨，多休息也不妨。这番话提起了不少人的勇气，因此，休息过后，再上路的时候，我们又把那准备丢掉的包袱带上了。然而在到达目的地以前，多谢认识或不认识的朋友帮了我们不少的忙。

太阳快要落山的时候，走过一条很长的小路，两旁都是茂盛的树木。这象是一条甬道。同行的人都说：到了，到了。"甬道"走完，前面是一片平地，隐约可见房屋。大概这是一个村子。这时候，队伍拉得很长，散散落落，三五成群，脚力好的，一批一批从后面赶上来，越过我们去了。等到我们也进了那村子，但见断垣颓壁之下，坐的站的，全是我们这批客人，大家都很兴奋地在说笑，想不到游击区的总部所在地竟是这样平淡无奇的。

从前，这村子——不，应该说是镇罢，一定是相当繁荣的。我们看见好几座烧剩的大房子的高墙，很好的石脚，水磨砖，墙上的窗洞还有铁栅没有拆去。又看见这里那里都有几丈平方铺水泥的地，据说这是晒谷场。晒谷场有这样讲究，可想而知一定还有相当富丽的住房和它相配。但现在，这一切都看不见了，现在里把路长的石板路上（在从前，这是村内的大街），两旁仅有那高耸的断垣和那些水泥铺的晒谷场。这就是敌人"三光"政策中的一"光"。现在全村只剩下些破烂的平屋，老百姓在那里边摆个摊子，卖香烟、片糖，偶然也有凉薯和鸡蛋。小店墙上贴着中文和日文的标语，这是游击队的。听说全村唯一的没有遭受严重破坏的大房子是一所教堂，同路来的朋友们有一部分后来在那里住过一个时期。这所教堂，当然只剩一个空壳，教士早已走了，信徒也已星散，家具更不用说早已荡然无存，但单看那房屋的规模也就知道它是曾经盛极一时的。当香港文化人走东江路线撤退到内地的那个时期，这座冷落了的教堂送旧迎新，前前后后"招待"过的文化人少说也有几百罢？

我们十来人被欢迎到一所小楼房去。这是两上两下，靠着小山坡，四面空旷，洋式建筑，从前的主人一定是有钱的，现在却成为游击队司令官曾生将军的临时总部。这座小小洋楼，独能幸存，似乎是一个奇迹，最主要的原因，恐怕在于它的位置不在村内大街的两旁而在离村半里许的小山坡下。从前这里一定还有不少树木，但现在只剩屋后一棵，却也断了半截了。曾生将军在楼上和我们相见，说昨天就在等候我们了。又说，今晚上暂时委屈我们在这楼上过一夜，明天再布置妥当的地方。

曾生将军是中等身材，方脸，光头，穿一身黑布唐装，裤管塞在袜统子里，脚上是橡胶底跑鞋。他能说"普通话"，音调缓慢而沉着。人家说他战前还在广州教书，现在他虽然是游击队的司令官了，但一举一动，依然是书生风度。

曾将军而外，我们又见到政委林平，和几位担任宣传工作文化工作的年青干部。林政委，看来还不到四十，身材比曾将军略高，但较为清瘦。十多年的艰苦革命斗争在他身上留着的显著特征便是冷静、坚决而又思考周密，——这是和他谈了三五分钟的话就会深深感觉到的。他的"普通话"很好，不过也带着广东话的音调。

有人拿灯来了，这是小小的煤油灯。接着就端上晚饭来了。曾生将军抱歉地说，弄不到好菜，可是有狗肉，问我们吃不吃狗肉？我们这一伙十来人，谁也没有吃过狗肉，这时一听说，大家便不约而同笑着叫好！于是端上狗肉来了。要不说明，我们还当它是山羊肉呢！

这一餐晚饭，真吃得痛快。虽然只有一荤一素，但我觉得比什么八大八小的山珍海味更好，永远忘记不了。

饭后，主人们就请我们休息。

这小小的洋楼是并排两间，我们吃饭的一间可以说是外间，通楼梯。有一道门通到隔壁的一间，这比较小些，这是曾生将军的办公室，他和他总部的工作人员共有五六位之多，就挤在这小间内。显然，他们是把外间让给客人了，我们感到抱歉，但也盛情难却。

我们在外间开了个大地铺，主人给我们一些日本军毯作褥子，这是我们第一次使用着战利品，那种兴奋的心情是难以形容的。

晚间，我下楼去小便，看见门外有哨兵。我想，这是因为司令官也睡在楼上的原故。但在第二天我知道这几个哨兵是保护我们的，曾将军吃完晚饭就带了少数战士袭击敌人去了。

十三

第二天我们搬到树林子里，九个人住了一个草棚。

昨夜住宿的那座楼房虽然孤独地蹲在小山坡边，百步之内并无别的人家乃至烧剩的破屋，但尚在从前那村子的范围内，现在我们这新居却在村外山中，离那楼房恐怕有两三里罢？隐伏在峡谷之中，周围全是松树，那草棚也是利用了两棵大松树作为柱子，加一根横梁，再铺上茅草作顶，形式和帐篷相象，不过较高。铺位是木头和竹子搭成的架子，足有一人高，非站在凳子上就爬不上去；铺面约长九尺，宽三尺许，一边靠着那棚子的人字形的斜壁，两头就是棚子的前后门（其实并无门，我们匀出两条被单挂在前后两个门口，以挡夜风）。这高而且大的铺位就占了棚子的一大半面积，余下的地位摆着一条长而且狭的粗木板桌和两条板凳。这条板桌可真幸而有它！我们九人之中有两位太太，她们大抵是先踏上板凳，其次登上这板桌，最后这才爬上那高铺。

棚子前门有一条小路。曲折向外，在松林中行，约数百米，便"豁然开朗"：左手上坡去是一条较为正式的路，隔路又是一片松林，坡头长满了半人高的茅草，以及很美丽的骨牌草，有的还是很青翠，有的已经半枯黄；右手下坡去约十来步就是一条小溪，水却不深，踏着溪中的几块垫脚石过了溪，路旁有茅棚，住着一二家老百姓。小溪上下游全是密茂的灌木，你看不到这一脉活水从何处来，又向何处去。顺路转弯，又是树林，又没有路了，穿过树林，忽然看见一片广场，而在广场边沿也有若干草棚，这可完全是按照帐篷形式搭盖的，高个子进去得伛着腰，睡地铺，（这里地面干燥，也没有草）我们同路来的朋友约二十多位就住在这里。我们每天一定要来这里两次，因为这广场又是饭厅。

我倒喜欢朋友们所住的这个地方。他们人多，热闹，而这广场又是最好的活动场所。然而我也感谢主人们对我特别照顾的盛意。如果广场可以比作轮船上的统舱，那么，我们九个人的棚子就好比是个房舱了。有时半夜醒来，听得风过松林，那一起一伏的波涛似的声音，便仿佛是身在海中。再说，从游击区的安全观点看来，这小棚也更合标准；它深藏在树林之中，象个鸟巢，从外面看它不见，而从棚中外望可以看见坡上坡下来往的人。

那时候，东江游击区正受到两面夹攻：国民党军和日本军。游击队化整为零，经常移动。我们现在暂时歇脚的地方，名为白石龙，据说隔一条山岭便是广九路，离敌人那么近，然而游击队的人员坦然处之。他们说："敌人不敢远离据点，我们常常驻扎在敌人据点的鼻子底下。至于顽军（国民党反动派），他们离开敌人据点一二百里就要发抖了，他们怎么敢来这里呵！"

我们在白石龙简直看不见游击战士。他们当然不能被我们看到，他们那时正分散在附近各山道和山头上，对两面的敌人严密警戒着。他们此时负荷的伟大任务就是保护我们这班过路的流亡文化人，——在四五天内，陆续来的，差不多有千把人了！这在那时的东江游击队，实在是极重的负担，光是供应每天的粮食就大费周章，他们不得不从二三百里外弄粮食来，而且要通过敌人的封锁线的！

但是最可虑者，还是国民党反动派军队的进攻。千把文化人中，绝大多数是无党无派的，也有少数国民党籍的，但在国民党反动派看来，这些文化人不留在香港做大日本的顺民而竟敢凭借东江游击队的保护奔回祖国，实在是大逆不道了，理应加以围剿。事实上，顽军那时也正在急急部署，而且也在勾通日本人约期夹攻。可惜他们迟了一点。当我们走了以后一星期光景，顽军六路进攻白石龙，只扑个空。

东江游击队的林政委（我想他是负总责、计划着护送文化人回内地的），在最短促的时间就布置好了一切，把千把个过惯都市生活的文化人，安然送到了内地。

十四

不知不觉就过了五六天，这五六天的生活又热闹又痛快。主人们举行了一次盛大的欢迎会，从他们的演说中，我们大略知道了东江游击队的发展过程及其目前处境的困苦。那时广东境内的国民党军和日本军和平相处，却用全力来对付曾生和王作尧这两支游击队。

然而游击队还是一天一天壮大起来，在广大的人民中间建立了基础，提高了威信。各地的"山大王"也很敬畏这支人民的抗日武装。我们这次从香港出来，所谓"江大哥"和"王大哥"都那么帮忙，就因为"我们是曾司令招呼的朋友"。太平洋战争前，国民党在香港的特务机关，明的暗的，不知有多少，可是港九陷落以后，国民党在港九的高级官吏和许多盟军也不得不仰赖东江游击队的保护而到了内地。

五六天的时间虽不算多，可是已经足够使我们亲眼看到游击队干部们的生活如何艰苦。他们经常吃的是杂粮，病了简直没有医药；国民党军队对游击队的封锁之严密和他们对敌人走私之包庇，正好是一个强烈的对照，使得最糊涂的人也认清了谁是人民之友，而谁是借了抗战的招牌在无恶不作的！

大约是到后第三天，我们就对林政委说：如果路上布置好了，我们打算就走。过了一天，他告诉我们：派出去布置的人已经回来了，护送的终点是惠阳，沿途安全，——但此所谓安全是以游击队的行军眼光来看的。林政委知道我们不会跑路，特别是走夜路，因此他劝我们再等候几天，让他再派人去沿途察勘一下，把宿夜的地方弄得更好些，或把站头缩短，那时候我们再走。可是我们看到他们为了供应我们，粮食要到二三百里之外去购买，又要留一部分武装保护我们，万一有了情况，那我们更会妨碍到他们的行动，我们多留一天便使他们多一天的负担。现在既然可以走了，何必再等呢？因为我们坚决要求，林政委终于答应了；可是，只能四五人一起走，多了恐怕出岔子。我们马上自己组织好五个人，事情就这样决定，翌日下午出发。

　　韬奋本想和我们同走，但终于被劝住了，而且据说他的太太一二日内就可到了，他也觉得应该等她。

　　［本文是茅盾所写《脱险杂记》的节选，全文写于 1949 年 8 月。写的是抗战期间，香港沦陷后，作者在东江纵队游击队保护下从香港转移到内地的经历，正如茅盾在本文第一节所言：这是"……抗战以来（简直可说是有史以来）最伟大的'抢救'工作：在东江游击队的保护与招待之下，几千文化人安然脱离虎口，回到内地"。选自《茅盾全集》第 12 卷，据人民文学出版社 1986 年版排印］

何期重返阳台山

戈宝权

　　记得 1981 年 9 月，我在美国加利福尼亚州参加了纪念鲁迅的学术讨论会之后，取道香港回国。当从九龙乘上火车，路经往日的宝安、今天的深圳时，看到车窗外面的一山一水，一草一木，就有如回到了阔别多年的家乡似的。及至到达广州，我拜望了原东江游击纵队的副司令员王作尧同志和政委尹林平同志，阔别四十年，老友重逢，倍感亲切！承作尧把他写的革命回忆录《东纵一叶》中的"香江脱险记"一章签名送给我，又承他为我画了一张东江游击区的示意图，在上面标明梅林坳、望天湖、白石龙、深坑、龙华和阳台山等许多地名，这都是我当年到过和生活过的地方。作尧同志在回忆录中写道：

　　　　在这一条秘密交通线上，我们的同志冒着生命的危险奔走于其间，克服了重重困难，终于一批又一批地把文化名人安全地送到白石龙。

　　　　白石龙的绿水青山，留下了爱国文化名人纷至沓来的足迹；白石龙的清风明月，又伴随着他们的笑语欢声渡过东江，转移到内地去了。谁会想到这满途荆棘的白石龙，偏僻荒凉的阳台山上，曾经住过这么多中外的名流学者呢？

　　读至此，多少难忘的往事，重新浮现眼前。

　　回想起来，那还是四十多年前的事。1941 年 12 月 8 日清晨，随着太平洋战争的爆发，日本军队发动了对九龙和香港的进攻。在战争开始后，我和名作家茅盾夫妇，还有叶以群等人，都躲在香港轩尼诗道一家停业的跳舞厅里避难，度过了十五个炮轰的白天和黑夜。12月25日圣诞节前夕英军投降，我们辗转了好几处地方，直到1942年的1月9日这一天，才有可能化装成难民逃离日军占领的香港。

9日这天下午，我们先到了铜锣湾，在一条画舫式的船上，见到了当年在香港主编《大众生活》的邹韬奋，多日不见，相逢真有如隔世！第二天黎明前，我们偷渡过海到了九龙，稍事休整了一天，就又夹在难民队伍中，经荃湾进入大帽山。这时我们在东江游击纵队派出的最能干的交通员谢愿照、麦容、赵林等人（不知哪一位是化名叫"江大哥"）的迎接和保护之下到了元朗，十二日傍晚到了宝安（深圳），十三日的中午跨过梅林坳；经过望天湖，到了一个相当整洁的名叫白石龙的村庄。当即有人来请韬奋、茅盾夫妇，还有我等几个人，到离村庄不远的一幢两层的小白楼去休息，这原是一位姓刘的中医的房子，当时已成为游击队的指挥部。我们在这里见到东江游击纵队的司令员曾生、副司令员王作尧和政委尹林平等同志。承他们请我们吃了一顿美味可口的狗肉。当晚我们就盖着日本军毯睡在楼板上，经过四五天的长途徒步跋涉，我们终于在游击区里度过了第一个平静的夜晚！

我们到了游击区之后，曾先后在白石龙和深坑附近的临时草寮里住过一些时候，后来为了安全起见，就又把我们转移到阳台山上去。阳台山位于深圳的西北面，距离龙华不远，地方比较隐蔽，可以防备日军和国民党反动派的袭击。从此我们就和阳台山结下了不解之缘！这时茅盾夫妇已先经惠阳前往桂林，我们留下来的人当中，有韬奋（后来他的夫人和子女也都来到）、经济学家沈志远夫妇、哲学家胡绳夫妇、剧作家于伶夫妇、世界语者叶籁士、诗人袁水拍等二十多人。游击队在这背山面海的高坡上新建了两间较大的草房，每间地铺可住二三十人，但我们只占用了一间，另一间就供吃饭、休息和活动之用。尽管当时游击队的条件很困难，但我们每天还可以吃到粗糙的白米饭，菜多半是小鱼干或是虾酱等。我们就在这个荒僻的山村里度过了一个最平凡的春节！

就自然环境来说，阳台山又是非常令人留恋的！我时常一个人爬上阳台山的最高峰，仰望苍穹，俯览群山，真有"一览众山小"之感。从这里可以看到宽阔的珠江，还可以远眺万顷茫然的南海，至于近处的南头、深圳湾和稍远的九龙、香港和大屿诸岛则如在眼底。当看到眼前的伶仃洋，心里不禁想起南宋的伟大民族英雄文

20世纪40年代，阳台山远景旧影（选自《深圳市地名志》）

天祥的名字，脑海里就浮现出他在过伶仃洋时写的名句："惶恐滩头说惶恐，零丁洋里叹零丁。人生自古谁无死，留取丹心照汗青。"

我们在阳台山上前后生活了两三个月，既无书又无报，更无纸墨笔砚，但我们还是很好地安排了生活。为了锻炼身体，韬奋每天早晨教我们大家做一种健身体操。由于这种体操可以躺在床上做，他称这是"懒人体操"。他还教我们做面部的按摩，这也是他当年的容貌永远显示出青春年少的原因。我们早晨先到山边的水泉和溪旁去洗脸、洗衣服，然后大家吃过饭，就坐在地铺上漫谈，上天下地，中外古今，往事回忆，无所不谈。记得有一次我们借到一本《斯大林选集》第一卷，正好是讲列宁主义问题的，我们大家都很有兴趣地传阅起来，而且还开会讨论。这时游击队从香港运进一架手摇发电机，就在一对年青的新婚夫妇的操纵之下建立起东江的无线电台，同延安、重庆取得了联系，这样我们才多少知道了一些外面的情况。在阳台山上，天黑之后，为了节约用油，我们都睡得很早，但还是轮流值班守夜，以防发生意外的事情。

我当时因为参加游击队政治部的宣传和教育工作，因此经常来往于阳台山和离白石龙不远的政治部之间，而且还多少学会了几句广东的客家话。记得每次来回，都要经过龙华墟，碰到赶集时，墟上是人山人海；没有赶集时，墟上就空无一人。过了龙华，就进入山区，跨过山脊，再走上几段路，就可看见我们住的草房子。每次回到阳台山，大家马上都围拢过来，打听各种消息和朋友们的情况。到了这年四月，我接到周总理的通知，要我回重庆去，我就和沈志远夫妇一同下山。这时阳台山上的人已走了不少，草房里空出了不少铺位，变得寂寞起来。我们最后去和韬奋同志一家人握手话别，临别之情依依难舍，到了山下后，还承游击队的领导买了酒、肉和鲜蚝等，为我们饯行，以壮行色。

从那时起已经过去了四十一年，但阳台山上的情景经常浮现在我的眼前，成为我一生中的最美好的一段回忆。现在深圳辟为经济特区，希望能有一天再到阳台山，重温往日的旧梦。

（选自《我爱特区的路》，中国文联出版公司 1984 年 12 月版）

深圳水库：40年前的故事

马志民

四万民工决战堤坝

50年代，香港经常闹水荒，用水曾经是香港市民极感困扰的问题。水荒不但给香港居民生活带来极大的不便，而且还制约着香港社会经济的发展。为了协助缓解香港同胞用水困难，根据当时广东省委第一书记陶铸的建议，广东省政府决定在深圳兴建水库，以输水香港。1959年6月，深圳水库工程指挥部正式成立，曹若茗（广东省原外办主任，当时下放任宝安县县委书记）任总指挥，我任第一副总指挥，赵俊谦（宝安县委农村工作部部长）、陈锦培（宝安县水电局局长）、李锡源（广东省水电厅高级工程师）任副总指挥。指挥部设在一个俯视整个水库工地的山坡的草棚内（即现水库红楼侧），我没有修建水库的经验，但我那时正值廿多岁的盛年，是生命力最旺盛的时期。我渴望着投入生活的激流，生命的烈火在炽烈地燃烧，我珍惜这个机遇，期待着即将开始的战斗。第一次在露天山坡上召开的指挥部人员的会上，我满怀激情地引述了当时颇受中国读者欢迎的苏联名著《远离莫斯科的地方》中的故事，一条铺设通往西伯利亚的输油管，按常规要三年完成，为了战争需要，苏联人民最后以非凡坚毅的意志和特殊的方式一年完成，以此激励与会者。经过数月的前期筹备，1959年11月15日，经报请省委和省政府同意，我们在水库主坝工地上隆重举行了深圳水库动工典礼，已经进场的民工以及深圳的机关干部、企业员工、学校师生、驻军部队共一万多人参加，并邀请了三百多位港澳各界知名人士出席盛典。之后，水库各项工程全面展开，其中重点是主副坝的铺土碾压工程，当时施工没有多少先进机械（如挖土机、载重汽车等），除了压土机之外，取土运土几乎全部都是靠锄头、铁锹、肩挑和手推车，基本上是人海战术。按照计划，原参加建库的民工高峰期也只有一万多人，后来考虑到工程任务重，为了保证在来年雨季前能完成主坝土方工程，决定增加民工。李富林（当时任佛山地委书记兼宝安县委第一书记）以极大的魄力决定从各公社再抽调两万多名民工到深圳水库，即总人数达到近四万人，指定各公社第一书记带队，限三天全部进场。原工地的工棚只能住一万多人，一下增加到近四万人，准备的时间只有两三天，实难应付。最后只好在工地的周边地段搭盖简陋的小工棚，上面用竹枝架起铺盖稻草，地下也铺上稻草，席地而睡，算是解决问题。方圆几平方公里的工地上很快展现了一片繁忙紧张、热火朝天、人声鼎沸的场景。

铁肩模范飞车姑娘

当时整个工程的运转可以说是不分昼夜地连续奋战。我与指挥部人员也没有一个固定的睡眠时间，确实太累了就到工棚掀开那被厚厚一层沙土笼罩着的蚊帐倒头睡一下。当时广东全省正是兴建水利高潮，省水利电话会议常常是夜间召开，记得有一次深夜零时，我在听完省电话会议之后，主持指挥部有关人员开会，我在讲话过程中竟然倦极而睡着歪倒……

总指挥曹若茗是 20 年代法国勤工俭学时入党的老干部，那时年纪已很大，他没有常住工地，但也经常来指挥部参加会议和指导工作，间中也与我们一起熬夜，太晚了有时也就在工棚里睡，与大家同甘共苦，使我深为感动。而灰沙滚滚的工地上的民工则更为艰苦，他们住得更为简陋。那时正是三年困难时期，少油少肉，口粮仅可果腹，有些民工出现水肿，而每天的劳动时间之长，劳动强度之大可以说是已经到了人的体能所能承受的极限，工地不时有民工昏倒。每当深夜我与指挥部人员到天寒地冻、北风呼啸的工地巡视，看到有些民工在灯光照不到的阴暗地方，东倒西歪地昏睡，我的心情十分复杂，既矛盾，又难过，我每次都不忍心唤醒他们……

虽然如此，整个工地还是热气腾腾的，肩挑的、推车的（高峰期有 5000 多辆手推车）从各个不同取土方向奔向大坝，形成长长的队伍，你争我赶。在开展高工效运动后，各个公社、大队、生产队组织各种劳动竞赛，纷纷组织以向秀丽、董存瑞、黄继光、刘胡兰等命名的突击队。工地先后评选的先进模范人物达3831人，插红旗、树标兵，使每天人均完成的土方，由1立方多提高到5立方多。沙井公社西海大队的民工在总支书记陈泽芬的带领下是工地出色的队伍，其中有一个18岁的女孩，名叫张敬爱，是当时工地著名的"飞车姑娘"（手推车装满土后，当拉着下斜坡时，由于车斗重，必须整个人的力量压在两个手把上才能平衡，由于双脚离开地面，加上斜坡，人连同车飞速向前飞，故名飞车）。她曾经创造过一天完成54立方土的最高纪录，带动了工地的劳动竞争热潮……工程进度很快，坝面不断升高并逐渐合拢，1960年春节后，大坝已20多米高，估计3月初可以完成主副坝的土方工程。省委初步决定3月5日举行主体工程竣工庆功大会。还有不到一个月的时间，必须最后冲刺。2月底，整个主坝的坝坡坝顶上全是密密麻麻的挑土的人群，把整个大坝覆盖了，出现了一幅千军万马、全力移山的动人画面，使我深切地感受到人民的力量、群体的力量的伟大。

宝安壮举历史留名

1960年3月4日，近1公里长30米高的主副坝土方工程终于完成，正面坝坡上显现了陶铸书写的"深圳水库"四个大字。号称"百日堤坝"。工程较最初计划到5月份完成提前了两个多月。3月5日上午11时，深圳水库主体工程完工庆功大会在主坝前空地举行，共两万人参加。陶铸亲来深圳致贺并接见了部分港澳人士。马师曾、红线女率广东粤剧团前来为嘉宾和建库民工演出，热闹一时。港澳曾参加过动工典礼的300多位各界知名人士又一次被邀参加盛典，亲身见证了60年代宝安人民的这一壮举。港澳新闻媒体大肆宣传，香港同胞欢欣鼓舞，成为当年的一大盛事……

在主坝兴建过程中，我们同时铺设通向香港的输水管工程，3.8公里的输水管所需要的800吨钢材无法解决，结果派了赵俊谦到北京找国务院，周恩来总理亲自批了从鞍钢调运800吨钢材。周总理一直很关注深圳水库，在水库建成后，我曾两次参与接待他亲自介绍前来参观水库的国宾（一次是尼泊尔国王，一次是巴基斯坦外长）。1980年邓颖超来深圳，一下车就表示："我要了却周总理一个未了的心愿，看看深圳水库。"

当时国家一些领导人朱德、董必武、叶剑英、贺龙、郭沫若等曾先后来此参观过，董必武还为瞭望亭题名为劳乐亭。

一场虚惊暴雨威胁

在主体工程完成后，我们继续完善有关配套工程。这期间，曾经发生一场虚惊。由于主、副坝是采取兵团作战，进度快，而溢洪道则是由部队一个营负责，溢洪道全是风化石，工程难度大，进展较慢，在主体工程竣工时溢洪道尚未完全打通，故 5 月份一场 12 级台风带来的暴雨给水库造成极大的威胁。按照原来测算，水库集雨面积为 52 平方公里，正常贮水要两年左右才达正常水位，但现在一场台风便使水库的水位暴涨，眼看要威胁大坝。在危急的时刻，县委第一书记李富林和部队一位朱师长也到水库来了，李富林、朱师长、李锡源和我四个人不时手挽着手，猫着身子，冒着狂风暴雨到坝前察看水情，在风雨最烈时，水位一个小时便升高 1 米，我们均非常焦急。一方面报告陶铸同志。陶铸下了一道手令："42 军力保深圳水库。"另一方面研究作最坏的打算，布置有关部门准备炸药，万一水位超过警戒水位，炸副坝保主坝。幸好到中午时分，雨停了，水位才缓解下来。随后 42 军陈德政委，彭副军长都来到水库并调来了部队和几十辆卡车，适当加高了水库坝面。事后总结，主要是对集雨量计算有误差。后来曹若茗和我到佛山向地委书记杜瑞芝汇报，杜第一句话就说："你们研究了杀头问题没有？"我们都愕然。我心想，如要追究责任，我实难辞其咎。

宝安县人民委员会于 1960 年 11 月与香港当局签订供水协议，次年深圳水库即向香港供水。后来为了增加水量，经国务院批准，于 1964 年另建东深工程，将东江水连接到深圳水库。

岁月流逝，40 年沧桑，当年曾经关心支持和参与深圳水库建设的人，有的已离开人世，有的则音讯断绝。兴建水库的创议人陶铸在"文化大革命"中被迫害致死，总指挥曹若茗在水库建成不久即调去中央，"文革"初期含冤自绝身亡。而那万千真正的建库英雄，更不知他们如今星散何处，尚有多少还安在人间？还有"飞车姑娘"，你现在在哪里，一切可好？

深圳现在已是一个繁华的现代都市。如今当人们饮用着深圳水库的水，或者是深圳水库转输的东江水时，当人们在风景秀丽的库区内漫步时，你可曾知道40年前这里发生的故事？你可曾知道这座水库的堤坝是在特殊年代、特殊条件，一大批特殊的人以特殊的方式铸造的"百日堤坝"？你可曾知道在共和国最艰苦的岁月里数万宝安人民为此作出了多么伟大无私的奉献？

　　　　　　　　　　　　（选自《深圳文史》第 3 辑，海天出版社 2001 年 3 月版）

深圳四章

胡野秋

从未停止的移民脚步

众所周知，深圳是移民之城，但大多数人都以为，是改革开放才开启了它的移民史。实际上深圳的移民史足足有 2200 多年之久。

秦朝至今，深圳经历了七次大移民，可以说，这里自古就是移民之地。前六次迁徙的浪潮，让北方的移民从黄土地移居到这块靠近蓝色海洋的大陆南端。

在没有大规模移民之前，这里是古代南越国人的居住地。第一次移民潮来自于秦朝，距今大约 2200 多年。

公元前 219 年，已经平定六国的秦始皇，发动了征讨南越的战争。平定岭南后设岭南三郡：南海郡、桂林郡、象郡。

深圳地区便属于南海郡，人口本就稀少，加上战争使青壮年几近灭绝。于是朝廷便从中原迁来 50 万人。不过，与其说是迁移，还不如说是流放，因为当时的岭南相对于生活安逸、富庶的中原地区，有天渊之别。

此后深圳历经绵延两千多年的五次移民浪潮。深圳地区盛衰交替的同时，移民的血与泪也让人唏嘘。

谁也没有想到，距第六次大移民过去了 300 多年之后，改革开放带来了一次前所未有的移民大潮，其规模是前六次移民潮所不能望其项背的。

还有一点与之前截然不同的是，前六次移民浪潮都是被动的，都饱含着难以计数的血泪，而 20 世纪末开始的这次大移民，是自觉自愿的，是满怀希望的，是一个梦幻的开始。

双城记

深圳和香港像一对双胞胎，既相互独立，又相似乃尔。

这对举世罕见的相邻城市，它们曾经同体，暂离后依然骨肉相连、血脉相通。

英国小说家狄更斯写过一部传世之作《双城记》，描写了法国大革命中的小人物命运，书中的双城指的是伦敦和巴黎。作家通过对这两个城市的文学对比，让读者深刻体味了风云变幻中的血与火。

据说在英国人最初要割占香港时，道光皇帝曾在太和殿召见刚从广州谈判回来的直隶总督琦善，道光问琦善："香港到底什么样子？英国人怎么那么想得到它？"琦善回答："弹丸之地，小得没法提。"道光追问到底有多小，琦善说："大清是一只大肥鸡，香港只是鸡蛋上的一个小点，拿袖子一抹就抹去了。"

香港就这样被英国人一下子"抹"去了。

狄更斯的《双城记》发表 39 年后，1898 年 6 月 9 日，遥远的东方被硬生生分出了一个双城。香港被从广东的母体上切割下来，英国强迫清政府签订了《展拓香港界址专条》，强行租借九龙半岛界限街以北、深圳河以南的地区，以及 200 多个大小岛屿，租期 99 年。至此，香港岛、九龙和新界，构成了今天的香港。

此后，深圳这座城市的命运，便一直与香港纠缠不清，甚至在很多年内，深圳都是作为香港的陪衬而存在的。

经常往返于深、港之间的人都很好奇，怎么两地有那么多相同的地名、路名？

最著名的是香港有个车公庙，深圳也有一个车公庙。

车公，是深港独有的民间口传中的神祇，又叫车公大元帅，传说为南宋一员猛将，在蒙古人南侵时曾一路护驾宋少帝赵昺来粤，因积劳成疾，仙逝于香港，乡民感念他生前对大宋的忠贞英勇，便为他立庙供奉。车公庙两侧门柱上刻有楹联一副：车转普天下般般丑心变好，公扶九约内事事改祸为祥。正月初二为车公诞，每年到此时，香港市民均携家带口，前往祭拜车公，上香、求签、转风车，以祈求转运，不少市民更会买风车带回家，相信可带来一年好运。

可惜现在深圳的车公庙，已不见庙，只余地名，成为地铁、公交一站。

深圳和香港都各有一个葵涌。

深圳的葵涌，是客家人的聚居地，常住人口中以潘、黄两姓居多。抗日战争时期，曾是东江纵队司令部所在地。也是远近闻名的侨乡，葵涌的侨胞分布在世界二十多个国家和地区。

香港的葵涌，则是一个工业区，内地去香港新机场必经此地。

至于两个塘坑、桥头、蔡屋围、沙头角等等，不知是否因为当年被割让土地上的乡民，为了不忘记故乡而取了这些名字。因为从历史上看，清末的香港地区，人数比北部的深圳地区要少很多，而且在新界、九龙的很多土地，还是无人耕种与居住之地。从这个角度推断，被分离出去的香港，更有可能的是通过地名标识的方式，最大程度地保留对母体的温暖记忆。

在此后被殖民统治的近百年里，香港和深圳之间依然无法割断。

一条"广九铁路"将广州和香港连通起来，节点正在深圳。

按照各自表述的惯例，香港称之为"九广铁路"。广州—罗湖—九龙，成为清末英国人从中国内地运输物资的最重要的通道。

这条铁路在清光绪二十四年（1898年），经清政府批准兴建，中英商定以罗湖桥中孔第二节为界，分为华段、英段，各修各段。

1910年，广九铁路英段竣工通车。越明年，华段也竣工通车。

全线通车仪式选在1911年10月5日，华、英铁轨接通的同时，鞭炮齐鸣、醒狮狂舞。谁也没想到的是，广九铁路通车鸣炮之后仅仅5天，武昌起义打响了第一枪，辛亥革命爆发。勉强撑了四个月，清帝退位，民国建立。剪彩时顶戴花翎的清朝大臣，被身着中山装和北洋军服的革命党人替代了。

不过，广九铁路自此便成为粤港的"亲情线"，这条铁路见证了百年中国史。百年来，广九铁路对于沟通粤港起到了至关重要的作用。

其中，"三趟快车"对保障香港市民的生活功不可没。

所谓"三趟快车"，是指每天有三趟专门供应港澳鲜活冷冻商品的快运货物列车，它们分别发自武汉（751次）、上海（753次）、郑州（755次）。从1962年起，这三趟满载着牲畜、肉禽、蔬菜、水果的快车，每天"定期、定班、定点"到达深圳的笋岗仓库，在这里验关放行香港。当时内地尚处于困难时期，但供港的快车从未停驶，香港人也从未感受到饭桌上的匮乏。

如今，"三趟快车"的蒸汽车头早已变成了电气车头，内地和香港之间的货物运输也早已不止三趟，而且不限火车，海陆空全方位地往返于广九之间。

深圳与香港的双城记，最让人感怀的是诠释了什么叫"一衣带水"。

香港是缺乏淡水资源的，几乎没有天然水源，虽然年平均降雨量有 2224.7 毫米，但远远不足以维持全港日益增长的淡水需求。香港在开埠前后主要依靠山涧溪水和私人开凿的井水。遇到几次严重缺水后，于 1960 年开始向广东省购买淡水，此后淡水的主要来源就变成了深圳的东江。

香港人至今对 1963 年前后的水荒还心有余悸，因为遭遇严重干旱，政府只能租用游轮到珠江口抽取淡水，并对市民限制供水，每四天供水一次，每次供水四个小时，全港市民生活陷入困境。香港水荒引起国家高度重视，1963 年年底，国家拍板，深圳兴建东深供水工程，主旨是为了缓解香港用水困难。

当深圳水库的淡水，带着一丝清甜，不舍昼夜地流入香江，这个被咸水包围着的城市，放心地吮吸着来自深圳水库的母乳。

水是生命之本，而电便是光明之源。

《东方之珠》的歌里唱道："月儿弯弯的海港／夜色深深灯火闪亮／东方之珠整夜未眠／守着沧海桑田变幻的诺言。"香港之所以被称为"东方之珠"，很大程度上便因为它的满城灯火、霓虹闪耀。为什么"整夜未眠"？因为"灯火闪亮"！

闪亮的灯火里，最大的电力来源无疑是大亚湾核电站，这个核电站静悄悄地卧在大鹏半岛的东北翼，离香港尖沙咀直线距离 51 公里。核电站于 1987 年开工建设，1994 年 5 月 6 日正式投入商业运行，从它发出第一度电起，便有 80% 的电力供应香港，20% 供应广东。目前，大亚湾核电站的年售港电量，仍占香港社会总用电量的四分之一。

香港和深圳，这一对同胞兄弟，从来都没有真正地分开过，即使在那纸冷冰冰的条约下，它们也呼吸着共同的空气，啜饮着共同的母乳。

现在粤港澳大湾区，再一次把它们更紧密地连接在一起。世界上原本有三大湾区：纽约湾区、旧金山湾区、东京湾区，很快会增加第四个：粤港澳大湾区。

曾经的双城记，是深圳与香港的双子星座。未来的粤港澳大湾区，则可能是深圳、香港、澳门、广州的四手联弹。

中、英政府官员及嘉宾参加广九铁路（英段）开通仪式（香港特区政府档案处藏）

1982 年 9 月，南头联检站开始动工兴建（选自江式高《昨日深圳》）

再次想起，狄更斯《远大前程》里的一句话："许许多多分离的结合，就构成了生活。"

风雨"二线关"

在很多国人的印象中，深圳曾经是"国中之国"，因为作为中国人，到深圳必须办"边防证"，要过武警守卫的"关"。这道关被俗称为"二线关"。

既然有"二线关"，那么必有"一线关"。"一线关"是指深圳与香港的界线，在 1997 年香港回归前，那道关就是国门。

因为边境毕竟是自然地形，无法像在纸上画线一般绝对横平竖直，深圳有些犬牙交错的田亩便伸进了港方的区域，所以还设有 6 个过境耕作口、20 个下海作业点。持有辖区户口的深圳人可以凭证去港方的田地耕作、捕捞，属于原住民可以自由进出的"飞地"，其中最大的一块飞地是沙头角，被设为"边境特别管理区"。

当然，从深圳去香港要过关，这个非常好理解，因为毕竟从法理上说，香港租借给了英国，当时还是英属领土。可是，为什么从内地到深圳，还要再设一道关呢？是否多此一举？

1980 年，中央批准设立深圳经济特区，当时划定深圳特区的时候，特区的面积没有今天这么大，也就 300 多平方公里。而深圳市的另外 1600 多平方公里土地，便都划到深圳经济特区范围之外，比如现在的宝安、龙岗等区皆与特区无缘。

当初这种制度设计的初衷，是考虑到建立经济特区属于"摸着石头过河"，没有任何借鉴经验，一开始如果摊子铺大了，担心收不了场，如果只在小范围内试验，万一失败可以立刻刹车。而且刚刚建立特区，如果不对各地涌入深圳经济特区的人流加以控制，深圳将会无法承受巨大压力。

于是四年后，一道长达 84.6 公里的铁丝网建成启用，东起盐田小梅沙、西至南头安乐村。这道高 3 米的铁丝网将深圳分割成两部分：特区内、特区外，使深圳成为中国唯一"一市两制"的城市。

因此国人要从内地到深圳就必须办一个边防证。边防证其实就是一张纸，上面手写着你的姓名、籍贯、年龄，但并无照片。

每天在南头、小梅沙等几个关口，除了人头攒动的排队验证进关者，还聚集着大量无证的人，他们心急火燎地四处设法搞证，所谓搞证，其实也就是花钱买证。

我曾经有几年经常开车去关口接人，因为汽车进出的关口一般抽查不严，大部分都可以轻松通过。再到后来，连抽查也不查了，你开车到关口只要稍稍减点速，武警微微一颔首，你就安然通过。

2005年，"边防证"完成了历史使命，退出了舞台，人们只需凭身份证即可进入特区。

2010年7月1日起，深圳扩大了特区的版图，特区范围延伸至全市，经济特区总面积扩容为1997平方公里。特区已经一体化，"二线关"却依然寂寞地矗立着。

久而久之，大家都发现"二线关"成了鸡肋，当检查者与被查者都觉得乏味时，游戏便进行不下去了。

八年后，2018年1月15日，国务院宣布：撤销"深圳经济特区管理线"。在风风雨雨中存在了35年的"二线关"，正式成为历史名词。

虽然"二线关"到2018年才正式拆除，但是大家都清楚，进入21世纪以后，人们心中的那个"关"早就拆除了。

一条名叫深圳的鱼

曾经有部好莱坞电影《一条名叫旺达的鱼》，黑色幽默片的经典，但很多年过去了，情节已经完全不记得，只记住这个奇怪的片名。

如今当我在空中俯瞰深圳时，我想形容它，却一时找不到合适的词，脑中突然跳出了这句话：一条名叫深圳的鱼。

的确，深圳太像一条鱼了。这与《逍遥游》暗合，是否印证了深圳由鲲鱼化为鹏鸟？庄子早就预言了鲲鹏的下落："是鸟也，海运则将徙于南冥。南冥者，天池也。"翻译成白话就是："这只鸟，当海动风起时就飞往南边的海。那南海，就是通天的渊池。"

如今，这条像海豚一样横卧在中国南方海边的巨大的鱼，身体正在扭动中，仿佛随时会一跃而起，直冲云霄。

在中国城市中，具有深圳这种地形特征的城市极为罕见。因为大多数城市都是"摊大饼"式发展起来的，它们从一个中心点向四周辐射开去，一圈一圈地把城市大饼摊成，所以基本上不是方形、长方形，就是圆形、椭圆形，即使不绝对对称，也至少东西南北大体相等。而深圳例外。

深圳这条鱼是头朝西、尾朝东地静卧着。从鱼头到鱼尾，自西向东足足有一百多公里；而鱼的两侧，即南北方向只有三四十公里，最短处不到十公里。占总面积78%的平原和台地，像绿茵茵的鱼鳞一样覆盖着它的躯干。

深圳人从西部的宝安区去东部的大鹏新区，几乎比去广州还要远。所以在很多深圳人的潜意识中，有鲜明的东西概念，却少有南北概念。

有朋自远方来，见到我往往都会问："深圳市中心在哪里？"

他们迫不及待地想让我带他们去市中心。而我会对他们说："深圳没有传统城市的所谓市中心，如果一定要找市中心，那会有好几个。"

在这一点上，深圳很像洛杉矶。

我第一次去洛杉矶时，也曾向朋友问过类似的话，当时得到的回答是："洛杉矶没有一个具体的市中心，但有很多个市中心。"后来熟悉了洛杉矶，便知此言不虚，洛杉矶是一个城市群，阿凯迪亚、帕萨迪纳和波莫纳都各有中心，不同的小城市积聚起一个大都市。

很多人也都试图寻找深圳的中心。但他们会发现，在福田、罗湖、南山、宝安都存在着各自的中心，甚至在一个区内不同的街道还会形成好几个中心。我刚到深圳的时候，在南山听本土人聊天时常常会说："我明天去深圳。"我当时觉得很震惊，大家不都在深圳吗？后来才知道原来他们嘴里说的深圳，是指罗湖。

深圳很散，像一幅散点透视的中国画。

那么我们寻找城市中心时，在寻找什么呢？因为你寻找的东西不同，可能你对城市中心的结论也会不同。

我曾经做过凤凰卫视《纵横中国》栏目的总策划，当时我们试图寻找的是城市的人文血脉，以及人文血脉形成的独有的城市景观和城市性格。而且我坚信，什么样的城市历史就会形成什么样的城市性格，什么样的城市性格又都反映在它的布局、建筑、街巷中。

深圳不像北京那样有意识地按照皇城的样子打造出来，皇城的格局是四四方方，由内向外以不同的涟漪状荡漾开去，俗称"摊大饼"。所以相声里给北京市杜撰了一个市歌《五环之歌》，唱道：

"啊！五环，你比四环多一环；啊！五环，你比六环少一环。终于有一天，你会修到七环。"全中国的城市大都像北京这样修成了一环又一环。

而深圳摊不成那个大饼。

首先是狭长如带状的东西地理走向，让深圳无法"成环"，各个区从东到西依次排开，它们用四十年的时间，找到了自己的定位。定位即风格，它们用各自的风格混搭成多元、包容的"深圳风"。

就拿文艺来说，大鹏的客家山歌便独领风骚；罗湖的歌舞厅文化成为翘楚；福田无处不在的文化沙龙、小剧场话剧让城市夜空充满文艺气息；盐田的鱼灯舞弥漫着海洋文化的鲜气……这些各具特色的定位，就让分散于全城的十个区，创造了各自相对独立的发展空间。它们既独立又互补地完成了各自的空间建构，并进而形成了各自不可复制的城区魅力。

在深圳生活过一段时间，人们才慢慢了解这座城市不同区域之间微妙的互补关系。比如说你要买书或进行其他文化活动，一般会首选福田区，到莲花山脚下的中心书城一带，在那里你会享受到所能想到的一切精神文化生活；而如果你想要购物、娱乐，一般会首选罗湖东门一带，那里的步行街、夜总会能帮助你更快地找到目标；如果要休闲、度假，毫无疑问会去大鹏半岛，在南澳、较场尾的民宿，你会忘记这个城市的快节奏。这种几乎像模块般的下意识选择，没有人会弄错，并且他们会乐此不疲。

这其实也正是一个中心并不集中的城市的优势，曾经的那种大而全的功能型城市，正在被不同功能组团的互相分摊所替代。

北京的市中心很好确认，以天安门为绝对中心，不到天安门等于没到北京。

上海也好办，以人民广场为中心的黄浦江外滩一带，是这座城市的绝对核心，不到外滩等于没到上海。而深圳确实不存在这样的绝对中心，没人能说不到哪里就等于没到深圳，这个众望所归又无可争议的地标，一直在遴选和争论中。

城市的中心在哪儿？有时候取决于你的心态，一个内心充实、欢悦的人，无论处在哪儿，都不会太孤独。

想起了苏东坡的一首词《定风波》，中间有一句成为千古佳句："此心安处是吾乡。"当时苏东坡的好友被贬官到了广东，多年后在京重逢，苏东坡问朋友："岭南的风土应该不是很好吧？"朋友却坦然答道："心安定的地方，便是我的故乡。"苏东坡听了，感动不已。

在深圳这座移民城市，很多人像蒲公英一样飘飞过来，他们在这里能否安稳地待下来，取决于他们的心是否能安。当他们在这个城市的不同角落，都能找到各自安身立命的场所，他们便会把那里当作自己的中心。

所以从某种意义上说，真正的城市中心就在市民的心中。

（选自《特区文学》2019 年第 6 期）

2

深圳之春

深圳墟

张黎明

1979 年那阵儿，深圳市人少，只有墟日是当时最聚人气的时候。

深圳墟和墟日是两码事情。先说墟，佛山普君墟、升平墟面积大，有今天常见菜市场的好几倍。1979 年的深圳墟是市中心唯一的墟，比佛山墟小多了，是袖珍版，可赶墟的汹涌劲头不比佛山逊色。深圳墟市浓缩在十字街人民路南段 20 米左右的盲肠地段，也就是 2016 年太阳百货广场东门口的那一小片。如今的地面还打了个铜标志，上面是一杆秤。

深圳墟北端紧靠解放路，南端连通了七拐八拐的小街小巷。

深圳像佛山一样也有常设的墟日。墟日，也就是赶墟的日子。

深圳墟墟日农历二、五、八，还有特别的节日都是墟日。

赶墟，她也有种说不出为什么的喜欢。她不明白这些奇异的闹哄哄的赶墟，竟把一切吸引其中，包括她自己，那是不可拒绝的绝对魔力。

想想，或许这些从土地生长出来的味道就是现在所说的地气。

日头没出，她躺在床上还没有醒，就听到了地表的声音。四面八方的农家从朦朦胧胧的暗处涌出，有声有色地，并非润物细无声那种细腻缠绵，而是穿过小巷踏踏踏地汹涌而过，三个五个成群结队，浪潮一般急迫迫真切切地赶去了。

小巷也开始动了，哗啦啦地开门，还敲打别家的窗户，邻居婆娘们的大呼小叫，还能不梦醒吗?

她突然想起这是星期天,得补充点营养什么的,于是一跳而起。

墟里很闹,许许多多戴凉帽的大脚客家婆娘和许许多多讲围仔话的本地佬,互相穿插混合在城市里。买还是不买,卖还是不卖,这是唯一的问题,各自嚷着不同的方言却互相明白透里,声量分贝极高,看似吵闹,实为毫无杀伤力的斗嘴……

一眼看去这些摇摇晃晃的扁担都压得弯弯的,吱吱呀呀的声响不算啥,那笼子里的鸡鸭鹅比扁担的声音高出数倍地大叫。鸡鸭鹅这类小家禽,尤其是个头极伟岸的狮头鹅,真叫得人心头发颤。

红扑扑脸庞的客家婆,汗湿的衣裳贴紧脊背,黑色的大襟衫裹出结实丰盈的身段,可比跳龙门的鲤鱼那样有劲,坐或蹲,一双大赤脚肆无忌惮或交叉或分叉搁在那些家禽的笼子边上。遇到连老嫩母鸡都分不清的她,人家一手抓了鸡脚一手轻轻掰开鸡屁股,一嘟嘴吹开细毛:鸡项仔(小母鸡)。

她根本就看不明白,也笑着点头。

单车后架背着猪的赤膊佬,看起来瘦得一肋一肋排骨,不怎么有力,眉头锁得很死。背架上一左一右两头猪,少说也三四百斤,车胎也扁扁的,也不知道养了多少张吃饭的口,为生活,没有法子。

最有趣的是卖蚝的女人,默默蹲在一角,不叫不喊。脚边有一个小木桶,里头有白白滑滑水淋淋的鲜蚝,卖蚝卖鱼或卖虾的都喜欢蹲在一起。她的脸黑红透亮,皱纹不多,但每一道都如刀刻的深。这蚝取得不容易,一只只都是从那石头缝里长出的,潮退的时候砸下来,再一个个撬出蚝肉,这等鲜美的东西,寻它的人多。皇帝女儿不愁嫁,卖蚝女子从来不吆喝。

大弟弟曾经提了小半桶这样新鲜的蚝回家,说带旅行团去蛇口,在蛇口买的。怎么做?用慢火煎干,煎得很软很香,两边有一点儿金黄就行了。真的,吃过那样的蚝后,想起也会不停地咽唾沫"返寻味"。墟市里的卖蚝人,不知道那蚝是否来自蛇口。

墟市里的人挤挤碰碰,她也挤进去这里看看,那里蹲蹲,聪明的人看上了自己中意的就掏钱。没有讨价还价,那时节人们还没学会这一招,心里都清楚值多少,出天价或大砍特砍的事情绝对没有,精巧聪明的潮州人还没有大举进军深圳。

她笨,反应慢,不知道这汹涌的墟也像 1979 年的建材局那样供不应求。出门赶墟这儿看那儿看，一轮慢动作过后，最后发现想买的都没有了，不想买的也没有了，很惭愧地赶了一个两手空空，不知道她赶墟还是墟赶她……

散墟了。

日头从东到西慢慢地走，人们也慢慢地从墟市往街心移动，渐渐像条湍急的小河，不时涌入十字街，主要是解放路比较大的百货店、新华书店等等，其次就是人民路的小店铺。

赶完墟的大婶和姑娘在布店里叽叽喳喳，售货员噼噼啪啪地扯动布匹，剪刀一斜，蓝斜纹花布就各有各的主了；靠脚营生的乡民或是单车佬也不忘小城的理发店，经常把空的挑担或运货单车靠在门边，人闭了眼靠在大躺椅里，也许心中盘算着这一趟净赚了多少，该买点什么。打了个盹，发也理好了，摸出些零子，一角五分理一个发；也有的人怀里藏着钱，手里拿着空扁担，一间间店铺转，这也好那也好，摸过了却舍不得掏钱，这是留给阿妹上学的，皇帝老爷也动不得。

最热火的是街边小吃，"萝卜粄""糕粑""炸虾角"都发出诱人的香。掏出腰包，花一角几分吃出一嘴油。要不，坐在小吃店来两碗云吞面，高级点的就去新安酒家来一碟头饭快餐、梅菜猪肉或者萝卜牛腩。

深圳十字街1996年重建的时候，她特别留恋墟日，更想弄明白这深圳墟的历史。它不是1979年墟日的那点范围，它的久远要翻《新安县志》，到底有多久远？1911年广九铁路修成之前有它，割让港岛前有它。墟立何时？深圳博物馆考证为明永乐八年（1410年），距今六百多年。坊间有说清康熙二十七年（1688年）《新安县志》墟市条目中载有"深圳墟"，故说深圳城距今有三百多年的历史。

这是记载日还是立墟日？她一腔疑惑去翻查史料，从隋唐至明清（581年至1839年），靠山面海温暖湿润的新安地域，盛产珠、蚝、盐、渔、香，更有稻谷菜果，自然就有贸易集市。南头、王母起始享有大墟之名时，琢磨那深圳墟绝对还是三个自然村之间很小的买卖场，此时是否更早于明永乐八年？这叶屋村、南塘村和油榨头村，几村之间的小墟集，如何年复一年越来越大？卖猪的渐渐多了，于是有了猪仔街；卖鱼的也不甘落后，聚在一起自然成了鱼街；酒米店和饼店以及布店、茶楼也自然而然地赶来了。

它如何静悄悄地超越了不远的湖贝，又如何与南头遥相呼应？直到今天，深圳墟没了，"深圳"成了这片地域的符号，深圳墟立何日终归成了奥秘，这替换之中的偶然和必然，留给后人去猜想了……

而《深圳近代史》记载，康熙八年（1669年）复界，恢复新安县，鼓励原籍居民返乡耕种，实行招垦提供种子耕牛以及免一定年限赋税的优惠政策，东江流域、嘉、潮及闽赣两省大批客籍农民迁入，渐渐恢复各种生产，继而商业贸易空前活跃。

清朝嘉庆道光时期，新安县的县城南头和县丞署大鹏城以及县内其他人口集中之地共建有36个墟市，其中就有深圳墟。

这些墟市"有专门的商号、店铺，如当铺、布匹店、日用百货店、咸杂店、铁器铺及其他农具铺等。农副产品成行成市，有猪行、牛行、鸡鸭行、米谷行，荔枝成熟时节有专门的街市"。

在清同治七年（1868年）南头的《兴建宝安公所序》碑记记载，南头城商号建宝安公所时还得到深圳埠等商埠、店铺的赞助。

听老作家陈残云以及很多老人说过，抗战前从香港一过罗湖桥就灯火通明，深圳河边设有大赌场，白天黑夜都开业，还有七八条"紫洞艇"，不少年轻女孩沦落为妓，供富贵名流登艇玩乐，夜夜笙歌，名曰：坐花艇。连深圳墟内也开了几个小赌场，赌"番摊""鱼虾蟹""打宝字"，还设烟馆妓寨。

《深圳近代简史》也记载"深圳墟是宝安商业最为繁荣之区"，宝安县共有1526户居民从事工商业，其中深圳墟有500余户。此外有客栈、旅社140多家，酒楼、茶室50余家。

这时候的深圳已是边陲小城镇。

1979年3月成立深圳市，它基本上还是原本的小城镇格局。从高处，爬上炮楼或登上新安酒家四楼，往下看就一目了然。四通八达的田野中央窝着数条小街组合的一个大井字，大井字里头又有好些小巷组成的小井字，在大井字里走一圈不过十来二十分钟。两条又窄又有点曲折的小街巷，斜着从东南到西北的小街叫南庆街，另一条叫永新街。两条比较宽交叉又生出一横、二横、三横等小街，南段的小巷就更多了，像蛛网一样编织在十字街的四周，这些小巷更窄更小，有的单人过还得侧着身子，大大小小的井字里头横七竖八了一些"鸭仔街""猪仔街""鱼街"，这有名字的街大都可横行两人。名字真可以证明是个大墟，卖鸡鸭卖猪牛。深圳墟起码有十多条买卖什么就叫什么的专卖小巷。深圳镇有东西南北门。今天人们说的东门是整个老街，不是当时的东门。

解放路一直往东叫东门，东门边上有条泥尘滚滚的大路，往南通往文锦渡以及储运仓，最著名的叫湖南仓；往北通往汽车站、酱料厂、水库，这可是小城最宽最长的大路，它一直通往龙岗、坪山至惠州，在地图上它被称为深惠公路。汽车站就在现在东门中，地铁晒布路出口的地方，是当时最大的也是唯一的长途汽车站，可去惠州、汕头等等。

到汽车站这一段路已经属于深圳的偏远东郊。汽车站对面是一片野山岗，有一处叫打靶岭，死囚最害怕的地方，宣判会一过，死刑就在这里执行。人民路一直往北就是今天的深圳中学地段，而北门就在原来桅杆园园新街。1979 年已经不见北门，因为 1949 年 2 月在此地附近兴建了人民（民乐）戏院。

还有西门和南门，顾名思义就是西边和南边的门。

深圳的四门之外，还有许多小型工厂，农机厂、食品厂、凉果厂和机电厂等等。1979 年还没有挂牌子可已经办公的深圳市委就是原来的宝安县委，则在解放路最西边。从新园招待所沿着新园路进入解放路，步行往西不到 10 分钟就到市委，但是从来没有见过西门。听说门在解放路深圳戏院往前走一点的铁路边。1979 年还竖立着一个炮楼，怕就是这附近。南门呢？1979 年听说过南门和墟相连，也许就是进入南塘菜市场的地方，但不见门。

（选自《她的老街 1979—1983》，深圳报业集团出版社 2016 年 11 月版）

"共同富裕"

汤锦森

1984 年 1 月 25 日上午，我紧张地等在渔民村路口。此前，我接到上级通知，今天有一名中央领导同志要来视察。

和我一起在路口等待的，还有村里的群众。解放前，他们在东莞老家生活不下去了，迁到深圳河边，靠打鱼为生。平时，他们就住在小渔船上，当地人叫他们"水流柴"。就是这样穷困的渔民，今天能受到中央领导的关怀，他们的心情可想而知。

来了，一行车队停在了村口，一位精神饱满，气宇轩昂的老人走下车来。我激动得心都差点跳出胸膛：他就是我们改革开放的总设计师邓小平同志。

当时，我是宝安县附城公社管委会主任、党委书记，因此，我担当了给小平同志引路参观渔民村的任务。小平同志首先来到村文化室，我站在他身后，向他汇报了建设经济特区以来农村发展的情况。当时，深圳经济特区的建设集中在罗湖一带，国家征用了大片土地，很多村的土地都被征光了。农民没田种，以后怎么办？我们是社会主义国家，不能像资本主义原始积累时期那样，城市发展了，农民破产了。否则，经济问题就会变成政治问题，农民就不会支持经济特区建设。当时，我们的指导思想非常明确：征地费不准分，要留下来发展集体经济，办厂建物业，这是以后农民赖以生存的基础。

就这样，罗湖区的农村随着特区建设的深入，建起了物业办起了工厂。渔民村就是在这个时期发展起来的。我们利用征地费，办了"三来一补"企业，组织了车队，买了两条船跑运输，还承包了香港那边的80多亩鱼塘。到小平同志来视察那年，渔民村户均收入已达到了1万多元，成了远近闻名的万元村。

小平同志听到渔民村的发展，非常高兴，他兴致勃勃地在村里走了一圈。他走得很快，我们感觉得到，小平同志心里很急，他急于想看看改革开放后给农民带来了什么实惠。那天，小平同志说话不多，问话也不多，他看得很仔细，听得很仔细，但他问的每一句话，都很有分量。他问："是不是每家每户都有一栋楼？"我们回答是，他满意地笑了，是发自内心的欣慰的笑。在书记邓志标家，各种电器一应俱全。小平看了后问："这些东西大家都有吗，是不是共同富裕？"

哦，老人家关心的是：共同富裕。

看完楼下，小平同志又要上楼。工作人员劝他别上去了，他一挥手，对我说："上！"我想扶他，他说："不用。"我高兴地给他引路。小平同志感慨地说，全国的农村要达到渔民村的水平，不要100年也要70年。我在这里看到了小康看到了共同富裕和中国农村的未来，看到党的改革开放政策是正确的。他意味深长地说，我们一定要发展经济，改善人民的生活水平。共产党一定要为群众谋福利，否则人民群众就不会拥护我们。

小平同志在渔民村的视察就要结束了。临上车，他再一次问："群众对现在的政策有什么意见？"我们说："群众都拥护十一届三中全会以来的政策，拥护建设经济特区的决策，就是担心政策会变。"

小平同志露出了微笑，但语气却斩钉截铁般地坚定，他说："政策是要变的，但只会越变越好！"

小平视察后的15年来，罗湖区委、区政府始终贯彻小平"共同富裕"的思想。到1998年国内生产总值达到了27亿多元，社会商品零售总额达20多亿元，人民走在共同富裕的康庄大道上。

80年代末以来，由于市政建设需要，小平同志视察过的渔民村周围建起了立交桥，使这个村成了一个"闹市孤岛"，经济发展受到一定制约。为此，区委、区政府召开多次会议，组织了工作队，规划进一步发展渔民村经济的大计。我也多次到渔民村调查研究，和这里的干部群众一起想办法，找出路。当市政工程完成后，罗湖区迅速投入几百万元，为渔民村修了一条环村路，使渔民村再次向闹市敞开了大门，进入了一个新的大发展时期。

（选自《深圳文史》第 2 辑，海天出版社 2000 年 2 月版）

大鹏起飞

柳　嘉

　　深圳有个大鹏湾。依山傍海。那山像鹏鸟昂向晴空的头，那湾如大鹏插入沧海的翼。气势十分壮阔。我记得庄子《逍遥游》里富于浪漫色彩的刻画："北冥有鱼……化而为鸟，其名为鹏……怒而飞，其翼若垂天之云。"深圳人以大鹏为城市符号，实在是具有深刻寓意的。

　　谁甘居人后，谁愿意自己的祖国凋敝衰微？然而在那已经逝去的茫茫岁月里，背靠太子山和大南山，隔着大鹏湾与香港遥遥相对的深圳，惟闻单调的涛声，惟见瀹蒙的云气。面对日新月异的另一个世界，炎黄子孙们有多少焦急的情感，有多少不屈不挠的壮志啊！

　　哀莫大于心死，但忧愤往往可以造就英豪。这个蹴伏在中国南方海滨的大鹏，已经怀着满腔凌云之志愤然起飞了。然而怒却并不是夜郎自大，不是闭关自守，而是怒在奋发。借助风云之力，发展和壮大自己。梁启超在 20 世纪初不就说过"广东之长在富而通"吗！

　　仅仅以短短的四年多时间，深圳经济特区便以高速度、高效率而取得迅猛的发展。1982 年的工业总产值为三亿六千万元，1983 年就增长到七亿二千万元了。这几年里，外商纷至沓来，仅仅财团和跨国公司的代理人就有好几百之多，有一段时间里，几乎隔一天便签订一个合同。好些工业区、农作区和一大批工厂企业已经建成。

目前又开始了重点发展技术密集、知识密集型先进工业的阶段。已规划今年兴建五十个有一定规模的工厂，以求特区的建设有新的突破。

登上高高的国际商业大厦，我们便可见有如万花筒般五色缤纷的市容。高速公路像一根根离弦的箭射向空阔的海边和广袤的大地。在流线型的大道上，每年以十万平方米为单位的建筑面积在建成。无数高楼平地崛起。二十二层的友谊大厦、二十八层的湖心大厦和罗湖大厦、三十层的海丰苑和德兴大厦形成了楼的森林，包围着我们。二十一层的国际商业大厦似乎像侏儒而相形见绌了。我们俯仰在灿烂阳光下的这些咖啡、米黄、雪白、深灰、浅绿丰碑式的建筑群中，又看到了在市中心行将建成四十八层、上有旋转餐厅、圆形的国际贸易中心和总建筑用地面积达五万三千多平方米、总高度为一百零四点八米、功能复杂的金融中心大厦的建设已初见端倪，使人依稀可辨它们将来的宏伟英姿了。黯淡而低矮的旧市区仿佛已在地平线上消失。可谁敢相信，这儿在 1840 年鸦片战争时还是一片荒草凄凄的原野，1911 年广九铁路通车时只不过是一个小小的圩墟，到了特区开辟的前夕，也仅仅是一个县级行政编制的宝安县呢？而如今，在这个万紫千红的土地上，铁塔吊车的巨臂在晴空中不停地摆动，火车有节奏地碾过钢轨，汽车轻盈地在柏油路上飞驰，轮船在碧波上缓缓滑行。钢与钢的撞击，铁与铁的敲打，汽笛和喇叭的鸣响及人们杂沓的步履组成了这搏风击浪，骞翥翱翔，凌摩霄汉，"飞"的壮丽图景。

可不是吗，我在深圳看到了多么美妙、千姿万态的飞的形象啊！

千里马在飞腾

那过去以拥有九十九扇门、神灵显赫的天后庙而闻名于东南亚的蛇口，现在却以特区建设高效率、高速度的"蛇口方式"而闻名于世了。从工业区破土动工到建成目前已拥有四十七个企业的现代化海港工业区，不过仅仅花了四年多一点的时间。这样的速度，连香港前总督麦理浩也不得不为之叹服。

一进入蛇口，巍峨的太子宾馆便以它那雪白的颜色给人以亲切之感。停泊于海湾上的明华轮以"海上世界"的豪华、舒适、别致而吸引着中外客人。往日荒凉的海滩已建成一幢幢花园式的碧涛苑别墅群。里面的厅房都以不同国家的式样而配以不同的色调、装饰与摆设。蛇口镇往日的古旧建筑已为高楼所湮没。海上的机轮穿梭往来，海边的船舶交错下碇。太子山下的标准厂房虽然进行着轧钢、铝制品、集装箱、电子、化工等项生产，但整个工业区却展现于葱茏的林木与如茵的草地间，听不到丝儿嘈杂的声音，看不到些儿令人憎恶的烟雾。隔海相望的香港青山和市中心区中环，现在似乎再也不能炫耀自己那独有的繁荣了。

蛇口的旧日与现代、荒芜与繁荣多么像一篇神奇而又富于魅力的童话。入夜，晚霞染紫了海涛，那为霓虹灯所映照的熠熠波光，使人想起了蛇口那古老的传说。被后羿射杀之后的九头蛇，皮肉虽死，精灵犹存，上帝有感于蛇的至诚，准予继续修炼，只要有益于中华，有益于人群，功成之日，便允它吐出明珠，使南海之隅光芒四射，变成繁荣美丽、百业兴旺的乐园。如今的蛇口不也是这神话奇迹般的再现吗？

工业建设的高效率取决于人才生长的高速度，生产的大幅度增长来源于建设者汪洋般地汇聚。蛇口工业区运筹帷幄、善于经营的人才很多，但我却想从一个普普通通的小人物说起。这位工业区管理委员会的秘书，是一个十分精明干练的中年知识分子。他有着较长的在内地机关、工厂的工作经历。但从他喜形于色所闪现的内心世界，可以得出他醉心于这儿适宜于人才生长的干部制度。他每年按他的工作质量的好坏而决定是否受聘于蛇口工业区管委会。目前特区流行的所谓"黑板经理"，便是聘请制度的别称。如果工作胜任，黑板上的经理栏便写上你的名字。倘若失职，马上便被从黑板上抹掉。而受聘的本人也可以根据这个企业对自己是否适合而决定自己的去留。按照广东的俗语，就是受雇者和雇主之间都可以相互"炒鱿鱼"（即卷铺盖走人）。然而只要你有才便有职，有职便有权。这儿没有那一套数不清的请示报告和模棱两可的"研究研究"这类因循守旧之风。过多的"请示"将会被认为是无能而保不住饭碗。他高兴地对我说，他这个小秘书在当班期间曾代表管委会处理了一桩桩发生的重大事件而得到管委会的认可。干部履行职责好坏又表现于报酬上。他称职，将得到较多的奖金；他不称职，他所得的报酬便相反。他对企业福利的享受取决于他所付代价的多少，而不是依靠他的职别和权势。以这位秘书而论，他按内地的标准每月拿七十四元的基本工资，加上一百二十四元的职务工资，另外取决于本人的表现和工作能力的强弱而拿若干的浮动工资。他现在花四十七块半住上了两房一厅的宿舍，但只要他付出更多的钱，便可以租赁条件更优越的公寓。看来，在这儿，干部的聘请制度打破了铁饭碗，工人的合同制打破了吃大锅饭。他们的工作和劳动都和报酬紧紧地联系起来。按经济规律办事十分有利于人才的发现和成长，有利于积极性的调动，反过来它又促进了建设的高效率。目前蛇口由客商独资经营或合资经营的四十七家企业的职工工资水平已超过澳门。仅仅从职工的家用电器设备如电视机、电冰箱、收录机或音响组合、西式沙发都已成为家家户户都有的低耗品，便可见生活水平之高。

有人说在深圳事事都讲钱，但这并没有使人与人之间的关系蒙上一层冷漠的金钱的面纱而缺乏人情味。我却以为，讲钱要比讲"关系学"、讲论资排辈好得多。深圳正因为它实行的体制改革而吸引着千百万人。在这儿，他们从土生土长的干部中发现并培养了数以千计的人才。许多公司、企业、商店、宾馆的经理原来都是普普通通的服务员和售货员。但光靠本地生长的人才是远远不够的。为了延揽全国各地的人才，他们派出了好几个工作组到北京、天津、上海等地登报招聘。这消息一时轰动了当地的知识界。来报名求见的络绎不绝，数以千计。

招聘组在北京的二十二天里，每天接见一百多人次。许多教授、副教授、专家、学者为这个新兴城市火热的生活所吸引，带着支援特区建设的满腔热忱，要求到这里来工作。有的拿着自己的作品、几十年的研究成果来求见。有一位中年画家听到招聘的消息，竟迫不及待地午夜前来敲门。在短短的几个月里，他们便在北京挑选了三百多人，在上海挑选了一百五十多人，在天津挑选了八十多人。现在已经有二百多人到达特区开始了工作。笔架山下已经盖起了好大一片招聘者的住宅区。数百套房屋拨给了各单位以应急需。

著名的电影演员祝希娟已全家迁来这里。我去拜访她的时候，虽然是星期天，她却忙着到蛇口开会去了。她的爱人接待了我。他是个画家，善于刻画人物而不善于表达自己内心的情感。但从他朴实的语言中可以体会到他的满意之情。他原在上海戏剧学院工作，现在安排在深圳大学。据他说，年已四十六七的祝希娟是为了希望改变特区文化建设上的落后状况而到深圳来的。她一到达便被安排担任深圳电视台副台长。由于她和同志们的努力，在短短不到一年的时间里，深圳电视台已经拍成自己的电视剧开始在荧屏上播出了。

刚好五十岁的叶挺将军的儿子叶华明，是一个在新中国成长起来的典型的工程技术人员。他曾留学苏联，长期在北京从事军事工程设计。这位高级工程师，身材修长，戴一副深度的近视眼镜。良好的文化教育使他养成了谦逊而彬彬有礼的仪态。他很健谈，但似乎不动感情。然而那不紧不慢、富于逻辑性的语言并不能掩盖他激动的心情。他向我抱怨说，在北京，他所在的那个设计部门连同他自己便有三十多个高级工程师因为长年的人才积压而使他不得不要求借调支援别的单位。可一年后回来，还是要他担任这个研究设计机构的副主任。可是天呀，在这个岗位上已经安排了六个人了。他干点什么好呢？只好把自己的学识锁进书橱里，一筹莫展。然而他是多么希望能用自己的所学为祖国的建设事业加砖添瓦啊！他并不贪图北京的安逸生活，却坚决要求到这个边远的城市来贡献自己的一技之长。他很满意担任深圳科技发展中心副主任这个职务，侃侃而谈深圳今后在科技研究方面的三件大事，以及为即将动工的深圳八大科技文化设施而自豪。他满怀信心地对我说，五年内深圳的科技水平便能走到全国的前列，十年内便能运用当代的一切先进科技成果。显然，发展中的城市有大量的工作等待着他去做，再不用为闷坐书城而发愁了。到深圳以后，他的境况使许多外地的科技人员心向往之，写信给他要来这儿安家落户。他形象地比方说，现在已经出现了一股"深圳热"，许多科技工程技术人员都要"孔雀东南飞"了。

现任深圳大学外语系讲师吴文博夫妇，是招聘人员中有着曲折而苦难经历的一对。我们为他们的身世所吸引，辗转找到市委调拨给深圳大学员工居住的大楼，正苦于不知他们的住处，正好迎面走来一对男女。男的西装革履，容光焕发，潇洒而倜傥。女的穿一身上蓝下黑的毛呢衫裤，脸色红润而愉悦。我们上前探问。想不到就是所要找的吴文博夫妇。他们热情地把我们引进他们的家，又是端糖又是沏茶。当我向吴文博探问过去生活经历的时候，过多的生活折磨和所遭受的打击使他的爱人杜素心不愿重提旧事，老是按住老吴不让他多说。可当吴文博开了一个头，今歌昔泪的对比使她也忍不住自己的激情，打断了丈夫的话滔滔不绝地诉说过去的苦难遭遇。说到伤心处，竟抽抽泣泣地哭了起来。十年浩劫期间，老吴不过是大学里的一个学生，只因为说了一句张春桥不中听的话便被打成反革命，被送劳教和做苦工。在流浪中讨过饭，拉过车，补过鞋，当过矿工。在走投无路的时候，他曾经想跳下长江了此一生。随着"四人帮"的垮台，他的境遇虽然有所好转，但吴文博和他的爱人却老调不到一起，户口得不到解决。他掐指一算，从他遭难的那一天算起，吴文博的户口曾八年悬在半空，以至于杜素心竟当了十一年的黑人黑户。如今满意的工作和安定而富裕的生活怎能不使他们流下欢欣的热泪呢！

为特区日新月异的建设所吸引而到来的建设者日益增多。譬如曾在南斯拉夫留学取得博士学位的郁大浩，已经担任了深圳市妇幼保健院的负责人。现任深圳市华侨医院肛肠科主任是中国肛肠学会第一副会长兼秘书长，是国内首屈一指的痔瘘专家。全国南拳冠军邱建国和著名电影演员、《樱》的主角程晓英等都到了深圳，真可以说是群贤毕至、少长咸集。有的是已经正式调来，有的只是借调，原单位还卡在那里不同意放人。但他们的到来，即使是为了解决自己某一方面的问题，或者是为了摆脱某种羁绊，或者是谋求自己在事业上的发展，他们也都在深圳找到了自己的安身立命之所，都对特区的建设满怀激情，而且对自己的工作和生活深感满意。这就为我们提出了一个十分值得深思的问题，为什么许多地方留不住这些人才，而深圳却又有如此强烈的吸引力呢？归根结底，这儿的确为千里马的飞腾创造了一个广阔的天地。

为知识的饥渴而飞

到深圳的次日，我一早起床，外出散步。只见在晨曦之中对面的那座楼房门前站满了人。走过去一瞧，竟都是些青年男女，也不乏三十年纪的人，那神情都带几分轩昂和渴求。再靠近才看到了大门旁的那块写着深圳市职工业余中等学校的牌子。我好奇地同一个青年人搭讪，才知道他们都是来排队等候报名的。

深圳由于建设发展的快速，劳动力不足，全市早已没有一个待业青年了。由于体制的改革，特区的兴衰便自然而然地和人们的前途紧紧相连。他们要在这个战场上拼搏，便要不断地充实自己的知识，提高自己的技能。因而学习便成为激荡在青年人中的一股暖流。

我在市总工会找到了职工业余中等学校校长王高平。他早年肄业于广州中山大学外语系。他的文化教养使他略带几分洋气。梳得溜光的分头，笔挺的西装和亮堂堂的皮鞋，衬得他那硕大的身材更仪表堂堂。但长期从事教育工作的修养却使他十分平易近人。今天刚好业校报名结束，他在百忙之后稍得喘息，显得轻松而愉快。他说，如果你昨天来，我可抽不出工夫和你谈呢。我不知怎么给你打比方好，我的学生们可爱极了，他们就好像一群吱吱喳喳的鸟儿，他们从早到晚都绕着我飞，好像一点儿也不知疲倦似的。可我理解他们的心情，他们是为知识的饥渴而飞啊！

这三天里，报名处的同志压根儿没有半点儿休息时间。早上八点钟开始报名，可学生们六点钟就守候在门外了。如果碰上下雨，他们宁愿打伞、穿雨衣淋上几个小时。下午两点才办理手续，可他们吃罢中饭就来缠住你了。到了上午十二时、下午五时根本没法下班。工作人员还得接待一批又一批的报名者。有的单位很重视学习，干脆由工会主席带着各种证件来办集体报名手续。谁学得好还给他发奖学金呢，可名额实在有限，僧多粥少，这就要靠工作人员的那一张嘴去应付了。但青年们的赤诚令人感动，使人不忍拒绝。"老师，让我报名吧，我的英语实在应付不了我的工作啊！""老师，我做梦都想当一名合格电工，给我一个学习的机会吧！"如果你是教师，你怎么硬得起心肠把这一群天真、稚气、求知欲那么旺盛的青年拒之于门外呢？可限额已经超过了一倍。只好对他们说，学校没有那么多教材，可他们宁愿自告奋勇借教材去影印。对他们讲没有这么多座位，有人宁愿带上凳子，甚至站在门口听课。于是，班次一增再增，教室一挤再挤。多满足一个人的要求便减轻他们内心的一份歉疚。

我粗略地了解了一下，这间学校的班次便包括了英语、文书、绘画、摄影、烹调、点心、旅游、缝纫、会计、速记、电焊、电工、锅炉等十三个专业。至于别的学校和什么补习班之类，科目就更多了。学生们很舍得花钱，譬如英国格林威治英语培训中心，虽然收费比较昂贵，要缴四十元人民币的学费，三百二十元港币的教材费，可三百个名额却有两千多人报名。

每当华灯初上，人们总会看到那些骑着自行车，或者乘坐公共汽车的青年男女在匆匆赶路，向沙河工业区、沙头角、湖贝这些地方的校舍。他们大都是一吃罢晚饭便夹起书包上路的。为了适应各地区的求学者，学校的四十二个班次分散在十二个地区。可有的人求知心切，往往跨班上课，既学英语，又读会计，还补习文化。于是便只好今天到湖贝，明天到上步，后天到沙河。虽然相隔七八公里之遥也并不以为累。我傍晚在业校经过，只见明亮的灯光照射着摇曳的树影。这是多么富于吸引力的光亮啊！这儿的夜静悄悄的，静得像没有一点儿涟漪的春水那么柔和，静得像透过枝叶投射下来的春光那么凝聚。在这儿，不知不觉间便进入了一个洋溢着迷人的稚气的境界。他们之中，虽然有年轻的父亲和母亲，他们有一个温暖的家，然而他们对知识的紧迫感胜于小家庭的幸福感。教室里座无虚席。一双双眼睛睁得大大的，都朝向讲坛上的教课者。我瞧着这似孩子的一群，不禁忖度起八十年代特区青年心中的憧憬来。他们在这个世界上追求的是什么呢？有人告诉我，他们热衷于求知、求富、求乐。我想倘若如此，他们不愧是我们这个时代里最富于蓬勃气息的人。他们应当具有丰盈的物质财富和精神财富，应当得到人生的欢乐。这三求也正是我们国家繁荣昌盛的一个标志。你瞧！他们那闪烁着亮光的眸子不正充满着这个希望吗！为大地的美轮美奂而飞，如果说"食在广州"确是名不虚传，那么祖国南大门的第一道门槛深圳，可以称得上是口福之乡。这里有佳肴美酒任你品尝，优雅豪华的酒店宾馆任你下榻。那一天朋友们陪同我到商业大厦观光，顺便去附近的香江酒楼转了一圈。这儿的装修是以富于西方色彩著称的。一进门便见长裙拖地、风度翩翩的妙龄女服务员守候于侧，向你微笑。不论厢房或厅座都是大红地毯，明镜四壁，光彩照人，华灯内嵌，色调是那么柔和。再拐一个弯，到了有名的泮溪酒家，便换了一个情调。那是幽雅宜人的园林式建筑。女服务员则身着旗袍，脚踏高跟皮鞋。那装束同这古色古香的味儿十分合拍。里面的装饰自然另有一番情趣。青竹描画的墙纸，天鹅绒似的屏风，书法遒劲的楹联，彩色缤纷的宫灯以最惹眼的形式散发着最浓郁的东方气息。平日里我们走街串巷，更不乏十步一楼、百步一阁的感觉。那门面的豪华、装潢的别致竟然比广州的酒楼饭店高出多多了。

这里的酒楼不但以建筑和装修的别具一格各自标榜，而且又以不同的饮食风味以广招徕。如今的深圳堪称中外佳肴荟萃，名菜美点花样翻新。名目繁多的广东点心固然应有尽有，至于各地小吃如潮州鱼蛋、东江豆腐、本地沙井蚝之类也式样俱全。至于北国楼的北方风味、重庆酒家的川菜、新安酒家的清宫仿膳、新成酒家的北京烤鸭、蛇餐馆的蛇宴等众多的款式就够你百吃不厌。至于外国的名菜如日本料理、俄国大菜、法国式西餐也可供人们换换胃口。

中国有一句古话：士别三日当刮目相看。用这个来比方深圳的饮食服务业可谓一点不假。记得三年多前我到深圳来，跑遍了几条街也找不到一家饭馆，累得脚酸腿软才终于在路边找到一家用木板搭起来的小饭店。里边不满十张的桌子，上面尽是狼藉的杯盘。但饥不择食，也只好坐下来胡乱吃点。可想不到还给敲了一笔小小的竹杠。一盘白饭，上面铺几片肥肉、几条青菜便索价三元。当年可谓吃饭难了。我曾把这前后变化向深圳饮食公司经理曾炳涛请教。他颇有感触地叹了一口气说，你尝到的苦其实也是我们的苦。三四年前，深圳只有两家饭店、两家旅馆、一家小食店。职工总共不过三百，每年的利润也只有微薄得可怜的两万元。1979年荔枝旺季，许多港澳同胞回来探亲，竟然使得深圳的服务行业慌了手脚，没地方给客人住，也没地方给客人吃。这惹恼了我们的同胞，他们到市政府去告状，领导这才下令所有酒楼茶室甚至戏院都安置客人住宿，就这样也还保证不了所有的客人都能得到一席之地。有一次，珠海市商业局局长带了几个人来交流经验。曾炳涛只能安排他们住一块钱一晚的生活服务公司招待所。可吃饭问题怎么解决呢？自然是请到新安酒家去了。可只有二十多张桌面的深圳市最大的饭店已座无虚席，只好请客人们在树荫下足足站了半个小时，最后也只能在厨房里找到一张做饼的桌子站着草草吃罢。这些窘况才促使他们着手解决饮食服务业的问题。

1980 年开辟经济特区，上级总算批了五千块钱，给了两个干部。"我就是靠这五千块和两条枪起家的。"曾炳涛风趣地说。那顶什么用呢？结果还是开放政策帮了大忙。终于找到了外资。但初次吸收外资，还没有取得人家的信赖。名为合营，实为贷款。归根结底还得自己干。可说来笑话，起初他们胸无大志，竟然只打算盖一间铁皮房子。有人挖苦说，在香港铁皮房子只配养鸡。设计一改再改：由铁架砖墙到钢筋混凝土结构，由两层楼房到园林式的大厦。规划的一再碰壁使他们终于醒悟到自己对现代旅游饮食服务业的无知。

经过外出考察学习，宾馆才终于一间间地盖起来了。以园林胜境著称的竹林宾馆掩映于翠绿的竹丛中。亚洲酒店、深圳酒店和晶都酒店的高层建筑赢得了豪华、舒适的美誉。散落于市郊的小梅沙度假营、香蜜湖度假村，以及投资三十亿元的龙峰旅游娱乐中心都正在建设中。

麒麟山下临水的西丽湖度假村是最富于园林特色的大型综合性旅游度假中心。湖上的细波舐岸，陆上的秀拥群峰，开朗而幽深，到此犹如投入大自然的怀抱里。湖边的松林别墅、漫月山庄和绿天小舍都用方石砌成，在漫绕的回廊、成荫的绿树和含笑的盆花之中，隽美而自然。近山的高层公寓既舒适又价格相宜。住腻了高楼大厦的港澳同胞想过一下野营生活，这里还有两百多顶帐篷可供租赁。晚上还有篝火，可供野餐烧烤。这儿的游乐设施雅俗兼备。环湖的 V 字形长廊分两层，长五百八十多米。廊上彩绘鲜明，木雕精美，廊旁花树氤氲，廊外波光潋滟，山色苍茫。如果你喜欢野趣，可以沿山而上，直达半山小亭，饱览斜日夕岗、云松翠柏。喜欢运动的人，水上有皮划艇、汽艇、碰碰船，陆上可以骑马、骑骆驼、射箭、打乒乓球、骑自行车、玩弹跳床、溜冰、骑赛车、放焰火。还有占地一千多平方米的大型电子游戏中心，可以锻炼你的机智与思考能力。说到吃，凌波阁浮览涵芬，食谱翻新，中西俱全。有千元一席的山珍海味，也有一二元便可一饱的快餐。阁内的音乐厅和跳舞厅的灯色和旋律都是那么迷人。

这个度假村目前正在扩建。多栋高级别墅、旋转餐厅和具有国际水平的高级泳池都已开始施工。这里仅去年便接待了三十六万多人次的游客。因为经营得法，四年前以二十万港元起家的西丽，目前已拥有三千万元人民币的不动产了。这些宾馆、酒楼固然多用于接待港澳同胞、华侨和外籍客人，但特区建设上的飞速发展必然带来生活水平的迅速上升。物质文明的提高，也必然出现精神文明的昌盛。人们已经开始着意于衣食住行的考究了。入夜，那密如蛛网大道上的华灯如朗月清辉，那千盏万盏霓虹灯如银河流淌。这美妙的空茫多么磅礴而恣肆。在太子山上远眺，不就像那腾骛的南溟么？

为全国的首富而飞

深圳经济特区正在向全国的首富跃进。而在深圳与香港新界紧邻的渔民村则可以说确已跃居全国首富之乡了。

村子离市中心不到一公里，汽车刚驶过边防哨的警岗，这三十七户人家的新村便映入眼帘。乍一看，村庄的整齐清洁、美丽明净使人惊奇。在我们眼里，这不是村舍而是别墅，不像民居而似私邸。流线型的水泥村道环绕着一栋栋两层的花园式别墅。低矮的铁门之内，几乎每户都有缀以假山、塔松、盆花的小园。淡红的宫粉、深紫的巴黎玫瑰、灿烂的簕杜鹃、清香的米兰探墙而出。正是一派春意融融、红梅点点的美景。我们随便走访了一户人家。门口停放着一辆崭新的日产双座摩托。据说这是少主人刚买来的。进入塑料的折叠门，那地板都是一式水磨石。有的还铺上地毯，黄色窗帘的流苏低垂。五光十色的圣诞树置于堂中。壁上大幅字画色彩斑斓。组合柜里摆着电子钟和二十吋的彩电。到了楼上，那厅堂的布置又焕然另一格调，全是一色浅绿。沿墙紧贴的沙发是浅绿色的。四壁的灯都以碧琉璃为罩。墙上的油画是碧波荡漾的大海衬托下的椰林。楼板上的地毯也是冷色调的。这一片宁神宜目的绿色情调，使我深感于这新村的富而不俗。我们顺便走进厨房里瞧瞧，竟全是白色瓷砖砌成。新式的电子打火式煤气炉、双缸全自动洗衣机、双门乐声牌电冰箱和不锈钢水盆等等，给了我一个家用电器已达到国内最高水平的印象。我们不便提出到主人的卧室里参观，只走进一间保姆住的房间里。据说每家每户因劳动力不足，请保姆是很普通的。且不说请保姆这笔花销，就仅仅是那房里的铁床、沙发、壁画这些摆设，就可想见主人卧室装修摆设的不凡了。推开二楼阳台的门，透过栏杆上的黄菊与金橘，便可见渔民村后面深圳的连云高楼竟和太子山、笔架山上游弋的烟云翁翳在一起。这峥嵘的气象使我们看到了特区壮阔的远景。

其实渔民村的致富只是近年的事。我们在村边看到了那残破不堪的木头房子，用一块块装货木箱拆下来的破板皮钉成。高不过三尺，长不过一丈。这便是五十年代渔民村居民的标准住所，现在早已废置不用了，偶尔也有几间用作鸡舍的。不远处有一溜平房，是村民六十年代的住所，现在让给了到附近劳动的临时工居住。村头的二层瓦房，如果放到房屋紧张的广州，还很可以作为一户小家庭的理想住宅，但这只不过是他们七十年代的旧居。现在不少空置在那里。这一溜不同式样和质量的房屋是他们生活史的见证，经过众议加以保存，让它作为活生生的历史教科书以教育后代。

渔民村的居民大都是东莞县的贫苦渔民，一家人驾着小舢板到处漂泊谋生，在旧时代被人称作"水流柴"。他们中的绝大部分是解放前漂流到这儿栖身的。解放后的生活虽然略有改善，但小小的舢板终归不能出远海捕鱼，顶多只能到南头的近海处捞些小鱼小虾，生活起色不大。直到三中全会的政策下达，特区开辟以后，渔民村才开始向商品生产发展。渔民离海不离乡，进厂不进城，挖塘养鱼，辟场养猪，陆续开办了工厂、饭店，组织了船队、汽车队经营运输。他们没有搞任何邪门歪道，而盈利翻了几番，收入一年胜于一年。这是渔民村，也是农村致富的必由之路。到去年已达到人均收入近三千元，劳均五千元，户均一万多元，月均四百三十元的水平。现在他们一个月的收入已经等于过去一年多的收入了。目前的渔民村是一个农、工、商联合的独立大队，直属特区管辖。

至于这高水平的住宅，不能不归功于大队党支部书记吴柏森了。三年前他请了省设计院的人来设计，拿出了一百多万元盖起了价值三万元一栋的别墅式楼房，连花园每户占地一百八十平方米。卖给渔民，每间只收回二万四千元，还可以分期偿还。

村支部书记吴柏森是个六十多岁的老头。一脸的霜痕劳迹表明他出身于老一辈渔民。他很健谈，在那栋华美的大队部客厅，同我们津津乐道那五十年代住木屋、六十年代住平房、七十年代住瓦房、八十年代住别墅的历史。不胜感慨，但又喜形于色。大概由于他是一个易动情感的人吧，我们一见如故，他说得起劲，竟给我们讲了一段他到北京开人民代表大会的故事。有一天他忽然被邀请参加中央领导同志的一个座谈会。这下可急煞了他这个连一句普通话也不会讲的渔民。中央领导同志问他有什么要求尽管提出来。他听不懂，幸好有一位副部长是广东人，给他当了翻译，这才解围。他想，钱，我们有，物资，我们也不缺。于是他慨然说出了渔民村人民的心声："我们什么都不要求，只要求政策不变。"是的，如今老百姓过上好日子靠的就是三中全会后中央的政策，只要政策不变，他们的富裕生活就不会丢失掉。中央领导同志听了哈哈大笑，向他作保证说：不变，不变，你回去叫乡亲们一万个放心。老吴眉开眼笑地对我说："我这要求比任何要求都强，领导的保证又比任何保证都可靠。"

当我们走出渔民村，在柳暗花明的村道上漫步，只见孩子们骑着三轮的、两轮的脚踏车在嬉戏，推土机在村尾扬尘推土，自动装卸的大卡车在运沙。据老吴说，他们正在建设一个美丽的村边大花园。转过桃红柳绿的鱼塘，只见深圳河便在眼前，那是一湾淤泥的小河，对岸便是香港的元朗。同是村庄，但那边却显得零乱而凋敝。难怪不久前香港的翡翠电视台竟到这儿来拍片，向全港居民作详细的介绍了。

鸟儿们朝回飞了

沙头角镇离市区十七公里，总面积一点二五平方公里，是特区之中的特区。到那里去需要特别的边防通行证。这里有一条全长只二百五十米、宽不过五米的中英街，是 1898 年中英《展拓香港界址专条》这一不平等条约的产物。街中立下八个界碑，把街划为两半，中英分而治之，但双方居民可以自由来往。

这是一条五光十色的商业通衢。国货为了换取外汇，港货因为无税，所以这里的商品都很便宜。虽然用的是港币，但比内地、比香港都廉价得多。十年浩劫期间，实行经济封锁，派兵把守，虽咫尺之隔，也断了来往。商业也就奄奄一息了。如今的光景已大不相同，买卖越做越兴旺。由于市镇的繁荣，去年八月中英协议各投资十五万港元，重修中英街。现在平坦的水泥路面已焕然一新，但港英界那边的商店虽然货物不少，可多是小店和摊档。中界这边的百货大楼和整整齐齐的店铺，门面要宽敞光鲜得多。密密麻麻的货架，琳琅满目的橱窗，气派自是不同。中界的商店既有国货，也有舶来品。港英界那边则多是香港货，加以铺面的狭窄，相形之下，逊色不少。于是老板们就得别出心裁，把各式各样的商品都摆到显眼的地方，而且特别地讨好顾客，以广招徕。

两边对比的优势是显而易见的。你想想，一边有十亿人民作后盾，一边是老板的小本经营。一较量，自然把他们比下去了。当然，关键还在于政策。经济上的开放政策仿佛使沙头角注入了新鲜的血液，使它变得生龙活虎。前年刚成立的商业贸易公司，开办时只有三十个职工，货品也不多。但经营不到一年，营业额便达到二千多万元，盈利二百多万元，职工猛增到四百多人。现在商业部门的职工每月工资收入都在两百元以上。至于工农业，也引进了资金和技术。什么牛皮、棉织、玩具等工厂都办了起来，还开辟了菜场、鱼塘、花场。农民渔民也可以进进出出边界到香港搞副业了。盐田就有两个小青年引进了良种鸭，开办了大规模的鸭场，今年一下子就养了一万二千多只，每只重六七斤，一只就可以赚港币七八元。你说人民怎么能不富裕起来？！

中英街两边背后的居民就更显得不同了。港英界那边的房屋陈旧的居多，新建的寥寥无几，而中界这边已新居如云了，百分之九十的农户已住上新房，每人平均的居住面积在三十平方米以上。这在尺土寸金的香港，是连百万富翁也不敢想象的事。虽是一水之隔，景致也妍媸分明。面对香港新界尚未开发的一片青山和漂浮于海面的水上人家，我们这儿却只见大鹏湾的碧波倒映着一列列青葱的梧桐。一盏盏雪亮的路灯高挂在平直的滨海路上。民居几乎全是两层别墅式楼房。凉台上摆几盆花，栽几株金橘，显得整洁而高雅。我访问了一家居民宅邸。厅堂里是一色的西式沙发、玻璃灯具、国画彩绘。在悦耳的出自高级音响的交响乐的旋律中，主人以细瓷杯壶冲名茶以待客。村头包括各式游乐设备和三十二层宾馆、合资达二千万美元的海涛花园已破土兴建。忙碌的运输车辆显示了飞快的工程进度和即将出现的宏伟蓝图。已经建成的碧海宾馆则坐落于艳艳的紫荆丛中，翘角流翠，瓦碧深彩，粉墙如洗。餐厅在四面明镜的包围之中。流苏式的吊灯、灿若云霞的瓶花把这儿打扮得气派十足。房间的设备和深圳的第一流旅馆没有两样。附设的高级商场规模并不小于旅舍。港九同胞驱车顷刻便到，可在这里度一个富于山海之乐的周末。

现在沙头角的建设者们正雄心勃勃。今年投资八千万元人民币的建设工程已经开始。这里面包括工、农、商各业颇具规模的发展项目。此外还有集体和群众筹集的闲散资金四百万元的各类项目。现在缺的就是劳动力了。这个计划付诸实现，三五年后的投资额将会比现在成倍地增加。

我在沙头角区政府碰上了一位中山大学哲学系八一届的毕业生。小伙子是河源县（今河源市）人。他是自愿调到这儿工作的，现在连爱人也跟来了。他们夫妇现在虽然还只住在区政府里一间不到二十平方米的房间里，生活条件比居民要差得多，但他却为沙头角所取得的发展而自豪，爱上了这里高效率而繁忙的工作，一再推崇一心扑在特区建设上的人物。我想，特区建设的兴旺发达固然是党的政策的威力，但这些政策的执行者和受惠者对特区这个新生事物的热爱，不正是一股巨大无穷的力量吗！小伙子恳切地对我说："我的家乡太穷了，像我们河源那样的地方，起码占了半个中国。我多么希望我的家乡、我们的国家能像深圳这样地富裕起来啊！"

不同的社会制度可以竞赛，而人民是最公正的评判者。过去的那些年月，有些人羡慕香港的物质生活，从深圳偷偷越境到那个冒险家的乐园去闯荡，而与港英界毗连的沙头角正是偷渡最方便的一个去处。可现在特区已这么富于吸引力，如今不但再没有人偷渡出去，而且飞出去的鸟儿也往回飞了。近年来从香港返回来定居的已有一百三十多人。有的已派人回来修屋，准备全家迁回。

在深圳，这一个个飞的愿望、飞的气势、飞的速度和飞的前景实在长人志气，令人鼓舞。元宵佳节之夜，我在香蜜湖看到了万众欢腾的动人场面。虽然下着微雨，可深圳的男女老少都会聚到那儿去。黄昏时分汽车就密接于途。那通亮的车灯很像飞舞的火龙。湖的四周人山人海。不久，七彩的焰火如流星洒向夜空，火树银花四射奔腾。空中的火花映照着水中的镜花，使水天融合在一片缤纷的夜色里。欢声腾向高阔的空茫，仿佛天际的风云也在开颜欢笑了。这不就像大鹏的巨翼扇起的光彩和音响么？啊，不。深圳三十万人民的巨大形象和力量，不是可以同《逍遥游》里的大鹏比美么？只不过一在人间，一在天上。

（选自《来自特区的报告》，中国文联出版公司 1984 年 11 月版）

深圳 —— 疾速跳动的节奏

洪 洋

疾速跳动的节奏——深圳

疾速跳动的节奏，杂乱无章而又井然有序。这里就是深圳。

处处声光化电，入眼花花绿绿，一个个高楼群，像拔节的春笋，凌空而起。这里就是深圳。除却上海的外滩和北京的一些新住宅区，深圳堪称我国高楼最集中的城市了。

家家户户的彩色电视机、洗衣机和绿色的电冰箱。这里就是深圳。

水果摊上摆着泰国出产的芒果，百货店里挂满香港衣衫和日本电器。这里就是深圳。

时时都有穿着紧身衣服的港澳同胞，擦肩而过。这里就是深圳。

二十四小时里，一打开电视机，就看见香港的电视节目：软性新闻啦，豪门轶事之类的电视连续剧和一日数变的金融市场讯息。这里就是深圳。

但这都不是真正的深圳。我心中的深圳，在密如蛛网的脚手架上。

在这些脚手架上，正出现着我国亘古未有的神话。现代化生产的高效率！

一座四十六层大楼的基础，其高度相当于一座二十二层楼房，三个月便大功告成。

一座拔地而起的二十八层楼房，从打基础到完工，只耗费了五个月的时光！

如果你是一个旅游者，如果你来到深圳只是为了观光，一迈进这个城市，那马路上扬起的如雾尘土，也许会令你不快。然而，正是疾驰不息的，满载钢筋、沙石和木料的车流，向我讲述着崭新的、动人的故事。

珠江电影制片厂，坐落在广州郊区绿色的赤岗，它想要建造一座礼堂，把这工程包给了广州某建筑公司，迄今已三年，礼堂未竣工。不久前，他们派出一个新闻片摄制组，去拍摄深圳的建筑工地，去拍那座五个月建成的二十八层大楼。大楼刚刚落成，工程队派专人买了成箱的鞭炮，从二十八层楼的顶层挂下来，迤逦绕地三匝。火花和爆响，抒发着建筑者胸中的豪情。摄制组一边把这壮丽的情景摄入镜头，一边向建筑工程队作口头采访。哪里知道，这个工程队就隶属于在广州承包珠江电影制片厂礼堂的那个建筑公司！

采访者瞠目咋舌。他们面露惊讶之色，却掩饰了心中的不快。（他们想：一座礼堂比起一栋二十八层大楼，真是小巫见大巫，为何迄今三年不曾建成，而这座大楼五个月便巍然屹立了？）

鞭炮的繁响使人心潮激荡，"这么多鞭炮，得花多少钱？"袅袅的烟雾缭绕着整座大楼。

"一万多元！"

"噢！……"

"这算得了什么！在建造大楼中，我们和资本家订了合同。每层楼工期提前一天，可得奖金一万元，拖延一天，罚款一万五千元。我们层层楼都提前完工，拿了几十万元奖金。"说到这从早响到晚的鞭炮声所起到的以广招徕的作用，这一万元就更非白费了。

半个月后，在北去的火车上，我邂逅了两位建筑工人。一位十九岁，一位二十岁出头；两个四川人，回成都去探亲的。他俩都穿着一种袖口上带口袋的短袖衬衫，一色浅蓝，坐在卧铺的下铺，脸颊贴着微微颤动的车窗。闲谈中，得知他俩是隶属于建工部一个建筑工程队的，正在深圳施工。话题忽而转到工资上，那个十九岁的小伙子告诉我，他每月的收入均在二百元左右。我问他："最高的月份，收入多少？"

"好几百元哩！有的月份，拿到过四百多元。"

我吓了一跳。四周的乘客也都投来惊诧的目光。小伙子掏出一盒三五牌香烟，给每人奉上一支，悠然自得地说："在深圳干活，有奔头！"

我又问："那你们的劳动强度如何？"

小伙子道："有时也真累！一次，主体工程扎钢筋，为了赶进度，我们这个工班连续干了五十个小时，没有一个人离开岗位！"

这位十九岁的年轻建筑工人，健康、开朗而又善谈。他正要往下说，那位年龄稍大的同志瞪了他一眼，提醒道："不要瞎说！"

小伙子对我微微一笑，压低声音说："他怕我的话登到报纸上去了。他是我的师傅，我同他一起出门，总得听他的话。"

小伙子朝车窗外瞥了一眼，仿佛心里受到了什么重要启示，认真地对我说："我说有奔头，当然不光是说自己多拿几个钱。眼看着一座座高楼，飞快地站立起来，心里真痛快！要是全国各种建设都这么快，现代化不就在眼前了吗？"

"好小伙，你说得好啊！"我禁不住轻轻地拍了一下他厚墩墩的肩膀。

高效率、高报酬、高消费，这就是今日的深圳。从此刻坐在我对面的这位青年工人身上，就可窥见一斑。在我们辽阔的社会主义疆土上，出现了这么一幅社会生活画面，它究竟意味着什么？每个来到这里的人感受不尽相同，有的甚至大相径庭。

我遍访深圳的基本建设工地，这里的高层楼宇施工，平均五至六天便可完成一层框架结构，有的甚至快到三天半，赶上香港建筑业的水平。它的工程设计搞评比，从比较中得到最佳的施工方案，这就避免了过去内地常常由于设计失误而出现的浪费。它的工程搞投标，这就打破了工程由上面安排，施工只一家、别无分店的老框框，促使企业之间展开竞争，纷纷在降低工程费用、缩短工期上下功夫。由于承包单位必须全面履行合同，企业便有了压力，迫使它不断改进内部管理，层层实行经济承包责任制。我看到一个统计数字：深圳的招标工程一百万元以上的降低造价百分之十五左右，施工周期一般缩短百分之二十，质量也有保证。这是何等辉煌的经济效益！

多年来，人们痛感吃大锅饭的局面不打破，我国经济发展就没有出路。做一天和尚撞一天钟，不撞钟也照样吃僧饭的生活，只能挫伤人们的勤奋精神。这几年来，我国广大的农村把大锅一敲破，不就马上换了人间吗？

那个小伙子说得多好啊！我们的劳动者眼睛里，绝不仅是个人多拿几个钱，他们看得深广得多。当然，来到深圳的人是多种多样的。贪图高薪、想捞一把的人未尝没有。如果说一部分人一心想得到的只不过是一台彩电或一部组装式的音响装置，那么更多的人却是受到崇高感情的鞭策。

我要说一句真心话，我爱深圳！我爱它的效率！这些年来，连做梦也梦见它：一匹飞奔的现代化的红鬃烈马！

我心中也正是揣着"效率"两个字，踏上这块被人称作"经济特区"的土地。

蛇口风光更加迷人

和深圳市区相比，蛇口的自然风光更加迷人。从地图上看，它的位置在深圳湾的海滨。海水是淡蓝色的，海面上常常飘浮着一层乳白色的薄雾，对面一带起伏的山峦，香港元朗隐没于中。

小面包车驰过绿森森的热带灌木林，刚刚看到一条灰蒙蒙的海岸线，车窗前边出现了一座新的城镇。

在城镇的入口处，汽车刹住在红白相间的栅栏前，接受边境检查。我探头一看，公路边矗立着一块大牌子：

招商局蛇口工业区

我的眼睛突然一亮！——我远走天涯，却又回到了我多年来的根据地！一直到跨进蛇口的前一分钟，我都以为招商局只是蛇口工业区里面的一个单位哩！

50 年代初，我便曾生活在长江海员中，60 年代起，我到长江航运管理局落户，把轮船、港口、船厂当作我创作的生活基地。而长航局的前身便是轮船招商局。

果然是回到了家里一般。走进简易的蛇口工业区办公室，尽管面孔是生疏的，态度却分外亲切："你来了，我们很高兴。这里一切都很方便。"

确实方便啊。为了接近生活，我住进了信息中心的小楼里。在这里担任秘书工作的小王同志，是上海复旦大学新闻系的毕业生，今年二十四岁。他招待我吃午饭，从冰箱里取出肉食，门口买了新鲜蔬菜，拧开电打火的煤气炉，半个小时就菜香饭熟。他又从抽屉里拿出一个小扁瓶的竹叶青酒，说是为我洗尘。

我们边吃边谈，一见如故，说了不少心里话。原来他 1981 年大学毕业后，分配到交通部政策研究室，随部里一位领导同志来蛇口蹲点，已经半年多了。

"你们什么时候回京？"我随口问。

小王凝视着窗外明净的蓝天，沉思着答道：

"我不想回北京了，我对坐机关兴趣不大。蛇口的生活有意思多了，我愿意把工作调到蛇口来！"

我有点奇怪地问道：

"北京是个美丽的古城，又是全国的政治、文化中心，有很多长处，你怎么舍得离开？"

小王说：

"蛇口是个创业的地方，凡开拓者，都会爱上它！"

稍稍停顿了一下，他望着我神秘地低声说："我在这里有了一个女朋友。"

我欣然含笑道：

"那就可以理解了，你当然应该调来。"

傍晚，小王的女朋友来了，也姓王，她有一个好听的名字：王海玲。王海玲是学外语的，在一家中外合资的集装箱厂担任翻译，是个很纯真的女孩子。小王提议我们一同到海滨去散步，我欣然接受了邀请。

南海边的夏夜，海风拂来，像一只滋润的手，轻柔地抚摩着你的脸颊。空气清新极了，夹带着一点腥咸味，却并不叫人讨厌。

建设者在海岸上筑起了水泥道路，两旁是饱含水分的鲜绿的灌木丛。乳白色的路灯柱亭亭玉立，傍海的海景餐厅，可供客人就食的平台，伸出到海面上。平台上的霓虹灯，朦胧的彩色光波，映照着一对对青年男女，如穿花蛱蝶似的来来往往。

我身边也是一对情侣，我故意走在他俩前边一点，任他俩窃窃私语。在听见他俩隐忍不住的嬉笑时，我忽然想到：这蛇口迷人的夜色里，正不知藏着多少芬芳的爱情故事哩！有多少个小王，在寻求自己事业上的理想时，也在这里找到了生活中最甜蜜的东西。

女孩子毕竟多一点心眼，海玲怕冷落了我，走上前来，指着那伸到海中的山峦对我说：

"十年动乱中，一些偷渡的人，就是从那个山脚下水的。不少人被鲨鱼吞进肚里。有的死在海里。头一批来蛇口的人在海滩上拾到多少尸骨啊！"

暮色渐浓，那山峦只剩下一个黑色的轮廓，仿佛一个人，默默地垂首沉思。我早听人说过，原先宝安县一带外流风刮得很猛，从 60 年代初到经济特区创办前，外流达九万人。

男小王也走上前来了，傍着我的肩说：

"这几年再没有人偷渡了。这里的生活一天天好起来，谁舍得平白离开故土呢？不久前，一个渔业大队的党支部书记，自作主张批准几十个青年渔民去香港卖鱼，几十个青年渔民全部按时返回。"

一阵噼啪声，把我们的注意力从海上吸引到岸上！一串串彩色的焰火，腾空而起。我随口回答小王说："特区办起来后，群众的生活水平大大提高，我听说已经有好几百人回到特区来安居乐业了哩！"

近处草地上坐着几位港澳同胞，有老有少，很像是一家人，正在兴致勃勃地燃放焰火。这些港澳同胞是来蛇口度假日的。香港法律规定，不准放鞭炮。他们坐四十五分钟的飞翔船（气垫船），来到一水之隔的蛇口，便可以自由自在地燃放鞭炮了。

到蛇口的次日，果然遇见了老朋友，这人便是蛇口工业区指挥部的第一副指挥长。早在 60 年代初，他在上海港机厂担任党委书记时，我们便熟识了。他乡遇故知，分外亲热，一谈便是五个小时。他住在一栋职工宿舍楼里，是个三楼。谈话中，他手向窗外一指，一座座新楼映入眼中。他说：

"几年前我刚来蛇口时，这里还是一片荒滩。那时国际市场上旧船很多，价格低廉。香港轮船招商局买了一批旧船，要找个拆船的地方。香港地皮昂贵，劳力也贵，当时的招商局总经理金石看中了蛇口，决定在这里建个拆船厂。后来，交通部批示，蛇口以拆船和运输业为主，也可以搞一点多种经营。正逢党的三中全会，我们就在开放政策指引下，广泛吸收外资，搞起了一个工业区！"

二三年过去，几十座工厂建起来了，投产了。各种电子元件和玩具等产品，源源运销美国、日本和东南亚。

如今已名震遐迩的蛇口，原来只不过是一点三平方公里的一小块地方，而工业用地还不到一平方公里。就在这方寸之地，截至 1982 年底，已签订四十一个项目的合同，投资七亿港元。香港前任总督麦理浩先生访问蛇口后，不由得赞叹道："这个工业区搞了两年四个月，就发展到了这么大的规模，是值得祝贺的。在香港，我估计要花四年半的时间。"

蛇口的工厂，大部分是中外合资经营和外商独资经营。我感到新奇的，是中国土地上的外资工厂。次日下午，我就去访问香港陆氏电子公司开设的独资电子工厂。

陆氏公司的老板陆擎天，原来是广东肇庆市的一位中学教员，60年代去香港，接受了一小笔遗产，惨淡经营，终成富商。他心恋故土，投资设厂聘请肇庆市教育局原局长任经理，数百名年轻女工，也是按照他的意愿从家乡肇庆招收来的。只有技术员李桂，是济南人氏，1982年山东大学毕业生。我到陆氏电子厂时，接待我的就是他。

广东人大多个子瘦小，李桂却是个山东大汉。进了车间，头一眼就看见他。车间设在一座楼房里，一色十八九岁的小姑娘，按生产流水线，坐成一排排，乍看上去，像个大教室。

电视机精密的零部件，从她们手中流过，逐渐组装成一个整体。这种劳动密集型的工业，由于此地工资低于香港，资本家显然是有利可图的。

李桂一边向我介绍情况，一边照看各条流水线的进展。随时处理生产中出现的大小问题，整个车间里，固然见不到一个闲着的工人，更令我感兴趣的是，也见不到在内地工厂习见的成堆部件或半成品。李桂仿佛察觉了我的惊异之情，附在我耳边说：

"资本家从不允许车间积压成品或半成品。产品一出来立即运往香港出售。老板住在香港，每星期来厂巡视一二次。有一回，他看见一个工人脚边放着一只箱子，他拖出来一看是一箱加工好了的零件，心疼地说：'你这不是积压了我几百元的资金吗？'马上追查原因，作了处置。"

我感叹地说："在内地，车间里往往处处堆放着加工好了的零部件，有时把路堵住了也无人过问。什么时候我们的厂长和车间主任也能这样来抓生产呢？"

李桂会心地一笑，说："我在这个独资工厂里工作，每天都遇到这种令人感慨的事。陆氏电子工厂筹建时，我就被分配来了。基建是逐步完成的，工人也是分批进厂的。开始时，只有几十个工人，老板便把他们组织起来，生产一种简单的零件，他早已在香港订了合同，这批零件一生产出来，便运到香港出售。"

我叹道："人家真会经营，能赚一分钱他绝不赚半分！你在这个工厂工作，这方面的亲身体会一定不少！"

我们谈得很投机。参观完了，话犹未了，我便邀他得闲时到我的住处来谈心，他也很有和我深谈的意思。但一连几个晚上，他都不曾来。他托人捎口信给我，有时是因为厂里加夜班，有时是忙于一些临时任务。蛇口一个普通的工程技术人员，忙得连看朋友的时间都没有，这与其说令我失望，毋宁说令我高兴，如果我们所有的人都这样紧张而昂奋地工作，何愁中华不振兴！

过了几天以后，一个月白风清的晚上，他终于来了。大约是刚沐浴过，穿一件和海滨风光十分谐和的花衬衫，显得英俊多了。他出生于 1957 年。高中毕业后，曾在济南铁路医院搞仪表工作，又曾在上海一家无线电厂做工。我对他这段经历很感兴趣，说：

"你在内地工厂待过，如今又在经济特区这样一家独资厂里工作，时时把两者作一番比较，一定十分有趣吧？"

他若有所思地微笑点头。我又随口问道："你的同学中，有几位分配到这里来？"

他答道："就我一个！当时只有一个名额。"

我说："一个大学毕业生，分配到一家资本家工厂里工作，这也是开国以来从未有过的事。你喜欢这个岗位吗？"

李桂用手梳理了一下被海风吹散的黑发，从容地答道：

"我现在干得很有兴趣。"

海风一阵大过一阵，吹得人身上凉丝丝的。碧蓝的天空闪烁着晶亮的小星。李桂略略停顿了一下，接着说：

"我是学电子的，原来担负陆氏工厂技术方面的工作，厂方最近又委任我为生产部长。为了搞好经营管理，我就找一些经济学和行为科学方面的书来看。我近来已经养成习惯，每天早晨一边吃早点，一边收看香港电视台的行情，注视着恒生指数的波动。因为蛇口工厂有无订货，取决于香港市场，而香港市场又直接受到伦敦、纽约金融市场的影响！"

有什么东西在我心上撞击了一下，我的眼光掠过他的脸孔，看到远处朦胧的海上去了。在短暂的静默中，我听到了永不停息的海涛的喧响。

我忽然岔开话题，问道：

"你现在住在什么地方？"

李桂不在意地答道：

"就住在工厂的集体宿舍里。"

我又问：

"有些什么业余的文化生活？比如说，在哪里看电影或文艺演出？"

李桂摇摇头说：

"文化生活太少了。蛇口还没有电影院，有时在露天里放一二部影片，站着看不说，海风一吹，银幕乱抖，一个人的脸拉得丈把长……"

他笑了。这笑里不是埋怨，也不是失望，却像是在告诉人们：一切都会好起来的。对建设者和开拓者来说，没有电影看，或没有洗衣机、没有摆在床头的组装音响设备，是照样可以生活的。假如没有未来，便不能生活了。我记起一位哲人的话："人不能没有希望，正像人不能没有空气一样。"

是什么东西促使我们走上高效率的轨道呢？正是这种希望，对一个社会主义现代化图景的强烈憧憬。

作为我们国家的大学毕业生，李桂的生活道路是有点奇异的，他确实谈出了不少奇特的感受，我一边听他说，一边沉思着，我们国家要实现现代化，需要大量精通现代科学技术和管理现代生产的人才。也许，特区会慷慨地捧出一批这样的人才献给祖国的呢！

躬逢一个新港口的诞生

从今天开始，在我国地图上，增添了一个新的地名，一个新的标记，一个新的港口。这一天是 1983 年 6 月 14 日。

躬逢一个这样富有历史意义的盛典，使得我终日沉浸在一种激越的情绪中。

这就是"赤湾港"。它背靠蛇口、深圳，面对香港。左炮台山和右炮台山环抱着它，还有一座大屿山岛守卫在南面，挡住海上的惊涛骇浪。

十天前，我到蛇口的第三天，乘一辆面包车沿海岸东行在西炮台山上首次俯瞰赤湾时，两山夹峙中的这个天然良港，就曾令我惊叹不已。那天忙着看蛇口几家有代表性的工厂，我只是站在山坡上，远远地瞥了一眼一线灰白色的水泥码头，便匆匆离去了。

又过了几天，中国南山开发股份有限公司的总工程师刘德裕得悉我对赤湾港颇有兴趣，便趁他去工地检查工程结尾情况的机会，把面包车开到我的住处，邀我同行。

刘总头发斑白，年过六十而精神矍铄。回国初期，他曾参加天津新港和海南岛等地的港口建设。这次建筑赤湾港，是袁庚点名把他从交通部调来的。他也很想在余年做一番事业，特别是想要培养几个新人，能达到副总工程师水平的。

一路上，刘总向我介绍建筑赤湾港的经过情形。原来承包这项工程的南山开发股份有限公司，是由香港招商局、南海东部石油公司、深圳经济特区发展公司、香港中国建设财务有限公司、香港华润公司和港商黄振辉投资有限公司集资组成，正式成立于 1982 年 6 月 14 日。

我好奇地问："那你们究竟属哪个部领导呢？"

刘总答道："既不属交通部，也不属石油部，我们是一个具有法人资格，实行自主经营、独立核算、自负盈亏的经济实体。"

我觉得新鲜，追问道：

"万一亏了本，你们怎么办？"

刘总说："我们开办时，六家集资一亿港币。这么点资金，逼着我们处处精打细算，一分钱也不敢乱花。我们既不是一般的国营性质，也不是纯粹的私人资本，弄不好，垮了，没有谁可以依赖！"

我笑了，说："那你们是一个经济怪物！一个怪影，也许是《共产党宣言》里说的一个幽灵哩！"

他也笑了。小面包车这时越过一个山岗，出了蛇口工业区，驶过一大片正在平整中的海滩，同行的人告诉我，这里将要建起一座大规模的玻璃厂。我的视线掠过湛蓝的海面，遥望海上一座长形的小岛，刘总指着那岛说：

"那就是内伶仃岛！"

我凝视海上，有点动情地说："果然是内伶仃岛吗？三十多年前，我曾在这些岛屿上生活过，那还是中华人民共和国刚刚诞生的年代啊……"

汽车驶到赤湾码头附近，一个年轻人伫候在公路边，对刘总招手说："前边有危险，车就停在这里。"

我们下了车，刘总在听那个年轻人汇报什么，我朝前看，只见一辆辆黄色的载重铲车和几辆货车，在通向岸边的一条狭窄而又弯曲的小路上繁忙往来。刘总这时回过头对我说："那是三十二吨的载重车！"

我问："是美国的载重铲车吗？"

刘总有点惊奇地望着我说："对！"那神色告诉我：他不知我因何一眼就认出美国载重车来了。我随口说："前年葛洲坝大坝截流时，我在施工现场，那里就是用的这种车，上百辆，像一条长龙。"

一座长 200 米的顺岸式码头展现在眼前，白色的、平整的码头和蓝色的、起伏的海波，相映成趣。一艘挖泥船，正在对泊位的海底做最后的清理。码头前沿水深为 9 米，涨潮时尚可增加 2 米水深，能停泊万吨级的轮船。赤湾陆路距深圳市区30 多公里、距广州市区 150 公里；水路距香港中区仅 20 海里，距广州市 80 海里，它不仅将成为深圳经济特区的门户，一个重要的外贸港口，也将成为南海东部石油公司的供应基地。就在我们所站位置的东边，一座 300 米长的石油专用码头，已经动工，它将提供 6000 匹马力三用工作船以四个泊位。

6 月 14 日清晨，我一睁开眼睛，从敞开的大窗户看出去，天空蓝得透明，湿润的海风带着一点早晨的凉意，吹得人每个毛孔都感到爽快。树丛、房屋、工厂都是明亮的，连略带红色的土壤也是明亮的。无处不明亮，这便是我国亚热带地区的色调！我沉浸在这明丽的画图中，身心欢愉地奔向赤湾开港的盛典。

交通部的一位老局长和我同行，他是抗战前清华大学土木系的学生，"一二·九"运动中投身革命，如今已年近古稀。按照《请柬》的要求，我们须在九时正赶到蛇口客运码头登轮，在游览深圳湾后，于上午十一时驶抵赤湾港新建码头。

走出我们住的这座小楼，可以看见一排六座二层小楼，一色麻石砌墙，用作各种办事机构的驻地。向东走出去二十米，是两排五层楼的职工宿舍。朝西南方向走出去数十米，是一条叫作水湾头的小街。说是一条街，只不过有两家百货店、一家食品店和一家餐馆。餐馆门前一溜地摊上，摆着新鲜蔬菜、豆角和红眼睛的海鱼。与之相连接的，是凯达玩具厂和其他工厂的工人宿舍。再往前，是凯达厂高大的厂房。凯达厂前边，便是大海了。

我们一边走，一边谈起蛇口工业区的领导人袁庚。他说："这也是一种机遇。袁庚是两广纵队出来的人，曾生原是两广纵队司令。曾生当交通部部长后，袁庚调到交通部，任外事局副局长。十一届三中全会后，派到香港招商局工作。过去派到香港去的，大多是内地人，袁庚是广东宝安县人，又在蛇口一带打过游击，对这一带很熟悉。过去我们不搞开放政策，在香港工作的人大多谨慎小心，碌碌无为。袁庚正赶上三中全会后，他活动能力又强。……"

我说："这也是时势造英雄。从袁庚的作为来说，又是英雄造时势！"

近几年，不少报刊都对袁庚作过报道，有的称他为革新家，有的称他为红色企业家。

我们沿着海岸往西走，前边是黄沙堆成的一座小山和垒起的红砖。再往前一点，是一座刚刚落成的大楼。据说这是未来的边检站。紧挨着它，又是一座高楼，即工业区办公大楼。两楼挤在一起，既不美观，又诸多不便（如停车场太小）。这个崭新的现代化城镇的建设，看来也不曾脱出内地的窠臼，也是缺乏整体规划的。

我们抵达蛇口客运码头时，四方宾客已云集在趸船上。海风仿佛停息了，又刚走了一程路，身上汗津津的。这时，只见一个高个子男人从码头上下来，走上了通向趸船的跳板。人们纷纷回头和他招呼。他径直走到我们身边，和老局长握手说：

"到处找你找不着！"

老局长说：

"我回来几天了，就住在水湾头……"

那人没听完他的话，忙着和旁的人握手寒暄，和每个人也都只能说上一二句话，一下子走到船那一头去了。

我心中已经判定：此人必是袁庚。便问老局长，老局长说：

"就是！我不知道你们没见过面。我来给你们介绍一下。"

恰好袁庚在船上走了一圈，正往我们这边走回来，老局长迎上去，给我们作了介绍。

我和袁庚握手后，半开玩笑地说：

"我是久闻你的大名！"

袁庚也笑着说：

"欢迎！希望你到这来以后……"

话没说完，又被什么人的招呼和握手打断了。以后我们虽然又断断续续寒暄了几句，却始终不曾听他说出他的希望，这是我深以为憾的事。

在短暂的接触中，他的外观已经给了我一个独特的印象。他一身咖啡色，上身是一件浅咖啡色的翻领球衫，下身是一条深咖啡色的长裤，脚下一双白球鞋。他今年六十开外，头发已略显稀疏，却未见白。他这一身衣服，一般是青年人或中年以下的人穿的，穿在袁庚身上，却又和他的气质很协调，倜傥而潇洒。他那一双眼睛里，没有一般长期担任领导工作的老干部那种咄咄逼人的神采，柔和、深沉和带着少许忧虑。——毋宁说予我印象更深的，正是这对眼睛！

我们登上小客轮"岭南春"，驶向海洋。我心中一阵狂喜，时隔三十多年，我终于又回到南海上！那绿色山峦般的浪头，浪尖上怒放的白花，远远近近的大岛小屿和那在阳光下闪烁着的雪白的帆影，多么亲切！多么美妙！就是在南海上，少年的我怀着火焰般的热情，写出了歌颂年轻共和国黎明的诗章。三十年前的诗句，重又跳荡在心头：

> 海水像蓝宝石一样闪亮，
>
> 天空飘过去橘黄色的轻云，
>
> 通红的火球升上来了，
>
> 天和海顿时通体透明！
>
>
> 海燕在水波上翱翔！歌唱！
>
> 渔船队的白帆上缀满金鳞。
>
> 明亮的，欢愉的太阳呀！
>
> 你为什么醒来得这么早
>
> ——怕追赶不上年轻共和国的黎明？

这首诗后来收进我的第一个诗集《海洋之歌》(中国青年出版社 1956 年版)，而且是这第一个诗集的第一首诗，也可以说是我的文学生涯的开端。此刻，我默诵着幼稚而鲜嫩的诗句，想到三十年来，我们的国家历经无数风暴，如今已是丽日当空，眼前的天光海色显得分外妖娆。稍一沉吟，忽又意识到，站在甲板上的自己，已经由一个入世不深的少年，变成了一个饱经沧桑的中年人！

如果我还是过去站在甲板上的我，我就是一个现代化新长征路上的青年，那又该多美！叹光阴逝水，年华难留！

客舱里有高背沙发，不少人躺在上边养神，有的已经沉入梦乡。我却无法安坐，时时登上上层甲板，在驾驶台旁边的船桥上伫立。

我们的船向着珠江口驶去，香港那边的一线山脉愈来愈近，不久便看到了香港的火力发电厂的厂房。那高高的烟囱，是在蛇口便日日看见的，晴天视界好的时候，偶尔还能看见它冒着浓烟。此刻，则连扒杆和皮带运输机也历历在目了。

正在这时，蓦地一阵大风，空中乌云飞滚，迅即聚拢，来了一场暴雨，雨沫织成的灰黑色的雾帘，把一切都遮没了。

小船在珠江口绕了一圈，回到大陆岸边时，雨已经停了。船驶向赤湾港，远远地便看见那新落成的灰白色码头上，停泊着一艘一万多吨的货轮，趸船上垒着五色绚丽的集装箱。

我们踏上赤湾码头时，太阳又出来了。也许赤湾方才根本不曾下雨，下雨的就是珠江口那一小片地方。这种情形在亚热带的夏季是习见的。

上午十一时正，开港典礼开始。烈日当空，从香港坐飞翔船赶来的几位外国商家，站在门式吊车的阴影里。典礼主持人宣布：

"请南山开发股份有限公司董事长袁庚和深圳市副市长周鼎剪彩！"

剪彩后，响起了震耳的鞭炮声和汽笛声。我仰头一看，只见数丈长的一挂鞭炮，从伸向半空的扒杆上吊下来，直垂落到地。鞭炮足足燃放了十分钟，那万吨轮的笛声一直伴着它。

鞭炮放完，开港典礼便告结束。不仅没有例行的冗长致辞，根本就没有讲话这个名目，令我心中暗暗叫绝！鞭炮和汽笛齐鸣时，已经把人们心头的喜悦和豪情都尽情倾吐出来了。

接着，宾主乘车到华苑海鲜酒家，参加庆祝宴会。袁庚举杯祝酒说：

"恰好去年的今天，南山开发公司正式成立。去年12月，我们动工兴建第一个万吨级码头，到今年5月基本建成。今天，在纪念南山开发公司成立一周年的日子里，正式投入使用。记得我们动工时，宣布要在半年建成这个码头，有人说我们是做梦。美国有个电视连续剧，叫《梦幻成真》，那么，今天我们也可以说是梦幻成真了！……我们这个码头建设速度是高的，我没有查过世界年鉴，不知是否有先例。我们所以能够这么快，是由于我们严格按经济规律办事，排除了层层的行政干预！"

我听见了改革者的语言！我举杯，为改革干杯！

桌上全是海味。先是一大盘鲜红的蒸虾，然后是蚝肉、不知名的海鱼。

恬静的边境小镇

我不曾料想到，这个边境上的街市竟是如许安宁而恬静，甚至有点乡村小镇的风味。

那天上午九时半，我们乘一辆面包车从深圳市区出发，行驶十余里，过一哨口，哨兵逐人查验边境通行证后放行。

过哨口不多时，汽车右侧连绵的山峦下，出现了一条条铁丝网，铁丝网为双层，夹着一条曲曲弯弯的公路，随着山势逶迤向前。每隔十余公尺，有一盏大灯。同行的一位广东同志告我：

"这就是中英边界。铁丝网是英国人建造的。到夜间灯光通明。"

这时，我看见一辆汽车，在那铁丝网夹峙的公路上行驶，显然是港英方面的汽车了。前方小山顶上有一座岗楼，显然是英方的边防哨所了。

心中蓦然感到不快，这分明是祖国母亲躯体的一部分，却生生地被割裂开去。念中学的时候，读到历史课的近代史部分时，少年的我心头充满了屈辱和激愤。1842 年，英国政府逼迫清政府签订《南京条约》，首先强占了香港这弹丸之地。1860 年，英政府进而逼迫清政府签订《北京条约》，将"粤东九龙司地方……并归英属香港界内"。1898 年，清政府又被迫与英国签订了中英《展拓香港界址专条》，把九龙界限街以北至深圳河以南的土地租给英国，称为"新界"，租期九十九年。就在划定新界界线时，把沙头角割成两半，一半属港英当局，一半归中国宝安县管辖。这条小街从此被叫作"中英街"。

汽车穿行在梧桐山的群峰间，驰过一个山顶，朝下一看，一汪碧蓝的海水直铺展到天边。这便是大鹏湾。在它西侧的岸边，有一溜黑压压的房屋，便是沙头角了。

艳阳当空，四野的香蕉林和棕榈树的阔叶，显得更加青翠。沙头角后边的小山上，也是茂林修竹，风光甚美。

我们步入沙头角的街口，两边全是商店和货摊，摆满了色彩缤纷的衣衫、折叠伞、罐头食品和各种高级的电器用品、日用百货。街面不到二丈宽，酷似中国南方乡村小镇。我原以为所谓"中英街"，不外是一条街分成两段，各管一段罢了。走到街口，迎面看见街心竖着一块石碑，同行的人附在我耳边说：

"那石碑就是地界的界碑，左半边是我们的，右半边便是港英地界了。我们留心不要走到右边去了。"

我细看那石碑，上边果然刻着"光绪二十四年"和"中英地界"字样；一面中文，一面英文。

我感到十分新奇。同是一条街，分属两个国家——两个截然不同的国家。① 再看这街面上，行人熙熙攘攘，自由来去，和一街市并无不同之处。

不一会儿，我们便从街头走到街尾了——原来这条街只有一里路长，大多是平房和简易房屋，倒是宝安县所管的半边街上，矗立着几座楼房，是新建的百货公司和绸布商店。顾客如云，每人都提着、背着鼓起的小包。营业员的态度和蔼、耐心，我亲耳听见一位女营业员在顾客付过货款后，微笑着向顾客道声"谢谢！"——我们见的那种冷漠和倨傲居然被涤荡净尽了。

在接近街尾处，有一岔路，是通往九龙和香港的。隔着一条小涧，是又一条街，已经纯属港英的了。我远远看看那街上悬着"××钱庄""××金号"的招牌。

往回走的时候，我看见两个穿黑色警服的港英警察，站在一家商店屋檐下，很随便的样子；在斜对面一家百货商店门前，也站着两位中国边防警察，绿上装、蓝裤，也是很轻松的样子。

小镇没有争吵和喧嚣，店主和顾客全都很温和、有礼。我们出于好奇，走一家，看一家，问一家的货价，得到的回答及时而周到。

下午一时许，我们一行人离开沙头角，凡携带物品的人都要在街口接受海关的检查。按规定，每人只能买不超过五十元港币的物品，一切电器均严禁携带入境。但除对电器严格控制外，许多人所买物品均远远超过港币五十元，海关人员似亦不十分注意及此。

步出小镇不远，再回头看时，顿时想到：走遍了这条"中英街"，几曾见到半个英国人？小街两边的居民全是中国人，全是同胞手足！无怪它是如许安宁而恬静了。我国政府不久前已经庄严宣告，将在适当的时候收回香港，恢复我们神圣的版图。到那一天，这大鹏湾边的小镇，定会是更加繁荣兴旺，像大鹏展翅翱翔。

（选自《来自特区的报告》，中国文联出版公司1984年11月版）

---

① 中英街是1898年中英不平等条约的产物，1997年以前，一边属中国政府管辖，一边属港英当局管辖；现深圳、香港各占一半，以街心碑石为地界。

特区农村琐记

陈残云

　　二十多公里长的深圳河，蜿蜒在边防线上，人们称它为咸淡水交界线。它的上游，靠近沙头角镇的高山背后，由于泥沙的淤积，已经成了荒落的草地了，当中只有一道涓涓的细流；河流的中部，尚有浅浅的流水，却被两岸逐渐增多的工厂，污染了清澈的河水。现在它像浑浊而发黑的沟渠一样，带着一股臭气流过深圳桥头；它的下游，河道较为宽阔，淡黄色的带有咸味的河水，缓缓而流，流过几道河湾，便是宽广的海湾了。

　　三十年前，我曾经在海湾附近的村庄生活过，和农民兄弟一同为"土地还家"而战斗。合作化初期，也曾住在一个村子的破楼里，和翻了身的农民兄弟谈论着合作社的前景。对那里的自然景色、海滩、河水、村舍、田野、草泽，以及人们的思想感情和生活习惯，都有着深刻的印象。我在50年代初期和中期所写的小诗《深圳河边翻身曲》《农村短曲》，和小说《异地同心》《深圳河畔》，都表达了我对这颇具特色的边防地带的热爱。

　　此刻，我又带着欣悦的心情重游旧地，重访那些留有脚印的村庄。我们乘着旅行车，离开建设中一片繁忙的深圳市区，向西行走，不上半小时，就到达了处处是新房子的福田公社。

　　接待我们的是公社书记老徐，他是中年人，愉快，斯文，戴着一副白边眼镜，

20世纪70年代初，深港边界，罗湖口岸与深圳河。（南兆旭收藏）

像个知识分子；还有社主任老庄，看样子年纪比老徐稍大一些，是个粗壮的农民，神态开朗，爽快，他认得我，一见面就热烈地握手。他穿着一件格条的窄身的确良夏衣，一条深蓝色尼龙长裤，裤脚略略卷起。我拍拍他的肩头说："老庄，你像个香港农民。"他格格发笑，大声回答："香港农民哪比得上我们？"说着，他和老徐领我们走上一座新建的楼房。会客室很简朴，一张长形的木桌子，边旁摆着硬木靠椅，唯一显眼的是一架二十四时彩色电视机。

这个公社只有十四个大队，一万一千多人口，当中三千四百个劳力，六成是妇女，需要耕种水田和旱地近二万亩，还有鱼塘、果园、蚝场、菜场等等，劳力难于应付。特别是工副业比例很大，光引进外资的工厂（如电子表厂之类）就有十一个，还有外商办的鱼塘和菜场，虽然机械化的程度很高，劳力也显得异常紧张。老徐说："公社里没有闲人。"

深圳从被批准为经济特区起，在"特殊政策、灵活措施"的指引下，工农业生产获得了突飞猛进的发展。过境耕作的收获物资，允许在当地售卖，允许生产队越境作小额贸易，也允许下海打鱼，过境耕作的渔民和农民可以购买不超过三十港元的生活物品。加上引进外资兴办工场、渔场、菜场，大队也是农工商并举。这样一来，经济搞活了，经过短短的两年多时间，这外流严重的、不安定的边境，成了一个宁静的、富裕的、令人羡慕的奇异世界。

社员的生活步步高升，一年比一年富有。集体分配的数字是：1979 年人均 314元，1980 年人均 514 元，1981 年的分配多少？公社的领导人只用笑声来回答。集体分配的万元户，全公社超过一百户。至于家庭副业的收入，连社员自己也算不清，例如私人捉一些河虾或螃蟹过境售卖，一斤五六十港元，还有一些来料加工的业余劳动，如编织藤器、制造胶花等等。在二千七百户社员中，近二千户人家新建了楼房，都是二三层的。

"外流到新界的人有没有建新房子的？"我问。

"没听说谁建了新房子，"老庄回答，"那里地价很贵，谁有本领建新房？"

"有人要求回来吗？"

"有呀，光渔农村就有七人，可大队不批准。"

"为什么不批准？"

"大队和生产队都有许多公共财产，全是这两年多来积聚的，他们回来了，分配怎么算？"

这的确是个难题，例如各大队合起来的大小汽车就有二百多部，光是自动装卸车就有一百余部，还有各种和外资合营的渔场、菜场、加工厂，财产那么丰裕，回来的人是否共同享受，这不能不引起社员的议论。我想，这些问题，目前还不必急于处理，将来会得到合理的解决。

我们在公社喝了浓茶，听了老徐介绍的情况之后，接着就乘车到渔农村去。渔农村是半渔半农的小村子，只有一百六十多人，是个独立核算的大队，位于边防哨所和税所之外。村边的河水就是边境线，划二十分钟的小艇就到达香港的一个小市场，这是全公社四个过境的闸口之一，村民们每天都到那边买卖物品，每一户人都有过境证。

我们站在河边瞭望着对河的景色。对河，沿着弯曲的河岸，是一条山下的狭长地带，点缀着稀稀落落的低矮房子，据说那是新界农民的住宅，也有养鸡场的房舍。房舍外面的河岸，围着铁丝网。一条细长的公路在山坡下穿过，公路旁边的电杆柱上，白天都亮着电灯。我们站立了片刻，欣赏了一下边防内外的风光，便走进一户渔民的家。

这是一座新建的楼房。主人出外公干去了，他的年轻妻子在接待我们。楼房的门前放着好几双鞋子，显然是要保持屋内清洁、光脚进去。我们也就脱掉了鞋子走进厅堂。厅堂的地面铺着水泥花阶砖，抹得一尘不染。中堂放着一个漂亮的木柜架，最上一层透过彩色玻璃看见里面陈列着塑料盆景，中间一层一边摆着彩色电视机，一边摆一个收录机，底下一层是存放白酒、啤酒、汽水和各种杂物的。厅堂的两边摆设着时新的沙发。墙壁上挂着几幅庆贺新屋落成的镜面。一走进去，使人感觉到进入了富有的人家。

女主人给我们倒了茶，就站在门边微微发笑，很少说话。看样子，她很满意有这样美好的日子，在回答我们的问话中总带着笑意。我们问："新界农民的日子好过，还是你们的日子好过？"她不假思索地回答："我们好过。""为什么？""他们没有我们这样好的房子。""还有呢？""他们有人抢东西，偷东西，我们没有。""还有呢？"她一时答不出，只是默然而笑。

这时候，一个年近五十的农民样子的人走进来，他是大队支部书记老郭。他还认得我，欣然地拉着我的手，在我的身边坐下，对我问长问短，表现得格外亲切。我说:"老郭,你们都成富翁了。"他含笑说:"还说不上,日子好过一点就是。"我问:"去年,你一家的收入有多少?"他说:"我一家七口,五个劳力,集体分配合共一万二千多元。"我问:"家庭副业?"他说:"约莫五千元。"我说:"收入那么多,还不是富翁?"他的眼睛流露出喜悦的神色,带着感激的语气说:"是的,想不到有这么威风的日子,就凭了党中央的政策英明。"我问:"外流的人都想回来?"他说:"有七个人要求回来,群众不同意,别的人也就不敢请求了。"我说:"应该欢迎他们回来。"老郭并不正面回答,只说:"以后再考虑吧。"

坐在老郭身旁的老徐,趁势向他询问群众的思想状况。这时候,女主人领着韦丘等人去参观房子,上楼去了。我也跟着他们一同上楼。二楼是一个大厅,两个卧房,窗户透明,空气清新,还有一个小阳台。三楼的装置也是一样,但卧房空着,没有人住。曾炜凑趣地说:"到这里来写作多好呵。"

我们站在小阳台上,瞭望着明朗的天空,边地上的秋色,显得一片幽静,我们很喜爱这幽静的境界。站了一会,走下楼来,老徐又领我们去看老郭的家。老郭的家有好几个房间,一家子住得蛮舒适。但和一般社员相比,他算较朴素,不但房子没有他们壮观,也没有许多"洋"摆设,据说,这位老支书有着先人后己的高尚风格。

我们随意地走着,谈着,在屋廊里,看见老郭的妻子埋头作手艺,她用一根螺旋形的粗铁线,快捷地织着藤网。老郭说,这是港商来料加工的家庭副业,专分给劳力弱的妇女干的。它采取计件工资,技术熟练的人每月可获得近一千港元,技术差的人也获得六七百元。她们和集体的关系是,每人每月交回大队四百港元,由大队记回工分,统一分配,多余部分由个人所得。这一来,使劳力弱的妇女都得到很高的收入。老郭的妻子似乎成了熟练的织藤女工,她愉快地工作着,看见我们来了,一面高兴地招呼,一面不停手地干着活儿。我们没有打扰她,看了半晌就走了。

离开了渔农村,老徐领着我们折回皇岗村去。这是一个千多人的大队,公社主任老庄的家乡,整个村子都是新建的房子,还有许多新房在兴建中,因为没有规划,显得零零乱乱,几乎连汽车都走不通。我们没有找大队干部,下了车随便走走,看看。看了一座尚未建好的高级住宅,看了一家来料加工的"牛仔裤"工场,后来偶然遇见一位老朋友庄启深,他是村上的赤脚医生。

庄启深是我们土改时候的战友,战争年代的地下党员。土改时,我们的区委会就在皇岗村,他是土生土长的党员干部,成为我们斗争中的骨干。但土改后一直不知道他的消息，现在重新见了面，使我感到意外和高兴。他告诉我，他已年过六十，退休了。但他的身体还很硬健，清瘦的脸颊黑黑实实，尚无老年人的衰老气。

他非常欢喜地拉我们回家去。在路上，我问他："你退了休，还领多少工资？"他回答道："六十元，还当赤脚医生。"我问："连赤脚医生的收入算在一起，每月有多少钱？"他回答："二百多元。"我惊奇地问："二百多元？"他点头说："是的，我的儿女都出身了，日子过得挺好。老陈，想不到受了二十多年冤屈的人，还有翻身的日子。"我问："你为什么受冤屈？"公社书记老徐代他回答："说他私藏黑枪，贪污斗争果实，党籍和公职都给开除了。"庄启深接道："现在已解决了，恢复了党籍，又可领退休金。历史证明，我是经得起考验的，许多人逃港了，我没逃。老实说，我要逃很容易，我有过境耕作证，去了不回来就行了。但革命者有光荣感，我不愿这样做，个人受冤屈，生活困苦是小事，不能使党和国家的尊严受损害。"我赞扬他说："你做得对。"

说着，他领我们转入一条大巷，在一座宽大的楼房前面停住。这楼房有两层，楼下有三个门口，似乎是三个套间。它就是启深的家。这个家和那户渔民的家一样，要脱去鞋子才能进去。客厅铺上一块间花塑料布，刷得清洁光滑，正中的墙壁供奉着祖宗的神座，底下摆着彩色电视机和别的杂物，因为杂物堆得多，有些杂乱。他一面殷勤地招呼我们，一面从电冰箱里端来汽水和可口可乐。忙了一阵子，便在我的面前坐下。

这么多客人来探访他，他有些激动，似乎坐也坐不稳，给客人倒了汽水，又要忙什么。我叫住他："你坐着吧，别忙来忙去。"他回到自己的座位上。我又问："你怎么学会当赤脚医生？"他的同宗兄弟、公社主任老庄接上道："他医治奇难杂症有些老经验。"我笑说："我以后有病就来找你。"庄启深说："有病没病都欢迎你来，我们二三十年没见面了，如今见上面，真难得呵。"我说："以后你到广州就来找我。"我给他留下地址，绫道："你该到外面走走，过个快乐的晚年。"他笑嘻嘻说："是呀，我真是连做梦也没想到有这么好的日子。"老庄替他补充道："他家里儿女儿媳多，劳力强，还有两个儿子在我们驻香港的机构工作，所以日子过得蛮顺心。"这么一说，在座的客人们都为这位受过委屈的老党员获得了美好的生活而高兴。

我们在启深的家里叙谈了好一会，然后，老徐带我们到村子附近的渔场吃中饭，庄启深也同行。

这一顿中饭是渔场场长请的，他是公社干部。吃的是刚捞上来的乌头鱼和螃蟹。乌头鱼是进口鱼种，一般有三四斤重，大的十斤八斤，样子像鲩鱼，却比鲩鱼好吃，据云香港一斤售价三十多元。螃蟹很大，肉厚而嫩。我们高兴地吃了一顿美味的鱼餐。

吃完中饭，已是下午二时了。我们没有休息，立刻又乘车到沙头大队去。路不远，一下子就到了。

沙头大队是一个一千二百多人的大村子，位于深圳河的出口处，面临大海，海水底下铺开着广阔的蚝场。我们在村外下了车，没有进村子，先到海滨去。边防哨所的战士，不认识我们公社的领头人，看了证明，说明来意，才让我们前行。

我们在海堤上站立着，凝眸远望，望见平静的海波，望见远处一个新兴城区耸立着高楼大厦，它的名字叫元朗。那淡蓝色的海波，使我回忆起若干年前，我和农民兄弟们乘着带有发动机的小艇，破浪飞行。波浪下面埋藏着人工养殖的珍贵海产生蚝，沙头出产生蚝是著名的，我们到海上去，是探察一下蚝的长势。现在，据说蚝场又有了新的发展。

我们欣赏了远海和近海的风光，便进入村子去。这又是一个新兴的村庄，别墅式的小楼随处皆是，还有许多地方在拆建和兴建中。我往日住过的门窗破烂的合作社小楼，已经寻不着了。村子里的砖头和木头堆得凌乱不堪，建房没有统一规划，参差不齐，几乎连道路都没有。村中心仅有一条可行汽车的大路，由于全大队有不少大小汽车，天天行走，压得路面高低不平，刚下过雨，处处都是水洼，我们的车子不敢进去。

老徐带我们穿过几条小巷，去找支部书记。支部书记不在家，家门却敞开着，有两个小孩在玩耍。这是一间新建的两层楼的房子，很漂亮。我们进入屋里去，随意观看，看到大厅、卧房、厨房、浴室都很宽敞，墙壁镶着瓷砖。此外还有各种现代化设备，洗衣机、电冰箱、彩色电视机、沙发家具等等。如果不是亲临其境，很难相信这是特区农民的真实生活。

之后，我们到了大队部，正见到支部书记黄天齐，大队长黄水能，治保主任黄美竹，老徐替我们介绍。当中，年近五十的黄水能，对我还有点印象，和我热烈握手。黄天齐和黄美竹都是四十左右，但对我们几个省里来的人虽是新相识，却表现得很亲切。

"我们参观了你的新房子，"我首先对黄天齐说，"很漂亮呵，花了多少钱？"

黄天齐说："拆了两间旧房子改建的，总共花了一万五千元。"

曾炜问："你们去年的分配怎么样？"

黄天齐回答道："我家里六口人，五个劳动力，合共分得一万五千多元。"

我们听到这个数字都替他们高兴。对黄水能问："你们那么多钱，怎么用得完呵？"

"是用不完呀，"黄水能答，"我们全队社员在银行的存款有一百多万元。"

一位同志问："你们大队的收入主要靠什么？"

尖瘦的脸孔晒得微红，眼睛闪亮的支部书记回答道："净是生蚝就收入一百五十万元，还有塘鱼、稻谷、汽车运输、来料加工，多啦。"

我说："家大业大，一片富裕景象。"

有着年轻人的朝气，一直带着笑意的大队长接道："我们花了五十多万元建了个水塔，解决了吃水问题，大伙都很开心。"

"富裕了，应该更多地关心群众生活。"我建议说，"你们还要搞好学校，搞好文化、体育、卫生，搞好村子上的环境建设，否则，和那许多漂亮房子不相称。"

面孔圆润的女治保主任黄美竹笑着答道："这一条做得很差，村子里还是满地垃圾。"

"光有物质文明，没有精神文明不行。"我用鼓动的语气继续说，"你们应当鼓励年轻人到北京、西安、上海等地旅行，让他们看看祖国的大好河山，开阔眼界。要不，他们就会胡思乱想、赌钱、大吃大喝、搞封建迷信、干不三不四的事。有钱不会花，会害了年轻人。"

黄天齐点头说："是呀，前一阵子有几个人去游了桂林，回来说得津津有味。可是，他们反映飞机票和火车票都买不到，只有和香港旅客混在一起，多花一倍价钱才买得到飞机票。乡下佬，有钱也不容易出门呵。"

是的，就目前看到的特区农村，是突然富裕起来的，像是暴发户，家业庞大，事务繁杂，根本无法考虑文化教育和人们的精神生活。深圳市在突飞猛进地变化，深圳市郊的村庄，也在突飞猛进地变化！能适应这种日新月异的变化，就很不容易了，我们不宜对他们有过多的要求。

在无拘无束的叙谈中，直至太阳偏西了，我们才和三位大队干部握别，离开沙头村。

一天的参观访问，边看边谈，虽是跑马看花，而印象是新鲜的，感受是强烈的，心情是激动的。这些过去是生产落后、生活贫困、人心不安、外逃频繁的边地村庄，只经历了两年多的时间，竟然变为一个令人振奋的新村庄，真是无法想象。现在，边境异常平静，边地上的农民没有外流了，而且要求回来的人很多。他们的生活水平，和香港的工人相比，和九龙新界的农民相比，毫不逊色，或者说，已超过他们。变化如此迅速，秘密在哪里，用大队干部们的话来说，就在于三中全会的英明政策。当然，我们所看到的农村，在全国来说是很特殊的，也许缺乏典型。但就以它自己来对比，为什么过去是"王小二过年 —— 一年不如一年"，变不了？这不能不引起头脑守旧的人深思。

这使我想到，我们国家的穷困、农民的穷困，不是命定的，只要坚定地贯彻党中央的政策，解放思想，打破旧框框，大胆地领导农民前进，落后的面貌是可以改变的，改变的速度，有时会超乎我们的想象之外。看了深圳经济特区的几个农村，使我看到我们的农村前途无量，社会主义的远景璀璨辉煌。

车子载着我们远离沙头村，远离福田公社，在夕阳斜照的宽阔公路上驰行。老徐、老庄欣然地送着我们回深圳市区去。

（选自《来自特区的报告》，中国文联出版公司 1984 年 11 月版）

一张光明牌

陈祖芬

"唯美，唯美，维他奶。"

"唯美，唯美，唯一境界。"

广东省光明华侨畜牧场生产的维他奶，深圳的"拳头产品"打进了香港的国际市场。

牛奶妹

关于维他奶的优越性，有一个最有权威的发言人——两岁的长得圆鼓鼓、红喷喷像小牛犊一样壮实的牛奶妹。她叫牛奶妹，就因为她出生以来一直喝维他奶。她是维他奶最有生命力的广告！

牛奶妹凭她来到人世两年之经验，已经颇能扬长避短了。她知道自己个子小，就专从大人的脚来获得她所要的信息。妈妈现在正跷着二郎腿，一只脚的脚尖不住地甩着一只鞋——妈妈看书正看在兴头上呢。爸爸叉开两腿端坐着，两只球鞋脚，好像是从地上长出来似的，推也推不动。爸爸这么看书的时候，牛奶妹最好乖一点。好，她也看书！可是爸爸这些书有什么好看的？《奇异的无性繁殖》《透析疗法》《人类认识的自然界》《家畜改良遗传学》《冷冻外科与低温技术》《蔬菜栽培学》《血型与血库》《畜牧业机械化》……牛奶妹叹了一口气，倒着打开了一本

《论生态平衡》。但家里的生态突然失去了平衡。

"啊呀，又晚了！牛奶妹，跟妈睡觉去！波仔，还不冲凉去？！"妈妈喊道。

"我在学习！"波仔一声吼。

"你哪天不学习？"

"那当然，畜牧、饲料、土壤、医疗、修理汽车、装修电器、经营管理……只要是这个场里的事，我都得懂。这是责任！"

"洗个澡就好了。牛奶妹，把你爸押下去！"

牛奶妹拿起小塑料手枪，犟头犟脑的波仔"吓"得立刻举起手投降。牛奶妹用枪顶着爸爸的腿一路把他押到自来水管那儿去了。

"波仔，你洗完澡别再跟老鼠似的吭吱吭吱地翻书了！天天晚上一点钟睡，你死不死？"

"再不抓紧干，我们中华民族要完蛋了！"

斗牛士

深圳市郊的光明华侨畜牧场的人们有这种紧迫感，是在十一届三中全会以后。1979 年 2 月，牧场有关同志去香港开拓牛奶销售市场。香港的牛奶市场是一家有 90 多年历史的英国的牛奶冰厂公司控制的。这家老牌子公司请我们吃饭时，竟让我方 14 个人挤得像罐头凤尾鱼似的。每个人夹菜时胳臂只能笔直地伸出去。胳臂不能舒展，事业不能发展 —— 他们限制我们只能养少量的牛。

谈判吧？他们说没时间。

我们找他们去吧？他们也不派车来接，让我们人生地不熟地自己搭公共汽车去。

他们凭什么这么欺负我们？凭什么？凭着他们的雄厚资本，凭着他们 90 多年老牌子牛奶的信誉。这是国际市场的力的较量。

那么我们的力量呢？我们出的力、吃的苦比谁少呵……

1958 年，七百来人到深圳市郊的一处荒地办起了光明农场（后改名为光明华侨畜牧场）。这些人是年轻的、幸福的、雄心勃勃的、新婚燕尔的。几个月后，一个娇嫩的小生命从一个个开荒者的手掌里托过来，捧过去 —— 这是我们农场的第一个孩子，大家快想想，叫个什么名字才好？对了，我们要建设伟大的光明农场，就叫伟光！

伟光 26 岁的父亲笑了。可他怎会想到，他的伟光 26 岁的时候，伟大、光明的事业才真正开始呢？

不想倒也好。不想，他们才会淹没在一人多高的茅草地上像开荒牛一样地苦干。晚上回到茅屋，只想往床上一倒就睡，但是掀开被子一看，一条大蛇已经抢先盘在里边了。半夜台风袭来，无疑如空袭警报一般，全体公民从一所所茅屋里冲出来跑向农场仅有的两处砖房 —— 仓库和厨房。君不见这里有多少茅屋为台风所破呵！

这里的土壤明明只适宜发展畜牧业。可那个时候不搞以粮为纲是会犯错误的，种粮食亏损多少也不用担责任。于是"光明"年年都要亏损几十万元到一百几十万元。工资最低时每人每月只有 19.18 元。职工们长叹一声：难忘的 1918！

当只强调划一不注意效益，只讲究高调门不负有责任的时候，把人们维系在一起的责任感便减弱了。这里的第二代人 —— 二十来岁的年轻人一个个流入了香港。

这里驱车去港，只要两个多小时。如果每天直接运去鲜奶，那就很可以开创经济优势。

"光明"的前景是否光明，一时似乎落在去港洽谈的 14 人肩上了。

既然要大发展，就不能受英国那家牛奶冰厂公司的控制。1979 年 3 月，他们和香港豆品有限公司签订了扩大、改造牛奶和鲜奶出口的协议，然后决定从新西兰一次引进 1200 多头黑白花良种奶牛。

1980 年 3 月，新西兰牛乘坐外轮抵达广州黄埔港。这种牛在娘家是由狼狗在野外放养的，不用绳牵，不让人挨近，否则就撞你、踢你，像没人管教的野小子似的。港口码头上，"光明"组织来的一大片汽车和场里的"斗牛士"们，早已如临大敌，严阵以待。斗牛士们刚下到船舱，牛就狠狠地向他们喷气。四五个人一组，一边和一头牛搏斗，一边体会着力大如牛这个形容词的真实分量。有的牛跳下船就在码头上疯跑。这边就得有十来个人去追捕它。人哇哇地喊着，牛也噢噢地叫着。可是牛听不懂中国话，人也听不懂牛的新西兰话。眼看追近了，牛火了，大叫几声掉过头来追赶逮它的人们。斗牛士们只得四下奔逃。但是，一头牛是用那么多外汇买来的，我们还指着这些"野小子"产奶赚外汇，指着它们和那个在香港鲜奶市场上力大如牛的牛奶冰厂公司较量呢。以前有劲使不上，现在是我们用力气的时候了。

继续追牛！对，用麻包套住这些"野小子"的头，再用粗绳子拖，跟捕象似的。好，一半人在前边拉，一半人在后边推，走，走呵！

生物钟

波仔高耸着双肩走进挤奶厅，叉开两腿一站，原先坐着的几个人吓得噌噌地站了起来。波仔那对黑亮黑亮的眼睛，一下睁大了——你们不知道挤奶的时间过了快半小时啦？！还坐在那儿闲聊！怎么还有那么些人迟到？牛也是按生物钟、按生理活动的规律进食、泌乳的。打乱了规律，产奶量就得降！挤奶厅的工作推迟半小时，整个牛场的工作就得推迟半小时！你们就这么死活不管呵？！

波仔心里一阵痛苦：我们社会生产的"生物钟"太紊乱了。

是嘛，企业亏损不亏损，个人反正拿这些工资；生产发展不发展，个人反正过这种日子。一个常年吃大锅饭的环境腐蚀了多少人的多少器官！手脚还勤快吗？思维还敏捷吗？目光还远大吗？精神还振奋吗？50 年代的开荒牛精神哪儿去了？

一个时代的变革，落在了多少不想变革的人的身上。

要不"光明"的党委书记谢强在 1980 年底那个全场干部会上急得两只手挥着，上身一起一伏的，好像要用身子把他的讲话扇到每个人的心里呢：光是引进良种牲畜、先进设备，没有先进的管理方法行吗？场党委决定，1981 年开始搞承包！场干部每人每月扣 15 元工资作全场的流动资金，一年后扭亏为盈了，这每月 15 元的预留工资发还大家；如果还是不能盈利，这笔工资就拿不回来了。破釜沉舟！大家都负起责任，生产才能上去呵！

波仔作为"光明"一个奶牛分场的场长，必须负起这个分场的责任。他叉开两腿站在挤奶厅中间，两眼像喷着火似的"扫射"着一个个站在那里的职工。他那张哇哇乱嚷的嘴更是像发火枪的枪口——

"我一来你们都站起来干活了，你们是不是把我看成了魔鬼？可是你们怎么就不明白现在我们开始搞承包了，只有大家都负起责任，产奶量才能上去；产奶量能不能上去，又直接关系到你们每个人的利益！迟到的，一律按规定批评、扣钱！

"还有那堆干草，你们都看见没盖上帆布，为什么没有一个人动手把草盖上？现在你们看看，草淋湿了，浪费呵！我们奶牛场全场职工都扣掉 30%的奖金！我和分管的队长扣掉全部奖金！你们不要觉得不该扣。要说不该扣，我更不该扣，也不能什么都由我负责么！

"人家资本家亏损了是可能跳楼自杀的，可是我们呢？浪费了，亏损了，还在那里哈哈哈！麻木啦！司空见惯啦！你们会说：这有什么，这也不奇怪。我们讲了那么多年的不奇怪，现在不能再讲了！今后不管谁不按规章制度办事，天王老子也一样处理！我的工作是叫你们口服，支书的工作才是叫你们心服！企业的管理制度就是企业的法律！如果在管理上没有科学的一套，社会主义的优越性就会是一句空话！"

挤奶厅里一时鸦雀无声。谁敢和"魔鬼"打交道呢？不，准确地说，谁能不服呢？

波仔的爱人小孔原来是广州的一个售货员，正好广州一个科研单位几次来函来人要调波仔去工作，而且还给了他们一套住房。只等波仔去拍档干活了。但是"光明"刚引进新西兰牛，斗牛士波仔忙得家里攒了一层烟灰，碗上长了一层白毛，尤其是他再也没有可换洗的干净袜子了——他夜里常常上牛场给牛接生、治病，脚怕冷，就经常穿上几双袜子。怎么办？只有把小孔从广州"引进"畜牧场了。"哼！你们男人过日子，我看着都受罪！我调到牛场是可怜你！"小孔骂归骂，她那对吊起的大眼睛充溢着毋庸多说的理解，她那两个喷红的高颧骨也发散着自豪的神采。"你看你！"她从波仔的一只脏袜子里抽出另一只袜子，又抽出一只，又抽出一只："简直像变魔术！"

"你得辛苦了，我给你发奖金！"

"哼，我还憋着没跟你发脾气呢！"

"发吧。"

"我是看穿了，发也得干这些事，不如不发！"

"我也看清楚了，分场要是搞不好，你第一个得向我跳脚。压在身上的责任呵！好了，我得去准备明天的讲课了。"

"你那个技术培训班里还有几个大学生呢，你口水喷喷的胡说八道，谁听你？"

"那人家也不睡觉。"

"人家敢对着你这个魔鬼睡觉？"

非不敢也，是不能也。不能在培训班上瞌睡，不能上班迟到，不能不负责任。1983年9月，当地刮起了十级台风。桉树吹倒了，电线杆连根拔起了。风雨大得不能骑单车、打雨伞了。职工们裹着雨衣，摸黑走上好几里，甚至十来里山路准点到达牛场，凌晨四点钟，挤奶厅准时挤奶。

生物钟运转正常了。

连引进的新西兰牛也驯得一听哨音就秩序井然地排着队去挤奶了，然后又挨着个儿踱着方步返回牛舍，自觉遵守规章制度。当年的"野小子"现在成了温顺的"孩子妈妈"啦。

光明牌

好像什么都翻了个个儿。"光明"的领导得长途跋涉，专程去迎候坐着美国飞虎航空公司的飞机前来的丹麦牛；这里的猪倒是在自动调温、调湿的猪舍里休养生息。这里的鸽子一找到配偶，每对夫妇立刻就可以从大鸽笼搬进"一房一厅"的小单元，从此夫唱妇随，生儿育女，享尽天伦之乐；这里的经理、场长却忙得头发上是片片根根的鸽毛，鞋上是斑斑点点的鸽屎，他们倒像大群放养的、无人精心照管的鸽子。这里 1979 年还是满目疮痍，喝水还得排队。现在引进侨资、外资办起了六个奶牛分场，还有猪场、鸭场、奶品加工厂、肉类加工厂等，住了各地来的移民——新西兰的黑白花牛、美国的地鸽、比利时的斯格猪、澳大利亚的狄高鸭，产品直销香港。

那么，英国那家力大如牛的有着 90 多年历史的牛奶冰厂公司呢？

由光明华侨畜牧场生产，经香港豆品公司销售的"维他纯鲜牛奶"，1981 年运去香港 5400 吨，1982 年运去 6800 吨，1983 年运去 7400 吨。维他奶的销售量占香港鲜奶市场 70%以上，被誉为"对香港市民有实质性的贡献"。于是，英国那家老牌子公司一再要求"光明"供应他们牛奶了："你们的牛奶是第一流的。可是 1979 年你们去香港谈判的时候，我们公司那几个人不好好接待你们，这怎么可以呢？！我们已经把那几个人都解雇了！"

我们无心去听他们的解雇事件，但是我们不会不注意到这种对第一流牛奶的真心诚意的承认，不会不感受到从 1979 年我们搭香港的公共汽车去找英方公司谈判，到 1982 年英方公司的代表专程来广东找我们谈判的变化。从 1982 年 12 月 1 日起，"光明"除每天照样向香港豆品公司供应鲜奶外，还通过豆品公司每天向英国的牛奶冰厂公司供应鲜奶 5 至 7 吨，1985 年到 1987 年预计将增加到每天 12 吨至 16 吨。

光明华侨畜牧场的干部 1981 年每人每月扣 15 元的时候，不少人想，年底只要把这每月 15 元拿回来就不错了，苦惯啦，对生活不敢有什么奢望了。可是到 1981 年底，"光明"一举扭转了二十多年连续亏损的局面，生产总值为 1977 年和 1965 年的三倍和十倍，创外汇 1112 万港元。1982 年和 1983 年生产总值继续增长，1983 年是 1981 年的二倍。生活水平也成比例地提高。自动调温的电饭煲已经普及。电视机中三分之一是 20 英寸彩色的。70 年代这儿的人口源源流往香港，80 年代，这儿的牛奶源源流入香港。尽管这儿 40% 左右是归侨，尽管这儿几乎家家有港澳关系，但是人们不走了。那个"魔鬼"波仔，组织上 1980 年、1981 年想培养他入党，他还不干——我的干劲比哪个党员差了？但是，1983 年 8 月，他加入了中国共产党。

不过，"光明"的凝聚力已经使它自己招架不住了——光是 1983 年，有头有脸的参观者就有 5000 人次！可不，谁到了深圳，要看工业？好，请到蛇口工业区。要看农牧业？好，请到光明华侨畜牧场。更何况"光明"牛奶、猪肉、烧鸭、乳鸽是不乏诱惑力的。这一年 5000 人次，共计要花多少旅差费？要国家支出多少工资？如果各单位都实行经济责任制，这些人次可以下降到百分之几？"光明"因为接待这 5000 人次所付出的时间可以创造多少价值？当"光明"的领导轮番向这 5000 人次作第 × 次介绍的时候，他们多么希望来个金蝉脱壳，飞向自己责任所在的岗位呵。

畜牧场一个公共厕所后边的长着一人多高茅草的地，是党委书记谢强神往的地方。1983 年 10 月的一个星期天，他和爱人分头站在这块地的两头割茅草，割了草好种饲料呵。奶牛大发展，牧草跟不上了，党委要求每人用业余时间种植 1000 斤青饲料上交场里。于是开始了 80 年代的夫妻开荒。谢强两口子在割去茅草的荒地中间会师了。

"老谢，我们亏得起早，天一亮就该热了。""没吃早饭你饿吗？""我没事。这厕所味儿真大，你行吗？""我看中的就是这些粪水！昨晚我没睡好——你说，把粪水引到这块地里，渠怎么开好？""我还不知道你！你才不甘心交 1000 斤饲料呢，你非得搞个高产，交——""你别那么大声说！事情还没干呢，到时候交出来看么！"

让谢强两口子在那儿说悄悄话吧。愿他们永葆开荒牛精神。何况宏观地看问题，"光明"不过是刚打出了第一张光明牌。还有下一张牌、再下一张牌呢？伟光今年 26 岁了，伟光的父亲 26 岁时宣称的伟大、光明的事业，现在只不过刚拉开了序幕。

附记：文章刚打上句号，收到"光明"一位朋友的来信，谈及谢强同志正忙于贯彻中央一号文件精神，要在国营农场大力兴办家庭农场，加之每晚阅读国外一些企业管理的书直至深夜一点，大感时间不够用，所以他暂不给我回信了。

　　好！我真正等待的恰恰也不是谢强同志的回信，而是第二张光明牌。

　　　　　　　　（选自《来自特区的报告》，中国文联出版公司 1984 年 11 月版）

金秋十月走蛇口

郭丽鸿

在我的经历中，北京的秋天是最有魅力的。秋高气爽，秋凉如水，令人切切实实感觉到日炙汗浇的炎夏已过，收获的欢乐在等待着人们。

南粤的秋天可又是另一番景象。中秋团圆月饼吃过，满眼仍是一片绿，骄阳仍烤得人出汗。你四处很难寻觅到秋的况味、秋的踪影。

但秋天毕竟姗姗而来。10月中旬，我们——广东作家协会杂文组成员一行九人，受蛇口通讯报之邀，到开发创建已经九年被誉为中国改革和开放"试管"的招商局蛇口工业区生活了几天。从这个充满希望的窗口，窥探到蛇口人的一些风貌。

蛇口通讯报社极尽东道主之谊，专门派了一部面包车接送我们。从广州往蛇口约有3个多小时的路程。一路上我们说笑不断，狂放不羁。而坐在我身旁的司机梁小姐，性格沉静，不苟言笑，只是不时更换录音带，播唱声往往盖过了我们的说笑声。看来她要靠音乐来提提神。后来我才了解到，她是当天半夜四时从蛇口一直开了四个小时的车，八时赶到广州羊城晚报社门口，八时半又按时载我们往蛇口的。一位女同志，天不亮就束装出发，在繁忙的广深公路上，连续驾驶八个多小时的长途汽车，光这件事本身，就不能不使我感佩。一打听，原来她在报社既当司机，又掌财务，每星期还参加三个晚上的业余学习。她完全懂得时间的价值，怪不得她不采取头天下午出来在广州休息一夜，次日再开车返回的方针哩！"时间就是金钱，效率就是生命"这句名言,在我们接触的第一位蛇口女汽车司机身上就感触到了。

到达蛇口当天晚上,我们参加了蛇口工业区第二届厂歌比赛晚会。比赛的直属、合资、内联企业共十个。我们饭吃得晚,进场时比赛正在进行。会场里灯光明亮,密密麻麻挤满了坐的、站的风华正盛的年轻人。一进场我们就被那强烈明快的音乐节奏和青春的热浪、豪迈的气氛所吞没。厂歌比赛中除了统一的业余乐队伴奏外,各厂的厂歌都是由职工自己编词、谱曲,自己指挥演出。我们下榻的潜龙湾宾馆职工们唱的是,"迎来五洲贵客,引来四海佳宾。用迷人的微笑,用温柔的眼睛。情谊似山,情谊似海,胸襟如乾坤。啦啦啦,祝愿诸君笑开颜……"节奏跳跃、抒情、令人陶醉。这不就是通过职工自动自觉的文化活动,培育企业文化,提高人的素质的精神文明建设吗?尽管从艺术欣赏的角度看,这场歌咏比赛演出仍不免粗糙,可它却显示了一个集体的精神风貌,令人难忘。坐在乐声灯影相交辉的大堂里,我的思绪一下子飘到远处。俱往矣!那为信念慷慨壮歌的情怀。50年代一代青年书生献身理想的天真,历经坎坷岁月的一番番碰撞,人过中年,精神却先于人而衰老。前些时我参加母校中学的一次校友会,大家齐唱校歌时,我惊讶于当时曾任过校团干的我,竟然一直不知道有这么一首校歌!过去那种片面强融"小我"于"大我",不知人本身的价值,只抽象讲爱国爱党,不知爱校爱企业的"思想工作"之虚浮不实,显而易见。在现实的商品经济规律面前,它是那么苍白无力。蛇口青年自动组织的这种编厂歌、唱厂歌、开展厂歌比赛的活动,给予人们一种新的启示:一个集体,一个企业,是需要有它自己的文化、有它自己的精神支柱和一套独特的活动方式的,这样,才有它自己强大的凝聚力。

次日下午,参观了"海上世界"友谊船。站在海风拂面的明华轮甲板上,呼吸着带腥咸味的海的气息,人仿佛也变得心气浩茫起来。总经理派来一位导游小姐,身着精心设计的"海上世界"时装款式工作裙服,风姿绰约,楚楚大方。她很健谈,闲聊中透露出她是从西安来的,放弃了自己的歌舞专业,随爱人到这条轮上已工作两年。她引我们一行重点游览了国庆前夕刚揭幕的"中国民俗风情博览中心"。这是一个"集东南西北民族风物于一体,熔旅游娱乐商业文化于一炉"的新的艺术世界。你一踏进这称为"中国城"的博览中心,便不由自主地置身于一片光线幽暗、神秘莫测的洞穴之中,引发出人们一种探索中国文化源头的神思遐想。随着导游的巧妙安排,每跨过十八个展厅的一个门槛,都是一个新的天地。远古的神台,岩洞四周的岩画和巴蜀象形文字，彝族居室一侧那不灭的火塘，举世闻名的莫高窟，反弹琵琶的仙女神姿，西北人的三炮台茶肆，蒙古包悠扬的马头琴声，北京宫廷玩物——青铜"龙洗盆"，古代中国的魔方——"九连环"……透过琴声、幻影、真景，几千年的古国文化，几万里的民族风情，居然能够荟萃于方寸之地，令人叹为观止。有了开放改革、以商养文、以文促商的思想，能够激发出人的多少想象力、创造性啊！而这一切，又要靠那么一批不惜放弃"铁饭碗"，甩掉"铁交椅"，千里迢迢移居到大海之滨的蛇口开拓新事业的人们去实现。

参观之余，我们三三两两一伙，走街串巷，游览闲逛。这里的肉菜市场一个个档口由个体户经营，瓜、菜、豆品种齐全，质量也上乘，码得整整齐齐。肉、蛋有明码标价，但标价后又可以议价。蛇口劳动生产率高，工资也高，职工对物价有较强的承受能力。由于是工业区，时装店似以经营"凯旋爱"（轻便型服装）为主，不像广州近日兴起的某些时装屋那样摆派头，也没遇到对外地顾客盛气凌人的。我们两个女同志，许是经验不足吧，曾经两次发生刚议成了价，细看成品后又反悔不想买的尴尬事。出乎意料的是商贩仍然笑嘻嘻，毫不介意。这类事即使发生在今日广州，顾客十之八九也是要挨一番轻侮谩斥的。"生意不成人情在"，看来蛇口生意人虽普遍年轻，却比较懂得这种传统的为商之道。

"请不要宣传我！"敦煌服装有限公司36岁的朱经理一再这样嘱咐我们。我们相信这是他的由衷之言。他说："人最怕自我膨胀。在中国，很多事会因此而搞反。"他1982年毕业于人民大学贸易经济系，两年多以前由浙江省丝绸公司派来蛇口经营。后来就靠400万港元投资，筹备建服装厂。这间厂去年3月投产，到年底即赚回"两个厂"。预计到今年底可赚回"五个厂"。去年平均工资为蛇口最高。他正当奋发有为之年，事业蒸蒸日上，他需要集中精力去拼搏，而不需要种种虚名的拖累。

敦煌服装有限公司的产品目前百分之百出口，销方是日本几家大公司。日本人做事极严谨，这几家大公司订货的时装品种变化多，要领导时装新潮流，要求百分之百是一等品。他们对厂家非常挑剔，要求厂家的技术和管理水平较高。在深圳、番禺、东莞等地推荐的8家工厂中，选中敦煌这一家之后，又派来一支17人组成的专家考察团，一项项考察评分……朱总经理给我们讲了这样一件事：去年当第一批18万件订单合同签订后，首次制成两万五千件正待发货时，订方对短裤松紧带这一辅件用料较脆不满意，提出一定要改用日本松紧带。这样一来，返工量大，而交货日期紧迫。由于考虑到第一次合作对今后关系重大，总经理二话没说，组织全厂上下一致连续干通宵，终于按质按时交货，使对方惊讶、佩服，说："第一次发现中国有这样守信用的人。"

　　敦煌能取得今天的发展，靠的就是这种忠诚合作、奋发图强、善于探索、勇于开创的精神。管理人员有明确的商品意识，工人有明确的岗位意识。他们以敢冒风险的战略眼光充分估计到今年下半年原材料价格上升的形势，于去年底把贷进的款全部用于购买原材料，今年不需要扩大投资，却收到了最好效益。在今年8月举行的"1988年国际成衣展览会"上，敦煌公司那一件件标着"中国制造"的服装得到了"高档次"的好评。丝绸古乡的儿女，汇集在祖国的南疆，让自己精心制作的产品，沿着丝绸之路的足迹，微笑着走向世界。

　　总经理介绍的话音甫落，秘书小姐掀开一面假墙，透过精巧的雕栏，整个服装工场顿收眼底。原来我们落座的会议室，就在操作严谨的工场旁边，听罢介绍，即可像面对电视屏幕一样，取得形象直观资料了。好一番机智的匠心安排啊！但总经理也深知文人之不易满足，跟着就带我们换上拖鞋，直接踏进工场参观了。生产世界一流丝绸时装的工场，不允许随便沾染汗迹、污迹，工人每天都要换上拖鞋，在有空调的环境里操作。我注意到虽进来一伙参观的人，但工人们个个专心致志，目不旁视。经过从剪裁料子到车缝衣服各个幅面到组接成型到烫熨的系列流程，一件件格调高雅、熠熠生辉的时装就从他们手下生产出来，包装，上架。整个工场明亮、整洁、安静、井井有条，生产空间既得到较好的利用，又不显挤迫。我们流连在一款款刚刚生产出来的敦煌最新时装面前，如入云霓仙境。

　　从工场出来，我追着有一头黑丝绸般柔软披肩发的秘书李小姐，请她以后为《随笔》写点散文。她是我所遇到的最痛快的一位业余作者，马上满口答应，说："在学校念书时就喜欢文学，写点散文。我们公司现在还出小报呢。"她转身就从办公室拿出一沓八开四版的《敦煌》第一期送给我们。这份小报，每个版都署上编辑的名字，从内容编排、版面设计、插图到印刷都很认真。我最感兴趣的是第三版上《敦煌的色彩》《色彩小议》《谈流行色的印象》等几篇知识性小品。为了使丝绸时装借助色彩和色彩的亲和对比关系取得圆满的效果，他们要进行更高层次的知识开拓了。

与蛇口青年对话，是我们这次参观访问活动的一个小高潮。由于前有"蛇口风波"之鉴，有人略感紧张，提议："改称'自由谈'好不好？"但蛇口通讯报同仁们说："蛇口很讲究一条，'实事求是，平等对话'。对话会双方机会均等，本身就是一种最自由的思想交流，何必另起一个名称呢？"

　　对话会事前不发通知，不进行任何内部布置动员，只是当天开会前在招商大厦门前竖立起一块海报牌子。招商大厦整个建筑气派不凡，大门是自动开合式，宽敞的首层大厅光华熠熠，自动电梯直通各层。令人惊奇的是这样一个首脑机关任何人可以长驱直入，不会受任何诘问阻难。据说大厦从没发生过盗窃事件。"环境气氛改造人啊！"通讯报的同仁说，"蛇口通过自身经济发展形成这样一个文明秩序，内地人来这里熏他个三年两载，观念是会变一变的。"

　　对话会晚上在培训中心举行。会议主持人、蛇口通讯报副总编辑张梦飞心中既没有数而又有数。"到时会不会一个人也不来？"我抑制不住好奇心这样问。他答道："那也难说。海报出得迟，看见的人不多。一般估计会有二三十人吧。"待到培训中心大楼前一瞧，骑自行车前来参加各种业余学习的人，光单车就密密麻麻摆满一大片。"谁能猜得出这里有多少部单车？""四百？""六百！""上千吧？"我们叽叽咕咕议论着。同时我们也在心里笑话起自己来，在这样一座充满青春气息、学习气氛的大楼里召开座谈会，竟还担心无人赴会呢！会议室里果然陆续来了二三十人，七时半按时开会。我们一行循例自我介绍一番后，对话开始。

　　老烈先发制人，向张梦飞提了个耐人寻味的问题，"我们这些'不受人欢迎'的人，写些'不受人欢迎'的文，为什么会得到你们专门邀请，受到蛇口人欢迎？"

　　张梦飞胸有成竹，不假思索地答道："蛇口通讯报的办报宗旨很明确：鼓吹改革开放，倡导观念更新。我们要努力使这份报纸有自己的锋芒、风格和阵地。我们一向看重杂文，首先搞起潜龙杯杂文大奖赛的是我们这家报纸。"

　　话头挑起了，蛇口青年们纷纷发言、提问。他们思想敏锐，从现实出发，关注着改革大业和社会主义理论中一些带根本性的问题。如：什么叫社会主义？什么叫政治思想工作？什么叫民主？

　　问题提得好大，与会的文人、编辑谁能置答？可问题又提得实际，人人都可以切身感受参与议论。章明就自己 1980 年发表在《羊城晚报》"花地"副刊的《吃运动饭》一文当时挨了一闷棍的遭遇感慨一番，认为民主在当今中国必须解决制度化问题，否则就会因人废事。蛇口青年谈了些事例，说明蛇口有个标准，只要不反党，不搞人身攻击，就给他提供讲坛，蛇口有个特点，可以接受和听取各种批评。有个青年说："我们这里商品经济意识是根本。政治思想工作如不解决实际问题，不和分配挂钩，就没有用。"有个青年说："我认为岗位意识（又可叫'打工意识'，如嫌不好听又可换个说法叫'职业道德'）是我们这里的政治思想工作基础，是职工的立身之本。"

话题扯到了文学。有个青年说他最喜欢看杂文，因为杂文解渴，针砭时弊，一矢中的。但现在慢慢地又觉得杂文不够解渴，很多杂文思想深度不够了。又一个青年说："我希望读了你们写的杂文，要让老百姓心里对民主多一点承受能力，让'一朝被蛇咬，十年怕井绳'的那条井绳减少一点威慑力。我认为文人有这个责任。"

会议开到夜深。中间又进来一批刚下了课的人，也出去了几个要早点赶回家的人，来去自由，无拘无束。会议没有结束语，谈兴正浓时，主持人当机立断，宣布散会了。

"我们没有必要对正在成长的东西评价太高。对蛇口应该多讲点阴暗面。欢迎你们写杂文指出蛇口对症的缺点。"东道主同仁们一而再地这样叮咛我们。

回程的车仍是梁小姐开。一路上，几天的丰富感受在脑际萦回，思绪翻腾跳跃，执拗地想着开放改革的成败关键是否在于人的素质这个问题。虽有车内空调也渐渐耐不住热了，干脆拉开车窗，沐着秋野清风，忽然悟到这蛇口的秋，不是同时葆有着南国秋天的蓬勃之气和北国秋天的成熟况味么？于是我心旷神怡，深深陶醉在这番秋游的甜美之中了。

1988 年 10 月

（选自《散文世界》1989 年第 2 期）

牧场风景线

——一个大型畜牧场和它背后的故事

秦 牧

一

　　1980 年春季的一天，一艘从新西兰启碇的轮船，经过漫长的航程，到达我国广州黄埔港，码头上等候的运输车队和工作人员顿时忙碌起来。轮船靠上码头之后，人们听见舱里响起了一片牛群的叫声，原来这艘轮船的主要"搭客"都是新西兰奶牛。在中国靠岸的外国轮船，从来没有运过这么多奶牛入境的。大批的壮汉手持绳索，纷纷登轮。尽管这群奶牛经过长途的海上颠簸，船舱里牛粪堆积，燠热污秽，好些牛流着鼻水，打着喷嚏，眼角积着眼屎，但是大多数仍然是神态轩昂的。这些在新西兰原野上放牧惯了的奶牛，既没有穿鼻孔，也没有拴绳子，野性难驯，人们要把它们搬运下船可不是一桩容易的事。一般搬运工束手无策，已经受过训练的牧场壮汉子们用绳子拴缚它们，它们就瞪圆了眼睛，昂起了头，挣扎、躲闪着，甚至用角相抵触，有个别人当场就给碰伤了。但大伙经过一番艰苦的努力，终于——在它们的头上套上了绳索，又拉又推，把它们赶下码头来，奶牛上了车，一列货车，就鱼贯开到深圳去了。

　　隔年早春，一天，有一批运输机从西欧的卢森堡飞到广州机场，机场上又出现了去年在黄埔码头出现的一派景象，机场上有一批年轻人和运输卡车在等候。机舱开处，这回被赶下来的"搭客"是一群猪。它们全身白色，身段矫健，只只都有百多两百斤的样子，但却没有肚皮垂地的颟顸之态。人们忙碌驱赶着，猪呼叫着，一群群被赶上运货卡车，一车一车的，又鱼贯开到深圳去了。

…………

中国从来没有进口过这么大量的外国牛和外国猪。万里迢迢，从遥远的大洋洲和欧洲进口这些家畜，要花费大量外汇，像这种比利时种的"斯格猪"，每头"身价"连同运费，购主要花一千多美元呢。奶牛虽然乘的是轮船，运价便宜一些，但每头价格也要千美元左右，计算起来也所费颇多。是什么原因，要这么大量地进口这些家畜，它们又是被运到什么场地去的呢？

二

这些猪、牛，最后被运到深圳市东北面六十公里的一个大畜牧场去。它就是光明华侨畜牧场。

这个场可真大呢！它总面积四十七万多平方米，职工五千多人，全场总人口有一万一千多人。

偌大一个场，从 1958 年建成农场后来又改成牧场以来，进行过多种经营，种香茅，种丁香，种粮食，种甘蔗，养奶牛，却年年亏本。亏本，是那段悠长的日子里大多数国营农场、畜牧场共同的境况，有人对这种事情也习以为常了。这个场，1978 年接收了大批从越南辗转流离回国的华侨，职工责任沉重，上级部门有人把它当作一个安置单位来看待，只希望他们做好安置工作，为它贴点钱也是心甘情愿的。因此，嘿！亏本的状况竟然持续了二十多年。

但是，就是在那样的年代，一些有眼光有胆识的人就这样想：深圳离香港很近，为什么不利用这种地域优势，引进外资和世界各地家畜家禽的优良品种？再说，香港市场这么大，鲜牛奶的供应，越来越成问题，因为在那个弹丸小岛，地价飞涨，经营牧场是很困难的。一亩半土地上的青草才能够养活一头奶牛呢！而一亩半的土地用来盖商场大厦，地产商人却不知道可以赚多少钱！正像戏院、书店纷纷关门改营他业一样，牧场也纷纷停办了。于是香港的牛奶市场也越来越紧张。牛奶商人用奶粉掺杂鲜牛奶和水制成"再生奶"，或者从澳大利亚进口冻结成冰的鲜牛奶，再加热溶化装瓶上市。但是这类"鲜牛奶"的香味总是不如真正的鲜牛奶美妙，嘴巴很"尖"、舌头味蕾的灵敏度很高的香港人一尝就能分辨出来……偌大一个香港牛奶市场，我们为什么不设法去占领呢？

有眼光、有胆识的人们的这种想法，在极左势力弥漫的年代是没法实现的。但是，党的十一届三中全会实事求是的思想强风逐渐吹遍全国，敢作敢为的人们的想法总归得到实现了。广东省华侨企业公司总经理老陈，一个工人出身的老共产党员，是一位很有魄力的人物。他所负责的这个公司，机构遍及全省，拥有两百多万亩土地，十五万职工，其中十一万归侨同三十多个国家有联系。实行对外开放政策三年，"华企"同外商签约的项目有三十多个，引进外资数目很大。光明华侨农场就是"华企"机构中的一个。由于引进外资，购入世界各地各种的禽畜，于是，就出现上面所描述的广州码头和机场的那一幕幕情景了。

因为听到了这个牧场的许多轶闻，也听到了"华企"总经理老陈开"顶风船"的故事，我特地访问观光了这个现代化的、在许多方面都可以说是国内第一流的大场。

它是多么的辽阔啊！汽车在它上面奔驰，到处都见到田野、树林、庄稼、厂房、宿舍和禽畜场，田野里种的作物多数是为畜牧业服务的，因此，可以说这里已成为一座"畜牧城"了。

这里的几个奶牛场，奶牛的存栏量超过三千头。其中大半是从新西兰引进的黑白花良种奶牛和它们产下的小牛。一个畜牧场拥有这么多奶牛，这在国内是雄踞首席的了。我们去参观了其中一个奶牛场，它的管理规矩很严格，在大门口的一间房子里，我们得换上胶靴，穿上白袍，装扮得像个医生似的，在紫外线灯下受照射一刻钟，消了毒，才能够进入内部。这里的黑白花奶牛大抵长得膘肥肉满，在整洁的牛舍里悠闲吃喝。挤奶时刻一到，它们就自动列队走进挤奶房，那里配有从瑞典进口的鱼骨式挤奶机，牧场工人为每一头奶牛套上挤奶器，可为二十四头牛同时挤奶。一批挤完了，第二批又跟着进来。鲜牛奶从被挤出，流进大奶罐，到消毒装瓶或装入密封硬纸盒出售，整个过程都不和外间空气接触。一头奶牛每日可以挤奶十五公斤，如果人们每日喝半斤的话，它就够六十个人饮用了。这个畜牧场自从和港商合作改造奶牛场以后，日产鲜奶已经从四吨增加到十九吨以至二十多吨了。

我们又驱车去看那个大规模的现代化养猪场。这个场为了保持整洁，避免细菌传播，是谢绝一切外人进内参观的。从远处眺望，它的模样儿像一座大规模的工厂。猪场的装备是从美国引进的自动调节温度、湿度，封闭式的工厂化现代养猪场设备。不论严寒酷暑，它都能够保持猪只在各个发育阶段所最适宜的温度、湿度。里面又配备了自动供水装置，采取了流水线饲养方法。猪分别被养在配种怀孕房、分娩房、小猪房、中猪房及大猪房中，平均不到一米见方可出两头大猪。每套猪舍占地面积四千二百平方米，一年出产的肉猪可达九千至一万头。现在建成了两套猪舍，到 1985 年底，可建成二十二套。那时候，一年提供市场的肉猪就可以达到十八万头了。现在，万头养猪场已开始供应种猪和肉猪。畜牧场所以要引进这种比利时种的"斯格猪"，是因为它是世界的著名良种猪。从小猪出生到育成上市，只需饲养一百七十九天，体重就可以达到一百九十至二百市斤。而且，一般猪，瘦肉只达百分之三十许，这种瘦肉型猪，瘦肉率却高达百分之六十三左右。

我们没有进入养猪场，观看这种住在高级猪舍的宝贝猪的样子，它们虽然终身享受着丰足美食，空气调节设备，但是在短短半年中就要走完它们全部的生命历程。猪的悲剧着实反映了人类在畜牧业上创造了崭新的业绩。这种"斯格猪"我们后来在屠宰场见到了。它们全身白色，只只都是两百斤左右的样子，尾巴很短，走起路来矫健利索，从样子也看得出瘦肉率是非常之高的。

这个畜牧场里，新颖的禽畜品种很多，例如，在鸭场里，引进了大批澳大利亚的良种旱鸭——"狄高鸭"。这种鸭生长奇快，从出壳到上市，只需五十天，体重便可以达到六至七市斤。养鸭场的现代化孵化房里，四台孵化机，每台一次可以孵化七千八百只鸭蛋。这个鸭场，自从 1980 年投产以来，已经有近百万只鸭子上市了。

畜牧场里的大宝禽场，引进美国、澳大利亚大型良种鸽子，每只重量都可以长到一斤多。现在已经建成鸽舍六十幢，养着四千多对良种鸽。计划 1984 年发展到十万对。到那时，每年就能够出口乳鸽一百二十万只了。

此外，场里还设有奶品加工厂、食品有限公司、塑料加工厂等等。它们大抵引进了许多国家的先进机器。走进奶品加工厂，可以见到各种机器在飞速运转，一瓶瓶、一盒盒的鲜奶像紧急排队似的生产出来。我们走进食品公司的肉类加工厂，又见到各式机器在隆隆地转动，飞快地切肉、搅肉，制造着各式各样的瘦肉砖、火腿和肠。厂里像是大房间似的一座座冰库，里面寒气凛冽，冰块皑皑，藏着像小山一样的种种冻肉。改革之后，终于初见成效了，它从一个烂摊子，变成了具有世界一流设备的现代化牧场。而且，扭转了二十多年不断亏损的局面，从 1981 年起，它开始有几十万元盈余了。几十万利润对于一个拥有几千个职工的企业来说远不是什么大数目，但是，它可的确是个宝贵的开端。

这各式各样的禽畜场，各式各样的工厂，引进香港商人资金的数目分别是几百万港元至两千多万港元不等。引进资金总额超过一亿港元，它采用补偿贸易的方法偿还本利，若干年后，本利还清，这一切就都是牧场自己的了。像牛奶场，牛乳产量很大，它已经占领香港鲜奶市场的百分之六十，偿还的速度也相当迅速。

…………

啊！在这个畜牧场里，倒是可以看到现代化大生产的气派呢！

这里各种各样的禽畜，各种各样的机器，以至包装鲜牛奶的硬纸盒……大量都是进口的，它们来自世界上许许多多的国家。具有"闭关锁国"思想残余的人，对这些可能会皱起眉头的吧，但是，能够使我们和世界先进水平比较还是相当落后的生产赶上去，何妨使用多种多样的手段呢！生产责任制，科学管理，科学方法，固然可以发展生产力，引进海外资金，引进各种珍禽、先进设备，也同样有利于发展生产力。像这种"日胀夜大"的"斯格猪""狄高鸭"，它们的成长速度就是我们所罕见的。引进以后，还可以把它们传播到全国许多畜牧场去。我们既需要引种本来在外国生长的橡胶、香茅、胡椒、可可、油棕、甜叶菊等植物，为什么不引进这种种闻名世界的外国禽畜呢！

光明华侨畜牧场近几年大刀阔斧，敢作敢为，在推行了生产责任制及引进各种崭新机器和禽畜以后，生产有了发展，职工的生活也很快获得改善了。过去，在连年亏损的时代，不少职工有几年只能领到二十元月薪，最低一个月只能领到十九元一角八分。现在，这种恶劣的状况已成为过去，工人普遍都能每月领到百元上下的工资和奖金了，那些承包责任户，起早摸黑，又有耕种技术的，一个劳动力每年收入两三千元也很平常。我们在牧场里参观了许多场员的住宅，他们不少是从越南归来的难侨，除了完全丧失劳动力靠养老金、救济金生活的孤独老人外，许多人家里都有了电视机、收录机，境况小康，一户户人家，男女老少笑语声喧地和我们倾谈着数年来生活的变迁。

光明奶牛养殖场原貌（选自《深圳市地名志》）

原光明奶牛养殖场设有奶牛专用通道（选自《深圳市地名志》）

三

一个畜牧场，在几年之间发生了这样巨大的变化，当然有许多激动人心的人物和事迹。场里的职工，这些年振奋精神，艰苦创业，为了让利用外资建设的项目尽快投产，他们在短短三年之间，推平了几座山头，建设了五万多平方的厂房和宿舍，单这一项，他们的辛勤就可想而知。

住在牧场的一个夜里，我们约请几位创造了先进业绩的职工前来座谈，他们娓娓地谈着这里的奶牛啦、牛奶啦、斯格猪啦、狄高鸭啦以及鸽子、农作物等等，对这些事物，历历如数家珍，讲到数目字的时候，也不必翻查什么笔记本。但是，在没轮到自己讲话的时刻，也有个别人打着瞌睡，原因大抵是白天太劳累了。我一打听，才知道这些先进工作者，有些是以场为家，许多年节都没有回家，只让爱人来场探望他们。有的人还曾经因过分辛劳昏倒过，成绩的得来的确不易。有一些早年的高初中学生，在艰苦的锻炼下，已经纷纷达到农学院畜牧兽医系毕业生，以至讲师以上的专家水平了。

一个畜牧场能够取得这样的成就，当然经历过许多艰难险阻。有一些故事，很值得在这里谈一谈。

当上面提到的那位华侨企业公司总经理老陈，在三中全会务实、革新之风吹拂下，当深圳试办经济特区的时候，就决心引进海外资金来改造光明华侨畜牧场。他到香港和中外商人谈判，首先来接头的是香港牛奶公司的洋人。这些人眼高于顶，以为我们这样的牧场搞不出什么大名堂，因而异常傲慢，提出了十分苛刻的条件，他们说愿意提供五百万港元作为牧场引进各种奶牛和新式设备的经费，但只愿接受牧场以后所产鲜牛奶的百分之四十，并且以此作为限额，以后牧场所产鲜奶运入香港的不能超过这个比例，也不能再供给第二家饮品公司。这个谈判在十分钟之内就破裂了。老陈冷笑着对这几个傲慢的外国人说："我们就是再穷，也不在乎这五百万元钱。而且，我们所产的鲜牛奶，想出口多少就出口多少，岂是什么人能够限制的！我又不是政府代表，哪能和你们商谈这些属于政府权力的事情！"那些外国人被说得满脸没趣，讪讪地走了。

后来，由卖豆浆起家的香港豆品公司的总经理，一个中国商人，和老陈他们达成了协议，豆品公司提供二千六百万港元，让光明华侨畜牧场进口新西兰奶牛和各种设备，所产鲜牛奶则大半交给他们出售。几年之间，这样美味、保鲜的优质牛奶在香港到处风行，中国商人办的香港豆品公司的营业状况扶摇直上，而外国人办的香港牛奶公司，因为出售一直是掺奶粉的"再生奶"和由澳洲运来的"奶冰"解冻而成的"融化奶"，营业却不断下降。他们着慌了，"前倨后恭"了，不得不通过各种渠道要求重新谈判，希望拨一部分鲜奶让他们销售，香港牛奶公司总经理并且表示要把从前谈判的不称职的代表"统统撤职"。谈判开始了，老陈答应可以拨一部分鲜牛奶供应他们，但是得首先通过中国商人经营的香港豆品公司。那位洋总经理说："香港牛奶公司创办已经有九十多年的历史了，让我们直接打交道吧，经过豆品公司来供应，我们面子上不好看。"老陈说："你们要'银纸'就不必讲面子，要讲面子，就要舍得不要'银纸'，两样东西都要，就办不到啦！"说得那位洋经理苦笑地耸了耸肩，竟喃喃地说："是的，我们既要'银纸'，也要面子！"最后，他们还是接受"通过香港豆品公司供应"的条件了。这位洋经理在一次酒会上，还主动跑过来向老陈祝酒，表示敬重他的谈判本领呢！

在光明华侨畜牧场整个变革过程中，最波澜汹涌、惊心动魄的还得推"杀牛事件"。在中国，这可以说是从基层一直牵动到高层的事件了。

原来，当大批新西兰奶牛运抵广州黄埔港的时候，中央农业部的一个有关部门组织了北京、上海、天津、广州许多城市的进口动植物检疫机构的人员进行检疫。进口奶牛由于在海上经过长程颠簸，船舱里又闷热污秽，好些牛都流眼水，打喷嚏，检疫部门检查的结果，认定这部分牛患的是"牛鼻气管炎"。不久，上级机构来了一纸命令，说"牛鼻气管炎"在中国本地的牛群中还没有发现过，这群进口奶牛中相当部分患有这种疾病，为了避免病患弥漫全国，要牧场把全部牛只"就地搏杀"！

这真是晴天霹雳似的命令！许多人都给惊呆了。华侨企业公司总经理老陈在干校看过牛，他见过在天气变化的时候，本地牛只也偶尔有这种疾病，就暗自思忖道："这不是很像人的伤风感冒吗？为什么说得这样严重呢？连没感染的牛也得搏杀！"他查看着本国和外国的资料，其中的记载是：患有牛鼻气管炎的病牛附带其他并发症的，死亡率是百分之五。他决定"顶一顶"了，就通知光明华侨畜牧场把病牛分开治疗、观察。同时，请教检疫部门："患这种病的牛，如果不杀，会有什么严重的后果呢？"他们的答复是：会引起死胎、流产、枯奶。

但是光明华侨畜牧场的职工们小心护理牛群的结果，病牛逐渐痊愈，它们和一般牛一样地怀胎、产小牛，它们也没有"枯奶"。相反，由新西兰到达中国之后，由于粗放的放牧被改为细致的饲养，奶牛的产奶量反而增加。在新西兰，估算起来，每头奶牛每年产奶两吨，到了光明畜牧场产奶却增加到四吨。

看到这种状况，老陈鼓起勇气，坚决不执行"全部搏杀"的命令。

上头有人看到这种状况了，于是，压力越来越大。内部文件甚至说不执行"全部搏杀"的命令就是"祸国殃民"，简直是泰山压顶的来势了。

有一个时期，光明畜牧场的人员赴外地参加畜牧会议也到处受到歧视，被认为是"带菌的人"，不让他们到当地奶牛场参观。

上级甚至派人到广州来，请一位副省长找老陈一起开会，要求执行把从新西兰进口的奶牛"全部搏杀"的命令。老陈据理力争，请来人一起到牧场看看，再作决定。上头的使者不为所动，副省长倒是被说得亲自跑到深圳去参观了，看后，也就不再说什么。

在这个艰苦复杂的争持过程中，也有人劝老陈："何苦呢? 全部搏杀就全部搏杀吧! 反正国家会补贴损失，这样顶下去，你自己会落得个不得了的罪名的。"但是老陈打的不是这样的个人小算盘。他坚持为真理斗争，这样好的牛，怎么能杀呢! 他的口头是："要杀牛，先杀我吧! "他设法子买来了胶片，为奶牛健康生长的状况录了像，还特地拍了许许多多患病后已纷纷痊愈的奶牛鼻部、眼部的特写镜头。但是上头有些官僚主义者，却对这样的小影片，连看也拒绝看。

当老陈上北京开会的时候，就找到某上级的办公室里要求取消对进口奶牛"全部搏杀"的命令。当遭到拒绝时，老陈沉痛地说："要杀一个罪犯，也还允许罪犯请辩护律师，要杀一群牛，就不允许我做牛的辩护律师吗? 这么好的牛怎么能杀! 它们并没有死胎、流产、枯奶! 请你们到下面看看，你们没时间去! 拍来了小纪录片，请你看你又不看，这叫我怎么办呢! 你问我：牛病如果蔓延开来，我敢负责任吗，我敢! 负什么责任? 最多不过是坐班房罢了，枪毙罢了，我负这个责任好了。但是，错杀了这群牛，你敢负责任吗? "

…………

从那次办公室争论到现在，又有一年多的时间了，新西兰奶牛群茁壮成长着，产出了更多的小牛，也挤出更多的鲜奶。新订购的一批奶牛不久又要运进来了。后来证明"牛鼻气管炎"，并不是这群进口牛所独有的。在新疆、山东等地，我们自己的牛群也有这种病。经过医治一般都能痊愈，并不是什么了不起的病患。

不久以前，一些比上面提到的北京那位"上级"职位更高的上级，国务委员、省委书记，由"华企"总经理老陈陪伴着，来到深圳光明畜牧场视察，这里禽畜兴旺，奶牛群生机勃勃，鲜奶一车一车源源外运的发达景象使他们感到高兴。老陈谈起他还有一桩"公案"未了，他们倒笑起来了。

这位老陈的故事使我感兴趣，参观了牧场之后，我特地跑到广州沿江路广东省华侨农场管理局（门口一块牌子就是"广东省华侨企业公司"）十层楼上的办公室去访问了他。这是一个圆脸盘、浓眉、大眼、豪爽，讲话声音洪亮的人，船坞工人出身的老党员。我们虽然原本并不认识，但是谈起来倒是很熟悉的。他几个钟头的谈话和我在其他地方探询所得的情况完全一致。跑到新西兰去买奶牛时，一天工作十几个钟头，一头一头细细察看。当珍贵的奶牛和瘦肉猪从国外运抵广州时，他又和职工们一起去接运。他冒着绝大的风险保全了一大群珍贵奶牛的生命。他讲起旧事，激动时就从椅子里跳起来。我喜欢这个人，当他慨叹官僚主义的危害时，我说："我们就是要支持像你这样的人物。"

…………

检疫部门是应该尊重的。但是当他们的工作偶尔不是百分之百准确的时候，却应该允许人家质疑问难。真理之外世上并无绝对的权威。

上级是应该尊重的。但是当上级的决策不够准确的时候，也应该听听下级的申诉。

真理和人民的利益，毕竟高于一切。

为真理，为人民事业，忘我奋斗，勇不顾身的人，荣誉归于你们！"真理是时间的女儿"，时间，终究将逐渐判断一切。

（选自《秦牧全集》第 3 卷，广东教育出版社 2007 年 7 月版）

落雨大，水浸街

郁 茹

　　八月，南国骄阳正炽，我和陶萍到深圳西丽湖"作家之家"避暑，行前，工作人员对我们说："因为只有一周，很难在那边写作，算是休息吧。"

　　西丽湖风光极美，但我们居处离这约五里，是疗养院的一栋别墅，疗养院新成立，建筑物和设施都好，只是周围树木未茂，出门就是烈日当空，只有早晚可以散步。我们不免有些寂寞，但要写作，又静不下心来。

　　偶然听一位同志谈起，离这十数里就是南头区，我听了，忽然忆起过去什么时候听闻过："火车到了樟木头，下车奔南头，是走香港的好码头。"我问："这南头现在是个什么样子？"

　　"现在呀！可不比过去那样荒凉啰，镇上热闹、繁华，公路四通八达，商店、茶楼、酒家林林总总，那些老板、经理一副港客派头，听说都是近几年从香港'逃'回来的本地人……"

　　"哦？在外面发财了？"

　　"那也不见得，这些人当初担惊受怕逃出去，到外面也是挨生挨死，发起来的只是少数，捞不上世界的还是大把，在港澳转转悠悠混了不少年，现在又转到这条逃港跳板的这一头，倒反而转了运啦！你去看看吧！"

　　我和陶萍商量，这么个地方在广东颇有代表性，值得去看看，最好还找几个人谈谈……

"是啊，浪子回头嘛。"陶萍也产生了兴趣，不过她是外省人，只从理性上知道逃港可耻，回乡才是正道，因此认为这么个地方是值得采访的。

这晚，我和陶萍话题离不开"逃港者"，她总觉得苦海无边，回头是岸，用这些人的亲身经历来教育广大读者，是件大好事。我想得更多的是那些悲惨故事，特区未成立之前，边防军常要收捡逃港未遂者的尸体，有次我车过梧桐山，看到那山只有石头，没有树木，阴森，恐怖，听说山的那边就是香港，人从这边爬上去，能滚落到那边，就到了另一个世界，而更多的人确是这样进入生命的终点。刚开发特区时，靠海的工地人员也经常要捞从海上漂来的浮尸，都是些年青人啊！我还听说，有一对姐弟泅水逃港，中途弟弟溺水而死，姐姐虽达彼岸，不久被人拐骗沦为下贱，而在广州的母亲，每月都能收到姐弟各自来信，细细地叙述他们在港所过幸福生活，母亲常拿信读给亲友们听，大家也颇为艳羡。年复一年，母亲贫病交迫，写了许多信要儿女寄钱接济，却再也得不到回音，母亲怨悔而死，却不知过去所有的信都是女儿一人手笔，捏造事实以安慰老母的……这样的事以前听得太多了，现在一忆起，心情由喜悦转回沉重，反觉得匆促决定这么个采访，实在不够明智……

早晨照旧烈日炎炎，只是天际有一抹铅色云层，仿佛预示老天爷可能会变脸，于是，我临上车时又带了把伞。

谁知小车把我们送到小镇的入口处，就驰走了，说是十二时来接我们回去午餐，逾时不候。我们茫然下车，抬头看天，乌云已升得更高。我们摸进党委办，说明是事先约好的，出来个大青年，把我们让进会客室，送过一张名片，"南山企业公司梁××"，我看了，觉得有些牛头不对马嘴，但特区的一切都是新事新办，不好问他是否"搞错"，只连忙又重新申明了来意。

小梁爽直地笑说："这样吧，我领你们去南三村，你们找陈荣志谈谈，也许他能满足你们的需要。"

"陈荣志是个什么样的人？"

"他是南三村新选的队长，养蚝兼种果的专业户，还在我们这儿一个最大企业工程管基建……"

"这……恐怕不是我们要采访的对象吧？"我吞吞吐吐。

"唔！你们不是想找逃过港的本地人吗？他是三进三出的老牌逃港者，特区成立后才回来定居的，关于这方面的情况，他最熟悉……"

"那，现在他表现怎样？"陶萍不放心地问。

"没什么，您听听他担任的各项工作就知道这人是信得过的了！"小梁笑着，"我们走吧，天可能会变！"他亲自驾车送我们。

"你是部队转业？"我问小梁。

"不，我从兴梅地区调来，因为也爱写点东西，所以抓了宣传！"

"那你该多写点东西嘛，你们开发区，好题材多着哩！"陶萍大加鼓励，"像你说的南三村，不是就很典型吗？"

"对，南三村原来是个靠海滩涂地的，全村过去有千多人，二十多年来断断续续走了七八百，连村干部也全家全家地逃港。不过，话要说回来，这种边界农村，解放前本来就是自由出入的，种田并不是他们本分，他们实际上是香港的郊区，靠山吃山，靠水吃水，他们是依附大城市谋生的，解放后……"

"哗啦啦"，雨下来了，水点儿又大又密，车在雨帘下穿行，车窗外一片迷蒙，小梁顾不上再说话了。

我留神窗外，车走了好久，还是一片雨淋水浇的旷野，不过，我知道特区建筑速度是全国闻名的，十几天就能完成一幢高楼，也许，我们今天车子开过的这些空地，再来时就会是雄伟壮观的大型建筑群了。我问："这工程是属什么部门的？"

"南海石油联合开发公司的一个后勤基地！我说的陈荣志就在这儿管基建！"……小车像一匹难于驾驭的野马，有时前仰后翻，有时一蹦老高，水花在车轮下向两边溅射，小梁聚精会神开车，自言自语："还得从后面绕道……"

车子转了方向，道路平稳了，窗外的景物已起了变化，闪过一丛丛的浓绿，这是大片果树园。然后，路面变狭了，进入了一个花园别墅区，一座座小楼房，彩色缤纷的外墙，小巧玲珑的阳台，花枝掩映，绿荫如盖，好高级的住宅区！我想：可能是为哪儿的外国专家设的招待所吧？如果是晴天，这儿倒值得观赏一番。

车子在花园楼房中左穿右拐，又驶出大路，停在一座简易工房前面："到了。"小梁说："你们先进去吧！"

我和陶萍冲过雨帘，飞快地闪进屋门。小梁随后进来，他开门见山地介绍："老陈，这两位是记者，专为采访你而来！"

那个坐在写字台前的黑大汉上上下下地打量我们，有个姑娘递上两杯橙汁。

"你们想知道一些什么情况？"老陈沉稳地问。

小梁笑嘻嘻地说："她们想了解一些从香港回来的人和事，区委推荐她们来找你谈谈！"

"找我？"他有些意外。

"是啊，"陶萍热切地说，"听说你回来后表现得很好，而且也发家致富了，和你在香港生活的对比，你一定有很多感想和深刻体会吧？"

"是啊，是啊！刚才区委的同志已对我们作了一些介绍，现在主要是听你自己谈……"我伸手按一下录音的键钮，可是心里却在埋怨自己说话笨拙，我也觉得这样开场未免有些唐突。

老陈还是沉默，只用他锐利的眼光轮流地观察我和陶萍，然后，他又转头问小梁："区委指名要我谈？"

"唔，唔……"小梁回答有些含糊。

老陈又把头转回来，他直视着我，忽然问："我好像见过你？"

我心中"格登"一下，觉察自己要"撞板"了，但还是努力再挤出了笑模样来："可能，我到深圳来过不止一次，也参加过一些会，有可能在某种场合见到过你……"

他又沉默了一阵，才慢慢地、极有分量地说："因为我算不得个好典型，而在南三村这几年发起来的人比我好的尽多，我没什么好谈的。"

"但是，你的表现好啊！"陶萍急急地说。

他摇头："我不能谈！"屋子里静极了，除了屋顶那一阵阵急雨，没人说话，大伙的眼光都在注视着我们俩，气氛变得和老陈的面色一样严峻。显然还带有点谴责。

我伸出手，在老陈面前"啪"地按下录音机的键钮，并且还用手捂住它，我对他笑着，点了点头："我懂了，是的，是这样，真是这样，如果有人要采访我，要我谈我当年那些遭遇，我也会跟你一样，拒绝回答，不过，我得申明一下，我们不是记者，只是到深圳来观光的作家，我们年纪大了，这几年也很少下乡，对特区开放、改革以来的变化没有感性认识，所以想来和各方面的人交朋友，谈心，请你们帮助我们多长点见识……"

我慢慢地说，他那张严峻的脸也慢慢地在解冻，冷漠的眼中闪出温和的笑意，他把手向前后左右一挥："喏，这里就有各种各样的人，都是我们南三村的；这是转业军人，这是过去留下来的老知青，这是基建人员，现在都在这里落了户……"

屋子角落的大青年朝我笑了。"我是广州知青，下来十多年啦！"

"啊，和我儿子一样！"陶萍开心地喊，"可是他们早调回去了，你怎么还留下来？难道不想家？"

另一个人代抢着他回答："他以前没走后门，所以回不去，现在他在村里建了三层楼房，结了婚，有了孩子，他怎么还会想广州那个家？谁稀罕呢？"

"对啊，对啊！如今只有外面的人往我们这里迁，再没人肯走的！"又一个声音喊。

"难道你们都愿意留在这里种田不成？"陶萍惊异地问。

大伙都在笑，而且还抢着讲话。

"我们没有多少田，有点地也都给特区征用啦，我们现在都吃国家粮！"

"我们原有的土地，现在都在搞大工程，你们没看到？地图上很快会有的啦！"

"我们不种田，不过搞各种各样的专业，三鸟、水果、海水养殖、蔬菜……特区需要，香港也需要。"

"也搞技术，也开机器……"

"我们现在建设的是将来自己的工厂，自己的企业、商场！"

屋顶上的雨声淹没在说笑声中了，知道我和陶萍原来这么"土"，对特区农村的情况知道得这么少，大家都想为我们提供各种各样的新信息！

在多种语言的倾泻中，老陈的话很少，但他眼光一直盯在我脸上，只是脸上的笑意越来越浓……

我也一直打量着他，红黑的大脸盘上皱纹交错，但那双眼睛非常灵敏、非常年青、非常自信，实际上他没有说话，却在不出声地诉说，我听见了，我说过我懂，我甚至能替他说……

南三村人曾经有过什么？祖祖辈辈聚居在这一块贫瘠的土地上，不过是海边摸些鱼虾，村头种点蔬菜，屋前养群鸡鸭，他们靠的就是邻近有座大城市能输送出这些农产品，他们就以小商小贩作为谋生手段，养活妻儿老小，才能在这块土地上聚居。后来，这片土地上划了界，那边是禁区，不准进，这边呢，土地证是发给了村民，但农田种不上粮，做工入不了城，打鱼过不得界，连养鸡喂鸭都成了走资本主义，而天灾、人祸又像飓风一样一次又一次来，他们被逼上了绝路，虽经政府三令五申，他们仍然不明白，为什么上一代人迈迈腿就能过去的地方，现在多走一步就成了罪犯？他们不服气，也无可奈何，到了连稀粥也喝不上的苦难年月，他们就顾不上禁令了，只得又走了上代人走过的这条路，缺口一打开，人越走越多，这广东省地图上找不到的荒凉小村，渐渐成了某些人心灵深处向往的过"港"跳板，但这不是南三村人的错，他们只是到香港去用各种手段混碗饭吃，捞点钱接济留在村里的亲人，陈荣志为啥要三进三出？他有个"窝"在南三村嘛，也许"窝"里有一群"小鸟儿"……

我从老陈眼光中看到这些诉说，也在自己心头品味到那苦涩和辛酸，这一切都已经成为过去。所以陈荣志不想说。我们的眼光继续交流，他终于开了口，他的语言响亮、简洁，像一股欢快的流泉，他告诉我：自己有妻子和三个儿女，大儿子在深圳市一家最豪华的餐厅当厨师："光是他赚的钱，就够我们一家生活了！"女儿被送去香港培训，准备回来管理企业；小儿子还在读书，他呢，正处在精力充沛的年龄，而且特区的一切都吸引着他，他要成为一个新的开拓者！所以带头承包了海边的蚝田，开辟了一个荔枝园……

"是啊，养蚝是辛苦活，半夜就得起身，脱掉衣服，下海去采。但这种海味如今能赚大钱哩，卖给国家收购站，或者自己划小艇去赶香港早市，大茶楼、酒馆都抢着要！"

"那荔枝树呢？"

"荔枝树我交给从高要县来的果农管，按劳力和肥料、农药成本加倍付酬，双方都有好处，我们村，这几年果树越种越多……"

"听说你也起了新楼？"

"盖新楼的多着哩，老实说，连香港人瞧着也会流口水，他们银行里虽有存款，但要弄间花园住宅就不容易了，我们村里却家家都……"他突然堆满欢愉地笑，"你们应该在荔枝成熟时来，我的荔枝品种好，今年又是丰收，开园后，香港人成批开车来，我规定，在园里管吃够，走时还能各带五斤，每人只收六十元港币，那真是节日啊！香港人懂得享受，我们这儿，风景美，空气好，岭南佳果，新鲜海味，对大城市人有特殊的吸引力……"

"你收得太便宜了！"我笑。

他也笑："我倒不是为了赚钱，香港人也是同胞嘛，我要叫他们看看家乡的土，家乡的水都是养人的……"他笑着，有点不好意思地看了我一眼……

小梁从外面进来，提醒我："你们不是赶十二点前要回吗？够钟啦。"

一屋人都站了起来，大家竟有点依依不舍，当我伸手拿录音机装回挂包时，笑着和老陈开了个玩笑："空的，什么也没有录下来！都装在我心上啦！"

他也笑了："欢迎你们再来！不过，这工棚很快就得拆掉……"

出门，才知道雨早停，阳光和雾气一齐升腾，空气温暖而湿润……

我要求小梁："绕点路，让我们看一看南三村吧！"

"刚才我们不是从村里绕过来的吗？哦，怨我，忘了介绍。"

"就是那花园住宅区？"我猛然醒悟。

"是啊，好，还从老路走！"

车子又在那花木扶疏、庭园如画如诗的村道上穿行，大雨蒸发得花、果甜香格外沁人，村中静悄悄，家家铁门敞开，却很少见人，特区人把时间看得比金子还宝贵，这时，想必都在外边忙着哩。嗬，现代化的村居，现代化的工、农、商居民！你们终于品尝到劳动果实真正的甜味！

车从荔枝园前疾驶而过，把大块大块的浓绿抛在后面，我回头看，想象着那节日般的收获季节，园中充满了欢笑，一双双急切的手从树上摘下红珊瑚球似的果实，吃得满口都是甜汁，而果园的主人，站在楼房的阳台上，他胸膛里荡漾着一股对家乡的土、家乡的水的感激之情，这土地如此坚实，如此丰裕，他眼光越过这一丛丛的浓绿，看到一幅不似香港、胜似香港的瑰丽景象，他将带着无限自豪和自信在这珍贵的土地上进行新的开拓……

天色澄清，阳光亮晶晶地照着湿淋淋的路面，我忽然想起一首广东古老的民歌，最近有人新谱了曲的：

> 落雨大，水浸街，
>
> 阿哥担柴上街卖，
>
> 阿嫂出门着花鞋，
>
> 花鞋、花袜、花腰带，
>
> 珍珠、蝴蝶两边排……

我不知道为什么会把眼前的景色、人物和这首古老的民歌联系在一起，但是我一向都喜欢这首歌，它那样自相矛盾，却又奇特地统一与和谐，既有永远的魅力又有深刻的启迪。

陶萍问："你在唱什么？"

我笑，我唱：

落雨大，水浸街，

…………

（选自《散文世界》1988 年第 2 期）

向往

杨　沫

在杂花生树的暮春时节，我来到深圳经济特区参观访问，一下子就被这里的宏伟而紧张的建设情景所吸引。在充溢于身边的紧张节奏里，我这颗本来就不情愿随着岁月流逝而变老的心，激荡着青春的血。

在我们这样一个社会主义国家里办经济特区，确是一件新鲜事物，人们难免有各种想法，各种议论。当我来深圳之前，就听到了不少对深圳特区的议论，似乎这里洋货充斥、私货泛滥、人事全非、天地变色。如今实地一看，根本不是那么回事。构成特区书面的主要色彩和线条是建设，是一个个建筑工地，是座座高耸云霄的脚手架和一幢幢新建成的高楼，是迅速建成的港口和道路，是一片令人振奋的建设热潮！1980年，深圳市开始辟为经济特区，仅仅两年多，一座小镇已经变成了一座初具规模的现代化城市。可以想见，特区建设者们在探索和奋斗的道路上，克服了多少困难，付出了多少心血和汗水！在他们赤诚的心里，激起过多少喜悦和苦恼的浪花！啊，我理解他们的痛苦和欢乐，我珍视他们的豪情和壮志，我崇敬他们的勇气与力量，并因而向往他们的生活。……

来深圳前夕，我在广州见到广东省委书记、省经济特区管理委员会主任吴南生同志。他把一张深圳特区的地图铺在地上，细致地向我说明特区的宏伟规划和两年来的建设进程，一直讲了三个多钟头。讲到兴奋处，他干脆蹲在地上，俯身地图，

1986 年，罗湖商业区（李伯强摄）

手指口说。这一动作使我感到他对自己所从事的事业的热爱和信念；也使我想起严酷的战争年代中那些不惜牺牲去夺取高地的指挥员、战斗员的形象。是的，特区建设确是一场战斗。要争取这场战斗的胜利，可能还要经受不少曲折和困难，需要付出巨大的努力。

到深圳后，市委书记梁湘、周鼎等同志也将特区建设情况对我们作了介绍，我听后，很受鼓舞，特别是蛇口工业区和被劈掉半边的罗湖山，更使我感到新奇与兴趣。

在雨中，我参观了蛇口工业区。由于兴奋，我登上了微波站的山头，环视大海港湾和码头以及林立的厂房、高楼。如果不是随同参观的同志向我说明，我很难想象这片具有鲜明现代化色彩的工业区，两年多之前，还是珠江口旁边一片荒凉的山地。如今，那些能够扭转乾坤的建设者，已经在这里移山填海造出了一千三百万平方英尺的平地，修建了一条长六百公尺的顺岸式码头、一条八公里长的公路和完善的供水、供电、通讯设备。合资和独资经营的铝片厂、集装箱厂、机械翻新厂、钢厂、饼干厂、游艇厂等等，正在相继兴建。规范化的工业大厦和造型美观的住宅，错落有致。海水微蓝，远山泛青，透过迷蒙的细雨，我看到了蛇口区繁荣的前景。我更赞赏它的建设速度和实效。

在著名的罗湖桥畔有一座罗湖山，如今只剩下小半边，另大半边变成了平地。据说罗湖这一带过去地势低洼，遇雨积水，过往的旅人往往要涉水而过，十分不便。现在劈山填土，地面已平均升高近两公尺，地下又建成了巨大的排洪道，再不会发生水患了。更令人兴奋的是，一个新的罗湖商业区将在这片土地上兴起。按照发展规划，这里将出现四十多层的国际大厦，一百二十余栋十八层以上的大楼，二百余栋十二层以上的大楼，形成一个庞大的高层建筑群。建成之后，这里将会变成我国最现代化的城区。

虽然在深圳只逗留了两天，匆匆参观了几个地方，却使我开了眼界，加深了对建设经济特区意义的认识。党中央决定试办经济特区是非常英明的，特区的同志们告诉我，搞经济特区不单纯是为了多赚一点外汇，而是要从建设经济特区中找寻出、探索出一套有利于我国经济发展的经验和方法。有人担心特区会变成"租界"。特区的全部主权都牢牢掌握在我们自己的手中，这与当年的"租界"哪有丝毫的共同之点呢！我们应该打开一个面向世界的敞亮的窗口，以便于吸取国外先进的技术与管理经验，结合我国的具体情况，为建设社会主义"四化"服务，这有什么不好呢？

在深圳，有一种我自年青时代就喜爱的沸腾的生活气息，我向往特区建设者的生活。我老了，如果留下来，也许会成为你们的累赘。不，难道我不是也有一颗同你们一样赤诚、一样炽烈、一样为了祖国的"四化"事业，总是激动不已的年轻的心吗？

再见吧，深圳！将来有机会，我一定来重睹你的风姿。

（选自《我爱特区的路》，中国文联出版公司 1984 年版）

开荒牛及其他
——深圳见闻

柯　原

开荒牛

哪里去寻觅，特区建设者的精神？

不在那霓虹灯的彩影里，不在那电子琴音乐的旋律中，不在那度假村金碧辉煌的厅堂里，也不在那五光十色奔驰的车流中。

在市委大楼门前，我找到了，找到了特区人雕塑的自己的形象 —— 一头奋力前进的开荒牛。

开荒牛，躯体如长城在风雨中岸然挺立，每条肌腱里，力量似黄河浪涛滚滚奔流。质朴、稳重、坚忍、深厚，民族精神的体现，一身伟力的开荒牛。

建设事业是需要牛的毅力的。这片土地板结得太厚了，只有用钢的意志才能犁开，这片土地的忧郁太深重了，只有用如山的韧性才能移走。

在特区的建设事业中，我看见开荒牛正在庄严地行进。它不在赞誉的美酒中沉醉，跋涉者的脚步永不停留。因为它懂得：生命的意义，就在于拼搏不休！

1981—1982年修建完工的深圳市委大楼（周顺斌摄）

奋力前进的开荒牛雕像（越众拍摄）

大楼和矮屋

在特区，生活正在不断地流动，不断地更新。看，在高矗的大楼边，还保留着一排低矮的小屋，那是属于昨日的。

矮屋和大厦，昨日和今天，这样紧紧地挨在一起。今天，正以金色琉璃瓦的屋檐，以水晶吊灯辉煌的光焰，在代替着用单调的灰色建筑的昨日。

到矮屋里去看看吧，昨日还没有走去，今天，也已挤到这间小屋里。这里有了电风扇、洗衣机，电视屏幕上，摇过开花的彩色的土地。在小屋里有了今天的笑容，回响着今天的歌曲。我想，主人的梦，也一定不属于昨日。

高楼里有没有昨日呢？有的，但不属于那穷困的记忆——这里有昨日的对联、条幅山水画，有昨日的裂纹釉瓶、青花瓷盘、宋版古籍。这是先人们智慧的结晶，是华夏悠久文明凝成的珍奇。

哦，还有几张昨日的照片，穿着旧衣衫的照片，挂在墙上，那是为了怀念隔海尚未归来的兄弟。

在今天的大楼里，昨日正在被净化、被升华，作为一种美，一种艺术；作为一条浪花璀璨的长河，把今天装饰得更美丽。

银湖

深圳市区是喧闹的，这是一座精力充沛、操劳不息的城市。但是，汽车向北郊驶去，转几个弯，穿过古朴的大门，来到了银湖。这里群山环抱，绿树的翠色无声地从山上流泻下来，和湖水宁静的碧波汇在一起，霎时间，天地显得多么恬静、清新、安谧……

这是动与静的鲜明对比。

深圳市是一座现代化城市，连绵的楼群，华丽的商场，用最新技术装备的工厂，演奏着现代生活交响曲。而在银湖，这儿却是古典风味的小桥流水，曲径回廊。广东的四大名园：东莞的可园，顺德的清晖园，番禺的余荫山房，佛山的十二石斋，这些南国古典园林的精华，都被微缩在这里了。处处翠竹如屏，绿草如茵，瀑声淙淙，游鱼自得。名贵的小琴丝、无忧树、油楠、金星果、赛王钟、美丽榕、三药槟榔等奇花异卉，在风中摇曳生姿。汉白玉石壁上雕出的仕女礼佛图，更向人们展示了一千多年前华夏的生活风。

这是古典与现代的对比。

生活越是向现代化发展，华夏的古代文明，也就越发闪耀出迷人的光芒。我们是新世界的开拓者，又是古代一切美好事物的保护者和鉴赏家。于是，整日在现代流动的旋律中生活的人们，自然喜爱到古朴恬静的银湖来休憩，来神游，来领略生活的另一番天地……

街头的橄榄树

绿色，是一种使人宁静的颜色。

深圳的街上，有一排绿色的橄榄树，它们不但使城市显得宁静，而且使城市温馨、安谧、秩序井然。你看，橄榄树立在十字路口，如水的车辆平静地行驶，人们在斑马线上安然行走，绿灯，红灯，黄灯，是橄榄树上闪耀的星星。

你看，在路口一幅大地图旁边，有一株橄榄树，正用自己绿色的枝丫，为初来者指引道路，让旅客在高楼的峡谷中，迅速来到寻觅已久的那扇窗口。

在火车站、汽车站、客运码头、飞机场，那些绿色的橄榄树，挺立在杂色的人群中，他们扶老携幼、彬彬有礼，使人们感到祖国的温暖，心灵吹进一股绿色的宁静的风。

哦，生机勃勃的橄榄树，满面笑容的橄榄树，这就是人民警察，忠实地站在自己的岗位上，为每个行人心上投去一片深情的绿荫。

（选自《散文世界》1987 年第 6 期）

"开荒牛"的足迹

郑家光

每当他走进雄伟的深圳市人民政府大楼，精神抖擞地坐下来办公时；每当他填上一个最新的数字，满怀喜悦地向市政府领导汇报时；每当他坐在小车里，观看沿途那一片片新住宅区时；每当他站在巍巍的梧桐山顶，从望远镜里瞭望深圳特区的各处工地时……啊，这时，他心中总是产生一股奇异复杂的情感，有如大海扬波，骏马奔腾。是甜？是酸？是苦？是辣？连他自己也说不清楚。也许，要理解他此时此刻的微妙情感，只有回到特区初办时的难忘岁月，追踪特区"开荒牛"的足迹。

他，就是深圳特区第一代开拓者小关。

"开荒牛"的日常生活

暮春三月，莺飞草长。祖国南方的边城小镇，处处喜气洋洋，个个奔走相告："宝安县改为深圳市，这里要建设成为一个社会主义的现代化城市了！"这温暖的春风，吹开了宝安人民的心扉……

一辆大客车开进了新园招待所，在党校宿舍前戛然刹住，车上走下了一批风尘仆仆的干部。只见他们解开了简单的行李，立刻铺好床铺，挂好蚊帐，好像回到家里一般。这边"啪"的一响："哗！南头苍蝇深圳蚊，果然名不虚传！"那边"嘻"的一声："想不到又进了'干校'！"欢声笑语，充满了不大的房间，旅途的劳累，一扫而光。

　　小关他们，就是第一批来参加深圳建设的"开荒牛"。他们刚刚离开朝夕共处的亲人，只身到这里创业来了，在个人的历史上掀开了新的一页。然而，这新的一页却是如此地难"写"：

　　当时的深圳镇上，看不到一块装饰瓷片、一盏霓虹灯；偌大的上步区，只有一条七米宽的四级公路，连一幢房子也找不出来；城里最高的建筑物只有一幢四层楼，人口只有二万多；这里，电不足，灯不明，十七吋电视机的屏幕变成了令人啼笑皆非的哈哈镜；道路不平，坐车的老大爷不小心会磕掉了牙；电话不灵，打一次电话拨得满头大汗。夜晚，商店家家关门，街上寂然；白天，人车混杂，事故屡见。再看看建筑界吧，更是令人摇头叹息：建筑工程公司只此一家，别无分店，全公司五百来人，只能建造四层的楼房……

　　历史的重任，就这样重重地压在小关他们的肩上！在这块三百二十七点五平方公里的处女地上，他们开始辛勤地耕耘。

　　如果说，"开荒牛"的生活十分罗曼蒂克，那是天大的误解。且看当年深圳市基本建设委员会的办公室吧，房子大约十平方米，放着四张办公台，吵吵嚷嚷，活像个农贸市场。没法在办公室里谋得一席之地的，只好屈居走廊、天井、树下，席地办公。

　　设在上步公路旁的深圳市指挥部，房子小姑且不说，那"烟雾阵"就够你招架的了。公路上成日大巴、小巴、客车、货车络绎不绝，车辆过处，灰尘滚滚，有时连司机本人也难以透过尘雾看清公路。这个指挥部，只有一兵一将两个青年人，而且是市建委业务科仅有的两个人，其工作量之大，工作条件之差，可想而知。

　　再看看"开荒牛"的大本营吧，简直像个"鸽子笼"。十几个人挤在一间房，主任、局长、科长和一般干部一样，生活都得自理。建委两位副主任，还得了个"游击队长"的雅号。原来他们有胃病，吃不惯招待所那千篇一律的硬饭粒，只好餐餐出去"打游击"。如果有病需吃中药时，只好用几块烂砖头围成"炉灶"来煲药。

别有情趣的探亲

　　"开荒牛"最头痛的事，莫过于安排妻子来探亲时的住处了。

　　有一天，"鸽子笼"的门忽被推开，门口站着一个苗条秀气的少妇，手捏着一大捆水灵灵、绿油油的青菜。

"关嫂探亲来啦！"热情的战友们又是让座，又是倒茶，忙得不亦乐乎。然而，小关却是又喜又忧，长脸变成了一条"苦瓜"。

本来想陪久别重逢的妻子到街上逛逛，想不到半路上两口子却闹起了别扭。事情是小关的一句话引起的："现在还没地方住，叫你不要来看我，你偏要来，这下咋安排？"

风尘仆仆、兴冲冲而来的关嫂，一听丈夫这"无情无义"的话，便委屈得哭了起来。家人团聚，本来是一大喜事，却带来无限苦恼！小关也有难言的苦衷，他说什么好呢？只有呆愣愣地看着心爱的人流泪而已。

夜深了，看到房友们呵欠连声，小关只好带着自己的娇妻，踯躅在边城街头。俗语说，"车到山前必有路"，一点不假，最后他俩终于找到了理想的藏身之所——办公室！你看，办公桌一并就成了床，报纸一贴就成了窗帘。凭着一炷蚊香，赶跑了成群的"轰炸机"，终于免除了踯躅街头之苦，丈夫深感过意不去，妻子却乐得前俯后仰："这样才更有意思！"

这天他俩像初恋时一样，悄悄话一直说到三更半夜，而且比任何一夜都睡得更香更甜。

道路的选择

当读者了解到特区开创之初，第一代创业者的艰辛之后，兴许会问：为什么这些同志甘当"开荒牛"？他们追求的是什么？我们就以小关作例子吧。他是这批干部中较为年轻的一个，调来深圳之前，组织部门曾找他谈话："深圳目前百业待兴，生活艰苦，要做好三年夫妻两地分居的打算。工作问题嘛，暂时得改行去搞基建。去，还是不去，由你自己决定吧。"小关的回答很干脆："去！"

他当时的想法很简单：他要亲手参加一个现代化城市的建设。至于摆在他脚下的道路如何坎坷，他是朦朦胧胧的。当他一肩挑起基建重担的时候，他才懂得自己肩上的分量有多重：他过去从事文艺创作和现在所干的新事业，是两个完全不同的职业。不过，他具有干一行、爱一行、钻一行的性格。当初他在大学里学的是冶金专业，搞文艺创作也不是他的本行，如今，他又开始在新的领域里，不倦地探索。

每当曙色初升，他就在招待所院子里的乱石堆中啃那些晦涩难懂的《工程建筑学》；每当夜晚，他就在灯下忍受"轰炸机"的袭击，记录着一天的学习心得体会。日复一日，年复一年，孜孜不倦，发愤不已。最后，他艰难地通过了业务技术考核，获得了助理工程师的技术职称。

特区第一代的开拓者们，现在依然活跃在建设的第一线上，尽管他们之中有的被委以重任，有的成了出色的工程师，但他们仍然保持着"开荒牛"的本色，继续在特区这片肥沃的土地上，辛勤地耕耘着，耕耘着……

（选自《我爱特区的路》，中国文联出版公司 1984 年版）

3

深圳散记

深圳掠影

季羡林

　　对我来说，深圳并不陌生。我在过去三十几年内，出国去来经过这里至少已有五六次之多了。1951 年秋天第一次经过这里，只觉得这是一个破烂简陋的小车站，让我忆念难忘的只有一个罗湖桥。因为从国外归来，过了罗湖桥，就算是走进了祖国的怀抱。我曾几次在这里激动得流下眼泪，恨不能跪在地上吻一下祖国的土地。以后几次经过这里，每次都有一点变化。1978 年最后一次走过，只觉得车站贵宾室相当富丽堂皇。至于镇内，则所见不多了，不敢臆猜。总之，深圳并没有给我留下深刻的印象。

　　两个星期前，我因为开一个会，又来到了深圳。这是唯一的一次不是因出国而到这里来的。我们从广州乘汽车来到这里，本来是想到蛇口附近的深圳大学去的，可是因为迷了路，车子一直开进了市内，只见到处高楼林立，凌云摩天，而正在建筑的高楼则更是比比皆是，柏油马路，四通八达。行人摩肩接踵，熙熙攘攘。这是我所久已熟识的深圳吗？我有点怀疑起来。但是明确的事实是，这就是深圳。我熟悉的深圳已经大大地变了样子了。

　　仅就我们借住的深圳大学来说，新鲜事物就说也说不尽的。在这个学校里，流行全国的根深蒂固的铁饭碗已经被打个粉碎。系、处领导对校长签合同，为期两年，到期视工作成绩，合则续聘，不合则炒鱿鱼（卷铺盖也）。教职员对系处领导签合同，为期也是两年，到期照上述规定办理。被炒了鱿鱼的另外自谋出路。没有什么客气，没有什么面子。铁饭碗一打破，则人人精神抖擞，不敢懈怠。至于工人，则全校几乎完全没有，所有的服务工作，食堂服务，打扫卫生，会场和教室清扫管理，无一不是用勤工俭学的办法，由学生来承担，学校根据情况付与报酬。学生还自办书店，自办小卖部，甚至自办银行，自任经理。内地大学一些独生子女的娇气，在这里一扫而光。连娇气也无立锥之地了。这不但提高了工作效率，还教育了青年学生。那种不爱护公物随便乱丢脏东西，不知稼之艰难，张口吃饭，伸手穿衣的公子小姐根本绝迹。这要比空口进行政治伦理教育，效果要好得多。提高效率教育青年，真可谓一举两得了。

我也曾到著名的沙头角去参观过一次。汽车从深圳市区开出。现在时令在北方虽然已是严冬，但是在这里却沿途树木翁郁，繁花似锦，使我们这些从冰天雪地的北国来的人大为诧异。快到目的地的时候青山连绵。马路的右边沿着山麓架上了长城似的铁丝网，网的那面就是香港。汽车在山路上弯曲盘旋而下，下到海边的时候，就到了沙头角。这是一个极小的镇子。只有一条街，叫做中英街。从里面走出去街的右边属于香港，左边属于中国，虽然都是中国领土，但是在英国占领下，街中心实际上成了国界。^① 街宽不过几米，长不到百米，谁也不知道这一条国界究竟是在什么地方。两边全是商店，鳞次栉比，一个紧挨着一个，货物塞得满满的，抬头一看，只见到处都是货物，汇成了一个货物的海洋。街上的人也挤得满满的，几乎都是来买东西的。拥拥挤挤，吵吵嚷嚷，一派繁荣兴盛的气象。我感兴趣的不是五光十色令人眼花缭乱的商品，而是这一个十分奇怪、十分有趣的地方。街中间在中国内地一面长着一棵老树，看样子年岁可能已有几百年了，它歪着身子，头顶歪到香港一面去，国境线大概就在它身上穿过^②。它大概亲自经历了英国殖民主义者霸占香港那样艰苦的岁月，它也将会经历香港回归祖国那样普天同庆的日子。树而有知，不知作何感想？到了那时，整个身子都能处在中国领土之内，它大概也会由衷地高兴吧！

此外，我还参观了蛇口特区、西丽湖度假村、银湖度假村、深圳湖游乐园、香蜜湖度假村，以及全国最高建筑五十三层的国贸大厦，印象虽然扑朔迷离，但是用

①② 中英街是 1898 年中英不平等条约的产物，1997 年以前，一边属中国政府管辖，一边属港英当局管辖；现深圳、香港各占一半，以街心碑石为地界。

2021 年，中英街俯拍（越众拍摄）

一个"新"字可以概括。

　　我每天晚上打开窗子，面对着在黑暗弥漫下的茫茫的大海，看到远处一串珍珠似的灯光 —— 这是中国内地同香港的边界，心潮起伏思绪万端。我想得最多的是人们的思想必须赶上形势的发展。人的思想最容易保守。许多千百年来遗留下来的观念、想法，往往被认为是真理准绳，正确无误，甚至神圣不可侵犯，用不着改变，也改变不了。然而我们伟大祖国和世界的情况却是日新月异。大家都承认，现在是"知识爆炸"的时代，知识更新的周期越来越缩短，每隔几年，知识就必须更新，否则就会落后。现在新生事物层出不穷。被英国统治了许多年的香港经过中英两国长期谈判，确定了归还日期，英国的首相不远万里亲自来到北京签字，这难道不是新鲜事物中最新鲜的事物吗? 就拿眼前的珍珠串似的灯光来说，1997 年以后它还能像现在这样闪闪发光吗? 一个很简单明了的道理摆在我们眼前：我们必须改变旧观念、旧想法，接受新概念、新想法。给我的教训也就这一点，而我认为这是最重要的、最有意义的一点。

　　（选自《季羡林全集》第 1 卷，据外语教学与研究出版社 2009 年 4 月版排印）

深圳

黄　裳

从广州开往深圳的火车上是装了空调设备的。季节刚过了谷雨，在北国、在江南还是乍暖还寒的时令，这里却已经是盛夏了。坐在阴凉的车厢里望着窗外的田野、农舍，满眼是绿，一切都覆盖在金黄色的骄阳之下。在人家屋角篱边、水溪山脚的高地上，时时出现单株或成丛的树，几乎接连不断。树身都矮而茁壮，各戴着一顶浓密如伞的树冠，有的枝头还缀满了白色的碎花。入粤以来时时可以看见榕树，它那带着南国的丰足与慵倦的巨大躯干，随处落地生根的习性曾经引起过诗人苏轼的惊叹，我自信已经非常熟习，可以不必踌躇就能辨识了。可是眼前出现的这些树呢？似乎有点像，可是比起榕树来它们却更挺拔而秀特，壮健而整饬，何况有的还开着细白微黄的花？同座的朋友看出了我的专注与迟疑，就带着几分骄傲为我解释，"看，这就是荔枝"。

荔枝，我是知道的。从书本上，从画卷中，从诗句里。我也吃过。吃过新鲜的，也吃过装成罐头的荔枝，也使我明白了为什么杨贵妃那么喜爱它的因由。在这一点上，她的欣赏鉴定倒是无可非议的。可是亲眼看到生长了这神奇果品的母树，这还是第一次。我的惊喜更远远超过了在洞庭东山第一次看到成片的枇杷林。

苏轼还唱出过两句几乎谁都知道也不会忘记的诗，"日啖荔枝三百颗，不辞长作岭南人"。这里"不辞"有的本子作"不妨"，虽然只是细小的版本不同，也可以从中体会出诗人细微情感活动的差异。东坡真是一位快乐的诗人，就是在那样不幸的处境中还能随处发现生活中的美丽。从"不辞"到"不妨"，可以看出他不再是勉强的，而是有点心甘情愿地在这"万里蛮荒"地方作久居之计了。在北宋，这地方确是远离中原的荒徼，但不论如何边远，它依旧是在祖国母亲的怀抱之中，又是那么美丽、丰足。诗人的心思是与今天相通的，似乎也只有在今天人们才更容易透彻地理解诗人的胸怀。

东坡惠州诗中曾好几次说到荔枝，尽情地用最美的语言加以描摹赞颂。"海山仙人绛罗襦，红纱中单白玉肤。"怕是迄今为止最能写出荔枝神理的诗句。他又写下了长诗《荔枝叹》，从荔枝想到了封建统治者为了满足私欲加给人民群众的无穷灾难。从荔枝想到了列为贡品的名茶、奇花。终于喊出了"我愿天公怜赤子，莫生尤物为疮痏"。他赞美为人民带来欢乐的"尤物"，又诅咒为人民带来苦难的"尤物"，这里表现的不是诗人的矛盾，而是现实生活中的矛盾。

铁路两侧连绵不断的荔枝树，就这样一直把我们送到了深圳。

走下深圳车站，停车场上是一片大太阳。

车站也许本来并不小，可是现在显得很小。到处是尘土，车辆。阵阵土灰是给开过的汽车卷起的，形成了一阵阵混浊的旋风。太阳光好像把空气里的水分全吸尽了，只剩下弥漫着的汽油味，周围零乱地散布着木板、铅皮临时搭成的小房子，供应着饮料和杂货。等车时我们在太阳底下站了并不太久，可是感觉上却很长很长，四面察看也找不到一小块可以躲进去的阴凉。

好像在什么地方看见过这种场面。我喜欢这一切，喧闹、繁忙、杂沓、灰土、汽油味，这一切充满了生机的人间味。

我想，这也许就是小时候从电影里看到的那种美国西部小城镇的场景。

这是一种奇异的联想，那些描写美国中西部早期开发故事的电影，照例有牛僮、警长、强盗、美人种种角色出现，演出着几乎是千篇一律斗殴、枪杀的爱情故事，很有点近似我们的武侠小说。过去了许多年，故事早都忘了，只剩下一些零碎片段背景的印象。还有，就是那氛围。而这正是我所喜欢、怀念着的东西。

一离开车站，眼前就展开了更为扩大而真实的画面，也进一步落实了那点迷惘、朦胧，似乎是被唤醒了的喜悦与激动，一切都一下子变得明确了。在这里，人们用双手紧张而忙碌地安排着未来美好的生活，而且是用了那样的速度，在这地方现在和未来的距离好像比很多地方都更小。这是不能不引起人们的激动的。

平坦、宽展的路面几乎一半还是裸露的，没有披上柏油外衣。工人们在路上挑土、运料，使用的还是古老的扁担粪箕，可是就在那路侧，十几层、几十层的楼房耸立起来了。它们也是裸露的，只是一连串钢骨水泥的框架，没有一点装饰打扮。这样的高层建筑是整条街地兴建着的。有耸入云霄的吊装机的钢架，有五颜六色、各种型号的推土机、铲车和起重机械，大小卡车就在裸露不平的路上穿梭般来去，扬起了更高的阵阵烟尘。

深圳并不大，车子转了没有几个弯，只花了三五分钟就来到了住处。可是就在这块两平方公里的地方（后来知道这就是"罗湖小区"）几乎不留空隙地建造着高楼。到处都是一路上所见的忙碌施工现象。在这里，只有十八层以上的才能算高层建筑。计划兴建的一百九十八幢高楼现在施工的就有近四十幢，这中间就有五十三层一百六十米高的国际贸易中心大厦。工人们平均六七天完成一层结构。更快的如湖心大厦是五天，翠竹楼只用三天半。他们采用的是滑模施工的新工艺。

住处一安置好，我就跑到屋顶平台上去看风景。四月半的太阳有一种透明的金黄色，从高处可以看到远山和天空中的云彩。这种澄明、艳丽的彩云，好像除了昆明以外我还不曾在别处见过，只差不能那样快速地变幻着颜色。身边近处是一块老城区，这就是宝安县的旧址。后来我们曾在这里走过，县人民政府的一些机构依旧设立在这里。人民法院门口照样放着两条黑漆长凳。整条街上无论是机关还是店铺，都还保留着旧日的风习，保留一个古老的广东小县城的格调。可是围绕着这老城区，一大群崭新的高楼拔地而起了。有的还只是空落落的骨架，有的则已完工。现代化的、高耸的、像孩子堆的积木似的高层建筑的群落包围了古老的城区。这真是一种壮观的风景。高楼脚下有临时建起的各种工棚，身边是各种型号的起重塔吊，它伸出了长长的手臂，稳重安详地将大小水泥构件提高、放下，从远处几乎听不到任何噪声。傍晚了，塔吊还在工作。吃了晚饭回来再看，塔吊依旧在默默地工作。天黑下来了，塔吊高处亮起了红色、绿色的灯，在深圳的夜空里缀满了炫目的星光，恍如 Disco 舞池的天幕。只是这里没有疯狂、急促的音乐，一切都是静静的，但建筑工人们依旧在默默地紧张地工作。夜已经深了。

在袖珍的《中国地图册》里，广东省"广州附近"附图中，在大鹏湾的嘴边，可以找到"沙头角"这个不起眼的地名。但在这一带，总共也只标出了两个地名，另一个是"宝安"，也就是深圳。

沙头角是一个小小的沿海渔村。深圳河经过这里入海，注入大鹏湾。从深圳乘车来，要经过梧桐山。山上有盘山公路，公路两侧是布满山峦的松杉，蓊蓊郁郁，增添了山中的幽邃。除了行驶着来往的车辆，这里几乎是没有人迹的。车子攀上了山巅，眼前的视野顿时开阔了。极目望去，远处是一片碧色的海，与绿得带些沉黑的山相映衬，不禁眼睛一亮。这是很美丽的风景。从山头望海，与海滨所见感觉是不同的。并没有浩瀚、平衍、雄奇之类的感受，大鹏湾里的海，就像安置在书桌上的一只别致的注满清水的笔洗。圈口边缘处有异样的纹饰，细看时才发现这儿有一排小小的建筑物，这就是沙头角的一条街。

1898 年清政府在一项卖国条约中把从九龙到深圳河南的土地"租"给了英国。在划定新界时，沙头角的一条街被割成两半，取名"中英街"。这地方颇有点神秘，谁都有兴趣来看一看。一条街两侧居住的同是炎黄子孙，但却生活在不同的社会制度之下。

汽车下山时沿着峡谷前行。就在公路一侧三五十米地方就是"分界线"，这是用高矮两重铁丝网组成的，不时还可以见到一些碉堡。"十年动乱"中在这里搞过所谓"政治边防"，到今天我们还可以从人们口头听到一些有关的故事。不过从说故事人的口气中可以听出，他们已经丧失了一点必要的兴致，意思仿佛说，"事情已经过去，就不必再让它在心里占领不必要的位置了"。就在这里的公路一侧，在山崖平地处有大树生长的地方附近，可以看到新盖起的一座座小洋房，有人就索性称之为"别墅"。这倒是有点夸张的。房子小巧玲珑，多半是双层的小楼，材料是砖木水泥，装饰带着明显广东地方色彩，有点洋气但不多，还少少沾点俗气，质量也说不上是怎样高级。没有时间下去参观，可是听说这种普通农民的住宅，里面都装备了高级的家具，彩色电视机、洗衣机、电冰箱、收录机、组合音响……人们述说这一切时，显得平平常常，并不以为有什么值得大惊小怪处。我相信这也确是极为一般的普遍现象。

也许这就是人们称沙头角为"特区里的'特区'"的原因。同样，人们为什么对十年前的"政治边防"带来的一些真正奇奇怪怪的事件消失了兴趣，也可以从这种变化中得到解释。这两年，人们不是走出去，而是搬回来定居了。这一切变化都

1898 年，梧桐山山谷及沙头角海湾风光（英国国家档案馆藏）

是党的十一届三中全会以后逐渐出现的。

进入沙头角前在海关入口处等候了好半日。人们排着长队在等候检查证件。这时是十时半，已经有人陆续从沙头角街上回来了。这多半是住在近处的农民，也许就是那些"别墅"的主人。他们是去采购食物和日用品的。每人都有一副小扁担，挑着饼干、快速面……以食物为主的杂货。引起我很大兴趣的是一些中年老年妇女的装束。她们穿着可能称"唐装"的民族服装。这是一套缝制得非常细巧的黑绸短衫裤。料子是讲究的，式样是纯粹中国的，而且是古的，我想。她们头上有的罩着一块黑纱巾，顶端束着花样新巧艳丽的丝带，衬着黑地的绿叶红花好看得很，花样各不相同。有的老太太头上戴的是竹笠，也编织得极精巧。顶部有一圈空隙，露出了发髻。圆圆的竹笠周边缀了一圈黑纱边，下端是精巧的流苏，恰好下垂到眼角处。这真是一种非常美丽实用的夏日服饰。猛然想起，似乎在什么地方看见过这种竹笠。是了，那是昆曲《千钟禄》里的建文帝，好像戴的就是这种帽子，也许细节上有点差异，但无疑造型是一致的。

建文帝在燕王攻破南京、火焚大内宫殿时下落不明了。是被烧死还是逃出了火海，后来就一直成为疑案，好像到今天也还没有定论。像《从亡随笔》这样的著作明代中晚期也出现了，好像建文确是逃出虎口，逃到西南一带，在许多地方住过，后来终于当了和尚。有一本《月山丛谈》就记着："或又谓建文出走，自闽入广，止于贺县，娶妇而生孝穆。寻又他徙。"照野史的说法，他是到过广东的，后来又到了广西。那么他在舞台上的服饰与今天深圳妇女头上的竹笠有没有一点关系呢？

胡乱想着这类有趣的问题，不觉已经轮到自己进入沙头角街上的机会了。关于这条"神秘"的街，那里的结论是，如果只是走马观花地来回走一转，五分钟也足够了；如要过细地观察、浏览，怕就要两三个小时。这结论是正确的。这地方据说是"百货杂陈"的，但并没有书铺。

等我们走出海关，回到广场上等车时，太阳已经升到了中天。小榕树已不起作用，只能逃到一个堆放垃圾的水泥房子的檐下去。好在垃圾不多，还有很好的过堂风，也没有什么气味。

从什么地方看到过，现在每天来到深圳的中外客人已经几乎接近了它原来的人口。这恐怕真正是事实。就在我们住宿的旅舍，每天在餐厅里都能看到圆台面上放着好多张卡片，上面写着就餐者的单位和人数：××市政府、×矿务局、×校教授参观团……卡片常常调换，但从不空缺。这些来自全国各地不同身份的客人，当然都有他们各自的任务。交流经验，洽谈业务，讲课，开会……像我们这样只是来"观光"的是很少的。但也许并不少，我没有准确的统计材料，说不清楚。

观光也有种种不同的方式，其中又有许多讲究，各人的目标与收获也是不同的。像我们这样来去匆匆的过客，说不上什么深入的调查、了解，至多也只能感受一点气氛。但我觉得，即使如此，也还是得到了很大好处。譬如，当我们乘车驶进蛇口工业区，在新开的很好的公路上行进时，经过了几个建立不久的厂地，看那规模并不太小，却几乎不见有工人在这里走动。这就是一种看来奇特的现象。照我的经验，内地类似规模的工厂，照例必有一个堂皇富丽的厂门，必有一间或几间传达室，经常会有不少人进出或聚拢来议论这样那样的事情。但在这里却一切都不见。

汽车再开进去，我在路边发现了一面熟习的大标语牌，注意看时才知道上面写着的是少见的新鲜口号。还不等我取出小本子，车子就匆匆地过去了。这使我一直很懊恼，直到在一张报纸上发现了口号的原文为止：

"时间就是金钱，效率就是生命。事事有人管，人人有事做。"

最初看到这标语时的反应是，这不是资本主义的口号么？接着思路一转，忽地觉得它简直就是一道声讨"铁饭碗"和"大锅饭"的檄文。紧跟着自然就悟出了那些工厂"门前冷落"的真正原因。人人都去管自己分内的事去了，因而没有闲谈的余裕。悟出了这点简单的道理使我异常高兴。

没有找到负责人，我们真的是"走马看花"地转了一圈。一下子就开到了一处新辟的游乐场地。这是在一个山凹里，中间还有一个水塘。山边水涯都点缀了一些风景点，有红红绿绿的亭子、水榭……看得出这是在很短的时间里匆促布置起来的。如果请园林专家来参观，大概可以指出不少缺点来。但我想也不必如此严格地要求这些创业者。太阳实在厉害，四处寻找可以遮阴的地方，忽然发现前面有几排铅皮搭起的小房子。姑且走上去看，不料意外地找到了带领一批年轻作者在这里修改作品的韦丘。

他们就住在这些小房子里。每间又隔开前后两半。一张床，一只小写字台，两把沙发，就占去了房间的五分之四。主人正穿了背心短裤在埋头修改文稿。要是没有空调机，这铅皮小屋大约就是一座利用太阳能的理想烘箱了。

韦丘同志给我介绍了蛇口工业区的概况。有一些报纸上没有作过报道的情况倒是值得思索的。

他提到特区中青年人普遍的"不满现状"，不过这说的是从积极方面对现状产生的不满。在经济生活得到改善以后，经济结构也随之改变，青年人站到十字路口了。在这地方，几乎每个青年人都成了拥有电视机等的"七机部长"，接下去要追求些什么？推动生活的力量从哪里来呢？

在我们曾经参观过的"西丽湖度假村"，25元港币一张门票的主顾是青年工人，一元二角一瓶汽水的买主也是他们。这是一个方面。青年人中更为严重迫切的"危机感"则是害怕落后。他们拼命地学文化、搞写作，探求人生哲理。他们中间确有人才，人才来自四面八方。业余学校人满为患了。这些新产生的问题，是不应加以忽视的。

坐在铅皮小屋里（这种小屋租给假日从香港来度假的旅客时每天收费港币九十元），听着新奇的情况介绍，我想了许多。想到大约二十多年前，我在上海郊区闵行黄浦江对岸农村里劳动。在田里干活，有时会看到壮实如小牛犊的青年农民，忽然扔下手中的铁搭，像对江长叹，说"一见闵行大烟筒，生产干劲就要松"。往往使我疑虑、畏惧，无从解答也不敢思索，不知道到底出了什么问题。今天也听到了不少出现在青年农民中新鲜而奇特的问题，不过比起闵行农民的感叹，则是属于完全不同性质的了。何况人们今天是无保留地摊开，大声地议论，思索着问题产生的原因，寻求着解决的途径。这可完全不再是二十多年前的情景了。要说这不是进步，不是飞跃的进步是不可能的。

带头在党的领导下奋勇前进，逐步摸出了"蛇口方式"的人们也曾有过这样的感叹，历史上搞改革的都没有好下场。不过他们并未被这"历史真实"所吓倒，因为他们懂得今天的社会主义祖国已经不再是过去的旧中国，也不会再走曲折、折腾的痛苦道路了。

离开了铅皮小屋，我们又到海滨去走了一转。为什么会有"蛇口"这个名字呢？那是因为在深圳湾畔有一座八十多米的小山，它延伸入海的部分正像扁平的蛇口。在正午的阳光下的海滨是非常美丽的。正是万里晴空，碧蓝无际。隔海对望就是香港的元朗。从地图上可以知道，珠江口这一带海域，就是著名的零丁洋的所在。中国人民从文天祥的诗句中早就熟习了这名字。海滨有新设的餐厅、百货店，顾客如云，我看旅游者并不多，多半是这里的建设者，年轻人。他们推着自己的自行车，停下来，走进去，极有兴趣地看陈列着的商品，研究着，挑选着。他们是这地方的主人。他们用自己的双手建设着新的生活。

深圳是一个可爱的地方。这里正在进行着一种重要的没有前例的实验。实验的成果不论是成功的失败的，对向四化进军的中国人民都有重要的参考价值。可惜只有短短的三天，还没有细翻这本大书，就离开了。

（选自《晚春的行旅》，湖南人民出版社 1986 年 10 月版）

深圳的夜晚（外一篇）

袁　鹰

深圳的夜晚

踏进香蜜湖度假村（准确地说，应为游乐中心）的大门，就如走进一座灯火辉煌、珠光宝气的宫殿。五颜六色的霓虹灯，洋溢着欢跃旋律的音乐茶座，舞池里不停旋转的七彩灯光，扑朔迷离的电子激光游戏，空气中飘荡着的香水气和奶油味，加上川流不息地进进出出的港澳来客，南海油田休假者，衣着时髦的本地小伙和靓女，组成一幅绚丽多彩、有声有色的特区之夜。

正当我们几个像突然闯进大观园的刘姥姥眼花缭乱脚步踟蹰的时候，迎面走过来一位中年人，原来是前天宴会席上刚认识的老孙。我这位被深圳同志称为大老板的苏北老乡，名片上印着三个同他曾经当过兵的经历全不相同的头衔：

深圳经济特区发展公司总经理

深圳高尔夫俱乐部有限公司董事长

中国南山开发股份有限公司副董事长

这香蜜湖度假村，正是发展公司下属单位，原来我们闯进这位气度不凡的"大老板"领地中了。老孙领我们转了一圈，把我们引到旅馆区，很想让我们见识一下那些现代化设备的客房，一问服务员，却没有一间空房。

"这里经常住的是些什么人？"我问。

"港澳商人，外国游客，海上油田来度假的外国职工，一般说他们只住一两夜，不会经常住的。但房间都是经常客满。"

"天天晚上都这样热闹？"

老孙笑了："今天还不算人多的。到星期六晚上，来度周末的人，要比今天多两三倍。"

当我们坐上车回旅馆，车开出好远了，回头望香蜜湖，只见远处暗夜里有一团璀璨的光团，恍如夜海上一座通体明亮的仙山琼岛。

然而，你若是认为深圳的夜晚、深圳人（尤其是青年）的夜生活都是像香蜜湖这样豪华，这样漾蜜流香，那就如同有些带有偏见的同志一听到"深圳之夜"这个词，就闭起眼联想到香港、澳门或者解放前上海、广州、天津那种灯红酒绿、纸醉金迷，以为是一回事，那就不免要犯主观臆断的毛病了。

花花绿绿的香蜜湖，毕竟不是为深圳青年而设的，尽管也有为数不少的小伙子和姑娘徜徉其中，但大多数只是开开眼界，听听音乐而已。深圳的青年人，对夜晚自有自己的安排，也有远比声色犬马高尚得多的追求，有一位有心的记者搞过一次调查，向一百五十位深圳青年询问他们业余时间的安排。结果如下：

看电视：

每晚都收看的 13%

偶尔看一看的 44%

只看新闻的 16%

一般不看的 35%

参加音乐茶座或舞会：

每周去一次的 4%

未曾去过的 58%

参加郊游、野炊等旅游活动：

很少去的 61%

未曾去过的 33%

业余学习：

每天用 2 小时的 31%

每天用 1 小时的 32%

什么也不学的 9%

此外，有 94% 的人每周用于串门、访友、闲聊的时间不超过三小时。

我不厌其详地照抄了这些统计数字，意在说明在这些看似枯燥的数字后面，有着并不枯燥甚至有点迷人的深圳青年的夜生活。

就多数深圳青年来说，到夜晚，他们都忙于读夜大学、业余大学、电视大学，参加各种培训中心，或者自己组织起来补习外语，攻专业技术。在深圳，录用制度、工资制度、晋级制度，不靠关系户说情，不靠首长批条子，只靠文化技术水平。没有专业知识，就吃不开。就像蜜蜂采蜜、海绵吸水，他们如饥似渴、你追我赶，有时甚至是贪婪地读书，挤时间读书。他们争分夺秒地吸收新的知识、新的技术、新的信息。

"现在还不是风流的时候，还有更要紧的事要做。"这是深圳青年人常说的话。

我不是说深圳青年的夜生活中没有消极的东西，没有值得警惕的东西。深圳的犯罪率不高是事实，但从"南风窗"确实也还吹进一些使软弱的人销魂蚀骨的"香风"。但就大多数而言，那就是另一回事。仅仅是音乐茶座（即便有香港来的歌星和迪斯科舞），仅仅是电影、电视（何况深圳电视台还没有正式播放自己的电视节目），是不能满足深圳青年的需求的。至于香港电影和电视，深圳青年倒并不像内地有些人那样着迷，他们讥之为"不是拳头，就是枕头，有什么好看！"正在为建设特区献身尽力的青年人，有理由得到丰富多彩、健康多益的夜生活！

姓"资"，姓"社"

漫步在宽敞明朗的深圳深南大道上，伫立在蛇口工业区建设模型和兴建中的赤湾码头前，徜徉于珠海石景山旅游中心和海滨度假村，在惊喜之余，我常会想起一个刺耳的噪音：

经济特区究竟姓什么？姓"资"还是姓"社"？

说它是刺耳的噪音，是因为它同经济特区气势磅礴、欣欣向荣的英雄乐章如此不和谐，又同党中央关于改革和开放的伟大决策如此格格不入！

深圳的建设速度，蛇口人"时间就是金钱，效率就是生命"的动人口号，记者和作家们已经写了不少文章，电影厂、电视台已经拍了不少纪录片和电视新闻，报纸、刊物、画报，连篇累牍，连外国企业家、投资家都为之瞩目，要他们的智囊团成员认真研究了。凡属炎黄后裔，凡是有心于振兴中华的志士仁人，都为社会主义祖国大地上这个初生的宁馨儿拍手欢呼，对他的起步倾注着满腔炽热之情，伸出支援之手。深圳到北京、上海等地招聘人才，名额一百，报名者上千。人们不只是看到那优厚的条件（有的条件还未必很优厚），更多是愿以自己的青春和智慧，加入那浩荡前进着的改革大军的行列。

对任何推动历史前进的潮流，认识总是有先有后，这是正常的。但也总会有站在岸旁摇头的旁观者，也有幸灾乐祸以示自己预言正确的事后诸葛亮。不是吗？有人在嘀咕了："特区这样搞法，对头吗？我怀疑。"有人到深圳跑了一圈，回去就摇头叹息："除了一面五星红旗，什么都变了，变成资本主义了！"这话传到深圳同志耳朵里，他们倒并不气愤，只是惋惜于这些同志受"左"毒太深、落在时代的后边太远了。而那些做接待工作的同志都清楚有些说这类"大义凛然"的话的人，到蛇口买家用电器，到沙头角买便宜的香港日用品，倒是一点不甘人后的。是的，在深圳和珠海，尽管短短几天，却处处能感受到这个"特"字的具体表现：我们看到了不少同外资或港商合营的企业，也看到了由外资或港商独资经营的公司和饭店，我们看到了更多的吸收了国外先进水平的经营管理体系和服务方式，看到了内地少见的高工资、高消费。一个建筑工人、一个饭店服务员的收入，可以超过部长、市长、局长；一个饭店的分部经理有权惩罚违反工作守则的职工，直至将他开除……这在长年端着"金饭碗""铁饭碗"吃大锅饭的同志看来，岂非天下大乱？对我们有些谈富色变、见钱如见虎的同志来说，岂非危险之至？深圳和珠海的同志都告诉我们，前两三年，他们确实是顶着种种冷言冷语，甚至冒着受党纪处分的风险在建设特区的。他们只相信一条：既然中央作了决定，给我们自由和权力，既然办经济特区对四化建设、对国计民生都有好处，为什么不能让我们试一试、闯一闯呢？

一九八三年春节前夕，胡耀邦同志来到深圳。他详细地考察了特区建设以后，非常高兴地对当地同志说："你们已经闯开了一个新的局面。我对你们总的评价是：比较出色地完成了中央交给的任务。"他给深圳同志十六个字赠言：新事新办，特事特办，立场不变，方法全新。

一九八四年春节前后，邓小平和王震、杨尚昆同志访问了深圳、珠海和厦门。小平同志说他要亲自看看特区能不能成功。看的结果，对特区的成就表示满意，他在三处都题了词:"深圳的发展和经验证明,我们建立经济特区的政策是正确的""珠海经济特区好""把经济特区办得更快更好些"。

特区究竟姓"资"还是姓"社"?每一个区建设者用自己的心血和汗水、智慧和毅力,作了明确的、令人信服的回答,最后由中央领导同志做了正确的、坚定的结论。离开深圳前夜,刚从陕西户县调来的篆刻家柳玉昌(他正主持一个图章出口公司)陪我驱车回银湖宾馆,路过国际贸易大厦的五十三层大楼工地,灯火通明,建筑工人以三天盖一层的高速度,使大厦飞速上升。在深圳,十八层以上才算高层建筑。我并不赞成我们所有城市都建成水泥森林,但是我们所有立志于改革的建设者应该有这样的气度!"你能想象深圳的明天吗?"玉昌问我。我摇摇头,我实在想象不出。但我坚信,紧紧地攥住改革这把金钥匙的勇士,将能无往而不胜地打开任何一座奇异宫殿的大门!

一九八四年六月

广州—深圳—北京

(选自《花朝》,安徽文艺出版社 1987 年 3 月版)

云中走笔

黄宗英

题记

都说我是属云的。闯天涯，游海角，连个永久通讯处也没个准儿。

只是，云也有脚。此刻，招商局蛇口工业区——广东省深圳特区南端一个小小的半岛，把我拴住了。

云是接受地上的水汽蒸腾而成。至于它将化为春雨？冬雪？雹霰？还是雾散云消？云，自己又怎能做得了主？走着瞧吧。

"NO.1"

"吃早点去！"袁庚同志在窗前唤我。

"哎呀！您先走一步，我还没梳头……"

"Lazy bone！"他以幽默的口气谴责我。冤枉！在内地，人家赏过我一个外号——"拼命三姐"；不料来到蛇口却落得个"懒骨头"的诨名。对个人来说可悲，对整体来说，可喜。如果全国都以蛇口标准衡量人之勤惰，就太好啦！

袁庚过去、现在挂过兼过多少职和衔？我说不清。他的一生经历，系列片三十集也映不完。我只认他此刻是深圳市招商局蛇口工业区的 NO.1（第一号人物，或者用时下通常说法：第一把手）。

蛇口，四年内从一片荒滩建成一座初具规模的工业新城，引得全国议论纷纷，举世瞩目震惊。翘大拇指也好，挥伤心泪也好，总而言之，蛇口、袁庚，是在当世所谓"第三次浪潮"的浪尖上。

蛇口巨变，这位 NO.1 花费了多少心血呢? 按老袁的话说，正经用在建设上的并非他的全部精力。那么，还有不少的精力用到哪里去了? ——此乃当前我国研究经济体制改革众专家和权威人士们，正着力研究的重大课题，才浅如我，答不出，也不必我答，上智下明者心中都有数。眼前，我看到的是中央批准建立的这个深圳经济特区里，在减免愚蠢的自耗上，确实具有比别处优惠得多的条件。蛇口工业区的发展效率正在洗雪我们的近耻与前愆，与这位 NO.1 嘶喊叫关、挡利箭、钻火圈、撑竿跳、击堂鼓等不无关系。

塞饱小笼汤包，饮足水仙名茶，我说："我推自行车去。"老袁说："走走吧，我带你走山前海边的一条小道。"有人插话："袁总，那条通南海酒家工地的路，拉上铁丝网啦。"老袁不以为然："钻过去就是啦!"我笑望他："你钻铁丝网的瘾倒不小，当年东江纵队打游击时还没钻够吗?"他一歪头盯着我："你搞情报的本事倒也不小嘛!""不能微服也照样可以私访嘛!""可怕，可怕!"哈哈一笑，朝霞也笑了。

蛇口新城的主大道上，骑车的、步行的人流，洒水的、运混凝土的、载客的车流，匆忙而又潇洒地从我们面前流过，流向崭新的工厂、工地、办公楼……我们拐弯走向幽雅恬静而生趣盎然的海滨。豪华的明华轮已经坐滩靠岸，装修竣工。船舱已成为别有风味的旅舍，船上的影院、餐厅、游泳池、娱乐室等像梳妆打扮的新嫁娘。如果"海的女儿"游出海面，她一定情愿吞下落尾的药汁，到这人间的海上世界，为蛇口的"王子"们尽情地欢舞。

我们走过碧涛苑别墅区，瑞花祥草石墙彩瓦正向早潮问好。建成的两排别墅，每座价值六位数以上港币的早已售出，后边才动工的也都有了主人。倒不一定是因为这里比世界上别的港湾更美丽，而是人们看准了这里是有前途、有信誉、可以合作发展贸易和友谊的沃土。南海油田的开发，核电站的筹建，更为这小小的宝岛生添了双翼。

海潮轻唱，海鸥徐飞，海风缓拂。

"怎么样? 调到蛇口来吧? 欢迎你!"老袁说。

"是啊。"我答，"《世界经济导报》一位记者，抓住我一句认真的戏言，要做'黄宗英嫁给了蛇口'的文章哩。我不说这里十全十美，但这里是值得献身的新地。不过，我并不想调来。"

"那为什么？上海不放你？"

"不。也许有一天你会不欢迎我。为了维护我这支小笔的尊严，保留批评蛇口和你的权利，我不端你的碗。反正现在全体在职公民都有铁饭碗一只，我的碗既不比别人小，更不比别人脆。"

"奇怪！"老袁不由得把双手往胯上一叉："你调到蛇口来，我就会剥夺你的批评权吗？你这个同志……我让办公室给你几份批评蛇口的打印材料，你看到了吗？"

"我仔细看了最近印发到各部、科、室、厂的某大学经济管理系研究生给蛇口提的意见……"

"提得好！这两位同学意见提得很尖锐，也切中我们的要害。我看了，马上让印发下去。"

我斜睨着他："他们是针对问题，不是针对你。说不定他们批评的，恰恰是你想解决的问题，'借风'是一种领导艺术……"

"我给你这位作家的印象竟是这样的吗？那我得好好……"

"我不大相信若是有人直接指着你的鼻子批评你……"

"我的鼻子都已经被指得像龙虾头了。"老袁瞄瞄自己的大高鼻子，顽皮地说，"连脑袋都不在话下，还在乎鼻子！历史的经验告诉我们，一个人要是听不到、听不进反对自己的话，就失去活力、压力、动力，就危险了！"

唉，我依然未为所动："当然，建设特区，企业办工业区，都是崭新的事。上头的、平肩的说三道四不稀奇，你也有思想准备。这问题应该问你的下属……"我更强调地说："还要问你部下的部下的部下……"

"你说得好晒利呀！"他耸耸肩笑笑说，"我给你讲个鼻子的故事。"

不远处开山的爆破声，并没有干扰我听他讲故事。

"有一回，工业区开全体职工大会，我发言。自以为思想够解放的了。讲完话，掌声也挺热烈。散会时，一个小青年从人群里挤过来，对我说：'袁总，从你今天的讲话，说明你已经从自己的顶峰上往下坡落了。你的思想如果不更新，那就不仅是停滞，而且要成为工业区前进的障碍。你该考虑让位了。'你听听，你听听，这个青年多可爱，多可爱！我的老战友，我的亲儿子，也不敢这么跟我说话啊！中国有这样的青年，中国大有希望！我们有多少悲剧，不就是因为某些领导人听不见批评意见，哪怕是半点不同意见吗？……怎么样？铁丝网敢过吗？"

"既然跟你走到这步田地，过不去也得过啊。"

说时迟，那时快，他"呼"地就到了铁丝网的那一边。我笨拙地跟他也钻了过去。

我们说说笑笑地走进招商局蛇口工业区大厦。袁总和我挤在电梯里。大家挤得像摆乱了的木球棒。这袁庚有几只耳朵、几张嘴？他不失礼貌地招呼了这个那个，可又不断思路地摸着鼻子，跟我继续说："其实，最可怕的还是自己头脑里的铁丝网，过不去，就断电了，一时会把大家也得卡住……"

一个工人打断他："放心，我们经常检修，不至于卡。"

老袁和我又笑了起来。一电梯的人也被感染得无端地笑到七楼。美丽的早晨，又一个新的开始，笑神经特别兴奋。

我们各自来到自己的办公室。一扇扇特大的玻璃窗，把一间间办公室隔开。我依然能清楚地看到他在董事长的办公桌前坐下来，进入紧张、繁忙状态。但我也仿佛能清楚地看到他面前的层层铁丝网，有形的和无形的，带电的、带响的、带探照灯的，带……

然而，如果我们各级的"NO.1"，都不怕闯铁丝网，也都欢迎指着鼻子（不管来自上边或来自下边）的批评，我们中国共产党的党风，我们的社会主义祖国的民风，在全世界面前岂不就将是无与伦比的吗？

（选自《我爱特区的路》，中国文联出版公司 1984 年版）

蛇口一日

叶君健

在广东宝安县的西南边有一座山，形状像个蛇头，伸向南海，像是在向那个水域张嘴，想一口把它吞掉。它的身躯由后面一系列的群山组成，它的尾巴究竟在什么地方，谁也不知道。这情状加强它的气势，也赋予了它一种神秘感。一般说来，人多的地方蛇总是不大出现的。人们把这地方叫作"蛇口"，大概是想要说明这里的特点吧：荒凉，很少人烟。

"三年以来——精确地说，也就是 1979 年 8 月以前，如果你站在这蛇头上向四周瞭望，你只会见到荒坡野岭，乱石杂草和茫茫的大海一片，别的东西就没有了。"

这是我的朋友对我所作的关于这个地方的历史的简略插述。我是刚从国外经香港回来的，在深圳一下火车，我的这位朋友就在分界线的桥这一边等我。他要接我到蛇口去住一天，因为他现在就在那里主持开发这个半岛的工作。

时间正是 1982 年的年尾，离开我的这位朋友描述的情况已经过了三年。在这三年中这块地方发生了很大的变化，一条新修的公路已经划破了这块荒凉原始的地带，把它和外间的世界联结了起来；各种类型的车辆正在它上面来往奔驰，有的运载物资，有的输送乘客。这个沉睡了不知多少年的半岛也苏醒过来了。当我乘坐的面包车到达终点时，我步出车向前一望，只见一幢幢新砌的房屋，在沿着海岸向远方展开。它们有的巍然耸立，伸向蓝天，像办公大楼，有的端庄朴素，依山面海，像别墅或私人住宅。同样吸引人们注目的还有一些现代化的工厂。它们星罗棋布地组合在一起，新鲜而又整齐，使这块地方既像城市，又像个住宅区，看来它们的出现不是源于偶然或自发的演变，而是根据一个经过周密思考过了的蓝图或设计。

据说这个设计本来并不是太夸张：在只限于 2.4 平方公里的土地上建设一个小型的工业区，工业所涉及的方面也不太奢华，这从一些工厂的名字就可以看得出来：面粉厂、饼干厂、饲料厂、游艇厂、货箱制造厂、开达玩具厂，等等。但工厂一开始生产，就没有什么框框能够限制这厂"工业"的发展。具有重工业性质的一些工厂便也逐渐出现，如铝材厂和生产高拉力螺丝钢的钢铁厂等等。我在它们之间穿过的时候，有的厂已经投入生产，有的还在热火朝天地修建。这些工厂的资金绝大部分是来自海外，也就是说它们是与外资合营。据我的朋友介绍，它们的产品还有一个特点，那就是专销国外，换一句话说，它们的收益全是外汇。

通向海外的交通线现在也有了一个相当现代化的船码头在启用。当我正在走近它的时候，有一条气垫船正在它旁边靠岸。可是它没有卸下物资，而却吐出一大群观光的游客。他们是从海那边的香港来的。他们都没有带旅行箱子，甚至连皮包都没有携带。无疑，他们打算在当天就离去。

他们到这里来"观光"什么呢？我走近他们中的一位中年人，和他攀谈了几句。原来他是一位在香港从事工程技术工作的人，这天得以休假，特带妻子和孩子们到这里来"散散步，休息休息头脑，因为，这里的空气特别新鲜；香港是既噪又闹，简直弄得人要发晕"。他的话说得那么随便。好像这里就是香港的郊区的一个花园。这时我猛抬头向对岸一望，香港果然不远，它的那些高大的建筑物就清晰地呈现在我的眼前。原来从那里乘船来只需要 45 分钟的时间。

这个新的局面的出现，在我的脑海中不禁掀起了一种富有传奇色彩的联想。原来开发这个半岛的意图是源自我国交通部在香港经营的航运企业招商局——它现在事实上是这个半岛的独家开发者。它最初只不过是想在香港开设一个工厂，制造与航运和修理船舶有关的诸如货箱和油漆一类的用品，但香港的地价太高，而蛇口与香港的距离又非常近，只不过二十海里，为什么不在这里设厂呢？这里不仅地价便宜，劳力也便宜，而且还可以给许多年轻人创造就业的机会。蛇口的第一个工厂就是这样产生的。从这个厂开始，创业者们又进一步联想，为什么不引用外资建立更多的工厂呢？蛇口"工业区"就这样发展起来了。但是现在每天既然有由香港到此来"休息休息头脑"和"呼吸新鲜空气"的许多观光者到来，为什么这个联想不又再向前发展一步，把此地又同时变成游览区呢？

海滨沿岸排列着的一幢幢的两层楼的小别墅，就是从这个新的联想产生的。这些别墅后面是一些六层楼的高级公寓。它们同样也变成了外销商品，港澳的人士已把它们购买一空，作为家属住宅，或作为在周末或假日休息的别墅。于是商场、中餐馆、西餐馆和海鲜馆也应运而生。此外还出现了一座专为游客短期居留的、规模可观的南山宾馆。我也对这些建筑和餐厅作了一次走马观花的巡礼。它们的设备不仅已经达到了国外类似建筑的水平，它们室内的空间和周围的自然环境则远远超过一般近代化旅游城市所能提供的条件。

在这些建筑物的后面，有一条新辟的道路伸向更后面的群山，我和我的朋友沿着它向山中步去，原来这里真是一个很别致的公园。但它没有围墙，也没有界线，而是随着山谷的曲折向群山的奥处伸展，每拐一个弯就出现一个新的意境。与这些意境相对称的还有一些现代化的娱乐设施，如游艺场、旱冰池、打靶区、餐厅和茶座，也有专为青年男女度周末和休假甚至度蜜月的简易实用的招待所。对从港澳闹市来的青年们说来，这样一个环境也可以算是一个世外桃源。它所提供的不仅是清洁的新鲜空气，而且是彻底的休息。

这个小小半岛的开发者们，如果以现在这样的想象和速度发展下去，将来这里会出现一个什么新的局面？现在实在无法预测。我在它的南端正看到有大批推土机和载重卡车在紧张地工作。原来人们正在这里开山填海，为修一个深水码头而作准备。南海有丰富的石油蕴藏，而且有的钻井已经正在出油。这里接近南海，这里的建设者们还想把这个半岛变成海上油田的大后方。他们在憧憬一幅新的图画：国际油船在这里来往，油管在这里纵横，炼油厂从现在正在开山腾出来的空地上耸入云端……

这个憧憬听起来倒很像一首未来派的诗。这首诗，同"大跃进"时期的"狂想曲"不同，是基于实际，是远见和魄力、实干精神和严格科学态度相结合的产物。这也是我在这里"观光"了一天所得到的印象和结论。但我的"观光"并没有就此结束。我的朋友最后带我登上两三公里以外的一座高山。山上有一尊大炮。它已经布满了铁锈，但是炮口面对前方的海面，依旧昂然屹立。当年关天培（1781—1841）

就在这里炮轰前方海上护卫偷运鸦片烟船和入侵中国的外来舰队，保卫了我国的尊严。

前方的这片大海，就是历史上所谓的伶仃洋。关天培曾在这里显示过我国的威风。只是由于当时高高在上的政府的腐败无能，他的英勇行为没有取得应有的成果，而他本人也只有孤军奋战，于1841年2月在英军进攻虎门时壮烈牺牲于靖远炮台。从此伶仃洋也就沉默无言，近似死寂，以蛇口命名的这个半岛，也被人遗忘。现在，由于几位搞航运的同志的大胆设想，加上他们坚韧不拔的干劲，它又获得了新的生命。它的新生，正象征了我们今天中国实现四个现代化的实干精神。

（选自《我爱特区的路》，中国文联出版公司 1984 年版）

年轻的世界

高晓声

　　每次到广州，广州的朋友们总建议我到深圳特区看看，总也未去。我觉得深圳横竖也跑不了，何必着急，让它建设得更完美了再去看，不更好吗！

　　但是这一次我终于到了深圳，促成的原因倒又不是广州的朋友了。第一是我女儿想去，年轻人总急着想飞，年纪大的也不得不帮着出一把力。不是总说要为下一代着想吗？那就让他们去开开眼界吧！第二是刚到广州的头几天，就碰到上海"人艺"的一位青年演员，正当新婚，去深圳蜜月旅行刚刚回来，非常兴奋地同我谈起了特区之行。他们认为深圳特区朝气蓬勃，建设速度快，工作效率高；没有兜圈子、踢皮球、磨洋工等坏习气；办事情能破老框框，干脆利索；掌权的有不少年轻人，因袭的负担较少，闯劲大，敢办新事，干起来爽快，真是一个年轻的世界。他们已经被深深吸引住了，决心争取到那里工作。这些自然震动了我，吸引了我。

　　在深圳特区的时间虽然很短，但是我们应该去的地方都去跑了一趟，活动得紧张而匆忙，休息和睡眠都很少，应该说，我们的功效还赶得上特区的节奏。在特区，我遇到了许多年轻人，第一个出现的是一位文艺编辑，我们一见如故。他热情洋溢，活动能力显然很强。得知我们去蛇口没有交通工具，马上愿意回去设法。回去不到三十分钟打来了三个电话，告诉我们车子安排情况。第三次则告诉我们车子已安排在下午两点，建议我们把上午和下午的活动内容对调一下（这使我们没有浪费时间）。下午不到两点，他果然驱车来接我们，并且由他引导，让我到了西丽湖度假村，在蛇口看了建设过程的录像片，参观了一万四千吨的"海上世界"明华轮。回深圳市区之后，晚上还把我们引进了香江酒楼。现在回想起来，觉得非常愉快。

在去蛇口的路上，我两次看到一个口号，叫作"时间就是金钱，效率就是生命"。我曾经发过议论："'效率就是生命'这句话是对的，因为生命不产生效率，生命也就终止了。什么叫生？什么叫死？什么叫虽死犹生？什么叫生不如死？都可以从这个意义上去理解。至于'时间'，那就不仅仅光是一个'金钱'问题，总还有别的内容吧！何不改成'时间就是财富'，那就把精神和物质两方面都概括了。"当时车上有几位同游的老师傅很表赞同。也有人补充说："在他们的立场上看，是这样的。"意思是说，这并不代表我们的观点，很对，我这里刚巧是从精神方面说的，时间不仅对自己是重要的，对别人也同样重要，据此才知道时间的意义，才合乎我们说的文明。在深圳，这种精神在青年人中间迅速地建立起来。

当天晚饭后，又有两个年轻人来了。一个是市委机关的干事，一个是报社的记者。他们是我的特约来访者。后来则证明他们非常乐意担任这个角色。在来访的路上，他们就听到我有困难亟待解决，便在仓促间决定全力以赴。所以见到我未有一句客套，那位记者问清了我需要解决的问题便骑着摩托奔赴"战场"了。留下那位干事陪我说话。他似乎对我相当了解，三言两语，很快就说出他第一次看到我的形象是一张穿着西装的"解放"照片。接着便提到我在南京街头"检阅"中山装能有几个人穿得整齐的"著名"细节；于是我们一下子就穿透了人间可能有的一切隔膜，可以像知己那样贴心交谈了。从那位记者骑摩托出去为我排难，一直到解决问题回来，一个多小时中，我们都没有想到要找些话来说，却滔滔不绝，涌来说不完的话。后来又加了那位记者和那位编辑，就更热闹了，大有谈个通宵的趋势。而这么多的时间，没有一分钟是为了金钱，由此可见"时间就是金钱"那句话有一些片面性。

同这些年轻人相处，我感觉到他们有一种极强的自豪感，他们满意自己找到了发挥自己才能的环境，相信自己有辉煌的前途。所以，他们一点不像有些青年人那样在我面前显得拘谨、自卑，却能完全同我平等相处。那位干事宣称深圳的文化建设要同经济建设一起搞上去，要有全国第一流的作家。那位编辑则力劝我到深圳工作，完全不在乎我在江苏挂那个作协副主席的名义，轻描淡写地叫我放弃算了。这是一种全新的概念，同我一贯不赞成等级制度的思想不谋而合，所以我特别愉快。

上一代的人，把自己的生活、习惯、道德、信念，看作是子孙万代的楷模。以为自己就是顶峰，高兴天齐，再不能上升；否则岂不要戳破天！所以总想要压下那冒尖的。这类事，中国几千年的历史上，不知重复出现过多少次，现在在重复，将来仍旧会重复。但是，不管有多少次重复，从过去到现在，没有一次不失败，一万年以后还是要失败。毛主席说："在社会主义社会中，新生事物的成长，总是要经过艰难曲折的……"新生事物终究会胜利，顶峰派终究会变成沼泽派，历史因此才表现出它的规律（就叫进步），后来者才能有幸福。

新的一代已经起来了，他们必然要有发展，必然要有创新，他们必然要过新的生活。他们可以尊重上一代的那些所谓"楷模"，认为没有他们就没有今天。但是他们决不留恋，决不顾惜，决然要迅速走自己的路。

（选自《我爱特区的路》，中国文联出版公司 1984 年版）

深圳散记

曾　炜

木糠火车

　　我们舒适地坐在开往深圳的 95 次特别快车上。这列车确实快，从广州到深圳，只在石龙镇站停一下，两小时便可到达。列车很舒适：全是软席，大转椅，可坐可半躺下；车窗全关闭，用空调调节温度，外面一点尘土、煤灰进不来；窗门抹得干净、明亮，一尘不染，还挂上雪白的抽纱窗帘，大梳化穿上洁净的外套；各人坐着、躺着，在自己的座位上憩息或是轻声交谈，除了外面车轮有节奏的转动声外，车窗里可说是恬静的。这列车，在国内来说，算是豪华的了。这是在三中全会以后才出现的。不是三中全会，哪有华侨政策的落实？哪会有开放政策？哪会在深圳搞特区？广东籍的华侨占大多数，香港澳门五百多万人，百分之八九十是广东人，由于过去的"左"，使海外游子有家归不得。现在，港澳同胞每逢节日，或有什么家中喜庆，都回来走走；数十年盼望回乡的华侨，一批批回来省亲；那些倾慕中国、想和中国做生意的外国商人、旅游者，都要涌来凑热闹。为适应这潮水般涌来的旅客（春节前后人数以十万计），和港英当局达成协议，每天对开一列从广州到九龙的直达快车，开辟了每天多次航班、飞翔船、豪华客轮。

　　春节已过，清明还没到来，旅客不甚挤，进站，上车，按手续边检，秩序井然，对号坐下，车上调温适度，可使你安详休息。车上绝大多数是港客。现在是回程返港，所有礼品都送给亲友了，只提个小包，很轻松。在有限的国内旅客中，有探亲的，有办公事的，也免不了有些特异旅客，带着特异的眼睛，去深圳特区看看一些特异的景色。这些特异旅客上了车，躺在软绵绵的靠椅上，待接过列车员送上的热茶以后，便闭目养神，一时听听车上播出的悠扬乐曲，一时魂游四海，一时又左顾右盼，往窗外眺望。这倒不是他神往于窗外飞逝的珠江三角洲的翠绿的庄稼，而是爱看不看地关注着车上所发生的一切特异情景：一些香港同胞、华侨、外国人一身珠光宝气，香气袭人，穿着五光十色的奇装异服，简直是世界服装展览；列车员不断推来推车，一车车装满各色进口香烟、名牌美酒、糖果、高级药材，港客纷纷选购小礼物回港送礼，这一两个小景，就使这些特异旅客迷惑了，不免猜疑：深圳就是这样"特"的？自然，有些游过深圳之后，作了"也不过如此"的结论，疑团顿释，而且为特区说了公道话；可也有在大饱眼福以后，就摇头叹息，觉着刺眼，左说一句"出格"，右说一句"过头"，忧心忡忡，担心它变成"外国租界"。各样旅客可做着各种稀奇古怪的梦，也可说些梦话，但列车照样向前飞驰。

火车放慢速度，徐徐进站——石龙镇到了。石龙镇属东莞县，是东江的重镇，是水陆交通要地，向来颇为繁荣。解放前，火车一停，一大群小贩，纷纷把一托盘白斩鸡饭举到车窗前叫卖，饭面铺上一大块又嫩又滑又肥的白斩鸡，可口极了。吃完饭，把粗碗摔在窗外了事。现在，车站安静多了，月台上只有几辆卖"汉堡包"式饭盒的手推车，和一个陈设得颇丰盛的土特产小卖部。

车停了几分钟又开行了，再过一小时就到深圳。我算了一下，从广州至石龙，刚好一小时，多快！突然，我一闪念，想到解放前，在石龙乘火车回广州的笑话。那时日本帝国主义刚投降，我们以胜利者身份回广州。从东江顺流而下，到了石龙，改乘火车。那时正是黄昏，夕阳西下，火车站几乎见不到人，冷冷清清，到处破破烂烂，真是满目疮痍，令人心寒。我们高兴地爬上火车，一直等到晚上九点钟才开车——那是客货混合车。真奇怪，车速像乌龟一步步爬行，爬呀爬，爬到第二天中午十二时才抵广州，足花了十五小时。后来了解，我的天，原来火车是用木糠——木头锯出来的木粉作燃料。抗战期间，我也坐过木炭作燃料的汽车，可不曾坐过木糠汽车，更不要说木糠火车了。火车需要的热能远比汽车大，可它用的燃料比汽车还差，难怪它像乌龟一样爬行了。这真是新闻。可也不算新闻。从现代先进原子科学技术角度看，它确实原始得可怜。但从历史观看，这又有什么大惊小怪！现代科技最先进的美国，刚向现代化进军时，不是有人把抽水马桶的木座垫作相架用的笑话么？今天最先进的，也经历过落后时代，这是自然规律。现在先进的国家正飞速前进，我们由于种种原因，直到今天还相当落后，还有些类似用木糠作燃料开火车现象。可悲的是，还有些人闭着眼睛过活，习惯于过去，墨守成规，看到一丁点新玩艺儿，就不加分析，咋呼起来，指手画脚，甚至大叫大嚷。这些人，最好不让他坐飞机、坐飞翔船和特别快车，还是请他继续享用木糠火车好了。

赌场

火车徐徐进入车站，我过去投放过大量感情的深圳到了。

我立时站起，透过明亮的玻璃窗，往路西眺望，想寻找给我留下深刻印象的遗迹——深圳赌场。可是很失望，经过旧宝安街以后，进入我视线的，都是一幢幢崭新的大楼、花园别墅，漂亮的柏油路。

深圳，包括毗邻的香港九龙新界，原属宝安县。这里是丘陵地带，铁路以西海岸线很长。现在，一条二三十米阔的深圳河，隔开两个世界，五星红旗和米字旗分别在河岸两边升起。说到香港的割让和九龙租借地，我少时听到过一个笑话：当时的大英帝国，以炮舰要挟清皇朝，指定要这地方，清皇问大臣，香港有多大？大臣答不出来，便比喻中国像个鸡蛋，香港不过是鸡蛋的一微点。皇上便不以为重地一下接受了这不平等条约，做成了今天香港、九龙的现实。这个笑话，讽喻了清皇朝的昏庸、无能，使后世人受屈辱。宝安县地处珠江三角洲，土地肥沃，又有很长海岸线，海产丰富。可解放前是处女地，比起珠江三角洲的南海、东莞、顺德、番禺、中山各县，差距很大，可算是个穷县、三等县。宝安给人难忘的，主要是有个深圳边界。解放前，广九铁路是从广州直通九龙的，深圳只不过是一个站，但乘客都意识到，过了深圳就是"出境"了。之外，深圳有一种土产，叫云片糕，每到火车停站，都听到"深圳云片糕"的叫卖声。这是一种清甜可口的米做糕点，很多旅行者都买些回去送礼。可使人们留下深刻印象的，是深圳有个大赌场。赌场是香港赌商开设的，在深圳车站西南方数百米的铁路边，建了七八幢颇为豪华的建筑物，每天招来许多香港赌徒。

说来也怪，香港这个资本主义发达之地，也有它的特别"法例"。你买了毛鸡，绑在鸡脚倒吊，就得罚款，说你不人道，我们管它叫作"鸡道主义"；在香港，什么东西都可以吃，就是不准吃狗肉，我们管它叫"狗道主义"。至于人吃人，一天不知迫死多少人，就不必计算了，反正香港报纸每天都登载有人跳楼，有人服毒自杀的消息。像绅士们在公众场合，可为女人拉椅子让座，扶女人上楼梯，彬彬有礼，回到家里怎样虐待、羞辱女人，又是另一回事。就说赌吧，香港的赌，方式种类可谓五花八门，无奇不有：麻雀馆林立，街边的各式小赌档，现在新兴的"电子游戏"，还有赛马、赛狗，打一场足球，赌进多少球，就赌得更厉害了。可唯独不能公开开赌场。于是，赌商就选择和香港接壤的深圳开设大赌场，让香港的赌徒公开地、痛快地赌。"十赌九输"，多少赌徒带着万贯来此一博，却光身一条回去甚至跳海，饮恨终身，不知制造了多少家庭悲剧。因为深圳开了赌，给香港的正派人留下恶劣印象，而广东人也不光彩，虽然赌场带来虚假繁荣——有赌必有烟（鸦片），有嫖，有狗肉档，成为狗贩之地，污染了我们的纯洁的土地。直到日本帝国主义占领广州，香港相继沦陷，经济萧条，赌场才收档。

抗战胜利后，广九火车直通，只在深圳停站，不显得重要。到了解放战争，深圳周围的游击队活动频繁，国民党为死保这一条主要交通线，放了一个保安团把守。于是，深圳这二三千人的小镇，兵多于民，冷清清，一片凋零。广州解放不久，我和许多同志一样，去香港接家属。那时，深圳仅有一个小车站，四周全无建筑物，边防军就在车站东面搭了一个小小的竹棚，让我们过境去香港接亲人的同志换下军装，留下武器。后来，因为和香港谈判广九直通火车未达成协议，广九车只开到深圳，深圳便成为沟通香港的唯一通道，地位才显得重要，越来越兴旺。三年前决定深圳搞经济特区，这个原是数千人的小镇，一下间就换了天地。

火车慢速度进站。我全神贯注要搜索的遗迹，一点也没发现。数公里长的两条绿带，夹着一条柏油路，把一幢幢大厦式的楼房、商店和小巧别墅串起来。豪华客车、小轿车、旅行车、货车、铲车、起重车……什么国家的牌号都有，像世界汽车展览，一列列、一串串在行进。来往行人熙熙攘攘，都是来往匆匆的赶车搭车的华侨、港客，昔日衣衫褴褛、踯躅街头的农民，失魂落魄的赌客不见了，为一群群意气风发的建设者所代替，他们正阔步行进，奔赴工作岗位。

最近，我到过汕头、厦门两个经济特区。它们现在才起步，是慢了一些。可汕头特区有一个二三十万人口的汕头市作依托，厦门特区有个风景如画的也有一二十万人口的厦门市作后盾，这就比原来深圳的基础好多了。深圳，前面是香港，后面是远离的广州。深圳的建设者，是在只有数千人口的小镇，大片荒坡上，用我们时兴话说，是一穷二白兴家的。当旅游者走进这较现代化的，现在已是三十多万人口的深圳市，你很难想象它过去的不平凡的经历，也无法想象这是两三年的高速度建设的成果。

一颗明珠在中国南大门闪闪发亮了！

精神文明

我对数学最不感兴趣。深圳的同志多次告诉我，现在深圳已建了多少万平方米的楼房，多少最现代化的旅游点，蛇口的规模如何宏伟，将来远景规划如何壮观等等，我的脑袋都没法装下。眼前只看到一幢幢十几、二十多层的大楼，一群群高高的脚手架不时闪耀弧光，罗湖商业中心一大片建筑群在平地升起，新辟的宽广大道，纵横交错，汽车一串串疾驰，一片繁忙、兴旺景象。更引起我注意的，还是深圳重视精神文明的建设。在市中心，有个"博雅画廊"，陈列世界特别是中国的名贵美术作品，售卖各种各样美术工艺品。据说，这画廊的规模是全国可数的。一个有经验的旅游者，看了这画廊，就了解了中国的文化传统。市委最近请了一批全国有名的雕塑家来深圳，商讨深圳各大建筑物、各个广场的雕塑规划。当今世界各大城市的公共场所，大建筑物，都非常重视雕塑装饰，这是一种极为高级的艺术享受。我还想不到，深圳仅有三十多万人口，已成立了乐团。他们放眼于数年以后，这个城市超过百万人口。数月前，我去深圳，到处是建筑工地，三日不下雨，黄尘满天，特别是市中心到铁路交叉处，人和车挤在一起，走路难，行车也难。现在，深圳还在建设，规模比以前更大，可环境却美化多了，道路开阔多了，绿化满城。工业上有所谓文明生产，我想，精神文明的建设，也是很必要的。这方面，深圳市是跑在前面了。更引起我注意的，是青年人的夜生活。市总工会和各个单位都纷纷办起夜校，有英文、会计、数学、物理等专业。入夜就见一群群蹬自行车的、开摩托的，背着书包上学去，九时左右，街上又碰上一群群放学的青年。前两年，入夜以后，就是"黄金时刻"，都把香港彩色电视扭开，追看那武侠的、离奇古怪的连续剧。那时，省市剧团在深圳上演，上座不到三成，中央来的艺术团也不受欢迎。现在，省话，甚至一些地县剧团到深圳，都常常满座，平均上座率达百分之八十多。这是人们对香港电视看惯了，感到"不过如此"，不值得追看，收视率大大下降了。

这反映了人们的思想境界提高了。特别是青年人，他们在物质方面达到一定要求的时候，就想追求精神出路。他们看到了前景，前景就是科技的时代，科技的时代就需要具有科技水平的人。别单纯看青年们的穿戴洋了一些，可他们的脑袋却想得很多，有抱负，正为未来的事业下功夫呢！

深圳市委还准备筹建颇具规模的图书馆、科技馆。在全力进行物质建设的同时，进行精神文明的建设，实在可贵。在这里，我还建议兴建革命博物馆。深圳是老革命根据地，应该让建设者、旅游者知道，这里每一寸土地，都沾有革命先烈的鲜血！

全面抗战开始，广州沦陷，曾生、尹林平同志就在惠东宝（惠阳、东莞、宝安）建立游击根据地，后来发展为东江纵队，领导人民抗日救国。一九四二年香港沦陷，东江纵队的势力发展到香港，成立港九大队。抗日战争胜利后，一九四六年国共和谈，达成协议，东江纵队便从深圳东南的沙鱼涌北撤山东烟台。大队伍北撤，革命的种子还留下，生根、发芽。国民党发动内战，解放战争开始，东江纵队的革命星火又在北江、东江燃遍，惠东宝游击队，直插进国民党主要交通线广九铁路沿线，威胁深圳——路东是粤赣湘边纵一支一团，路西是张军同志领导的三团，迫使国民党用重兵保卫铁路交通线。路西三团在敌人的包围圈里活动，斗争激烈，几乎天天都要交火，非常艰苦。

记得一九四九年七月的一天清晨，国民党保安团一个全副武装排，从深圳跑步出公路操练。我们早已摸清情况，作了充分准备，就在离深圳约一千米的土坡上，布置一个连队埋伏两旁，敌人一到，一声令下，五分钟密集炮火，就结束战斗，干脆利落，全歼了敌人一个排，缴获全排枪支弹药。那时，我们双虎队正在离深圳不远的龙华，准备入黑后通过铁路封锁线东上参加主力。下午三点钟，国民党保安团一个营就在龙华出现，用小钢炮轰击我们。我们立刻撤上山，敌人也不敢追来。晚上，我们急行军绕了几个弯，便通过铁路封锁线东上去了。

这次来深圳，我特意去寻找过去的足迹。离深圳一千米，当年战斗过的小山坡找不着了，早被推土机推平了，建了一幢幢大楼。汽车走了不久，就到了布吉站——正是在这地方，我们曾经破坏了铁路，把敌人打得落花流水。现在的布吉很漂亮，大楼全是新的。汽车再往前走，便到了龙华。昔日被国民党小钢炮轰击的小村庄，也没有半点遗迹。

龙华公社做了一件非常有意义的事，在墟场旁建了一个革命纪念亭，亭里有一革命烈士碑，碑上刻有百多个革命烈士的英名! 看着碑文，我无法控制自己的感情，战士们英勇战斗的画面不断在脑子里重现。烈士们除了当地农民兄弟外，许多是从香港来的青年战士，不少是香港达德学院学生，他们来到革命队伍，都是当武装战士的。我细看着一个个烈士英名，突然，一个熟悉的名字跳到眼前——关汉芝，是的，正是她，一个女青年，非常勇敢的女战士，她是香港著名粤剧演员关德兴的女儿，当时她父亲紧靠国民党，可女儿背叛了父亲意旨，毅然参加了革命。她很勇敢，参加武工队，三五个人随时深入敌人心脏。一九四九年"七一"前夕，她在乌石岩公社百合石附近和敌人遭遇，顽强地战斗，流尽了最后一滴血。我长久站在烈士碑前肃立，致敬!

这仅仅是靠近深圳所发生的一丁点儿革命史迹。惠东宝这老革命根据地，战斗时间很长，可歌可泣的英雄业绩是说不完的。建立革命博物馆，让人们在这里得到精神力量吧。我们搞社会主义建设，应该向前看，攀登世界高峰; 可也要往后看，看看过去先烈的勇敢牺牲精神，使我们有榜样，明白先烈牺牲是为了什么，我们今天的建设又为了什么! 让我们永远怀念革命先烈，他们是我们的榜样和动力!

偷渡

记得我进入游击区，是从香港九龙元朗，乘小艇偷渡到宝安一条村庄登陆的。这条村叫什么名字可忘了，只记得有个沙字。深圳的同志一口咬定是福田公社沙头大队。沙头，现在还是深圳近郊，据规划，不久便成为市区。

我们乘车出了市区，经福田公社，进入一条几乎全是小洋房的村庄。小洋房像香港九龙塘别墅式样，一幢幢独立，二、三层，全是石米批荡，有阳台、平天台，有花间，质量颇高。房子全是崭新的，有些还没有完工，房与房之间的通道还没修好，一凹一凸不平整。可以肯定，全是这两三年修建的。向导同志告诉我: 这就是我要寻找的登陆点——沙头村。我登时愣了一下，接着是无保留的否定，我原以为是市区的华侨新村呢! 但仔细看，发现还有保留原样的旧砖瓦房 (现在做了放杂物的闲间)，无疑是一条自然村，但怎么也不是我印象中的沙头村。我们走到海边，放眼对海，依稀可认出是香港元朗。那里几十层的大楼林立，依山傍海。回头眺望深圳市，也有无数新矗立起来的大厦，构成一个新兴的现代化的城市。我记得很清楚，我在九龙，把几件折得很小的文件放在袜底，带有介绍"做生意"的信，到了元朗。那时元朗只有一条街，也没有高楼大厦。我进入一条小胡同，找到了一个做木师傅接头"生意"。他招呼我稍等一会。不久，二男一女，便挑起三担东西走出门，做木师傅叫我跟着他们走。我们拐两个弯就在小河下小艇，扒了个把钟头，就在那条沙什么村登陆，立刻就有几个武装人员来接，同行的二男一女接过驳壳枪，立刻赶路去团部。虽然行色匆匆，对那条破旧的村庄印象还深刻，绝非现在全是小别墅式的新村。我们赶路时，是在深圳车站旁行进，所经之处，全是一片荒坡，绝非现在的新城。眼前所见和我的记忆相距太远，我实在不敢确认。向导也和我一样，同样是在这村庄登陆的，他对这村庄的完全肯定，只能得出这样的解释：现实的变化之大，确实令人惊叹！

我站在海边，面对碧绿的海，呼吸着略带咸味的空气，自由自在地欣赏周围所发生的一切，十分舒畅，对比以前登陆时那紧张的气氛，感慨万千。确实，在解放前，哪有现在自由！四十年代的革命者，从香港回内地参加革命，都要经过偷渡，不管是日本帝国主义侵占，还是解放战争时期，广九铁路沿线，都有敌人重兵把守。香港沦陷时，党中央下令东江游击队，保护香港文化人撤回内地，当时东江纵队花了很大力气，保护了茅盾、马叙伦等同志偷渡这封锁线进入内地。四十年代中后期，解放战争开始，惠东宝游击区大发展，许多革命同志，也是在这一带偷渡进入游击区的。革命者为了革命，千辛万苦偷渡封锁线，在所不辞。远在二十年代革命者去广州参加农讲所，三十年代通过西安去延安，也是如此。这也使我联想到六七十年代，一些失去理想的人，也在这一带偷渡去香港。对比之下，令人不胜感慨了。

我们回到村里，顺道串串门子。家家户户都有彩电、电冰箱、大梳化、组合式家具，陈设可谓极为阔气。我们到各家坐一下。主人都非常热情，从冰箱里拿出从香港买回来的可口可乐、生力啤等高级饮料及美国骆驼、英国云丝顿香烟招待客人。我问清楚了，这些小别墅每幢造价是三五万元。他们哪来那么多钱？他们都支支吾吾。有些是明数可公开计算的。他们大队和港商合资经营淡水鱼，港商出机器挖塘，买鱼种、饲料，他们出人力开塘，饲养，收入三七开，一笔收入就达百数十万元。也有些队建蚝场，生产的生蚝在香港很值钱，单这项收入也是以十万元算的。他们用收入的外汇，从香港买回汽油、汽车等等。现在有一个大队拥有七十几部大小各式汽车，包括载重汽车、铲车。这些车大部分在深圳出租，或搞些运输。这笔收入也不少的。我和一个大队干部算了一下集体收入账，他家六口人，三个劳动力，去年分配约一万五千多元。我笑着说，这数字还不准确。他也笑了笑，支支吾吾不答。后来我了解，除了这些公开分配之外，个人还有不少收入。他们有不少插花地在九龙新界，每天不少人通过开放口出去耕作。于是，他们捞一斤虾去卖，就值数十元港币，一斤蟹、一斤生鱼也值百元，回来时顺便买了按规定可买的日用品、食品。我看到，黄昏时"日入而息"的一景：一个村姑，穿着一身农家黑布衣裳，头戴阔边的客家妇女大帽，坐着的自行车尾架放着一堆柴草，侧边夹着一把锄头，可尾架柴草下，两边却挂着香港精致包装的鸡汁面、奶粉、高级饼干以及其他用品……这很不协调的车队通过开放口，拿回出入证便回家。现在边区建新房已成为风气。我问他们为什么这样积极，他们非常坦率地回答：这是"石头保值"。他们认为，美元、港币会贬值，可房子是自己千秋万代子孙的，以后只有涨价，不会贬值。农民的算盘算得多么精！

这些不寻常的农村新景，也有人怀疑它们是姓"社"，还是姓"资"。据有关方面的同志说，那里还没有发现什么走私集团。最使我感兴趣的是，三中全会以后，边境没有一个人偷渡去香港。过去封锁边防，可谓严实了，林彪就提过所谓"政治边防"，可是，十数里边界，防不胜防，还是不少人偷渡过去。现在，他们的生活水平比城市还高，谁想到偷渡？相反，最近有不少逃跑者申请回来。有些人被接受，有些却要讲条件：你偷渡时，生产队一分钱也没有，现在家大业大了，许多是百万资财的队了，你只身回来，不是一下间就发财了？不行，非要交回相当资金不可。这样要求也不是没有道理的。

当晚睡下，不断听到周围有节奏的打桩声。我深思一天所见所闻，无限感慨：三四十年代的革命者偷渡回来革命，六七十年代失去理想的一些人，为了追求一时的生活享受，偷渡去香港，现在，他们又"偷渡"回来了，真有意思！再过些时候，又将发生什么变化？

（选自《我爱特区的路》，中国文联出版公司 1984 年版）

我爱特区的路

郁　茏

　　刚到深圳住下来，朋友便建议我去看看特区的路。

　　一年前，我曾到这里来深入生活，在我的印象里，特区的路是极不平坦的，七个坑，八个洼，泥一摊，水一潭。建设上得猛，往往修条简易公路，把设备和材料拉进现场，便干了起来。路本来就不怎么坚实，而往返的又都是载重卡车，几经碾压，便出现了波浪形的路。晴天尘土蔽天，雨天泥浆四溅。这样的路有什么值得看的呢？

　　新来乍到，工作局面没打开，看路的事，早忘在脑后了。恰在这时，朋友老陈来到特区。他是一位中年作家，看了一些地方后，虽然也开了眼界，受了鼓舞，却一时调动不起创作的激情来。于是去看路。看完路回来，他果然激奋起来。这使我大为吃惊，特区的路有如此神奇的魅力么！

　　冬日，天气格外晴朗，我骑着自行车从上步出发，先从北边的主干道向东，再向南，再向西，再向北回到原来的出发地，恰恰沿着主干道走了半个四方框。于是我对这些新修的道路得出一个总的印象：它好像一个棋盘，北面的梅林路，东面的文锦路，南面的沿河路，西端的南头路是棋盘的四个边线；横贯东西的深南大道是棋盘的楚河汉界。以上是主干道，宽四十至六十米。主干道与主干道之间，还有若干次干道，如同棋盘上的线，纵横交错，把整个市区划分成一个个方块。据说主次干道共有二十九条，总长五十四公里，比解放初期广州市区道路的总面积还要多。市政府为建设这些道路，投资两亿多元。去年初动工以来，已有十八条建成通车。有的已经建成住宅区，有的布满了工厂，有的竖满了脚手架，有的刚刚在平整场地。我惊叹这些道路的设计者们，有何等的气魄！何等的远见！

我在S城住了十几年，那是个大城市，那里的城区道路经常有人在挖。白天可以随处遇到飘着三角形红旗的路障，夜晚则常常有涂上红漆的马灯在路中央碍眼。开头我很纳闷，为什么好好的一条路，要经常挖挖填填。后来我才了解到，原来路的下面埋设着四五个部门的管线。有路灯公司的路灯线，有自来水公司的自来水管，有电讯局的电讯电缆，还有环卫局的下水道和人防指挥部的防空通道。这些管线当然不可能约好一齐坏，今天电缆出了故障，掀开路面修理，刚铺好，明天自来水管爆了，又要再把路面掀开，群众称这种现象叫"挖路不止"。那么，特区的路又是怎样的呢？

我来到正在施工的上步路与深南大道的交会处，有幸目睹了道路的断面。首先使我惊讶的是那巨大的排水方沟：宽三点四米，高一点八米，有如一条坚固的地下坑道。其次是各种管线，我数了数，共有十四条排管，诸如供水、供电、电讯等。单是电讯电缆，一条排管有八孔管道，每条孔管道可通一千门电话的电缆。所有这些管线都随着路的走向纵横交错，井然有序。而且每隔二百米路面便有一个检查井，一旦管线发生故障，只要打开就近的检查井，便可下到井内进行检查修理，无须轮番掀开路面而影响交通。

特区道路建设者的忘我劳动和高度负责精神，是值得大加赞扬的。指挥部的一位负责同志告诉我，去年雨季特别长，道路的地下工程，几乎每条路都出现过塌方。筑路工人不畏艰险，不怕困难，硬是冒着大雨，边抽水边施工。二十一米宽的和平路，三十三米宽的建设路，每条一点五公里长，同时上马，只用了七十五个昼夜便建成通车。六十米宽、二十一公里长的深南大道，也只用了半年时间。既创造了高质量，也创造了高速度。

特区道路的建设，以它宏伟的规模和博大的气势，令人叹为观止。规划这样一套城区道路网的人们，无疑需要卓越的胆识和远见。而且，在规划和建设这些道路的过程中，遇到的麻烦和阻力，也是可以想见的。五万多平方米的民房和一千二百多座坟墓的拆迁，便搞得他们焦头烂额。原有道路下的管线和架空高压线要拆除，但又不能影响生产和群众生活，于是与有关部门的扯皮，也接连不断。当然，所有这些，他们都妥善地解决了。当我和那位负责同志谈起这些时，他淡然一笑说，麻烦和阻力是少不了的。特区的路，如同特区建设所走过的路，一开始并不是那么平坦笔直的。先进与保守，科学与愚昧，常常发生冲突。但生活总是向前的。他不愿回顾那些具体细节，因他是修路的，而道路是通向未来的。

不知不觉地，我爱上了特区的路，每当晚饭后，我常常到附近新建的上步路去散步。我漫步在宽畅笔直的特区路上，顿时觉得心胸开阔，对生活充满信心。鲁迅先生曾经写道：其实地上本没有路，走的人多了，也便成了路。生活在当今时代的人，是幸福的，他们可以去开辟新的理想的路。在特区，这种在事业上开辟新路的人，比比皆是。经历丰富的领导干部，学有专长的中年知识分子，刚踏入生活的朝气蓬勃的青年，他们都在自己从事的事业中不断开辟新路。这正是时势造英雄。飞速发展的事业，逼着他们去干，去闯。在寻常的环境里毫不引人注目的人，一旦到了特区，便会显露出夺目的光泽来。

每当我行走在特区的路上，就不由得想：我应当怎样不断地去开辟我的事业和人生的路呢？

（选自《我爱特区的路》，中国文联出版公司 1984 年版）

在深圳过春节

徐开垒

　　自从十五岁逃难到上海，到现在将近六十年，没有一个春节不在上海过。这两年大概因为到了改革开放时期，儿女成家，或者更由于自己进入晚年，不再受工作羁绊，有了较多的自由，可以离开上海到别处过年。前年在旧金山过年，春节气氛只局限在中国留学生家庭生活中；今年应女儿徐容之邀，在深圳过春节，可是过得更为热闹。

　　节前一个星期，这里马路上就掀起一股摆摊头卖春联的热潮。春联虽大都红纸金字，现成做好的诸如"友谊遍九州，财源通四海"之类的字句，但也大多体现了这个以二十多岁青年为主体的商业城市特色。在深南中路、人民南路一带的市中心，各家商店大厦更无不以春节为题，展开"大减价""大拍卖"活动；有时还以"每次购满200元获抽奖券一张，每张奖券有机会享受终生乘坐××牌轿车权"为号召，企图把几层楼面的商品，在几天内就销售一空。全市规模最大的商店国际贸易中心大厦，春节期间顾客也比平时多了，特别是五楼的外币免税商场，其中食品供应商柜，更成为人们过春节送礼品的争购对象。从早到晚，观客如潮，集中表现了这个新兴城市的兴旺景象。

　　春节气氛更显示在各大餐厅的生意招揽上。不论在新世纪饭店里，在上海宾馆中，或者在火车站附近的香格里拉大酒家，这几天都以自己的名厨出面，精制出特色的菜肴来供应顾客。特别是五星级宾馆香格里拉酒家，它有三十一层高的自动旋转台，居高临下，可以鸟瞰全市，并有条件隔海眺望香港；一到晚上，俯视灯海，使春节更是别有一种景象。它在春节期间，还另添"情人节"名称在咖啡苑里，供应自助晚餐；在花园酒廊，增加乐队演奏以招揽海内外顾客。顾客确也日夜不断，尤其是一些新婚的年轻人，他们似乎真想在这个春节里，给自己留下美好的记忆。

来到这里的旅游中心过春节的，更不乏其人。深圳最著名的旅游中心是银湖宾馆。它有十一幢别墅之外，还有一座主楼，有几十套房间。别墅每幢每个晚上住宿费是九千多元，主楼几十套房间里每一间房每晚旅宿费是 698 元。这个旅游中心的房间租价这么昂贵，原来年年亏本，八年中几乎无人问津。最近两年却生意兴隆，连冬季也不再是"淡季"，春节期间更是宾客如云。据说那是因为新的主持者是个能人，他一年四季，"看风使舵"，适应各界需要，接待各方人士来这里开各种会议，并适当调整房价，使大家承受得了。春节来临，各种团拜会、联欢会、座谈会、交谊舞会，把本来就很暖和的银湖，弄得热气腾腾。

比在商场、餐厅、旅馆更有特色的春节风光，还在深圳的华侨城里。使我眼花缭乱的，是反映我国历史、文化、艺术、古代建筑和民族风情的各地名胜实景微缩区"锦绣中华"和"中国民俗文化村"。这里比平时更为热闹，不但每天游客成千上万，一到晚上，更有二十一个民族在这里"村村寨寨闹大年，地面世上共狂欢"！春节到了，人们在这里变得更年轻、更活跃了！

"锦绣中华"占地四百五十亩，不但有万里长城、故宫天安门、乐山大佛、敦煌莫高窟，还有泰山、孔庙、黄帝陵和漓江山水、杭州西湖以及苏州园林……这八十二个景点，几小时就让我收入眼底。在这春节期间，还叫人看到：北京四合院里，杂耍、鸟市、风车、舞狮、京剧、大鼓、腊八粥、冰糖葫芦等组成的"庙会"。在朝鲜民族居屋前，人们祭祖、拜年、打糕、做泡菜、做面条、击长鼓、吹唢呐、踏高跷、吹洞箫……在苗族的吊脚楼下，更有人跳芦笙舞、喝牛角酒、唱敬酒歌。而土家族的赶年、藏族的拜岁、景颇族的目脑节，不论从他们多彩的服装，还是从他们在竹林中的舞姿，来自坪坝上的歌声，都可以使人意味到民俗文化的诗情画意。

一到晚上，随着翠湖点灯，鼓乐齐鸣，一个象征着福寿安康的"南极仙翁"就

2020 年，世界之窗埃菲尔铁塔和世界名胜缩微景观建筑群（越众拍摄）

在人群中出现。他带领着过海的"八仙"和几百个"仙女"，与游客一起巡视各方。这时湖面、岸边一片欢腾。而东南亚最大的音乐喷泉也就腾空而起，把节日欢笑推向最高潮，人们相互祝贺新年全家健康，各族人民事业兴旺。这样，在民族文化广场里，一场富有民族特色的春节演出便开始了……

春节的欢乐与祝愿在全国各民族之间开展，已经够广泛了，不料在春节期间的另一个晚上，还参加了一次比这更大范围的春节联欢。那也是在深圳湾畔，地点在"世界之窗"这个占地达四十八万平方米的旅游景区里。前年我出国两次，以将近一整年的时间，只看到半个美国。这次来深圳特区，却只在一个白天的时间，参观了埃及金字塔、巴黎雄狮凯旋门、印度泰姬陵、俄罗斯冬宫、美国大峡谷、悉尼歌剧院、柬埔寨吴哥窟、罗马斗兽场、日本富士山……几乎跑遍了"全世界"。这真是个奇迹。难忘的是这天晚上，我又在这里的世界广场上，看到这里庆祝春节的世界民族歌舞"狂欢之夜"的艺术大巡游。演出的除了中国青年演员，还有来自世界各地的艺术家，包括俄罗斯的一批青年舞蹈者。这次演出使我想起战风车的堂吉诃德，想起苏联的芭蕾舞演员乌兰诺娃，想起巴尔扎克笔下的许多人物……

春节在深圳，景象确实很符合这里街头出售的春联字句：友谊遍九州，财源通四海。但我还是像去年在旧金山那样，准备过了春节就回上海。旧金山的春节使我感到寂寞，而深圳的春节，却又使我觉得太热闹了。我在上海住了六十年，作为老人，我觉得还是上海好。我邀请我儿子、女儿明年都回上海过春节。

（选自《解放日报·朝花》1996 年 2 月 27 日）

香蜜湖之夜

肖复兴

香蜜湖，这个名字起得真动人，流溢着南国特有的温馨。其实，这个度假村对于深圳人来说，并不算得新奇。比它更大、更有趣的娱乐场还有很多。对于初到深圳的内地人，却是别开生面，能让你领略到南国风光以外更加深邃的东西。

夏夜，我们驱车几公里，来到市区以外，一路凤凰树、合欢树、芭蕉树……绽开娇红的、粉红的花朵，擎起绿色的伞顶，送来海的湿润气息，弥漫起一种如夜色一样深情的氛围，似乎有意烘托出这样的意境：让香蜜湖度假村出场了。嗬！老远就看到灯火辉煌。像珍珠镶嵌的宫殿，一身珠光闪闪，笑靥含情地迎接络绎不绝的人们到来。

有人看着不舒服了，觉得未免太富丽堂皇，有些暴发户的味道。我却不以为然，真是穷惯了，富起来倒受不了。其实，只要路子正，发得快，阔得壮实，总比"穷光蛋"这个词来得光彩。

走进大厅，熙熙攘攘、蒸腾热闹的人群，像是大海翻涌的浪头，在到处奔流。有衣冠楚楚的港澳老先生们，有衣着鲜艳的女郎……他们大多是利用星期六、星期天这两个休息日，从香港来此度假，逍遥良宵的；也有是到特区来洽谈生意，或已经甩开袖子正大干一番事业的企业家们，忙完了一个白天，夜晚到这里换一换口味的。坐在休息厅的拱形沙发上，我也看到身旁有几位穿着汗津津的方格衬衣，沾着红土的拖鞋的年轻人。大概是附近农村的乡民，干了一天活，腰包里揣着硬邦邦的钱，跑到这里享乐享乐来了。看他们嬉笑一团、财大气粗的样子，就知道他们绝非第一次光顾此地。香蜜湖，自然对他们也流蜜喷香，富有极大的诱惑力。

　　大厅的后面是装饰一新、有着现代化设备的旅馆，可供远道而来的客人下榻。大厅的上面有着各种游艺场所：电子激光游戏、碰碰车……大厅的旁边是琳琅满目的商店。大厅的门口是服务台，代办到内地或香港的火车、轮船和飞机票。大厅的外面是一片开阔地，人们可以在商店买好各种烟花，到那里去燃放。不少家长带着跃跃欲试的孩子，年轻的情侣挽手并肩，饶有兴致地跑到那里。燃放的烟花嗤嗤啦啦的响声，和着他们的欢声笑语一起飞上夜空，五彩缤纷的烟花和星光月色争辉斗艳。

　　在这里，人们可以感到是真正的休息。在一天八小时之外，在一周六天工作之余，人们当然需要休息。休息，这个词的内涵，可不仅仅是买一斤肉馅包顿饺子，然后看场电视，早早关灯睡觉。随着物质生活和精神生活水平的提高，人们当然要对休息提出更高层次、更高质量的要求。不过，当有人听说到这里来玩，一张票就要十几元以至几十元钱时，先咋舌了，皱眉了：呀呀！这未免太铺张了吧，太那个……资产阶级了吧！似乎资产阶级才有权享乐人间的良辰美景，而无产阶级却不配享受由他们自己创造出来的物质和精神文明财富。这种陈腐的观念在特区已被扫荡。能工作，也能享乐，这里的人们从事着紧张而繁忙的特区建设，在他们对于物质建设有着越来越高的要求的同时，对于精神的需求自然也水涨船高。单一的、紧张的工作之余的夜晚，已经被眼前腾光溢彩的夜色所代替。

　　当香蜜湖度假村年轻的经理带我们来到楼上，去欣赏欣赏他们举办的音乐茶座的时候，这种感觉便更加变得有声有色了。迷离的灯光，荡人心魂的音乐，从香港和广州特意赶来献艺的歌星，曳地的纱裙，爽朗的旗袍，粤音袅袅，乡曲款款，伴随着小小舞台上施放出来的缕缕香雾……给人一种如梦如幻、如诗如画的境界。人们一边品评着情深谊长的歌曲，一边饮着清凉沁人的可口可乐。演唱间歇，人们又踏着欢快的节拍，步入舞池，跳起"的士高"——内地人称之为迪斯科的舞蹈。旋转多彩的灯光，在人们的身上勾勒出跳跃的光彩，扑朔不定，洋溢着青春的旋律……

　　有人一直对这种音乐茶座抱有警惕，怕不健康。我倒没觉得有那等危险。音乐历来有高雅粗俗之分，也有雅俗共赏的融合。俗一点就俗一点，怕什么呢？我们完全可以有典雅的"天鹅湖"，也完全可以有乡间的"小放牛"。只要人们能够休息好，陶冶性情，养精蓄锐，投入到明天更繁忙也更壮观的经济建设中去，这有什么不好呢？

"怎么样？有什么感想？"主人这样问我。比起深圳，内地一些地方的夜晚显得单调孤寂，特别是到了冬天，就更显得清静了。大街上，除了明光闪烁的街灯陪伴着寂寞的夜风，几乎很少见到人影。这不能不说明我们与特区之间所存在的距离。不过，这距离也不是不可以缩短、填平的。几年前，深圳哪有这般为世人瞩目？香蜜湖这块地方只不过是一片乡郊野村哩。随着人们物质生活的提高，人们的精神生活自然也要提高。而我们正在开创的方兴未艾的改革事业，最终的目的不就是为了提高我们广大人民的生活水准吗？我们事业的改革，也需要对我们头脑中许多陈旧的观念来一番改革。也许，只有如此，才能更自觉地适应我们今天正在变革中的时代。

不管怎么说，改革的潮流冲击着每一个人的头脑和灵魂。难怪同行有人说："或早或晚，北京也会兴办起大大小小的香蜜湖！"

（选自《深圳特区报》1984 年 10 月 3 日）

深圳觅路记

巴 桐

每隔一段不长的时间，我便因事到深圳去。然而，令自己也感到诧异的是，几乎每一次都迷了路。

路，也许是最能展示一个地方风貌的标志。深圳的路，是这个城市最敏感的触须，一个新邨刚破土，一幢华厦刚打桩，它就立刻伸延到那里了。

深圳的路，是这个城市最活跃的细胞，它每延伸一米，每扩阔一尺，城市的肌体就随之茁长壮大。

深圳的路，是这个城市最灵动的脉搏，让每一个踏上这块南国热土的人，感受到时间、效率的价值。

这里的路，变化得太大、太速，令人目为之眩。每当我伫立在雨后春笋般涌现的崭新的路口，经常不辨方向，望"路"兴叹！

有趣的是，深圳的"的士"司机居然也迷路。的士司机向有"活地图"之称。在香港，你迷了路，或者找不到地方，只要截一部的士，便可安然到达。而深圳急遽变化的道路，竟令"活地图"也犯难了。

前不久，我们去深圳探望一位内陆省份的远方来客，随着回乡客万头攒动的人流，出了罗湖海关，招了一部的士，要司机开往客人下榻的北江酒店。

"北江酒店有两家，你们要上哪一家？"

"红里东路那家。"也许是我们半咸淡的粤语,司机听不清,他又问道:"哪一个'里'字?"

"就是公里的'里'。"我们比画着,仍无法使他明白,便写在纸条上递给他。

"对不起,这条路没去过,不知在哪里。"

再问他有没有"红里路",答曰:也闹不清楚。这算什么"活地图"?我差点火了。司机倒是个好性子的人,他一面擦车一面说:"前边不远还有两条路,一叫红荔路,一叫红岭路,两条路好像都有北江酒店。要不要去看看?"

这么巧!三条路,路名只差一个字,但粤语又读音相近;两个地方又都有叫"北江"的酒店,无计可施,只好都去,碰碰运气,宽敞笔直的大道宛如一条拉链,而的士恰似链扣,将两旁的景物收拢来,摄入乘客的眼帘。车窗外徐徐掠过:拔地而起的高楼大厦;鲜艳悦目的广告招牌;最令人瞩目的是,沿着大道的主干抽枝分蘖般生发的新道路 ——它们孕育着一座座未来的新街市。

我们在林立的招牌中,没发现"北江酒店"。司机只好下车问路,返回后,抱歉地说:"找不到,也许是我记错了。但红岭路肯定有。"他遥指前方,果见"北江酒店"的霓虹灯牌,在晴空丽日下闪闪生辉。

"你不是本地人吧?"我带有挖苦地问。"我是土生土长的深圳人!"司机朗声答道,语气里充满自豪。他似乎悟出我话中有刺,又解释说,"不过,深圳人也不认得深圳啰!过去巴掌大的地方,如今可以跟国内任何大城市媲美,才四五年的光景,做梦也想不到啊!就说这红岭路吧,小时候我在那里打柴割草,岭上的一草一木数也数得出,现在却要向别人问路,我自己也觉得滑稽哩!但是有什么法子呢?一下子冒出这么多路,这么多楼房,这么多公司……"

司机滔滔不绝地夸着自己的家乡,一段不短的路程不知不觉间已在轮底消逝。我们到酒店的服务总台一问,果然有此旅客,但因急事到太平洋贸易公司去了,留言让我们到深圳特区报社去找他。司机便执意要免费再送我们一程。到了深圳特区报社,正逢星期日,无人上班。向门卫打听,一问三不知,这真叫我们进退两难了。我们沮丧地在大厅找个地方坐下,守株待兔,希望他会突然出现。在短短的时间里,我们见到不断有人进来向门卫问路,从他们的装束和口音中,可以辨别出南来北往的旅客都有,他们都在这个飞速发展,但通讯 ——特别是电话跟不上发展步伐的城市里,成了"迷途的羔羊"。

过了约莫半个多小时，门卫欣喜地招呼我们："太平洋贸易公司的经理正好来了，你们问问他吧。"胖墩墩的经理听我们说明来意后，笑容可掬地说："他现在我们公司的招待所。"经理把我们领到报社门口，指点着："向前直走两百米左右，穿过一条小巷就是巴登村，我有事不能带你们去，请原谅！"他抱拳示歉。我们吸取教训，向他追问路名门牌。

"对不起，那个地方刚发展起来，就像刚诞生的婴儿，还来不及取名哩，你们上那儿再问，地方不大，不难找的。"

我们就前往巴登村。果然地方不大，不过半公里的范围，但密密匝匝尽是七八层高的新楼，纵横交错的街巷在高楼底下蜿蜒，像夹在万仞绝壁下湍流的小溪。上哪儿找呢？站在十字路口，我们再次陷入彷徨。

俗话说"路在嘴边"，问吧，逢人便问。然而，这种古老的屡试不爽的办法失灵了。我们向十几位带有浓厚宝安口音的当地老街坊打听，结果都是摇头摆手，答曰："没听说过。"一位老者对我们说："这里新公司多如牛毛，没有挂牌号，好比大海捞针哩！"

我们只好拖着疲惫的脚步，悻悻地趔回深圳特区报社。本来不想打扰报社的朋友，现在只好求助于他们，请他们充当我们的"盲公竹"了。在报社友人的引领下，终于在巴登村的东端找到了太平洋贸易公司的招待所。在这里见到了远方来客，还见到了福建人民出版社的杨云、林承璜，以及不速之客女诗人林子。

此时已是金乌西坠，华灯初上时分，我们登上招待所顶层的平台，临风而立，眺望万家灯火，不禁心旷神怡。

川流的车辆，亮着车灯，把隐没在夜幕下的道路，点缀成万千游龙。耳畔传来"突突"的推土机声，楼前的一条新路正在紧张的施工中。啊！深圳的道路，正夜以继日地向前伸延、伸延……

（选自《深圳特区报》1985 年 5 月 5 日）

深圳夜行车

陶　然

这里的冬夜是这样的凉。白天刚下一场毛毛雨，街道上还残存着湿气，夜雾漫上天空，远远望去，那些彩色，灯火，好像隔了一层轻纱，朦朦胧胧的，虽然看不太真切，却明明又七彩缤纷。

心，就在宁静中点燃起绚烂的火花。

旅行车稳稳地奔驰，窗外的景色不断变换，终于成了一条林荫小道。那绿叶是看不清的了，它成了一团浓重的树影，好像在微微地颤抖。

我知道，此刻，我们正在通往郊区，通往那引来无数游客的度假村。

而在车子里，灯是熄着的，听得见那马达呜呜地响。我听得见你的低语，却看不清你的表情。

但我能够想象，喜怒哀乐是怎样从你的眼前缓缓掠过，尽管你的声调是那么平稳，说着说着，猛然也会笑出声来，但我相信，你走过的路，绝不会只是笔直的大道；你见过的变幻，终不会只是春华秋实；你听过的歌，也绝不会永远奏着轻快的旋律。

你说，这里的一切，你是见证人。

对这天翻地覆的变迁，你的确是一个够资格的见证人，凭着这十几年的沧桑，凭着景物一点一滴地在你的眼前有的消失，有的出现。

你说你都感到惊异，想当年，更是不能想象，但它的确就是这样的发展了。

我想补充一句话，这大约是命运，但我不敢说。我所说的命运，自然不是冥冥中注定那个意思。我只是想说，这是一个适合的机缘，而我就为这精彩的机缘而向你祝福。然而，我终于没有出声；也许，这沉默本身，就是最虔诚的致意吧?

我理解你的自豪，也感到你有一颗快乐的心。当你走在你曾洒过那么多血汗的地方，旧的一页已经翻过去了，你哪能不笑着庆贺呢?

而这一刻，夜行车平稳地前驶；只有那低语，始终在激荡着我的心。

（选自《深圳特区报》1986 年 3 月 16 日 ）

登临骋目

卞毓方

　　眼底是深圳。脚下是国贸大厦的旋转餐厅。拔地为 53 层，这就有了突兀的高度。人立马也变高了，目光射出去，似乎也带上了 53 层大楼的分量。

　　立在轩敞的玻璃窗前向下探望，喏，这细瘦细瘦的就是街道了，这蠕蠕爬行的就是汽车了，这苔痕般斑驳的就是树木了，这影影绰绰、亦真亦幻的就是行人了，这一溜溜、一簇簇俯伏着身子紧贴大地的凹凸物，就是人们居住、活动的场所了。

　　试着把目光一点一点地收回来，撤后一步，再一点一点地放出去，异观立刻又出现了，咦，这不就是那座某某大厦吗？这不就是那座某某大酒店吗？往日看上去，都挺高挺大挺帅挺气派的呀。前者足有 20 层，后者接近 30 层，可今天看来，怪了，怎么看都像矮矮的小字辈，缩手缩脚，可怜兮兮的。

　　这么想着，目光也裸裎了几分冷峻。咳，你们——对，说的就是你们这些城市建筑——一幢幢、一栋栋的，四面高墙被日新月异的装饰材料包裹，浓烈的色彩争奇斗艳于厅堂内室。唯有在这儿，在我立足高度骋目，光秃秃的楼顶才泄露了砖瓦水泥的底蕴。浓妆艳抹原为了娱乐俗眼，高大庄严更多的是供人们顶礼膜拜，面对上天，你们则欣然袒露本色，力戒浮华，全然不计修饰，与日月互照，与风雨相伴；也为这世界留下一份断代史式的发展佐证。

　　林中的高枝是互相遮掩的，城市的楼宇是互争高低的。你一旦登临了制高点，它们立刻就有了自知之明，俯首下心，谦恭识礼，而你呢？也不必客气，自然也有了知物之明。譬如眼前吗，凭这般悠悠地瞄过去，这座楼比那座楼略高一头，那座楼比这座楼稍矮半肩，绝对是层次分明，一目了然。

所以，世人才讲究登临。

怡然中又有了一层新的发现，近处的楼宇，轮廓鲜明，却显出矮；远处的楼宇，隐约散淡，却瞧着高，越是立在遥远的地平线上的，则瞧着越高。

一列火车从西北方向驶来了，驶近了，进站了，是汽笛声指示我大致的方位。眯起眼追随，无情的城市建筑将它斩得一截又一截的，只有从时隐时现中去组合实体，只有从若断若续中去把握生命。

车站的前方是那座神秘的罗湖桥，桥下有水，一水横陈，隔出了界内界外。界北是深圳，界南是香港，界河两侧，仿佛都架有铁丝网。我说是仿佛，因为实在看不清，即便是有吧，也是矮得不能再矮，好像一抬腿就能跨过去。

敢情是登临在点化智慧。说来惭愧，从前也攀过高山，山多是层峦叠嶂、绵延起伏，难得有这种了无遮拦的开阔视野，从前也乘过飞机，离地的距离太远太远，速度又太快太快，难得有这等清晰，这番从容。

我是在傍晚登上国贸大厦的旋转餐厅的，就这么瞧瞧看看、思思想想着，天光竟一点点地暗下去了，暗下去了，暮色苍茫，行将淹没城市之际，万家灯火又在一刹那间大放光明。光明是光明的了，却不能普照，万象呈现出朦胧，不见了错落有致，不见了轮廓分明，不见了……

凭你把眼睛眯起，或睁大，再睁圆，日间的图画是无法再现的了；夜的世界，唯见灼灼的灯火在显示，在传语，在撩拨，在竞争……

（选自《深圳特区报》1996 年 7 月 3 日）

在深圳的高层建筑脚下

李清泉

一位美国密西西比大学研究员，在访问深圳时说，他 1972 年曾在香港的落马洲岗楼上，用望远镜看过深圳，现在还保存着当时拍摄的照片。"那时深圳一片水田，偶尔有几头耕牛。现在到处是高楼大厦，笔直的马路和成片的工业厂房，真是一个奇迹。"

我参观过深圳之后，也要采用这个最富于概括的赞赏之词：这真是一个奇迹！

我在广州郊区曾参观过一个白云农工商联合公司，它 1983 年的总收入竟达一亿六千五百万，纯利润达到一千三百八十七万。主人在介绍他们所创造的业绩时，不忘怀于过去，这里原是五八年建立的三个干部农场，是为当时犯"错误"的干部进行"劳动惩罚"之地。后来在中山先生的故乡，参观了一个规模很大的"长江乐园"，有不少新鲜、奇巧、惊险的游乐项目，不胜其优哉游哉！主人也未曾忘怀于向我们说，这里原来是"五七"干校。话不在多，只这一句，今昔对比异常分明，甜、酸、苦、辣之情便在心中翻涌不已。所以尽管采取了相同的今昔对比、采取了相同的赞赏词句，其内心感受，情感的震动幅度却远不一样，无论如何我们不会站在香港落马洲的岗楼上，用望远镜来看。

深圳经济特区是三中全会路线的产物，是 1980 年开拓创建的，这个奇迹是在只有四年的时间里出现的。在一份文字材料上，开拓者们向我们作如下的数字陈述：

在昔日的荒山野岭、水塘洼地上，建起了八百多栋十八层以下的建筑，五十六栋十八层以上的高层建筑……

十八层以上才算高层建筑，这可真是眼界不同，胸怀不同，也就产生了不同的衡量标准。深圳特区的建设远未完成，然而已经建成了这么多这么高大的建筑，该算是一个新兴城市的挺然耸立，该改变它在地图上的标号，是无疑的了。

且再作两个"取样"观察：

深圳有一条干道，名叫"深南大道"，你只要在这里驻足一望，顿时便会感到心地辽阔。它笔直笔直，六千米长，六十米宽。栽置在路上的树木和灯柱，以及路两边的楼群，都还显得零落。"大展宏图"这个词语，我一直以意会之，看了深南大道我觉得看到了与这个词语相称的形象。这样的马路需要多少东西去将它充实起来，这又说明建设者们的气概与信心。马路下面埋设了未来发展所需的各种管道，它不是我们讽刺的那种最好安上拉锁的马路。我还要特别指出，完成这条长又宽的马路只是半年。

深圳有一座五十三层的大楼。它的头一个十层，每层花七天建成；第二个十层，每层费时五天；第三个十层，每层费时四天；从第三十一层起，每层只三天时间。

读了这两则"取样"，我们和深圳的创业者更贴近了，对于他们所创造的速度和效率，取得了更明晰的印象。笔者不是建筑的从业人员，对于修路盖房，在各种不同条件下的标准效率和最高速度是并不了然的。然而建筑与我们的生活相伴，生活中的人，随时随地都在获得各种建筑的实感。它迟缓，扯皮不休，不合规格，甚至尚未生成便已年老，长久地被脚手架、网络、棚席缠裹着，像个褴褛的老妇在掩面而泣。看见深圳生机勃勃的建设景象自然令人陶醉，乐于认可他们的高速、高效。

还有一个重要之点，我们实在苦于贫穷落后已久，在说到建设的速度和效率时，情感上不免包含着摆脱贫穷落后的急切之心，这是众望所归。凡是在自己的岗位上，创造了高速、高效的人，都是背负着人民希望的人。那个五十三层大楼，虽说只有层数和时数，但是那种由七天而五天、而四天、而三天，为缩短时间所作的努力，一层胜似一层的紧迫心情，是和我们大家的心发生交流和感应的。

在深圳的高层建筑脚下，我常常止不住抬头仰望，这是对于奇迹的赏鉴之情的自然流露。在深圳的高层建筑脚下，不能不感到人的矮小，而又同时感到，人的创造物却如此巍峨雄壮、顶天立地、直指苍穹。

（选自《散文世界》1987 年第 7 期）

站在红土层上微笑的深圳城

吕锦华

对于深圳，我知道得很少。

只知道近几年那儿成了经济建设的窗口；只知道这几年那儿像暴发户一样地富起来了；只知道那儿的高收入高消费很诱惑人，当然，也知道了一点那儿的厉害——那漫天的要价和专对外地人摆噱头的骗子几乎无孔不入。然而，这些从路边从别人嘴里拣来的东西，总让人感到一种被嚼过了一般的乏味，一种隔了一层雾似的把握不准。深圳，真是那么又可爱又可怕，又迷人又吓人吗？

忽然有一天，我也踏上了这块土地。

途中第一餐

从机场出来，我们的小车便像一头机灵的小鹿，瞅空子就钻，超越一辆辆不同型号的汽车，飞奔在广深公路上。

路边绿深似海：一片片甘蔗林，一片片香蕉林，一片片芭蕉林，郁郁葱葱绵延不断伸向远方。七月正是荔枝熟了的季节。土坡上不时闪出一株株巍峨无比的老树，伞似的张开着，树上缀满了密密麻麻鲜红的荔枝，看得人直想跳下去搂着老树留个影。没有人打瞌睡。第一次踏上这块土地的人都会被这派迷人的热带风光所吸引。

深圳街头的荔枝树（越众拍摄）

下午二时许，我们不约而同喊肚子饿了。路边闪过许多饭馆，打扮得花花绿绿。宽大的茶色玻璃窗子，被一丛丛浓绿的树木掩映着。没有苏南公路上常见的招客女郎。这里的太阳可以把人烤成木炭。这一座座装饰不同款式不同的建筑就像千姿百态的女郎。片刻，驾驶员熟练地将车停靠在一家挂满了三角彩旗、结构呈四方形的饭店前。

推开大门，一阵凉快，一阵好奇。屋内装有空调。院子被掏成一个大池。池内碧水清波，鲜鱼游弋。池子一角的竹篓里还有鳗鱼螃蟹。还有一个铁笼子，笼子里上蹿下跳着两只猴子。忽然想起"吃在广州"。这里人对吃的讲究令人咋舌。比如什么都要吃活的，半死不活的就拒之门外。似乎一下子得到证实。似乎胃口一下子被吊了起来。院子上空被一个穹形的竹顶罩上了，上面爬满了缠满了浓绿的藤蔓。阳光照不进来，空气却十分清新；院内的光线因此柔和得带几分绿的味儿了。

刚坐下，两位女招待立刻迎上来了。菜谱价格贴在四面墙上。趁炒菜的空儿，女招待一会递上香水毛巾让我们拭尘，一会端上菊普茶让我们解渴，一会又摆上几碟酸黄瓜花生米让我们小吃。当这一切就绪，一大锅冬瓜什锦汤便热气腾腾出台了。没让人有一种等吃饭的焦急。似乎一坐下来便开始了这午餐的一套程序。在苏南，汤是最后一道菜的暗示；而这里，它却是序幕；接着便紧锣密鼓开场了。不知是饿极了还是味道美极了，反正这顿中饭我们是风卷残云——一会便盘底全部朝天了。刚要起身，女招待又递上洒过香水的毛巾，端来一盘黄澄澄的香蕉。

不知该怎样形容此刻的心情。回想近年来外出旅行，驾驶员因为某种默契常常将乘客拉到猪狗食一般的饭店去填肚子。相比之下，只觉得这里的服务是一流的。这里的竞争也是平等的，让人感到心情舒畅。

父女会面竟匆匆

同行者老陈是上海某报记者。一到深圳就迫不及待要去看望女儿女婿。女儿女婿曾是上海某大学讲师，去年辞职来深圳工作。

老陈告诉我们，老伴至今不肯原谅女儿女婿把金饭碗砸了而去深圳冒那个险。他此行就带着老伴的旨意想再与女儿好好谈谈。晚上我们陪老陈一同前往。按地址所示找到那幢楼房。爬了一层又一层，终于来到一扇镂花铁门前。按电铃，按了一遍又一遍，千呼万唤不见人。无奈，老陈只好留下一纸条。第二天又去，仍无人。

纸条仍挂在铁门上，晚风中一扬一扬很是悠闲。

老陈后悔得直跺脚。他说女儿有个电话号码的，临走时他忘了拿。他以为有了住址就万无一失了。老陈因未见女儿而一直心神不定。

老陈的女儿直到我们返程前夕才匆匆赶来。她再三向父亲解释。原来她和爱人平时都不回家，吃睡都在公司里。晚上他们加班干。一周他们只有周末晚上才回家。而遇到工作忙，一个电话，有时周末也吹了。

老陈的女儿很漂亮也很聪明。她说，她和爱人想多挣一点钱，将来自费去国外留学。外国老板已将他们挣的钱存在了国外银行里，待存满了那所学校需交的学费，他们就申请去国外深造。她说中国许多学科还很落后，多学一点东西将来对祖国总有用的。而如果待在她原来的那个大学里，不知何年何月才能轮到她这个"小妹妹"出国进修。

我问她的工作与收入。她说在公司里当翻译，每月二千左右。说完又解释道，其实工资也不高，主要是加班加点和其他一些收入。末了又向我们暗示，她的生活也是够紧张的，除了睡觉就是工作，几乎有点喘不过气来。

我简直像听神话一样地着了迷。我也年轻过。像她这样的年龄我在想些什么呢？那时该正插队在乡村。那时想的是什么时候能挣一份轻活干，什么时候能去逛县城，我何曾敢这样高高远远地想？即使现在，内地的青年人又有多少能像她这么想呢？

深圳城里还有多少年轻人像老陈的女儿这样奋斗追求着，我不得知。但有这么一种感觉，在这里，只要好好干，谁都可以把自己向往的东西变成现实。深圳这块土地给了一代青年人圆满的希望、充实的未来。

望着老陈的女儿，我除了羡慕只有祝福了。我想，老陈回去，也可以给老伴一个满意而愉快的答复了。

农贸市场一瞥

星期天跟小张师傅去逛农贸市场。农贸市场货物的丰富又令人感叹不已。这里天上飞的、海里游的、地上长的、湖里养的，什么都有。银杏树在我们苏州东山成批成批地生长，却不见一颗白果出售。而这里，许多小摊上都有一篓篓洁白光滑的白果摆着。各种珍贵的药材也琳琅满目，目不暇接。西洋参、鹿茸、龟胶……凡中药谱里能挨上头的，都能在这里找到。我不由得对这些摊主神奇的搜捕能力钦佩不止，他们是如何将这悠悠古国的神药珍材集于深圳一地的呢？

市场里蔬菜、鱼虾的价格都不贵，和内地相仿，而且十分的新鲜。深圳人曾说过只要背个电饭锅上这儿，就能赚钱。现在想来，这里的饭馆吃饭太昂贵，如果自己动手做饭，生活花费并不厉害。

在市场里兜圈，小张指着刚采购来的鱼虾蔬菜笑眯眯对我说，这些东西不用担心缺斤少两，只有多，不会少。他告诉我，深圳对农贸市场管理抓得很紧，买主发现少了分量可以立即报告市场内的管理人员，然后给卖主的"卡"上来一次"黄牌警告"。如果卖主的警告到了规定的限度，就会被逐出市场，而且管理人员会通报城内所有的市场拒绝接收这一卖主。

小张不无得意地说，卖主都怕砸饭碗——都怕买主找上门来。他说有些人买了鱼虾在塑料袋上戳个小洞，在市场里转一圈再去找卖主过秤，去了水的鱼虾当然少了些分量。此时，卖主总会让你心满意足离去——满满抓上一把丢在袋里，爽快极了。

这些年提着篮子买菜，不知被多少卖主欺骗过。真真假假，假假真真，有时明知吃亏了也只好装糊涂。没想到深圳却抓得这么好。听说深圳人办事都很认真。这庞大复杂的市场管理令多少人伤透脑筋，然而深圳却轻而易举地解决了。

在国商大厦喝壶茶

深圳人在某些方面的花费确实令人羡慕。

比如深圳怡景花园的别墅楼房，那一幢幢被镂花铁栅围起来的、被茶色窗子白色瓷砖打扮得十分精美的住房，一式的房子四周铺有草坪，嫩嫩浅绿如一条柔软的绿丝绒地毯；一式的房子被各种花木掩映着点缀着，有的呈藤蔓状挂满房子四壁，有的一盆盆摆满长廊窗台，有的栽在房子四周郁郁葱葱，让人想起南国的阳光与雨水。据说这里的人家都请了花匠，一年四季修剪管理，每幢楼房的造价十几、几十万不等。怡景花园是深圳高档住宅区。这使我们这些挤惯了火柴盒公房的穷书生着实美美舒服了好几天。

然而，在某些方面，深圳人又节约得令人感动。

去国商大厦采访一家经营部，沙发、空调、壁橱、摆设，一切都很豪华。坐下，主人立刻笑眯眯上来问喝红茶还是绿茶。我们答曰：绿茶。片刻，一杯杯装在白瓷碗里的茶水端上来了。一瞧，没有茶叶，只有一汪不黄不绿的水。我发现茶水是装在两只不同颜色的大瓷壶里的，而且已冲泡过多次。喝着喝着，我忽然又"神思翩翩"起来。近年来外出采访，我什么东西没有享用过？在最贫困的地方我可以喝到易拉罐的可乐，可以吃冷饮吃西瓜。然而今天，在最富豪的特区大厦，却只有一杯不浓不香的茶水招待我。这似乎有点不近情理。但再想想，又觉十分合理了。是呵，所谓经营部，当然是洽谈生意的地方，一天到晚来来往往的客人该是不少。如果都像内地那样，不管三七二十一每人泡一杯茶，有的刚喝上一口就走了，那他们一天该倒掉多少茶叶呢？而如果改用高档饮料的话，他们的生意经就更难念了。

这茶壶使我窥到了深圳人在某些方面的美德——最大限度地减少浪费，处处讲节俭，抑或已成了他们生活中一条默守的准则。

荔枝节的夜晚

刚开始的感觉是：深圳人只会挣钱，不会生活。而这样的生活未免太枯燥了。荔枝节的夜晚让我看到了深圳人的另一个空间，另一种生活。

隆重的庆祝大活动我们没赶上。我们是第二天晚上去逛夜市的。

长长的红荔路两旁到处是摆满了荔枝的小摊。一串串扎得十分好看的荔枝在灯下像一串串绯红的玛瑙，好看极了。逛夜市的人多得让人迈不开步。几乎人人都带一个网兜，网兜里装着几串荔枝；人人的脸上都有一种"嗨，该轻松轻松了"的味儿；许多卖服装的鞋子的袜子的日用品的小摊也趁机做生意，马路两旁的人行道上满是张挂起来的、挂得有一人多高的衣服鞋子袜子和花花绿绿的塑料制品；置身其中，时而佝背时而弯腰时而低头，尽管十分的小心翼翼，仍不时和迎面扑来的鞋子盒子撞在了一块，令人啼笑皆非。

走进荔枝公园却出奇地宁静。浓绿的荔枝树在夜色中像一道道高大的屏风，挡住了外面浓浓的声浪。忽然发现树下的草坪上满是人。有一对对恋人，有带着孩子的夫妇，也有三五成群围在一起的年轻人。大家都默不作声，在月光下聆听远处演出台上飘来的似诉如泣的吉他声伴奏着的歌声。演出台上正在举行歌舞庆祝晚会，一片灯光耀灿。

终于发现深圳人也会生活也会享受。那陶醉在艺术氛围中的年轻人是那么幸福，庞大的公园竟没有人喧哗，没有人涌动，没有人大声说话。——也许他们生活得太累，太需要这样宁静的时刻；也许他们才懂得该如何生活；拼命地干，然后尽情地享受、听听《蓝色多瑙河》、啥也不想地闭上眼睛……就这样在大自然的怀抱里甜甜睡去。这才是生活的真味、活着的乐趣呐！

离开深圳时仍觉得对深圳只是一个走马观花的拜访。像终于抓住了一样东西，还没看清是长是方是圆，它又匆匆离去了。但有一种感受是真切的，那就是这里的每一个人都在拼命工作，尽最大努力释放自己的能量；他们都在为这座新兴的城市贡献力量，也在为改变自身的命运奋斗。而这块土地也给了他们得天独厚的条件。

深圳是一座年轻而充满希望的城市。它正站在红土层上微笑着。而红土层原本是土壤学上标明的最荒凉最没生存希望的土地。

（选自《散文世界》1989 年第 11 期）

4

深圳记忆

岭南唱晚应无悔

胡经之

　　从最古老的学府北京大学来到深圳这所最年轻的大学，转眼之间，已将跨进第十个年头，我亦迈入花甲之年了。

　　国内外都有些熟识的学者问及：这番历程，什么滋味？有何感受？懊悔了吗？我说：一言难尽，却不懊悔。

　　这得从头说起。

　　我这大半生，经历了三段生涯。18岁之前，三四十年代都在江南水乡度过，足迹不出太湖流域，五十年代第三秋，我从苏州到了北京，从此久居燕园，奉献了一生中最好的年华。我自己也没有想到会在我入"知天命"之年来到特区深圳，将在这里度过最后一段人生。

　　人是一个复杂的机体。蛰居北大校园三十年，却一直不能适应京都的气候。本可在燕园安居乐业，不料我却对北京秋季过敏，患了中医所说的"枯草热"。在这北京最美好的季节，我却病魔缠身，无法教书写作。去协和医院治了十多年，苏州老乡叶世泰教授最后表示爱莫能助，无能为力，衷心劝告，不妨尝试，移地而居，说不定会不治而愈，亦未可知。

　　于是，我渐生南移之心。南京大学、苏州大学邀我回家乡，为争设文艺学博士（点）而共同奋斗。浙江大学数次来邀去杭州创办中文系，我也真想落叶归根，重返江南。但在数个秋天发病季节回到苏杭，试了几次枯草热均未见消退，着实令人沮丧。欲回天堂已无路，纵有老家归不得，只好叹息。

一个偶然的机会，1983年秋我飞越长江流域去厦门参加学术会议，一下飞机，昏沉沉的头脑突然感到一阵清新。是不是海滨能治愈我的枯草热？心底猛然浮起了一线希望。

恰好，1984年春节，正在负责筹建汕头大学的罗列教授来北大，劝我去那里看一看。深圳大学的校长张维教授盛情相邀去深圳。耳闻不如目见，我决定亲身去那里实地考察。

在厦门讲完学乘飞机到汕头时，正好是"五一"，罗列教授亲到机场接我，就住在他家里。说真的，汕头大学选定的校址确是景色宜人，为教授设计的每家200平方米的别墅庭院更是诱人，但我也立即感到，这里并非久居之地，交通闭塞，信息不灵，交流不便，学术难有发展。罗列是我北大时的老师，就以实相告。他亦能理解，并不见怪。

辞别汕头，我绕道广州，到了深圳，直奔那本是宝安县政府所在地的深大。简陋而狭小的校园，人来人往，熙熙攘攘，忙忙碌碌，来访者络绎不断。没有料到，我在这里竟和著名美学家蒋孔阳、李泽厚等几位老熟人不期而遇。我执着张维校长的信，第一个见到的就是王克来（校长办公室主任），一谈开，方知我们还是苏州老乡，他们都坦诚相见，劝我来深圳。那时，整个深圳，像样的还只有一条老街，只消半天就走完了全城，毫无引人之处。走出简陋的校舍往西不远，还是一片未曾开发的红土，人烟稀少道路泥泞。但小平同志关于创立特区的设想，令人鼓舞，副校长罗征启介绍的深大发展规划，前景诱人。我虽然没有再去南头看看深大新校园，但深圳之行激发我产生了一种投身崭新事业的愿望，坚定了对未来的希望。回北京和汤一介一商量，很快答允张维校长，我们决定应聘深圳大学，参与创建中文系、研究所。

就这样决定了我新的命运，这年9月，张维校长带领我们这些从清华、北大、人大聘来创建系、所的学者李赋宁、乐黛云等约二十人来深大新校就任。从此，我就和深圳大学结下了不解之缘。

万事起头难。在这一平方公里的土地上，以飞快的速度还只是建成了一栋教学大楼，大片的荒地还未开发，整个后海湾尚显得荒凉。中秋那晚，从北大来的数位

1985 年，初建成的深圳大学（江式高摄）

教师在月夜漫步，边走边说，忽然有人喟然长叹：怎么，又好像回到了鲤鱼洲！这一叹，叫人黯然神伤，回忆被带到了十多年前鄱阳湖畔被围垦的那块荒地上。那时一声令下，北大的教师被送到那里开荒种田，战天斗地自食其力，度过了一生中最艰难的日子。想起鲤鱼洲，不由得心头掠过一丝阴影，浮起一种失落感。

确有好心人劝我勿来深圳。北大环境优美，最宜治学，当了教授，再做博士导师，写几本书，就进入最高境界，何必离开最高学府？这很触动我的心：如果来了深圳而丢弃了学术事业，这将是莫大的悲哀，会遗恨终生。

然而，移居深圳是不是也可以成为一种鞭策，激励自己亦能学术有成？

值得欣慰的是：正是改革开放十年间我的学术生涯新增了活力，注进了新的血液，从而焕发出新的学术生命。我的主要著述约 500 万字，几乎都是在我来深圳以后出版问世的。这使不少友人感到奇怪，这是怎么回事？

事在人为。要是有心，而且得法，在深圳这地方，仍然可以学术有成。事情都有两面。深圳的环境，对学术发展有不利的一面，却也有有利的一面，看你是否有心或是否善于掌握那有利的方面。改革开放为我们展示了美好前景，可以激发没有充分展开的学术热忱。崭新的大学创造了宽松广阔的学术环境，可以让人自由研究学术，随心所欲而不逾矩。特区较为宽裕的待遇又为学者提供了小康之家的安定生活，不致为稻粱谋而弄得精疲力竭。如果不想当官，也不想发财，学者尚可静下心来，安居乐业，做上学问。

文化交流的扩大，拓展了学术视野，即使是文化研究，可做的课题甚多，大可不必在羊肠小道、独木小桥上你挤我推。

学术研究如果符合文化交流需要而为人称道，这本身就是令人高兴的事。当我把数十年读书所得的美学资料集编成《中国现代美学丛编》《中国古典美学丛编》数种在中华书局出版时，我本只是想把我在攻读副博士研究生时从北京、北大、南大等图书馆中查读到的难得资料分类整理，以供以后治学的参考，没有想到竟会引起港澳台学者的注意。港、澳、台一些同行告诉我，他们几乎都藏有我的著述，注视着我的学术动向，这使我感到欣慰。

三十年的封闭使我们长期不了解 20 世纪西方文艺理论的发展。我到深圳后，较早从香港学者那里获得一些信息，但仍感残缺不全。国家教育委员会委托我为文科主编西方文艺理论教科书，我从深圳去香港多次，在香港大学、香港中文大学搜集了不少资料，得到了香港学者袁鹤翔、黄德伟以及国际比较文学学会主席佛克玛教授的帮助，才得以完成数百万言的系列教材。其中，我和我的研究生张首映博士合著的《西方二十世纪文论史》，由中国社会科学出版社出版后，在1991年获得了全国四十年来首次由国家新闻出版署颁发的"外国文学图书奖"。我主编的《西方文艺理论名著教程》上下卷由北京大学出版社出版印了数次，获得了国家教育委员会在1992年颁发的全国优秀教材奖。

文化交流促进我们的学术研究拓展更广阔的道路。在我最近参加的一次国际学术会议上，我坦率地告诉台湾和香港学者，我所著《文艺美学》的书名，就是受台湾著名学者王梦鸥的启发而题。还在70年代，我集中精力研究《红楼梦》时，就读过老一辈学者王梦鸥的红学著作，甚感敬佩。由此我又读了他的一本文艺评论小书，深感到他所说的文艺美学，实在应发展成一门独立的学科。于是，我80年代初在中华美学学会全国美学大会上提出了发展文艺美学的设想，以区别于哲学美学，美学老人朱光潜和王朝闻都很赞同。接着，我在北京大学研究生院首招文艺美学硕士研究生，主编《文艺美学丛刊》，主持文艺美学研究会，为建设文艺美学这一学科尽了心。如今，眼看着我培养出来的文艺美学硕士，有的已提升为教授，有的已成为博士，他们所招的硕士研究生，专业方向也是文艺美学，我怎能不感到欣慰！我的《文艺美学》一书的写作，虽开始于北大，但完成于深大。我在此书的前言中，特别说明了这一过程，以志纪念。

终于在深圳落地生根，成了深圳人。我的老伴、女儿都相继来了深圳。在这里，我除了研究、教学，还时常写些评论、随笔、散文，敦促自己面向深圳。承蒙深圳人不弃，选我为作家协会主席、美学学会会长、文联副主席、社会工作者协会副会长，使我有更多机会接触社会，了解深圳，根也越扎越深。前不久，仍有友好劝我回北大去当博士生导师，还有一所著名大学邀我去当文学院院长。我感谢朋友的好意，但都婉言谢绝：我已不想离开深圳。

深深感激国内外文化学术界的许多友好，并不因为我离开了最高学府而厌弃我，仍然邀我参加不少学术会议，使我得以同国内外文化学术界保持着密切联系。我被大家推举为全国西方文论教学研究会会长、广东省比较文学会会长、文学学会副会长，被聘为好几种全国性文艺学术刊物的编委，使我能经常同国内外文化学术界进行交流，不致闭目塞听、故步自封。

也许是幸运，本来以为只有名校教授们才能得到的荣誉，竟不期然地降临。去年（1992年），国务院颁予我国家突出贡献证书，英国剑桥大学授予我"20世纪卓越成就奖"，而美国传记研究中心则给了我"最近十年杰出成就奖"。国务院学位委员会希望我在深圳仍能发挥我的学术优势，鼓励我和华南地区著名学者联合，为华南增设文艺学博士课程多作出贡献。

若果能如此，将能吸引港澳台、东南亚及华南的青年学子来归广深，攻读文艺学博士，扩大文化学术交流。为华南作一贡献，当为之一搏。但谋事在人，成事在天，成与不成，处之泰然。我关注的仍将是特区的文化教育。国庆前夕，国务院学位委员会终于通过了我的文艺学博士生导师资格，明年，我将开始负起培养文艺学博士生的责任，为文艺美学和比较文艺学的学科发展，作更大的努力。

十年辛苦不寻常，眼看深大在长成。尽管并不尽如人意，但这是咱们深圳人自己的大学，大家都为之付出了心血。眼看十年前的荒滩野岭，如今已是郁郁葱葱，一群群学子从这里走向社会，怎能不欢欣鼓舞！新的一代在成长，发展道路更宽广。有献身公务、服务社会的，也有经商发达、出国开拓的，我都为之高兴、祝福。也有学业有成、继续深造的，有志于学术事业，我为学术界庆幸，不必担心后继无人。

江海后浪推前浪，岁月匆忙不饶人。在这不断流动、颇有活力的特区天地里，希望属于年轻人。但我们这些进入老年行列的人，恐亦不能松懈，尚需继续努力，免得将来愧对余年。终老深圳须勤奋，唱晚岭南应无悔。

以此自勉，亦以自慰。

（选自《胡经之文丛》，作家出版社2001年8月版）

我和深圳

杨争光

　　来到深圳，新的环境，新的人事是积淀的继续，也给了我重新审视和感受已有的积淀的距离和视点。当然，深圳给予我的并不止于此，不是几句话就可以讲述的。笼统地说一句，那就是：在深圳，我的创作还在继续，并拥有了更多的自由和空间。包括《从两个蛋开始》，其后的创作都是我成为"深圳人"之后的写作。

　　我从来没有掩饰过我对深圳的感情。深圳的朋友们让我真切地感受到了这座城市的体温。他们给我无私的帮助和厚爱常常使我感慨。是的，从不言谢，唯有感慨。

　　我从来都认为，"文化沙漠"是对深圳的误判。面对这种误判，深圳以它包容开放的胸怀和着眼未来的视界，踏实、稳健地建设着自己的文化。来自五湖四海的深圳人，携带着他们各自的文化之根，就地栽培。移民，遗民，夷民，互不嫌弃互不抵牾，欣然接纳，不拒杂交 —— 深圳就是这么任性！养性之后的任性。现在完全可以说，深圳不仅是个经济奇迹，也创造了文化培育、积累和健康生长的奇迹。

　　作为一个写作者，我当然也关注深圳的文学。去年主编"深圳新锐小说家文库"，我曾写过几段文字 ——

　　　　文学是文化的组成部分，并处于文化最敏感、最精致的部位。深圳只有三十多年的历史。深圳文学曾有过短暂的浮躁。浮躁是一种内在焦虑导致的精神和行为变形。很快，这种浮躁就成为浮云而升天，留下的是平稳的文学耕耘。而且，这种文学耕耘的主流是非职业的民间写作。

深圳有"打工文学""青春文学""网络文学"，但以为这些就是深圳文学的标志，也是一种误判——对深圳文学的误判，正如"文化沙漠"说对深圳的误判一样。每一位作家都是打工者，许多作家都可能以"打工者"作为他们的文学形象。每一位作家都有或有过青春期，过了青春期的作家也可能叙写"青春"。在互联网时代，每一位作家都不可能或很难拒绝网络，"网络文学"作为一种瞬间现象，已经成为过去时。深圳文学将不在所谓的"打工文学""青春文学""网络文学"等标签的框定里打转。文学就是文学，不是别的。文学和"打工""青春""网络"遭遇，将是日常性的。深圳文学要的不是有形无义的标签，而是真正属于文学的品相。这品相既是深圳的，也是中国的、人类的。福克纳以一块"邮票大的地方"为文学地盘，写出了人类的精神境遇，以及充盈于胸的悲悯情怀。鲁迅以"未庄"为文学地盘，塑造出了可与堂吉诃德相媲美的人类精神形象。深圳的文学创作者性格不同，文笔各异，却都有着不甘平庸的文学野心。他们守着深圳，一个现代与后现代并存、移民与遗民甚至夷民杂居、物质与精神厮杀、灵魂与肉体纠缠、解构与建构时刻都在发生的地盘上，文学野心能否成为文学现实，我不敢妄言，但深圳有足够的耐心，等待和期盼。

这么说似乎高亢了一点。那就降低调门说几句：由于先天性营养不足——比如，长期缺乏不断发展的自然科学和人文科学的后援与支持；比如，白话文写作至今不足百年的实践；等等——从整体来说，中国的叙事文学，包括小说艺术的家底，并不丰厚。五千年中华文明固然伟大，但仅以此作为现代小说艺术的滋养，我以为是不够的，因为小说艺术要抵达的是整个人类。

鲁迅是清醒的："过去的生命已经死亡。我对于这死亡有大欢喜，因为我借此知道它曾经存活。死亡的生命已经朽腐。我对于这朽腐有大欢喜，因为我借此知道它还非空虚……"以汲取营养论，鲁迅是母奶和狼奶通吃的。正因为清醒，还在中国现代文学起步的时候，他的心血书写，创造了中国文学的高标。

精神荒芜，思想枯竭，是人的穷境，文学的死境。

　　在生命的关口，守住了人的底线，也就站在了人的高点。

　　在文学的关口，守住了写作的底线，也就守住了文学的高地。

这几段文字是写给那套丛书的，也有对我自己的冀望。

如果能够，我当然还会写作。

我可能不会再调动了吧。如果不再调动，深圳就是我最后的归宿。

　　　　　　（选自《杨争光：文字岁月》，深圳报业集团出版社 2016 年 11 月版）

投奔深圳

李兰妮

　　1983 年的初夏，我在省广播学校进修，学的是电台编辑业务。一天，我应邀去见深圳一家报社的头儿。此人正在广州招兵买马，他看过我写的小说，想聊聊，看我是不是一个合适人选。

　　这位头儿姓刘，又黑又瘦又高。说话知青大学生（我指的是 77—78 届大学生）味很浓，充满了革命的理想主义色彩。那时候，"深圳热"还没有真正热起来，深圳的发展前景尚有些模糊。这位头儿在演说：特区的窗口作用，"开荒牛"的奉献精神，报纸的版面设想……我很想找个机会插话，告诉他，我从来没有办过报。

　　你能吃苦吗？他突然话题一转。

　　我愣了一下，说："能啊，吃苦是我的强项。"

　　你想不想干一番事业？他用审视的目光盯住我。

　　那还用问吗？二十多岁正是一个渴望燃烧的年龄，有事业可干无疑是最大的快乐。

　　这位头儿瘦黑的长脸上绽开了晴朗的笑纹，他伸出手来握握我的手说："我希望你来主持文艺版，欢迎成为深圳人。"

　　这么快就拍板了？我被这种深圳速度吓了一大跳。这报社算上我才八个人，平均年龄 20 多岁。

头儿说，我们的美编、摄影记者都是自学成才的，其他人刚从新闻系毕业，没有一个人正式办过报。我说：哇——，都不懂办报，还想三个月之内出周报，深圳人胆儿真大。头儿很自豪地笑，说，深圳正流行一句话：想做就去做！

深圳人活得真痛快，敢闯，敢搏，敢上天堂，敢下地狱，敢相信别人，敢相信自己。就冲着这种活法，也要赶紧去买车票，投奔深圳。

没等结业，我提前离开了广播学校。

坐在广深线的列车上，我很想认真想想今后，可是脑子空空的，好像处于半梦半醒中。我止不住对女列车员和她推的小车感兴趣，她在卖茶水，卖牛肉干，卖檀香扇，卖深圳土产云片糕。我在猜：牛肉干硬不硬？云片糕软不软？沿途小站的大姑娘、老太婆捧着盘子、篮子在我的窗边高声叫卖：有鸡胗卖——。烧——鹅胝啊。罗岗橙——包甜包靓。香蕉五蚊（元）一梳边个买——？

我最喜欢看烧鹅腿！那么诱人的光泽，油油的深蜜色，紧裹着一团神秘的欢喜，厚厚的好大一块肉，还冒着新鲜的热气，香得让人睁不开眼睛。我清晰地感到了馋的折磨。

那只是浅浅的令人愉悦的小折磨，胃液浓度在升高，胃里有扇小磨咿呀呀地转，上气与下气的衔接出现混乱。心里慌慌的，血管里的血在急速地流，烫烫地流，眼睛里有点湿，鼻子里干干的，喉咙、舌头、牙齿有点痛，手心红得有些痒，但是，远没到馋得不能忍受，非买不可的地步。后来在深圳，我多次有过类似的感觉，比如在名贵跑车、豪华住宅、意大利长裙、钻石手链、极品音响……面前，我都会小馋一阵、运用想象力享受一阵，欣赏的过程完了，馋的感觉也就云散烟消，仅在心里留下薄薄一层醉意。我不会为馋所苦、所伤，那一切对我来说，可要可不要，就像面对一园姹紫嫣红的玫瑰，真不必伸手去摘，静静地饱闻一遍已觉满足。

到达深圳火车站时，刚过正午。一下车就发现，深圳的太阳一个顶俩儿，一仰脸便晒黑一层皮，汗珠还没有冒出来，就被晒焦在毛孔里。街上看不到树，整个城市正在铺新路，盖新楼。不由得想起"前人种树，后人乘凉"这句话，心里暗想：呀——这回竟捞了个前人当当。

报社的人一见我就说：你真有福气，昨天我们还在住草房呢，今天刚刚搬进瓦房。

其实，也福不到哪儿去。我一到报社就要跟着去偷电。

报社分到了两套房，一套作办公室，一套作集体宿舍。这片叫园岭的住宅区还没有盖完，两三个月之后才能通水通电。建筑工地上倒是有电但是好说歹说，人家硬是不让"借光"。

只能动手偷电。这叫逼上梁山。革命不是请客吃饭、不是作文章，不能那样温良恭俭让。我们倾巢出动，偷偷摸摸去捡人家工地上扔的旧电线和黑胶布，把线一节一段接起来。然后反复侦察、分析人家线路的走向，找一个不显眼的地方下手，把电引了过来。

报社穷，启动资金没到位，除了一辆人货车、三部自行车、几张桌椅外，没别的财产。我们常去工地上捡点小破烂，捡竹竿晾衣服，捡木板钉板凳，捡破布扎拖把，工地上的人直把我们看作小股丐帮。有时候，我们会到工地伙房讨一壶开水喝。多数时候，我们喝的是生井水。

生井水清亮清凉，水质软软的，有点甜味，很好喝，比汽水、茶水还解渴。这叫大菌吃小菌，不干不净，吃了没病。与我同屋的女记者买了一包廉价橙粉，用生井水调成橙汁，喝的时候美得直咂嘴，说是比橙汁冰水还棒。不料夜里拉稀拉得死去活来，第二天脸青青，皮包骨，走路直打晃，就这样还嘴硬，还臭美，嚷嚷着要去申请专利，说是成功地创制了特效减肥水。

在另一个叫通心岭的住宅区，头儿与人合用一套暂住房。屋里几乎没有家具，但是浴室里有宝贵的自来水。每天晚饭后，报社全体人员在这里排排坐，等候洗澡，一边作当天的小结，一边敲着浴室的门起哄，扬言要破门而入。

洗完澡，散步走回报社。深圳夜晚的空气极新鲜，宝蓝色的天空像一块被海水刚洗过的美玉，沉静地发出温婉的光。深圳的昼与夜，就像一对配合默契的恩爱夫妻，昼越是急躁、狂放、热烈，夜儿越显得恬淡、含蓄、清幽。一路不见闲人，路边有小块的稻田和菜地，我们身上的香皂味在微甜的空气中飘飘散散，月朦胧，路朦胧，有暗香浮动。

有点像神仙过的日子，不会为昨天而痛苦，不会为明日而担忧，脑子里不必装柴米油盐、房子票子、输赢亏赚，有一分热自然会发一分光。满心相信天天都是好日子，好日子就是：想做就去做，想做就可以去做，想做就可以做得好好的。

报纸要拿去付印。周报，对开，四版。文艺版刊头有一幅美丽的照片：小荷才露尖尖角。我们的报纸要委托特区报印刷厂代印。出报的那天夜晚，我们守在排字车间里，调版补漏，校对打杂。那些工人是新手，我们也是新手，出活儿自然慢。

午夜时分，特区报的食堂里熬好了腊鸭粥。编辑室里，排字车间里，楼上楼下，人们伸着懒腰夹起碗，一溜小跑去排队打饭。只有我们这支小部队按兵不动，装聋作哑，木着脸，眼观鼻，学老僧入定，我们没夜餐可吃。

腊鸭粥香味绵绵从一楼香到楼顶，香遍了每一个角落。鸭香味与米香味一混合，魅力势不可挡，搅得人五脏六腑无一处安宁。我们实在坐不稳了，几个人咽着口水嘀咕了一阵，不就是讨碗粥喝吗？有什么敢不敢的？就当穷人去吃大户嘛。不给就抢。走，喝粥去！

拖着饿得有点哆嗦的腿走到食堂门口，一见售饭窗前还有十几个人在排队，忙往墙根暗处溜。嘴里还硬：不忙，等等再说。直到人家在喊：还有人要吃饭吗？没人就关窗了啊。赶紧一个箭步蹿进食堂，手插在衣兜里，眼睛到处看，心虚呢。人家又在喊：喂——你们几位是不是要吃饭？你们的夜餐票呢？啊——？还要夜餐票。本想浑水摸鱼，蹭碗热粥喝喝，这时心一慌。答成：不……我们……随便看看。话音未落，咣当一声，售饭窗关了。

好沮丧，好惆怅。

软手软脚，爬进那辆人货车。肚子是扇磨，躺倒就不饿。打个盹吧，省得上楼眼巴巴看排字工喝腊鸭粥。

不知是谁的手指触到了车上的音响键，突然迪斯科乐声汹涌而出，席卷寂暗，撼天震地，淹没了饥饿，淹没了软弱，淹没了沮丧和惆怅。很快，人心振奋，士气高昂，我们抢着跳下车，踩着强劲、奔放的迪斯科节奏手舞足蹈，大呼大笑。我们的第一张报纸就在迪斯科乐声中飘落在地，又像蝴蝶一样飞进我们的怀中。

午夜，星光点点，虚空澄蓝。快乐得想飞，年轻得想飞，很想就这样好好地活，美美地活。投奔深圳，要的就是这样一种感觉。

（选自《人在深圳》，沈阳出版社 1996 年 4 月版）

城市因阅读而美丽

王京生

中华民族向来崇尚读书、推崇知识，几千年来伴书成长，为书而乐、因书而强，谱写了辉煌的文明。年轻的深圳，秉承着这个民族的读书价值，始终把知识作为这个城市强大的发展动力加以培育，把热爱读书作为市民的主流生活方式加以推广，并因此推动了这座城市的快速成长和提升，演绎了一部堪称世界奇迹的城市发展史。

阅读改变城市发展模式，推动深圳科学发展。城市的凝聚力、影响力和辐射力很大程度取决于人文力量，文化是决定城市未来发展的关键，是城市的核心竞争力。从前的深圳只是中国南方的一个边陲小镇，资源匮乏、文化底蕴缺乏，曾被世人称为"文化沙漠"。是什么样的力量使这座城市仅用三十年的时间，创造了中国乃至世界的奇迹，缔造了一个世界瞩目的现代大都市？是深圳年轻、包容、充满力量和智慧的文化，造就了敢闯敢试、杀出一条血路的豪情壮志，形成了巨大的创新力量。这种创新源于读书、源自知识。对读书的渴望与热情，形成了积极倡导读书的文明形态，使得深圳不再停留在拼规模数量为主的粗放型城市发展阶段，而是进入了以拼创新质量为主的集约型发展阶段，深圳也因此迈入了"文化自觉"时代。通过知识获得解放，通过创意获得发展，城市发展方式正在从外延扩张逐步向内涵增长转变，从主要依靠消耗物质资源取得高速增长向主要依靠开掘知识资源和创意力量的新型发展模式转变，走出一条科学发展的新路。

深圳中心书城的读者（周威摄）

阅读改变城市发展目标，提升深圳幸福指数。衡量一个城市的优劣，不在于生产总值有多高，也不在于有多少高楼大厦，而在于人们的幸福感，这种幸福感来自心灵上和精神上的满足。而阅读从古至今都是给人幸福、给人和美、给人希望的最有效途径。莎士比亚曾经说过："生活里没有书籍，就好像没有阳光；智慧里没有书籍，就好像鸟儿没有翅膀。"深圳作为我国改革开放的"窗口"，是一个商业极为发达、市场化程度很高的城市，来自世界各地的人们都聚集到这里来实现发财致富的梦想，功利主义、实践理性等一度影响着这座城市的发展目标，影响着人们幸福观念的形成，为此，需要文化与知识的力量来加以平衡，并最终落实为价值理性和人文精神的建构。实施"文化立市"战略，提倡构建力量型、智能型、创新型的文化形态，因此成为城市重要的文化战略选择。只有心灵得到不断滋养，真善美成为人们的追求，幸福才能悄然降临，而读书就是对心灵最好的耕耘!

　　阅读改变城市价值观念，引导市民以读书为荣。深圳是一座年轻的移民城市，当初，万千才俊南下鹏城，怀揣梦想、充满激情，催生着城市的快速成长，与此同时，浮躁喧嚣的气息也涌动在这座城市。毋庸讳言，这种浮躁喧嚣曾在一个时期困扰着我们，那些挥洒青春和汗水富起来的人们蓦然回首，却发现应当思考心归何处、以何为荣的大问题了。这个时候深圳读书月应时而生，城市之中读书向学之风大兴，随读书而来的大气开始压制浮躁，优雅开始驱逐粗俗，市民乃至城市的价值观念亦悄然而变，读书成为一件特别光彩的事，街头巷尾、机场车站……谈书论读成为文明的象征、身份的代表。

　　阅读改变城市生活方式，鼓励市民读书为乐。随着现代城市的不断发展，人们在物质生活水平不断提高的同时，越来越渴望得到精神上心灵上的快乐。"至乐莫如读书"，古人告诉我们，唯有读书能带来这种充满生命力的快乐，这是一种智慧之乐、心灵之乐。能够享受这种读书之乐，也是现代人的文化权利，它的实现状况在一定意义上标志着社会的文明与进步程度。这些年来，深圳非常重视文化权利的实现，不但在公共文化设施方面加大了投入，更重要的是通过积极倡导读书活动，使一个商潮涌动的城市同时成为书香弥漫的城市。

　　阅读使深圳从知识中获得力量、从经典中汲取智慧、从文明中启迪创新，深圳因阅读而改变。

（选自《真理是朴素的》，作家出版社 2013 年 4 月版）

前尘书事成云烟

姜　威

　　我 1991 年春节后来深圳，提一个大帆布箱子和两个小提包，里面除生活必备用品外，最有分量的是一套商务印书馆 1979 年版的《辞源》修订本四卷本，一本上海辞书 1979 年版的《辞海》缩印本，以及八九本岳麓版的周作人文集。我从哈尔滨乘火车到天津转车，一路到深圳花了近 60 个小时，连个硬座也没有，硬是把这一堆书扛到了目的地。我讲这段经历的意思是想证明我当时还是一个傻乎乎的爱书人，访书和读书都上着瘾。

　　瘾是病字旁，望文生义也知道不是正常人干的事。我的经验是，玩书这种瘾，跟吸毒一样，陷进去就很难自拔。"路啊路，飘满红罂粟"，玩书的路也正是"飘满红罂粟"的旅程。

街边杂货店

　　且说我当年下了火车，走路有点顺拐，原因是内裤里缝了个兜儿，硬邦邦地揣着 2000 元钱。掏出 170 多元买了辆自行车，剩下的可就是安身立命的本钱了。但是就在火车站附近的一家小杂货店里，我眼睛一亮，看见了一套港版影印本《金瓶梅》，紫花封面，书前还有张竹坡的序，心情的激动，只有和我有过同样玩书经历的同道才能体会。那个时候，对像我这样半生不熟的玩书人来说，《金瓶梅》就是一块心病，一个可望而不可即的梦。虽然眼前这个版本有点来路不正，可是慰情聊胜于无，何况又是未曾删节的全本，如不立即买下简直伤天害理。你看，人要是上了什么瘾，冒起傻气来是没有道理好讲的。此前，故乡的书店已被我搞得滚瓜烂熟；此后，骑着单车访求深圳的书店，就理所当然地成了我的日课。回想访书的经历，就像一部小说的名字：我的遥远的清平湾。虽近乎前尘梦影，总还有些印象较深的情节，可以粗略地说说。

新华书店

新华书店其实没什么好说的，它们遍地开花，牌子很大，特色不彰，更谈不上什么服务。就像去百货商场买衣服，又像去菜市场买白菜萝卜。特点是大而全，书的陈列显得杂乱无章，显然缺乏精心的管理筹划和布局谋篇。

老街那一家，地处黄金地段，就在麦当劳斜对面，每天拉起卷闸门，一条长案向内延伸，显眼处摆着一大堆皇历，而不是刚刚出版的新书，从中可见本地人到书店购求的重点。大间里面套个小间，其中摆放的多是生活类小册子。这家书店我是去得比较多的，因为它是特区内最大最中心的书店，毕竟新书进得及时。

红岭路一家，门面略小，新书进得也不及时，但里面有一些二十世纪七八十年代上海古籍版的文史类书，一仍原价，我还是颇有斩获。1978 年版的《诗人玉屑》，两卷本，才 1 元 6 角；1985 年版的阿英《小说闲谈四种》，精装一大本，5 元 5 角。这些书是我在红岭路新华书店捡到的最大便宜。

华强南路一家，属于大路货一类，几乎让人无忆可回。

当时在上步一带，还有一家图书贸易中心，好像也是新华书店性质，具体地点已想不起来了，这里时或可见一些有意思的书。屈大均的《广东新语》上下卷，我就是在这里买到的，是中华书局 1985 年版，4 元 8 角 5 分。与上面提到的《诗人玉屑》相比，《广东新语》的品相和印张几乎完全相同，晚出版了 7 年，价格就涨了超过两倍。

特色书店

特色书店总是有出其不意的地方，让读书人印象较深的，有如下几家：

深圳书店。这家书店就在老街新华书店隔壁的二楼，架上陈列大量的外文原版和港台繁体字版书，后者我认得上面的字却不喜欢里面的内容，因为八成以上是烹调、服装、气功、养生、算命、栽花、遛鸟一路。去得勤些，偶尔也能碰上好东西，台湾版的《查泰莱夫人的情人》、香港上海书局1979年版的64开精装《堂吉诃德》上下册，就是在这家书店"妙手偶得之"的。

博雅艺术公司。这个有大名的艺术公司汇聚了大量艺术书籍，当时就在深圳书店的隔壁。相对来说，本人对这家公司的贡献是最大的，因为这里的书最贵。1992年我在这家书店见到港版王世襄著《明式家具研究》，一函两巨册，精美异常，可惜太贵，去了无数次，在这套书前逡巡，最终也没忍心下手。好在一个意外之喜冲淡了这个遗憾，我在摊在案上的一大堆旧书里，淘出了一本北京师范大学出版社的《膜拜的年龄》，其中收有我写的一篇情色文化随笔《猥语疏记》。这本书我只有出版社送的一本样书，南来前就已送给友人。在博雅偶然得之，不亦乐乎！2000年我将此书赠送祝勇兄，我的这篇文章又被他收进《对快感的傲慢与偏见——中国读书随笔菁华》一书中，2001年由时事出版社出版。沈浩波有一语云："这件事，足以让我这种鸟人乐上好一阵子。"我的得意与这句话表达的意思若合符契。

深圳图书馆书店。这家书店设在图书馆的大厅里，空气流通不大好，每次淘书都弄得一身臭汗。不过图书馆书店总是有些好书让人惊喜的。后来这家书店扩大了规模，在院子里搞了一个长廊，摆了好长好长一溜书，逛起来别有一番风味。我在这里买了一套盗印台湾版的诺贝尔文学奖获得者文集，还有台湾远景出版事业公司从1978年到1986年陆续出版的世界文学全集丛书中的几十本。

黄金书屋。黄金书屋是一家私营书店，在图书馆对面，好像是二楼。记得第一次去是下午4点多，夕阳透过窗子抹进来，让人情不自禁地做出忧郁状。这家书屋有不少20世纪80年代中后期中国思想文化界风云人物的著作，我陆续买了不少，其中包括台湾允晨文化公司出版的余秋雨《艺术创造工程》，购书后店家在扉页上印上菱形书印，上刻"黄金屋藏书"字样。黄金书屋的书品虽然相当不错，但我却很不喜欢"黄金屋"这个名字，觉得它冲淡了书香。当年这家书屋的主人好像还在《深圳商报》的《文化广场》跟人打了一阵笔墨官司，话题是什么早就忘记了，也算20世纪本城一段文化逸闻吧。

愚仁书社。愚仁书社的主人王晓民是我的熟人，他无疑是懂书的。书社开在深圳大学附近，后来又进驻岁宝百货的柜台。这家书社的最大特点就是书香味道很浓，卖的都是精品，遗憾的是规模嫌小，不过瘾。1996年，我与朋友合伙策划出版了《博尔赫斯文集》《彼得堡》《复活的圣火》《心香泪酒祭吴宓》等书，曾想委托王晓民包销一部分，后来因为资金周转问题没谈成。不过，对于王晓民和他经营的书店，我一直是很佩服的。

最难忘的书店

语云：读书有益，开卷便佳。所谓最难忘的书店，当然就是我受益最大的书店。积我在深圳逛了八九年书店的经验，这样的书店只有两家。

一是位于人民南路海丰苑的古籍书店。曾见刘申宁兄不久前发表在《文化广场》上的一篇文字，就是追忆在这家书店访书的经历，写得深衷浅貌，语短情长。可知对这家书店念兹在兹的大有人在。古籍书店的负责人姓于，据说是琉璃厂出身，事实上确是懂书的行家。我隔三差五就和书蠹大侠结伴前往，老于和大侠熟识，每次都拿出一些好书让我们开眼。对上瘾很深的书蠹来说，衡量一家好书店的标准，首先是有一个懂书的行家，这样就能保证货源和质量；其次是这个行家要懂他的客人，三言两语就能摸清客人嗜好的路数，从而对症下药，双方皆大欢喜。这两条标准，古籍书店庶几近之。无论经理和店员，见了我们都热情地打招呼，推荐一些书目，都是我们喜闻乐见的。结果是，我们在这家书店，几乎买了成吨的书，每次都打好几大包，存在店里，再求有车的朋友来拉回家去。后来，书城开张，古籍书店成了其中一个柜台，访书的乐趣，戛然而止了。

另一家难忘的书店是《深圳商报》的读者服务部。店主姓薛，三联书店出身，店址在上海宾馆内，门面很小，风光无限，因为架上都是三联书店、商务印书馆和中华书局的精品。对三联书店的书，我情有独钟，它不像商务印书馆那样艰涩，没有中华中局那样古奥，装帧简单至极，品格大气到顶。不论是厚厚的精装巨帙，还是薄薄的小册子，捧在手里，都觉得沉甸甸的，有一种由衷的信任感。查1992年日记，我每星期都要到这家书店三次以上，可见它对我的吸引力之大。可能是房租杂费太高的缘故吧，这家书店维持的时间不长，后来移址再开，换了主人，去了一次，感觉是"流水落花春去也"，终于怅然而返。

"书读完了"

这句话是一篇文章的标题，见于 20 世纪 80 年代初某期《读书》杂志。21 世纪的某天，我走进书城，望着铺天盖地的书和熙熙攘攘的人，一种荒诞感蓦地在心里大片大片地洇开，脑子里突然浮上这句话："书读完了！"就在这一刻，我的书瘾不治而愈。如果一定要深挖一下思想根源的话，当然也可以总结两句。我觉得，书瘾是物资和资讯都相对匮乏时代的产物。遥想当年，书籍作为传承文明的重要载体，在技术上，由于没有现代化科技的支撑，生产过程显得十分繁复艰难，而工艺的华严灿烂正寓于这繁复艰难之中；在内容上，由于受到种种钳制和枷锁，闪光的思想难得充沛于纸间墨上。所以，无价之宝易得，一本好书难求。正是在这种文化背景中，产生了书痴，萌生了书瘾，发生了访书藏书的乐趣。对书痴来说，访书的乐趣高于一切快感。仿佛一个饿汉，在石头堆里寻寻觅觅，突然发现了一个土豆，喜何如之？继续寻寻觅觅，突然找到了一个烤得糊香糊香的土豆，何乐可比？功夫再下得深些，搬开满山乱石，如果石缝里藏着一只叫花鸡，烧得骨软肉烂，那是怎样一种快感啊！

如今，出一本书就跟抽一袋烟一样容易，只要你有钱，随时可以把你历年写的垃圾文字出一本书。就像把烂土豆外皮抹一层口红，混在苹果堆里。被败坏了胃口的人，连那堆真苹果也不敢碰了，何况那堆苹果多半是干巴巴的牙碜货。书，越来越和一般的商品如茶叶糖果没什么区别了，往往形式大于内容，用华丽夸张的包装掩盖内里的贫乏丑陋。眼下的书，连同写书的人，旁及卖书的店，已刺激不出我哪怕一点点类似当年的激情，我只觉得他们喧嚣，闹得慌。就这样，我权把书城厕所的盥洗盆当作金盆，洗了洗手，为我二十年的书痴生涯画了一个粗糙的句号。

正是：竹帛烟销帝业虚，关河空锁祖龙居。何当共剪西窗烛，君问归期未有期。

（选自《深圳晚报·阅读地带》2005 年 5 月 19 日）

深圳，不解之缘

谢　宏

　　我与深圳有不解之缘，因为它是我父亲的故乡。我上世纪 80 年代初随家迁居深圳，一住多年至今，其间去过上海读书，旅居过新西兰，现在又回来居住。行走在这座城市的街道，看眼前繁华摩登，我会遥想它当年的模样：

　　车轮滚过处，在厚松的黄沙土上，碾出沙沙的声音，听起来舒服，叔父他们却骑得吃力。但他们不喊累，因为我们回来探亲，都给他们带回一挑担的腊肉、腊肠，还有大白兔奶糖等年货。他们因此显得欢天喜地的。

　　但这次情形不同，在深圳火车站下车，出站后，我放眼四望，发觉车站破旧，却热闹非凡，提了各式行李的旅客行色匆匆。我爸带我走了一段泥路，来到了东门人民北路的老街。街道两边都是骑楼，一楼是商店，人来人往的，人声嘈杂喧闹。

　　迁居深圳之前，父亲给过我美好的憧憬，但第一眼所见的是失望。故事就这么开始了。就读深圳中学时，我所在的班级是"农村班"，生源汇集了各镇的考生精英。那几年，我常从晒布路出发，去往人民路和解放路那一带，买东西或只是去走走散心。

　　偶尔，阿聪带我们去吃大排档。夜色下，骑楼街边，简陋的桌椅，啤酒，炒河粉，炉火旺，人声嘈杂，是我早期的美食记忆。如今那一带是深圳著名的东门景点了。当时深圳唯一一家新华书店就在那里，店内陈设简陋，人流拥挤。我们不时会去那儿走走，似乎不是去那儿买书，而是去寻找未来的答案。

三年的高中生活转瞬即逝，随后的那几年，我人在上海，心在深圳。我常徜徉在华师大的丽娃河畔，也常光顾后门那一溜简陋的饭馆，体验上海那份骄傲的平民气息，啤酒，锅贴，雪菜肉丝面，还有很贵的过桥米线。饭饱之后跑去附近的邮局，查看新到的《深圳青年报》里深圳的消息。我关注这份报纸，是因为高中的最后一年，该报发表了我的处女诗作《虹——给友人》：阳光/金黄的/雨滴/透明的/相遇了/在记忆的/天空/织出一道/美丽的/彩虹。

在那四年里，我喜欢跑图书馆的阅览室翻阅杂志，检阅诗歌的潮起潮落，书却只借过一本，借书证被同学用掉了。我对自己这种奇葩行为百思不得其解，在当年我的寂寞小城生活里，对书籍是充满饥渴的。那小城只有一家新华书店，书架陈列的书本少得可怜，更多的时候，我们是分享所能获得的书籍，每人限时看完，然后转给等待的下一位。

当时我的阅读是不分昼夜的。晚上看《烈火金刚》时，中途停电了，便点煤油灯继续看，灯影飘摇，情节紧张，远处猫狗的叫声配合书中的情景，让人起鸡皮疙瘩。在那个缺少书籍的年代，看到书或拿到书，心情就激动得像要去一趟远行，去看远方的新世界。

可奇怪的是，在上海这座拥有深厚文化沉淀的城市，我却没了当年对阅读的狂热，只热衷奔赴各种沙龙讲座和激动人心的诗歌朗诵会。现在回忆起来，可能当年青春年少，只对新鲜感兴趣吧，当年我喜欢深圳那种从无到有的过程，喜欢那种没规矩的轻舞飞扬；而当时的上海，国企习气浓厚，是一副办事讲规矩一板一眼的面孔。

四年时间里，我往返两地，心情不停转换。深圳的亲戚朋友常问我，上海话学得怎么样？我能听懂，但不会说。我没有留在上海的打算，干吗要学上海话呢，能听懂就够了。当年的高中同学，因担心大学毕业后不能分配回深圳，大多报读了深圳大学。他们来上海实习时，因普通话不好，更不懂上海话，去饭店吃饭闹了不少笑话。由此我又认为，出来读书还是有好处的，见多识广，经历丰富些。

当挥手作别大学生活，我又回到了深圳，来到蛇口工作。市区里的同学安慰我，说住久了，我也许就喜欢蛇口了。她还真说对了。此后，除去旅居新西兰的那几年，我一直蜗居蛇口，住的时间越长，我越喜欢它。

当年蛇口风头十足，常是媒体的头条，被人评头论足。当年我不热衷政事，更是股海的观潮者，只沉溺于诗歌的写作和沙龙活动。那个时期，突然又喜欢看书了，我喜欢买书，自由自在，爱看不看的。我也常跑去培训中心的期刊阅览室，翻看文学刊物，查看文学动态。

那时的生活充满诗意，像是大学文青生活的延续，办文学沙龙，搞诗歌朗诵会，编民间杂志，接待来深圳的文友，认识的、陌生的、介绍来的，来来往往，让我疲倦而愉悦。

每天下班后，去公司食堂吃过晚饭，我喜欢沿"海上世界"边的海滨浴场散步。当年的蛇口有点像英国的海边小镇，不喧闹，有一种诗情画意的浪漫情调。我喜欢海滨浴场边的海燕餐厅，外地朋友来蛇口，我会带他们去那儿坐坐。后来海滨浴场被填掉，免税店也没了影踪，海燕餐厅挪了地方。现在那一带成了吃喝玩乐的好去处。

当时公司的宿舍在南水村，回去途中，我会顺道拐去水湾头，去工人俱乐部楼下的那家小书店逛逛。起初目的纯粹，后来我出了《光阴的故事》诗集，拿了部分去那儿代销，再去溜达，心情就显得有点忐忑了。现在，那书店早没了踪影，但北京餐厅还照常营业，成了名副其实的老店了，据说喜欢怀旧的蛇口人，爱去那儿吃饭怀旧。

穿行在时光里，突然转身，会惊诧于此情还在，旧景已然消失，好一幅物是人非的景象。我虽是客家人，但并不喜欢迁徙，然而命运作祟，我总是处于迁徙之中。某天辞职后，我旅居新西兰多年。走在异国的街道，只有美食和沿街的书店让我倍感亲切。

有人说客居异乡，乡愁是一种流行病，唯有旅行、美食、阅读可做解药。奥克兰和汉密尔顿的中餐馆里，有粤式茶点，各式烧卖，还有熟悉的乡音，那是我留恋的去处。当然，读书，是最简单且可以常做的。

有时走在街上，看见旧书店里，就那么几个读者驻足其间，我会疑惑店家是如何维持下来的，因为实体书店在不断消亡中。但我的担心似乎是多余的，它一直就在那里。每次，我走在旧书展的摊位间，有种苍茫感，我买回几本心仪的旧书，有些书却再也没看过，但我喜欢在书房里，静静地看着它们，好像是做一次无声的对话。

修读语言课程后，我从大学图书馆借了很多书回家，在寒冷的夜里，窝在被窝里猛读，真有点雪夜读禁书的感觉。几个学期下来，竟然读了好多的英文原版书，收获颇大。

后来我受朋友的鼓动，想尝试用英文写作，于是让外甥女从国内买了中英文双语书寄给我，海明威的短篇小说集，还有《小王子》等经典名著。我一连读了半年，读得痛快有感，然后动手尝试，开启了写作的新世界。

我有时回望自己的一生，会感叹自己的生活大多是与书、书店，阅读和写作联系在一起的，无论在哪里，这些东西都与自己纠缠在一起。当然，书店就是其中之一。深圳有了书城后，我也会偶尔去走走，一般是有自己的新书摆放在了书城的某个角落。我去是为了观察，看人们对它的反应。

虽然我出版了十四本书，却越来越怕去书店了，因为面对浩瀚的书海，我有种压迫感，看到自己的书，犹如一滴水，掉入书海里，会有种茫然和不适感。这些年，我的书大多是网购的，我喜欢那种静悄悄的预约，安静的到达。作为写书人，这样的感觉挺奇怪的，但真实情景就是这样。

旅居新西兰多年后，我再次回到了原点。选择回来也许是因为与深圳有种割舍不掉的情缘。它自由开放，性格包容，城市和人，总在路上，不断成长，让人惊艳，总有种熟悉又新鲜之感；当然，它也有千姿百态的美食，你想吃什么，按图索骥就是了；更不用说这里商铺林立，银行多如米铺，还有让人宾至如归的服务。

以往我对美食并不热衷，此次回来后，对此兴趣大增，心血来潮时，还会做几味家常菜，招待一些老朋友来家里品味。当然，也会去餐馆坐坐，点上美食，边吃边望着窗外的行人和车辆发呆。我开玩笑对妈妈说，我们慢慢把蛇口的餐馆都一一尝遍吧。她听了笑眯眯的，说，好啊。

吃好晚饭，我常和我家的金毛犬辛巴散步，走在林荫道上，看那些树，二十多年前，它们还是小树苗，现在枝繁叶茂了，它们长得太大太快了，把地板砖都拱起来了。常常就触景生情，突然就感慨自己老了。辛巴也老了，它已经十二岁了，它在深圳出生长大，后随我旅居新西兰，又随我回来。它走在路上，一点没陌生感，就如它去新西兰时，也自信满满，一落地就把那里当家了，走在路上，总是兴高采烈的。

这些年回来探亲，走在路上，突然发现路边泊满了车子，小区的车位也不够用了。路上行走的，从前是行色匆匆的小年轻，现在多了很多两鬓花白的老人，好多熟人都变老了。而我自己，也年过半百了。

当然，不变的是高中同学聚会，谈论的还是"乡下崽"的旧事，也许只有这样，大家才会感觉永远年少青春吧。那个为追求美女同学而打赌喝墨水的阿聪，现在是大公司的老总了，可大家调侃起他来，还是口不留情，他呢，还一如既往的好脾气；那些年男同学追的女生，大家说起当年的她，依然还会动情或失落；那个多愁善感的少年，在其他的场所，可以侃侃而谈，但在聚会时，又变回了从前的他，木讷拙言，只静静地坐了，吃着饭菜，听大家说着老故事；聚餐过后，自号"青山派"弟子的牌友，照例会打通宵，但从不赌钱……

一切恍如梦幻，那么多人离开深圳，又有更多人来到这里，还有像我这样的，离开过，又再次回来，来来去去，过程就像反复翻开我的《深圳往事》一书，阅读关于我们，关于深圳这座城市的故事。小说的开头是这样的：

我是 1981 年春节前的一个月回到深圳的。我的祖籍是深圳龙华镇大良村。在深圳经济特区成立前，我们每次回来，都喊回老家，喊回宝安。自从有特区后，就改喊回深圳了。而现在一喊宝安，大家都知道那是深圳的一个区。

之前的许多年，每次回老家探亲，我们都从韶关坐火车，到广州转车，然后在东莞的樟木头天堂围火车站下车，再搭我叔父的自行车回村。一路上，我们的车子在蜿蜒的公路上骑行。

（选自《深圳商报》2018 年 7 月 3 日）

我耳朵里的深圳

王　俊

　　我很幸运，由于从小喜欢音乐，成年后又恰好从事了跟音乐有关的职业，从而得以从声音的角度切入我爱的这座城——深圳。在过去的 20 多年间，我从未间断与深圳音乐千丝万缕的勾连，用手中的笔，不仅参与创作，也认真地记录在这座城市上空飘过的歌声，亲身见证了深圳的音乐骄子们如何从这里唱响中国乐坛，又如何用他们的歌声在这块热土上洒下彩色的音符。

　　我的耳朵，曾经为这座城市的脉动见证。在密切关注深圳音乐的这些年中，我能清晰地感受到，在这里震荡着一个强大的声场，无数活泼灵动的音乐形态在这里摇曳生姿。来自深圳的歌声，实际上推动着中国当代流行音乐起伏跌宕的进程，映射着一座东方新城拔节生长的声音。

细数歌声的年轮

　　1998 年 7 月，我大学毕业。坐了 30 多个小时的绿皮火车，从北京辗转来到深圳，进入深圳电台做一名广播记者。

　　当我的领导问我想"跑"什么线的时候，我脱口而出就是"音乐"。部门主任当时还有点诧异，因为音乐乃至文化这条采访线，由于过于"清淡"，其他记者都唯恐避之而不及的。但我来到深圳，进入电台，为的就是通过各种"曲线救国"的方式，离音乐近些，更近些。于是，从那一刻起，我背起当时沉重如砖头的磁带录音采访机，就这样进入了深圳音乐的年轮。从音乐记者、音乐公司 CEO、音协主席、歌词作者到文化馆馆长，我从来没有与音乐脱离干系。

刚刚开始写音乐的时候，注定要面对一种无力感。因为声音的无形性，决定了它无法像文学、雕塑、绘画、书法那样，为后世留下可以触摸或感知的有形载体。事实上，在人类所有的精神遗产中，音乐是最难延续流传的。所以，录音手段出现之前的那几千年的音乐，我们只能通过类似《琵琶行》那样的介质来不靠谱地揣摩它们本来的样子。谬之千里自然难免。

如今，音乐本体的记录虽已非难事，然而，蕴藏在音乐背后的那些故事、情感、气息和种种外延，依然是那样难以尽录。许多留在我们耳边的音乐，在岁月的磨砺之后都失去了细节和注解，附着在音乐身上的信息在一遍又一遍的"转录"后不断衰减，使那些声音与孕育它的生活、土壤和感情断裂开来。

我在深圳采访的第一位本土音乐人，就是作曲家张平老师。张老师当时在市文化馆工作，人很瘦削，其貌不扬。但很多人都难以想象，他是深圳音乐早期历史的最权威见证者和亲历者。张平和其兄张钢，是著名民族歌剧《洪湖赤卫队》作曲者张敬安先生的一双儿子。早在 1979 年，刚刚改革开放初期的时候，哥俩就来到深圳，介入了深圳原创音乐萌芽阶段的发轫。

那时，在深圳经济特区西北部的西丽湖度假村，每到节假日，就有一些港商在那里的湖边搭起帐篷，举办当时在香港非常流行的"音乐茶座"。张平由于弹得一手好键盘，成为伴奏乐队的重要一员。乐队的歌手中，有后来由于《血染的风采》和《让世界充满爱》而走红的著名歌星王虹。

在张平翻箱倒柜给我找出的照片中，我看到了他们这几位深圳早期音乐奠基人在西丽湖的合影。张平指给我看："这是周峰、陈汝佳，这是王虹、戴军……"深圳音乐的滥觞，被他细细讲来，让人不禁感慨。后来，我陆续采访了李盾、陈立等很多当年的见证者，我们在歌声中回望，到那些承载着岁月印记的旋律中，细数这座城市的青春——

上世纪 80 年代的罗湖桥头，返乡探亲的港澳同胞手中拎着的三洋录音机，为这块最接近"外面的世界"的土地带来了最早的流行之声。在竹园宾馆茶座、香江凯旋门歌舞厅等当代中国最早的娱乐场所中，响起了电吉他、爵士鼓和内地听众闻所未闻的奔放歌声。

可以说，深圳这座传奇之城的每一段历史，无不有一段与之相配的歌声来佐证。人们在《夜色阑珊》中品味那改革初期美好的憧憬，在《春天的故事》里重温那波澜壮阔的激情；听着《丁香花》的倾诉，体会那份清新的感动；和着《最炫民族风》的节拍，人们将欢乐簇拥。

我常常问这些历史的亲历者，深圳究竟"何德何能"，能够集聚起这样一个澎湃的声场？在这块被视为改革开放窗口的土地上，曾经蔓延过怎样的音乐风景？后来的很多年，我都抱着这份疑惑，细心倾听这座城市里涌动过的声韵。

从《春天的故事》《走进新时代》到《又见西柏坡》《走向复兴》，每到中国当代历史的重要时刻，总有来自深圳的歌声唱响大江南北，成为时代的重要印迹。从音乐剧《白蛇传》《卖火柴的小女孩》到《蝶》《酒干倘卖无》，许多崭新的音乐品种在深圳热土上生根发芽。

从80年代的黄格选、戴军、陈明、周峰，到新世纪的周笔畅、陈楚生、唐磊、姚贝娜、凤凰传奇，深圳为中国流行乐坛输送了一批又一批生力军，成为内地流行音乐名副其实的"黄埔军校"；从蒋开儒、王佑贵、姚峰，到唐跃生、田地、何沐阳，深圳让这些一流的词曲作家焕发了他们艺术的"第二春"。

作为一名音乐的记录者，我开始和那些亲历过歌声历史的人们对谈，因为我深知，我脚下的这座城市，正处在一个介于铭记和遗忘之间的时光节点——过去的迅速隐去，未来的如潮而至。我担心一代人与一代人的更替，会让那些美好的声音细节以一种我们不曾察觉的方式流失。所以，我开始尝试回到那些歌声飞起的源头，用自己的寻访和记述，为那些过往的声音留下它们应有的刻度。

我深知这种尝试的有限性。毕竟，文字永远无法还原声音本身的那种在场感和冲击力。对于作为成品的那些音乐作品是怎样地美好、怎样地动听、怎样地渗透人心，我放弃了描述的努力。我只把自己的工作重点移向那些歌声背后的人，我想知道，在他们难抑喉嗓、开口歌唱之前，经历了什么样的心灵冲动，被卷进了怎样的人生故事，他们为什么要那样动情地释放自己的声音？

聆听中感受城市脉动

2009年的一天，我在办公室接到一个电话，那端的人自称是"韩阿姨"，她说因为看了我写的深圳音乐史文章，想告诉我一件事：她的儿子——周峰，现在就在深圳！

我的第一反应是不相信，直到我听了韩阿姨讲的周峰那些往事。过了两天，在深圳特区报业大厦34楼的空中花园，我见到了当年叱咤风云的深圳歌坛巨星周峰。在英国游历20多年的他，回到了他事业发端的城市。

上世纪80年代初，特区百废待兴之时，周峰的一首《夜色阑珊》，成为深圳飘向全国的第一首歌。随后他与张平合作，推出了《我是一只孤独的小船》。这两首歌成为了深圳原创歌曲的闪亮发端。自此，依托于这里兴盛的歌舞厅文化和较早成熟的文化市场环境，一批有实力的歌手在这里崭露头角。这就是"中国流行音乐始于深圳"这一说法的由来。

周峰不只是周峰，他的背后，还有一长串响当当的名字。由于深圳的歌舞厅文化名冠全国，率先成熟的市场环境锤炼出了一大批高素质的流行歌手。吴涤清、李春波、黄格选、陈汝佳、戴军、陈明、潘劲东，这些日后赫赫有名的歌手，都在深圳得到了最早的音乐营养。自然，也留下了无数值得叙说的故事。他们相继从这里的小舞台走向全国的大舞台，深圳一度成为中国流行歌坛一线歌手的输送基地之一。

这是深圳音乐的第一波高潮。经过在深圳歌舞厅里"久经沙场"的淬火历练，这一批台风成熟、魅力四射的歌手成为1994年前后中国内地流行歌坛勃兴的主力。不过，从上世纪90年代中期开始，随着歌舞厅文化的转型，深圳流行音乐一度陷入低谷，在全国产生影响的歌手更是凤毛麟角。

1996年，一首旋律优美、角度独特的《春天的故事》，把准了时代的脉搏，传递着中国的呼吸，体现了深圳音乐人高度的政治敏感与大局意识。从这首歌开始，深圳的主旋律歌曲创作呈现出"井喷"之势。《在灿烂阳光下》《走进新时代》《长大后我就成了你》《又见西柏坡》《亲爱的中国我爱你》……每一首脍炙人口的歌曲背后都有精心的策划与词曲作家的呕心沥血。蒋开儒、王佑贵、姚峰、唐跃生、田地，每一位创作者都有满腔的话在音乐中倾吐。这批唱响大江南北的主旋律佳作，令深圳音乐形成了第二波高潮，也奠定了深圳原创音乐的基础，形成了较具规模的词曲作者队伍。他们成为推动深圳歌坛不断创新的原动力。

我和蒋开儒老先生相识20多年，我一直认为，他是主旋律歌词创作的天才。

我还没见过第二个人像他这样，对当下的时代脉动有着极其敏感的触觉，并能够用自己独特的语言表达方式，将这种发自心底的感动投注于笔端，而且具有天然的音乐性。当然，没有深圳这块热土，就不可能有蒋开儒的"老树开花"；但没有蒋开儒的热情与敏感，也不可能有后来深圳主旋律歌曲的遍地花开。

进入新世纪，深圳的新移民和城市新一代逐渐成熟，为音乐文化的衍生提供了更适宜的气候与土壤。深圳市音协与深圳电台音乐频率适时推出了"鹏城歌飞扬——原创音乐推动计划"，启动了音乐工程。有了这样的条件，周笔畅、陈楚生、唐磊、姚贝娜、徐千雅、刘力扬、凤凰传奇、因果兄弟等新生代音乐人和歌手全面崛起。何沐阳、秋言、张祖嘉等流行音乐作者和制作人也成为深圳音乐的中坚力量。

2002 年的一个冬夜，我在深圳振华路的"老树咖啡"第一次听到唐磊的歌唱，那时他还没有成名。唐磊后来跟我说，当他背着一把吉他来到深圳时，只是一个理科专业出身的音乐门外汉。可是深圳没有因此漠视他的才华，他凭借自己的艺术特长考进了深圳水务集团，生存得到保障后，他又利用业余时间在深圳酒吧舞台上获得了一席之地。深圳电台音乐频率率先发现了唐磊的才华，屡屡在电波中放送他的作品。

在电台主持人夏冰、刘洋等的鼓励下，2004 年，唐磊把自己制作的一首简朴的情歌小样传到互联网上，优美动听而且朴实真挚的歌声很快赢得了网民的追捧。这首歌就是后来脍炙人口的《丁香花》，它的点击下载量超过了 1000 万次，成为中国网络音乐的一个奇迹。如今，唐磊的歌唱事业如日中天，然而他在与我的私下交流中还是由衷地说："无论我走到哪里，深圳都是我的家。"

如果说唐磊是移民到深圳的音乐人的代表，"超级女声"亚军、如今已站上歌坛一线的周笔畅则代表了从小成长在深圳的本土原生音乐力量。周笔畅 6 岁时就来到了深圳，从小学到中学，她汲取着这座年轻城市的文化营养，她的演唱才华也受到了很多师长的注意与鼓励。我去过周笔畅的家，就是一个普普通通的移民家庭。周笔畅的父亲周中展对我说："深圳给了我女儿太多的机会，要不然她不会有今天的成绩。"

从 2005 年开始，在各大流行音乐比赛和颁奖的星光大道上，走来了越来越多的深圳人。在各大媒体上和大型唱片公司的签约歌手名单中也见到了越来越多的深圳歌手的身影。凤凰传奇组合在中央电视台《星光大道》比赛中一路过关斩将，获得年度亚军。酒吧歌手陈楚生获 2007 年"快乐男声"冠军。深圳女孩刘惜君获 2009 年"快乐女声"第五名。深圳流行音乐星光璀璨的态势令无数人瞩目称奇。

陈楚生夺冠的那晚，我正好在湖南卫视演播厅的现场，看到他披上"金色战衣"的那一刻，我心里激动难抑。这是深圳音乐的第三波高潮。在这段时期内，深圳流行音乐的创作和演唱渐渐走向平衡。从深圳走上歌坛的音乐人与歌手呈现出鲜明的城市特色：他们往往有着内向、笃定、从容淡定的性格，曾经为自己的音乐梦想蛰伏多年，最初或许并不被人看好，依然把梦想坚持到最后，凭借独树一帜的气质和出众的音乐才华征服人们的耳朵与心灵。

2010 年后，以"90后"为主力的"深二代"在深圳乐坛如雨后春笋般涌现。杨胜、TooPhat 为代表的说唱音乐人以独特的音乐语言和铿锵节拍直抒胸臆；白天不亮、陆正为代表的电子音乐高手自成一家，在电脑上鼓捣出了惊艳众人的声音；而邹锦龙、孟瑞雪等音乐人则把民族音乐元素融入自己的旋律中，实现了传统与现代的无间融合。

感谢这么多年来我所接触的那些歌手、乐手、制作人。他们其中的不少人虽已是一线歌星和大牌音乐人，前呼后拥，时间金贵，但冲着对深圳的那份昔日情分，还是慷慨而耐心地接受了我的询问，细细还原当年。

我把歌声看成植物。在一片荒芜的河滩，与在一片生机勃勃的原野，它们的生长状态将是那样地不同。为什么偏偏在深圳这座传奇之城，歌声的生长竟能够那样茂盛？为什么在这块人们来往生息、行色匆匆的新土上，竟然也能沉淀下那样富有生机的声音？谁赋予了深圳这样的精神造化？谁让这座城市歌声满天？

在这里种下歌声

2020 年，我受聘担任新成立的坪山文化馆馆长。从接受任命的那一天起，我就暗自下决心，要把原创这件事情，在坪山这块"一张白纸"的土壤上坚定不移地做下去。

2021 年和 2022 年，两个秋季，在坪山金龟露营小镇的山谷里，有一种歌声回荡不息。坪山音乐创作营连续两届，分别在一周左右的时间里，同吃、同住、同创、同唱，25 首新歌整整齐齐、簇新而发，接受人们耳朵的检阅。

歌声一旦种下，就会在雨水中发芽，在阳光里拔节，在心灵的洗礼中壮大。当歌声响起的那一刻，我心是满足的。我们在一个偏僻的地方闭关而作，心怀理想，头枕溪流，耳沐山风，笑谈明月，对这块土地报之以歌。如果说深圳歌声有三千尺，我们又为其增高一米。

　　我在很多场合都坚持认为：原创音乐，是深圳这座传奇之城胸前最闪亮的一枚徽章。四十年歌声未辍，名贯大江南北。论影响力和成就，深圳其他艺术门类都难与音乐比肩。

　　然而，不必鸵鸟埋头的事实是，近5—10年，深圳原创音乐由于缺乏一以贯之的生态养护，不乏涸泽而渔、焚林而猎，导致后继乏力，多少年没出过有全国影响的新人大作了？

　　我至今记得2009年4月，我和深圳市委宣传部文艺处的陈圆圆女士执笔起草"深圳音乐工程十年规划"时的那些心潮澎湃的日子，那是一个涉及原创音乐全产业链条的完整规划。那时我们对深圳音乐的未来充满了阳光般的热望，憧憬着有朝一日这座城市歌声满天。

　　如今陈圆圆女士已经故去10年，她所盼望的那一天仍然有些遥远。我们的城市对"原创"力量的珍贵性认知匮乏，导致了系统性的政策支持和实质举措波动起伏，音乐人对环境改善的可感知度有限，直接导致了自发创作的原创冲动萎缩，生存状况日渐逼仄，体现在明面上，就是"深圳之声"的金字招牌渐趋黯然。

　　无原创，不文化。在这座城市里，大小明星如鲫过江，喧嚣堂会轰轰烈烈，如果没有属于自己土地上生长出来的声音，那都是过眼烟云。

　　正是因为深知原创之珍贵，我们才在偏处一隅的坪山创立了坪山音乐创作营。为的就是让那些光芒未敛的唱作人们，能够暂时地抛开生存焦虑，在明月清风的山间濯洗初心，为自己而歌，为土地而作，为时代而唱，为这座城市找回那失传已久的感动。

　　我当然知道，面对着周围强大的功利惯性，我们的力量是微薄的。坪山文化馆是个小馆，杠杆有限，我们甚至没有能力把这些无比优秀的作品录制为成品。然而，能量有限，声量无限。只要我们以杜鹃泣血的精神，把创作营一年接一年地办下去，让好歌一茬接一茬地破土而出，"在这里种下歌声"就不会是一句空话。这座城市终将证明，我们歌声里的倔强。

这就是我耳朵里的深圳。每个时间跨度里的深圳音乐，既承接了前行者留下的精神"锦囊"，又为后来人保存了音乐的火种。深圳在发声，中国在倾听。这些赤诚的声音，必将与时代的心声形成美妙的共振。

我越来越深知，我在做一件对的事情。我只愿朝着光亮的地方，蒙眼狂奔。

（本篇此前未发表过）

在深圳，得"居"而安

韩 磊

从 2016 年 5 月来深圳工作，一晃四年过去了。到了整整满四年的当口，我终于有幸住进了深圳市分给的一套人才安居房，得"居"而安了。从此，感觉自己成了一个真正的深圳人。

初来深圳暂时落脚在公司附近的一家酒店，一个星期后在"花样年·花郡"租下一套房，位于某栋楼的十层，下临玉律路，西出的一个小阳台对着和玉律路垂直交会的区间路，从住处步行到公司只需要七八分钟，中午都可以回去睡个午觉。对于生活在深圳这样的大城市的上班族来说，这已经是很幸福的事情了。

当初相中这套房有一个重要原因，是它有一个西向的阳台，可以欣赏、拍摄落日晚霞。初到深圳，对它的蓝天白云、落日晚霞大为赞赏，心想，有一个朝西的露天阳台很不错，可以闲坐看看街景，更方便拍摄落日晚霞，因为自己对这个题材一直情有独钟。但住下来之后才发现，这里噪声比较厉害。楼下的玉律路不是主干道，可房子正对着区间路，区间路两侧全是小饭馆，一到晚上大排档摆开，到了夜半时分还是人声鼎沸，啤酒瓶子易拉罐的"咣当"声不绝于耳，时间久了很影响休息。于是住了一年之后，我换到了同一小区另一栋楼六楼的一套两居室。这里也有一个朝西的阳台，比原来住的那一套更大，且避开了区间路，不受夜市大排档的困扰了。

我在第二个住处住了近两年，是目前为止在深圳住得最久的一处地方。

2018年春节，爱人和儿子从北京来深圳过年。这是最近十多年间自己和家人在住家之外过的唯一一个春节。那年春节深圳气温一直居高不下，大年初一上午我们一家三口出门去逛宝安花市，我和儿子穿着短袖T恤，在外面走上一二十分钟还是一头汗。我爱人说，北京现在穿羽绒服恐怕也不暖和，深圳却像夏天一样。这个温暖的春节给我们一家三口留下了难忘的印象。

住在这里经历的另一件终生难忘的事情是2018年9月的山竹台风。台风过后气象台发布的消息说，这是深圳最近四十年遭受的最强的一次台风，也是我今生经历的最厉害的一次台风。台风袭击深圳那一天记得是星期天，下午三四点台风威力最大的时候，我在家里眼看着阳台上的洗衣机被风移动了两三米远，直到它撞上围栏停下来。眼看着路边脸盆粗的大树被大风连根拔起，街口原本固定的金属垃圾桶在满是断枝落叶的马路上滚来滚去。

2019年，公司租房政策发生变化，不让个人在外租房了，改为统一租，分给大家集中居住。于是，3月底，我和二十多位同事从不同地方搬到了位于航城街道的星航华府小区，住在某两栋楼的30层和29层，也是所在楼的最高层和次高层。我"有幸"抽中了其中一栋最高层的一套，从此"高高在上"，住进了这栋楼E1单元西头的30楼。这几栋楼是这一片区域的最高建筑，其南面没有高层建筑，所以视野极好。正南约莫两公里处是深圳宝安国际机场，再远处是伶仃洋，机场与伶仃洋之间横亘着广深沿江高速公路。在这里，每天看飞机起起落落，看伶仃洋上云卷云舒。沿江高速公路上，汽车像指甲盖大小的甲壳虫一样缓缓移动，南海的风掀动伶仃洋的波涛，夜夜潜入异乡人的梦。幸运的时候，还能看到陆地上难得一见的电筒光——在满天阴云之中，阳光穿过云缝，像手电筒一样从天空射向海面，海上的船只，还有几十公里外广州南沙港林立的塔吊，清晰如在眼前。

今年春节过后，疫情期间，公司为我们开了通勤车。每天早上七点四十分，十多位同事登上中巴，虽然戴着口罩，但挡不住大家口吐莲花。二三十分钟的车程，车上热闹得犹如一台群口相声，有人逗哏，有人捧哏，有人正面"捅刀"，有人背后"补刀"，车厢内妙语连珠，欢声笑语不断。谁也没想到，疫情竟然给了大家一段难忘的美好时光。

今年5月，深圳市给公司分了一批人才安居房，我于6月中旬从住了十五个月的星航华府搬出，第四次搬家，住进了距公司更近一些的人才房。这批房合同一签三年，可续签一次。这样算来，这可能是我在深圳工作期间的最后一处落脚地了。有望从此不再搬家！

漂在深圳四年，我像被风吹散的一片云，兜兜转转，住过四个地方，且全在宝安，圆心当然都是公司。这样的漂泊，对于我，既是生活的一种给予，也是人生的一种无奈。但无论如何，在深圳的这四处栖身之所，都给了我温暖的庇护。每一次驻留，都是见证，每一处居所，都是生命中温暖的驿站，承载着自己人生的一段时光。也许，若干年后，无论温馨还是糟心，它们都会成为自己美好的回忆。

（选自《深圳特区报》2020 年 8 月 11 日）

在城里

苓 笺

生活半径

我是一个好奇的人，对新的生活环境尤其是这样。刚来深圳的时候落脚福田。那时候城市还没有发展成现在这个样子。福田区一带，到上海宾馆似乎繁华就截止了，岗厦还是农村，更不要说白石洲和宝安了。稍微安顿好，就开始跑出去四处看。看没看过的很高的大厦，看讲方言的广东人，看岗厦周围成片的荔枝林和一座座很老的民居。就这样兴趣满满地发现深圳，以住的地方为圆心，画起了新的生活半径。

那时，最繁荣的是罗湖。和连接香港的古老的罗湖桥有关。所以，开始的高层建筑，都密密麻麻立在罗湖片区，结果今天看来，实在是不科学。自己把福田探索得差不多以后，脚步就迈向了罗湖。有时间时，就约上朋友坐中巴跑到国贸大厦一带。看看这座最高建筑。下面的几层都是门店，里面的港货还是很冲击我们这些从内地跑来的人。虽然口袋里没有钱，也会买一两样最便宜的东西满足自己。回老家探亲时，更要去淘些打火机一类的新鲜玩意儿当礼物。由于有关口挡着，看不到传说中的罗湖桥，中英街更是想也不敢想。

南北方差距之大，那是不用说的。这就使我们对这里的一点一滴兴趣保持得更持久。漂泊在这个城市里，生活半径也越来越大了。比方频繁地换工作，频繁地搬家。每换一个新的工作和居住环境，陌生就会带来另一次新鲜感。以出租屋为中心，又开始探索周围的环境，商场、医院、银行、派出所什么的。画出又一个生活半径。生活的压力和环境的新奇感觉总是混合在一起，一个给你沉重，一个帮你消遣。就在这周而复始的日子里，走过了一年又一年。

很多年过去了。我们觉得归属了深圳这个城市，对它好像很熟悉了。它的特点，它的文化和民俗，都能和后来的人说一说。当然，探索它的圈子已经画得很大。想看大海时，就坐上观光巴士去大小梅沙；想登高的话，就去爬爬梧桐山。还有那么多国际大卖场和著名的主题公园。城市飞快地扩大，中心区的城中村已经消失了。早先徒步过去就行，现在已经没有可能了。所以，面对城市的飞速发展，好奇心感到气馁。生活半径也慢慢收缩，变得很固定。这是不是可以说个人生活和内心世界已经沉淀和平稳了呢？

我们经历了城市从最初的三四个行政区，变成了今天的近十个行政区。如果住在宝安的你想一想盐田和大鹏，会觉得那真是好远啊。坐公交车，路畅通的话没有两个多小时也到不了。简直就是从一个城市到另一个城市去。城市大，限制了人的活动半径，使我们只能最熟悉与自己关系密切的街区和场所。地铁开通，忽然给人们扩大了活动半径，深受年轻的上班族喜爱。它把这个区住的人，快捷地运到另一个区去上班。好像城市又缩小了。

时间在一天天流淌，我们在住了很久的环境里生活着。比较固定的作息和内容证明每个人的交往面很有限。但是，当想起内地的老家时，又很吃惊自己的生活半径如此之大。其实，总结人生，就是一次没有尽头的行走，禁不住好奇的生命探索。各人的生活半径大也好小也好，里面装的内容都是相似的。就像每天太阳一升起，每个人就和深圳一起忙碌起来，数不清的生活半径重叠在一起，但是各沿各的轨道运行。

他们的部落

他们从哪里来，什么时候来的，没有人清楚。但是，他们的存在，是明摆着的事情。这条街偏离城市主街道，但是又藏在城市中心，一个清静的角落。怎么说，他们都不是这个城市的人。长着乡下人的面孔，说着外地口音。深户，那离他们就太远了。但是，社区的住户都看在眼里，他们盘踞在这个街区很久了。三年？也许是五年。开始是三轮车一族，现在是运货卡车一族。开始是单个男男女女，现在，都是一家一家的了。有的还生了孩子。十家八家人，俨然已经组成了一个完整的生活部落。日子，就在街边的人行道上，就在三轮车和运货卡车上。

　　和市民真正安稳的日子相比，他们的样子像漂泊。因为，每天见面，他们不是在帮人搬扛沉重的东西，就是或蹲或坐地消磨时间。当然，这就是他们的上班，是在等着活干。比方搬家啊、运货啊什么的。城市很大很大，你不明白他们怎么就选在这块地方落脚。四季寒暑，一年一年，就像那些街道树一样，总在那里。他们的自然形成的部落，成了城市的一个部分，一种色彩。

　　他们的表情和每一天干的事情，很清楚地表明他们处在社会底层。所以，每一个干活挣钱的机会，求生存的目的更鲜明。因为没人有机会看到他们的家、他们住的房子，所以会觉得以前那辆三轮车，就应该是他们的全部家当。因为，没有活的时候，男人和那个女人就蜷在车板上，懒洋洋地看着街上的繁乱。困了，就直接横在车上睡了。

　　城市日新月异。有时候变得让人迷路。但是这个部落不变化，你只要走过那条街角，发现他们还在那里。还是相同的面孔和外地口音。如果单单看这些人，你会怀疑时间好像停住了。留心看看，会发觉他们也有变化的。一个是部落人口多了，一些下一代显然出生了。这些小孩子没有落地在遥远的乡下，而是在深圳，深圳的一条街边。部落的家庭也有发展，三轮车没了，更新换代成了运货的卡车。车门上堂皇地喷着深圳×××，像乡下的房子一样，一辆辆排在路边等生意。除了男人，个别健壮的女人也考了驾驶证，当起了老公的副驾驶。闲极无聊时，男人女人就会凑在一堆说笑或者席地而坐打牌。按理说，那些不大不小的卡车停在路边，占了一个车道，是明显违规的。但是，不知是法不责众还是别的原因，没见警察来管过。一切都显得很自然。好像这一片地方就是他们部落的地盘似的。

　　没事的时候，从他们旁边路过，经常困惑不已。他们肯定都有一个乡下老家，有一所好或者不怎么好的房子，围着房子还有一片自己的菜园。是什么原因让他们放弃那一切，心甘情愿地漂泊在城市里呢? 这样在路上生活，生儿育女，很像开着大篷车到处走的吉卜赛人。

　　可是，我们中国人喜欢安稳的生活，家的观念很重。和吉卜赛人是完全不同的。没有着落的日子，一般人难以忍受。但是，眼前这群驻扎在这个街角的男男女女，却成年累月地忍受着。有时候你感觉他们不是忍受，而是一种享受的样子。他们依附在城市的身上，藏在城市的缝隙里，像城市的一棵树、一块铺地砖。但是，很多方面又和周围环境隔阂得很，没有什么更直接的关系。我偶尔会看到一个女人抱着很小的孩子，站在装修时尚的店面前张望，显然是在街上的车流中找自己家的车，和驾驶室里熟悉的脸。我一下子就联系起另一幅图景：乡下的农舍前面，做好了饭的女人抱着孩子，向田野张望，等着下田回来的男人。我觉得，那幅画面更加温馨。因为，那脚下和身边的一切都是自己的，而现在，她抱着孩子，只是站在一个城市的街上的露天里。

（选自《打工文学》2012 年 6 月 10 日）

找北札记

阿 北

失业

去年12月初，公司终于下达了一纸通知，项目叫停，原因是项目进度缓慢，耗资巨大。项目叫停这是迟早的事情，我们每一个人都心知肚明，然而，谁都始料不及，会在春节临近的时候。项目停止，我们这些人必须要面对一个十分严峻的事实：失业。

这个团队的成员构成，除了我与项目总监年龄稍大些，其余的都是刚从学校出来的小青年，加入到这个成立刚刚一年、做起事情来也才刚刚得心应手的团队，在这个时候解散团队，对他们来讲，意味着生活窘迫、愁眉苦脸、惶惶不可终日，更是觉得无颜面对那一帮比自己混得好的同学。但通知既已下达，事情就再没有任何挽回的余地。作为团队管理人员，还是要对每一个人推心置腹说些安慰的话。告诉他们生活就是一而再，再而三的选择。今天选择了失业，就要勇敢地去面对。尽管面对有时是一种痛苦，但细嚼慢咽一下，不管乐观或悲观，痛苦更体现出一种享受。

只是，我自己也清楚，这些话是多么地无力。2008年的金融危机，到了今年似乎才显现出来，工厂搬迁，公司倒闭，许多东南飞的孔雀也逐渐把方向转向了故乡。在这个时候失业，则意味着真正的失业，甚至在以后相当长的一段时间里，都将在失业中度过。

项目总监毕竟有近二十年的工作经验，在行业内算得上一个人物，这边下岗，另一边就可以立即上岗，失业对他来讲，不会造成多大影响。我也有十多年的工龄，在业内也混了个脸熟，新工作虽不如总监那般水到渠成，只要托朋友稍微留意一下相关的职位，估计问题不大。但对于这些小青年来讲，一是工作经验积累得还不够，二是还没有相应的人脉圈子，如何去找下一份工作？

我注意到很多大学生的网上签名：毕业意味着失业。这个时候，我才真正地明白其中的意思及他们在写下这句话时心情的无奈。我常想，失业，虽然凝固起辛苦兼辛酸的味觉，但是，从头再来的豪迈无论怎么去展望，都是一种新生。当然，在这种新生面前，我们如何既能摆脱待业窘境，又能开拓美好人生，则需要每一个失业者开启自己的大脑，捕捉全新的创意了。

好在项目总监尽力周旋，让公司补发了一个月的工资之外，还全额支付了每个人12月份的工资，这才让这些失业的小青年，不至于没钱留下来继续找工作，或者没有回故乡过春节的路费。

租房

我在这里居住的房子是公司的宿舍，房虽是公司的物业，但归我个人，当然是有偿使用。这是一套两居室的房屋，开始时我与公司的另一位主管各居一室，后来，公司有意解聘那位主管，而此时，我的女儿又从故乡来到了身边读书，这套房便顺理成章地供我个人使用了。

虽如此，公司还是从先前答应的加薪中扣除了部分，再加上每月扣除的水电、管理等费用，也花用不少。但与周围不断上涨的房价比较起来还算得上便宜。住在这里，与上班的地方尤近，每天只需要乘电梯下去，便是公司了。所以，常有相当长的一段时间，楼下的保安不会看到我走出这栋大厦。

月初，公司下达了项目叫停的通知，项目团队成员全部解聘。公司不会再提供免费的房屋给我使用。刚开始接女儿来身边的时候，考虑到这个项目最起码也要进行三五年，也就做了长久的打算，添加了不少居家物什，为女儿找的学校也是就近的，哪晓得这才刚刚一年，项目便被叫停。

重新租房是必须的。网上的租房信息大多是社区、大厦的，房价较高，首先排除。可供选择的也就只有那些农民居了。其实，农民居与花园小区同样都是居住，如果幸运的话，还能租到光线充足、交通便利、安全卫生的房屋。稍不同的，也仅是一纸合同而已。农民居出租信息大多不会在网上发布，多数张贴于楼房门前。于是，便只好亲自出马，穿梭于各胡同小巷，寻找合适的房屋。

奔走了几日，发现租房并不像想象中的那么简单。深圳的城市特点是年轻，人口流动性较大，这就造成了大多数农民居在建造的时候，多以单房、套房及一居室为主，两居室租住者多为一家人，考虑到小孩读书的问题，租房一般相对较稳定。也就是说，两居室的房屋，如果没有人搬出去的话，一般不容易租到。

就在我几近无奈的时候，朋友突然告诉了一个信息，说某花园小区还有两套两居室的房屋，房租相对较低，而且距现在住的地方不远，女儿上学也方便。一听，大喜。忙过去看房，当即就定了下来。

现在，我住的房子在5楼，在一处破败的花园小区里。小区的房子较旧，一楼还有几个小加工作坊，每天24小时，机器声不停。小区里的绿化带早已变成枯黄色，中央的喷泉水池很久没有喷过水，水面上漂浮着红绿相映的垃圾袋。不过，房屋还算宽敞，我常常坐在嘤嘤飞舞的蚊子中，享受下午的阳光。

搬家

有人说，不搬几次家，不算深圳人。在深圳人的眼里，搬家是件稀松平常的事情。来深圳十年，搬家的次数不少于十次，有时甚至一年之内，搬上三四次。以前每次搬家，多是两个行李箱一拖了事，这几年固定住在流塘，来自全国各地文朋诗友赠送的文集、样刊以及自己所购买的书籍，倒也积攒了两个大书柜，搬家便不再简单。尤其是这次，把女儿接到了身边，添加了不少居家物什，但由于公司解散团队，不得不从公司宿舍里搬迁出来，搬家则成了一件劳烦的事情。

与以前每次搬家不同，这次搬家有些伤感与无奈。公司团队解散，正处于金融危机的深圳，就业形势比较严峻，尤其是临近春节，各公司都不可能再提供新的工作岗位。在那个吃过"散伙饭"的下午，久违的阳光穿透厚厚的阴霾，照在我们年轻的脸庞上，我们本能地颦眉眯眼，这一凝固的表情与我们的心情一样复杂难受。

回忆在心头蠕动。在过去一年的时光里，我们从组建团队，到项目立案，再到项目的审批与进行，然后项目通过了区里重点扶持的高端产业项目的审核。如今，项目进展得如火如荼的时候，却突然被喊停，刚刚熟悉的面孔就要别离，刚刚得心应手的工作就已失去，最后一眼注视这些进驻的商家，目光却已无法穿透这初冬的寒意。

严寒中，我们彼此相望，互相打气，不就是失业吗？不就是搬家吗？没什么大不了。是的，没什么大不了。这个世界离开了谁，都照常进行。说不定，这个项目新的团队接手之后，会进展得更加顺利。也说不定，我们离开之后，会有更好的岗位等待着我们。

用去一个星期的时间，终于在公司附近找到一套二居室房屋。房子虽有些破败，倒也宽敞，好歹也在花园小区里，不过这都不重要，要紧的是，与女儿就读的学校，距离不远。

到公司清理宿舍的最后一天（其实是清理我们这些业已被辞退的人员），找到搬家公司。算算家什，居然需要一辆四吨的车才能拉完。搬家公司派来了搬运工，从楼上搬到楼下，装好车，已是傍晚。车辆开动的时候，保安员拦在前面，要放行条，说没有放行条，不予放行。这些人，原是寄生于我的项目团队，如今团队被解散，就翻脸不认人了。心里不由得一阵凄然。

忙到晚上十点多钟，终于将"新家"布置妥当。女儿疲惫地坐在沙发上，喊饿。妻走进厨房，开始洗菜、烧火做饭。突然想起一句诗"没有烟火的地方称不上家"，心里顿时升腾起一种久违的温暖。

卖书

这几次搬家，最主要的家当，便是书了。工作这么多年，也写了这么多年，日积月累的，着实存留了不少书。自个儿买的书差不多都是些哲理、人文等方面的，其他的大都是全国各地文朋诗友的赠书以及刊用我作品的样书样刊。我读书有个习惯，喜欢先看开篇一章及末尾一章，如果这两章都没能引起我阅读下去的欲望，那这本书将被随手扔到一边。所以，很多次看到许多作者的书籍，仍如新的一样，静静地躺在我的书柜里，便不由得汗颜，觉得实在有悖于作者当时寄书的初衷。

以前每次搬家，妻大多都没有上班，整理、打包的事情便由她做。这次轮到我失业，而她又在忙单位的事情，于是整理打包的事情便落到我的头上。前几天，妻唠叨：两个书柜，还有几箱上次搬来根本就没有拆箱的书，有些是长期放着没用的，你压根也不看，不如卖掉。我想了想，也是。有些一年四季睡箱子的书，不但没能发挥作用，反而给搬家添了麻烦，白白占了房子的空间。

我下决心卖掉一部分没用的书。一天早上，我把书柜里的书、箱子里的书，全部搬到了客厅，一本一本地进行清理。清着清着，我犯了难了，卖什么书呢？这些书多少都与我有些关系，要么是刊用了我作品的样刊选集，要么就是签有我名字要我"惠存""闲读"的作者赠书，再来就是我购买的那部分书，大多是我精心挑选来的，断然清不得的。

思来想去，还是对样刊选集下手。我从每一本样刊上面，把自己的文章裁剪下来，然后，再找来一个文件夹，把裁剪的文章分门别类地归纳到"诗歌""散文""小说"之下。你别说，这一整理，倒也把我吓了一下，自己发表的作品，竟然有三大文件夹之多，而清理出来的样刊，也有五六百本。

当然，有些有影响力的刊物还是尽可能地保存原貌整本的，比如《美文》《青年文学》《诗刊》《山花》。一些选集也是尽可能地保留，比如深圳诗人李晃选编的《深圳青年诗选》、苏州诗人许强选编的《中国打工诗歌精选》、湖南诗人黎凛选编的《当代青年诗人代表诗选》，至于由我选编的书籍，由于存书也就只有一两本，更是舍不得丢。

用去一个星期的时间，总算把书整理完，加上一些公司没用的资料，清理出来的有五六箱之多。叫来收购废品的，五毛钱一斤，过秤，结账，得钱二十块。目送收废品的中年男人把这些书拖进电梯里，心竟如针扎般地疼。

惦记

搬家的时候，女儿无故地喷嚏连连，我问：谁在惦记你？女儿回答：奶奶。奶奶一定知道我累了，在心疼我呢。女儿的脸上写满了自豪。

女儿十岁了，一直在爷爷奶奶身边生活，今年我与爱人商量，把她接到了身边来读书。离开爷爷奶奶，女儿生活有些不习惯，有事没事总爱给奶奶打电话，告诉她在深圳的所见所闻以及喜怒哀乐。我打趣地问她，你怎么那么多话要给奶奶说啊？女儿满脸凛然地回答：奶奶疼我啊！

每到这个时候，我不知道该说些什么了。十年，女儿在我们身边生活的时间加在一起，不足一年，女儿疏远我们，这是我们先抛弃她的结果。尽管这样想，但对女儿把什么话都告诉奶奶，却不愿意同我们讲，心里多少有些不舒服。

"爸爸。"女儿喊我，把我的思绪拉回来，我看看她，她歪着头问我，"你不打喷嚏，是不是没有人惦记你呀？"

这个问题倒一下子把我问住了。虽说在深圳鼻炎这个老毛病常犯，今年尤其严重些，倒从没想过谁在想我。

我还真的从来没有想过谁会惦记我。俗话说，儿行千里母担忧，我在外漂泊，母亲自然会惦记着我。但自从女儿出生以后，母亲似乎把所有的精力都倾注在女儿身上了。在我在外闯荡的十年里，母亲甚至没有打过一次电话给我。当然了，我也很少给母亲打电话，每次都是爱人打回去，同母亲也是说不完的话，而我，几句话之后，就不知道该说些什么了，母亲呢，在电话那头，也是沉默。

这个问题如果问爱人，她会立即回答，是我在惦记她。她每次打过喷嚏之后，都会打电话问我是不是在想她了。女儿接到身边之后，她似乎也把所有的精力都放在女儿身上了，很多时候，我要喊叫她几句，她才会从女儿的身边离开，问我有什么事情。朋友惦记？朋友虽多，但每人都有亲人惦记或被惦记，似乎也分不开心，再去惦记别人。

见我很久没有说话，女儿稚气地问："爸爸，要是没人惦记你，我来惦记你好了。如果你打喷嚏了，那就是我在想你了。"

女儿在我面前突然间长大了。

路灯陆续地亮起来，风刮得也更加猛烈些了，看着搬家公司的人将物品一件件搬上车，我蹲下来把女儿的外套拉了拉，以抵御这深冬的寒意。面对将来，我不知道还会再失业几次，再搬几次家，前方的路还很漫长，但冬季之后必将迎来春季，漂泊的人有亲人相伴，再苦再难，也是一种温暖。

找北堂

我现在居住的房子在一个破败的花园小区内，楼下有一个篮球场，终日停满运输货物的车辆。小区的中央有一个圆形的喷池，自搬进来都没有看到过有水喷出，相反的是，池里终日漂浮着红绿相间的垃圾袋。喷池周围，是常青的绿化带，其中掺杂有低矮的桂花树，每隔一段时间，总能闻到扑鼻的香气，为这个破败的小区带来不少生气。小区的最里面，有两栋将建的楼房，只打了地基，始终不见动工。前段时间连日降雨，地基内积满了绿色的水，有风吹过的时候，就像一个碧波荡漾的小湖。

房子是两居室的，如我前面所说，是一套破旧的房子。许是许久没人住过，打开水龙头，流出来的是一股刺鼻的污水。房间内到处蚊蝇横飞，地上墙角可以看到正在交配的蟑螂，不过，这并不影响我搬进来的好心情。因为，在接下来的相当长的一段时间内，我将在此居住，生活，阅读，写作。并且，最重要的一点，在这里，我可以像布置自己的家一样，来布置房间。

打扫卫生，重新将搬来的物品分类整理，把破旧的水管、不亮的灯泡一一更新，用去了我三天的时间。揉着发酸的背，直起身来，房内虽不可用焕然一新这个词来形容，却也是一个颇为温馨的小家了。女儿的房间贴满了可爱的卡通图像，一张床、一张书桌、一个衣柜为她营造了一个温暖又独立的空间。客厅里除了沙发、餐桌、电视及电脑之外，我的书柜占据着一处重要的位置。上次搬家的时候，已清理掉相当大一部分书籍了，现在书柜里摆放的大多是我喜爱的书了，初步统计了一下，竟有两千本之多。坐在沙发上，泡上一壶茶，看一本好书，对于我这样热爱读书的人来讲，无疑是最美好的享受。

一切准备妥当，是否该为自己的新窝取个名字？我把我的想法告诉给了郭建勋兄。他是一个热心的人，非常认真地为我取了"挺斋"这个名字，寓意"挺着意味一切"。时下我刚刚失业，新工作还茫然无期，生活的压力一下子聚拢过来，郭兄曾多次与我一起谋划下一步的走向，还不停地告诉我，生活暂时是困难的，但希望是美好的，不要灰心，挺着意味一切。我很感谢他，也欣然接受"挺斋"这个房名。

一个晚上，我与郭兄一起到沙井找戴斌兄聊天，谈到我的书房名的时候，戴斌兄说道，你叫阿北，书房定为"找北堂"更好一些，阿北找北，却也有些小意思。郭兄也一起附和，在这个找不到北的鸟时代，我们一直在寻找，直到找到找不到为止。"找北"确是个好名字。说完，就由戴斌兄动手，为我题下了"找北堂"这个名字。

一切都涵盖于此。现在这幅牌匾就悬挂于我的客厅，每次看到它，我仿佛都能看到一种方向。

（选自《打工文学》2012 年 7 月 8 日）

深圳记

梁海洋

潭头记

每天晚上九点下班后，我都会出去转悠一下。通常是出了德森厂大门后往西拐，这里是潭头第三工业区的大门。门前横着一条大路，大路两旁灯火如昼，但行人却稀少。要是白天的话，又是一番样子。路西边是潭头村西区，有一大片的出租屋，还有本地人居住的豪华小区，再过去就是潭头西部工业区，去年年底我曾在这个工业区里找工作，工业区面积很大，从这头走到那头要十来二十分钟。大门边上是潭头小学，那天我来到这里时，正值中午放学，高架桥下黑压压的都是活蹦乱跳的孩子，清一色的校服，在初春里我丝毫没有感觉到春天的蓬勃和花朵在盛开的迹象，倒是感觉提心吊胆，路口车辆横冲直撞，而孩子们行走在车缝里。

路叫沈海高速，好像是沈阳到海口的，我不是很清楚，但我一直都叫它广深高速，深圳到广州的路。沿高速路往南沙井，在新桥有个出口，出口往东是芙蓉，我曾在那里待过。再往南就是福永了，机场就在那里，再下去就是我待了三年的西乡，然后是新安，接着是市内了，在市内的高速路上可以望见深圳湾那边的元朗和落马洲。往北过红星村就到了江边村，然后就是碧头。我在江边待过三天，那里都是电镀厂，污染很严重，到处散发出难闻的气味。我在碧头过年，去碧头第四工业区找工作，面试的那位仁兄的判断能力让我大跌眼镜，我在这行业做了十年，他说我是个新手。过了碧头就是东莞的长安了，我去过长安几次，印象是那地方的打工妹特别多，没见几个男的。

常常是漫无目的地走，因为这里什么也没有。没有几个店铺，晚上九点之后，只有几个门面里透出灯光，是微弱的那种、家常的那种，因为高速公路是高架桥上过的，下面空荡荡的，相对于别的地方，这里还是比较冷清的。我接着踱步来到东区，这里是一大片出租屋，村巷纵横交错，有天源隆商场，也有天骄百货。我第一次来潭头是一个同乡带来的，那是去年端午过后，我刚从广州番禺莲花山回来，他的朋友就叫我们来潭头吃饭，搭电动车到天骄百货下。从芙蓉益家百货出发，沿芙蓉大道过同维共进电子，到路口处西拐，这是芙蓉路，然后一直往西，到国道交叉处便是天骄百货了。到潭头不到两公里，后来我曾经一个人沿路走过。

我转这么多不是出来玩，而是为了找吃的。潭头是个奇怪的地方，地大，人也多，但是吃店却少，路北只有两家饭店，这不是我要的，小吃店却没有，想吃夜宵，却往往要跑遍整个潭头。工业区里没有早餐卖，出来也远。我来这里快二十天了，却一次早餐也没吃过。这是让我头疼的事。我喜欢像塘下涌那样的地方，大片出租屋中间有个公园，天热时可以乘凉，傍晚可以散步，打打羽毛球，看看来往的俊男靓女，附近有社康中心，有各种各样的夜宵小吃。

然而潭头是没有的。我不知道自己能在潭头待多久。

横岗记

这一次来横岗，不是为了来看妹妹，而是为了一份工作。

从横岗地铁站出来时，已是下午两点了，我还没有吃饭，肚子饿得咕咕响。早上八点就从潭头出发了，只吃了一份肠粉，公交车在公明转来转去，像是在卷绳子，让人心慌。到龙华汽车站下车，然后上了 B647 去东环一路，在油松派出所对面的英贝尔大厦二楼，我在一个叫深山老林的公司待了两个小时，这两个小时里，差不多一个半小时是在等待。这是一个内刊编辑的工作，所做的事就是每过一段时间就出一期公司的刊物，宣传公司的活动之类的。面试我的人最后却不拍板，我知道这是一个失败的面试，然而时间不多，还得在下午两点半到横岗进行下一场面试。来不及吃饭，匆匆忙忙地上了 380 路公交车到布吉，换乘地铁。

沿着松柏路往南走，这也是横岗商业街。我要找吃的。去年的秋天我也在这条路上走过，也是为了找吃的。那次与这次不一样，那次来横岗是为了看妹妹，我和妹妹在松柏路上走来走去，没见到一家小吃店，最后只能吃面。我的目的地是富康路136号，不远，就在松柏路分岔过去。这条路，我曾和妹妹一起走过，我们还走到了大康，到了安良，到了园山脚下。我对这地方还是蛮认可的，不偏，到横岗地铁站走路只要十分钟，在电话听约我去面试的那个人说房租也便宜，一个单间250元左右。这一次我拒绝吃面，我吃了一碗粉，喝一瓶水，这就是我一直以来找工作时中午的伙食了。

公司却难找。向前，是富康路148号，是个沐足城，退回来一点，看到的却是106号，这是上围新村，一片别墅区，怎么也找不到要去的136号。这是怎么回事？难道没有这个地方？怎么可能啊？上围新村的门外有一条黑乎乎的小巷子，后来我在那条小巷子里找到了136号，在106到148号之间我终于找到了我要找的136号，但别的号都没看到。

这是一家生产电脑摄像头和音箱的工厂，摄像头是蓝色妖姬的牌子。老总介绍了产品，谈得蛮多的。最后的言归正传，就是要验货，当然就是要验我能否胜任这个工作了。空口无凭，搞出东西才行，让我写一篇软文。这像昨天晚上我在天隆文化传播公司一样，天隆要我写一个脚本，企业电视宣传短片的。这些都要明天搞定。无论是脚本还是软文，之前我都没有写过，这将是第一次。

从地铁站出来的时候，我看到了横岗公园，水池已经挖好了，水重新灌了，不是很满。想起去年我在里面泛舟的情景，心中很是感慨，有些东西过去了，就永远不会再来了，生活是一场没有彩排的表演。面试完之后，我去了排榜妹妹那里，妹妹有些变了，她不再是我心中的小孩子了，她已经长大了。妹妹晚上加班，我在厂门口等了两个小时，一起吃了顿二十分钟的晚饭，然后上班的铃声响，而我坐地铁回宝安。

马鞍山记

每次过马鞍山的时候，我都会想起两千里之外的一个山村——鞍山村。

我不知道为什么会这样。关于马鞍山，我的脚步和意识从来没有在这里停留过，无论是坐338还是M284，要么是去茭塘，要么是去大王山，要么是去塘尾，但却没去过马鞍山。我从未认为马鞍山有一天将会成为我的落脚点，就如我一直认为总有一天我会落叶归根回到鞍山村。

到今天，我已经漂荡半个月了。严格上说来，我已经晃悠了半年了。在去年十一月底，由于某种原因，我就离开了原来工作的工厂，之后长达半年的时间里，我一直在找工作。其间在松岗的江边的一家光电公司上过几天班，不合适又出来。过年回家，年后下来，又在松岗潭头的一家工厂上了二十天班，我不想说这家工厂如何地不好，但确实不适合我做。出厂的那天是四月十六日。也就是说，在这半年里，我在工厂上二十天的班，在家待了二十天，其余的时间都是在找工作。

之前也有马鞍山的工厂叫我去面试，但我基本上没有考虑去。我去过两三百米外的茭塘工业区的一个工厂，因为要上夜班，我不能接受。也去过一公里外的大王山，去过一公里外的塘尾。折腾这半个月也够辛苦的，本来想转型去做文案方面的工作，但由于种种原因，最后没有做成。所以就来到了马鞍山。

面试很顺利，从工业园出来走到南环路上的时候，雨已经停了，太阳隐在薄薄的乌云后面，有风习习地吹着，我谈不上高兴，虽然口头上已定了这份工作。原因是自己并不是很想做这样的工作，一是加班太多，每天都三个小时，周日也没得休息。还有就是昨天的那个电话造成的阴影还在心中，原本谈好的工作，一个电话过来说没就没了。也许深圳这个地方就是这样，什么样的人都有，什么样的公司都有。

走在南环路上，手机有信息来了，我期待已久的东西来了，是我一直在等的稿费。这几个月，我辗转好多的地方，光留给报社的地址就有五个，但每个地方都待不久，所以在编辑老师的指点下，办了张银行卡。我一到马鞍山，我一谈好一份工作，就收到了《打工文学》打来稿费的信息。我很高兴，虽然不多，但两个月的房租基本上够了。何况现在手头最缺的就是钱了。

这是在马鞍山发生的事。也许，与我的家乡鞍山只有一字之差的马鞍山是我的福地，像我的家乡给予我的福一样。

后来，我从马鞍山走路回来，一直到松岗潭头。

大王山记

大王山不是一座山，是一座村庄。

我到大王山的时候，正是午后两点，太阳从头上直射下来，地面像是烤炭似的。这段时间一直下雨，今天却是难得的晴，而这晴里，又是出奇地热。我就是在这样溽热的天气行走在大王山村的村巷里，我来只为了租一间房子。自从 27 日接到那个言而无信的电话之后，第二天我在马鞍山找到了一份工作，马鞍山和大王山仅一线之隔。早上去老板那里交租，因是"五一"佳节，旅馆要涨价，我在旅馆住了将近半个月了，所以我就想去这个工作地点的附近租间房子。

我先是在马鞍山辗转了一圈，发现了一个问题。马鞍山的房租贵得超出了我的想象。以前在沙井客运站对面的新二和上星这样的地方，一个单间也不过三百五，但是在偏远的马鞍山，竟然也保持了这个价格，而且还不能当天入住。于是我来到了相距不远的大王山。沿南环路往西不到一公里，就到了天源隆超市和南沙派出所，大王山村出租屋就在这个超市和派出所的后面。这点比马鞍山要好多了，马鞍山没有一家像样的超市。

我对大王山的喜欢在此时已经超过了马鞍山，像我对沙井的喜欢超过了西乡一样。大王山北区的房子不过五六层，楼与楼之间的距离相当宽阔，房间光线充足，空气流通好。这在深圳的出租房区是相当少见的。深圳的出租房区一般楼与楼之间不过两米，相向的窗口相距很近，从防盗窗伸出手去，可以触到对面的窗户，房内光线阴暗，白天开灯才能看清楚，手机信号也很差，这就是传说中的握手楼也叫亲嘴楼。但在大王山，却完全没有这回事。这让我想起去年在公明的李松蓢，那个地方也像大王山这个样子，大山脚下空气好，让人内心更容易安静下来。

最后我还是放弃了在大王山租房的想法。最初租房这念头显得有点冲动，一来是工作并未稳定下来，虽然已经谈好，但是尚未办好入职手续，也就是说，这个工作还有失去的可能。这是有前车之鉴的，26 日的时候，我也曾在横岗谈好一个工作，已经谈好待遇和来上班的时间，就是没有办好入职，第二天一个电话过来说老板回来让暂时不要人了。所以，大王山也有再次出现这种情况的可能，毕竟没有什么事是百分之百的。万一要是租了，半年才能退押金，而我工作却没成，那就不好了。

但这并不妨碍我喜欢大王山，就像我虽没在李松蓢工作，我仍然喜欢李松蓢，我心里仍然喜欢大王山。也许一两个月这个工作稳定后，我会去这个地方租间小房，放台电脑，上班，写作，将自己的小日子过下去。

芙蓉记

"人人争唱饮水词，纳兰心事几人知"，被王国维称为继苏、辛之后的又创一词坛高峰的才子纳兰性德其实是个内心无比悲凉的人。容若的一生如果用倒叙来讲述的话，这倒是一个让人满意的故事。人生若只如初见，对于芙蓉这个地方，也是这样。我也更愿意用倒叙的手法去记录我与芙蓉相关的往事。

我是在一场春雨里抵达芙蓉的。780 路公交车七拐八拐，到芙蓉时，雨已经下得很大，感觉一切恍若隔世。这里的所有是那么地熟悉，益家百货、芙蓉工业区、赛尔康厂区、同维共进电子、凯中电机整流子。这是我最后一次来芙蓉了，我选择在雨天。过了益家百货，车沿芙蓉大道往北，右手边出现了赛尔康。此时尚是早晨，厂房隐在雨幕的后面，模模糊糊的。左手边的同维共进电子倒是清晰，像是感觉中的事，也许心中对影像清晰的铭记与眼前雨幕中的模糊重叠了在一起，才会觉得如此清晰。

我曾几次在夜风里站在同维共进电子的大门外，眼睛盯着那个大门，生怕不注意一下子漏过了；我曾在益家百货后面的出租房里喝得天昏地暗，酒桌之上响起亲切的乡音让人倍感温暖又倍感悲凉。

再倒过去，上一次，我在鼎丰科技园下车。那天早晨，小雨，（为何又是下雨？为何又是早晨？）我在鼎丰待了一阵之后，就顺着芙蓉路往西走，一直走到了107 国道边上，走到了潭头。我已经记不得第一次来芙蓉了，美好的过往总是让人不能明晰地记住，但那种感觉是比较好的，就像当初我刚到深圳，我拿深圳和待了五年的广州比，得出的结论是深圳比广州好。

这是我与芙蓉的故事，我并没有在芙蓉留下来，在芙蓉我永远是一名过客。我在芙蓉的停留就像我在共进门口的驻足，站在深冬的夜里，我靠的是酒精来暖身，或者说是壮胆。十二月的海风冷得阴柔，拂在身上，感觉软软的，但过后才会刺骨地痛。我面南站路灯下，共进的大门像是车站的出口，久不久有一两个人出来。

等待，才是芙蓉的主命题。其实，生活中有谁不是在等待呢？在事后想起，对芙蓉的等待就像贝克特《等待戈多》里的爱斯特拉冈和费拉季米尔对戈多的等待，戈多是一个并不存在的人，芙蓉于地理上是实实在在存在的，但于我内心最深之处，或许就是另一个戈多。

（选自《打工文学》2012 年 7 月 22 日）

等你回来

王国华

城市忽然慢下来了。

最先慢下来的是空气。呼吸的时候，可以感到气息舒缓地、一点一点地钻入鼻孔，渗到肺里，蔓延至全身。空气里携着紫荆花的暗香，是那种可以抚慰每个细胞，滋养每条血管的暗香。

呼吸也可以这样享受。以前怎么没有注意过？风也慢下来。它由远及近，在树叶上轻轻地推一下。推一下，树叶就动一下。再推一下再动一下。空空的城市，只有路边的风和树叶有一搭没一搭地磨牙。风不怎么积极，树叶更不主动。让我想起小时候看到的毛驴拉磨的样子。它慢悠悠地踱着，偶尔甩一甩尾巴。即使主人在前边挂一束草，它也不肯快走几步。所以传说中用草料怂恿毛驴快走的办法，也许是人类根据自己的经验想象的。

风不能把树叶吹得更绿。在这个温暖的冬天，树叶已经绿到极致，再绿又能怎么样呢？过得去就行了。没有了人的逼视，植物们又洒脱又随心所欲。

道路通透。原先看不见的东西，现在都凸显出来。走着走着，路边忽然冒出一座构造奇特的楼房。看它老旧的样子，应该不是一天两天了，甚至不是三年五年了。天天从这条路上经过，居然从没碰到过。

还有一个一个的标牌。路标、公司指示牌、各种口号，纷纷从路边跳出来，挨个儿跟你打招呼。几天前，它们还是拥挤的，互相倾轧的。你推我搡，谁也不让谁。路人只好全部看不见。东西越多的时候，人越没法选择，只好视而不见。短短的路变长了。设了两个站点的街道，可以走上半个多小时。白云也慢下来。行人在下面走，它在上面走。一边走一边往下看，好像是看呆了。定在那里不动了。素常日子里，路人是不仰望天空的。这时偶抬头，和白云对视。白云激灵一下，不好意思了，轻轻洒下几滴雨遮羞。

其实过年这几天，深圳很少下雨，始终朗晴白日的。天上也知道地下的情况。别人开心时，不要做扫兴的事。

色彩更加鲜艳。绿的更绿，黄的更黄，红的更红，粉的更粉。灰突突的物体，都被水洗过了一样。

世界仿佛一个摘了帽子、光了膀子的人，身上的肌肉和疤癞都一块块地露出来。疤癞也可以不难看。以前被遮挡着，羞于示人。现在它鼓足勇气露出来了。真相是一种老实的态度，所以怎么着都好看。

最明显的还是汽车都慢下来，四十迈三十迈甚至二十迈。车少了，不堵了，汽车却不愿意走了。前面一个人牵着一条狗正横穿马路。司机不鸣笛，而是停下来，等待那个摇摆着手臂的中年人和摇摆着尾巴的二哈优先通过。他再看见一个小孩子，还是停下来。他仿佛找各种理由停下来。不是一辆车，而是所有的车。那些焦躁的各色车子，忽然醒悟过来一样。一年时间里，它们被急匆匆的车子带着向前跑。你跑得快，我跑得比你更快，大家飞奔起来，车轮似风。如果有翅膀，它们会毫不犹豫地插上翅膀。

拎着东西走路的人也都不慌不忙，脚下一步比一步扎实。他们拎着的塑料袋里装满了新鲜的蔬菜，上面还搭着红色的春联或者是一个"福"字。

这种慢让天更高了，地更阔了。竞争让他们快起来。他们每天都要比别人走得快，走到别人前头去，拿到更多的东西，买一个大房子，开一辆更好的车，穿一件更贵重的衣服，比别人更荣耀，获得比别人更多的掌声。现在身边没有这么多人了，那些竞争者突然消失。硕果仅存的几个，相互之间不再是竞争关系。而是陪伴。

大年三十的上午，我在树下看到一个清扫落叶的老年妇女，用手机给她拍了两张照片，对她说"感谢你的劳动"。她笑了，脸上的皱纹挤在一起，配合着我摆了一个姿势。对我说，过年好。

所有的人脸上都带着笑，陌生的人也会彼此打招呼。迎面走来的那个人，突然对你做出一个友善的表情，也不觉得突兀。大家都知道，过年了嘛。

两个骑电单车的人不小心擦了一下，互相摆一摆手过去了。若在平时可能会争论一下。

超市里开始播放刘德华那首万年不变的"恭喜你发财"，还有"常回家看看""新年新春到，问声过年好"之类。市场上也没人为了那点小钱算计了。"大过年的，没关系"，这一句话可以遮蔽一切不开心。所有的理由都不再是理由。

那些笑在他们身体里生发出来，漾到脸上。平时大家若揣着这种心态，把每一天都当成过年，生活是不是就会有太多不一样？

平时他们的笑藏到哪儿去了呢？

平时应该也有一些，但不像现在这样密集。

离开的那些人各有征兆。过了腊八，很多店铺陆陆续续地开始关门。

店铺门口贴着各种各样的启事。有的一本正经："温馨提示：值此新春佳节来临之际，向一直关心我们的社会各界朋友致以诚挚的问候和美好的祝愿。我司将于2月12日至2月21日放假十天，22日起恢复营业，欢迎广大新老客户莅临。"下面还有一个联系电话。有的简单粗暴："恭贺新禧，年初六启市。"更多的是掩饰不住的兴高采烈："货已清完，回家过年。"也有俏皮的："本店今日开始休息，将于狗年初几开门？你猜。"

店铺关门了，工厂停工了，工地上只剩下一两个看守挖掘机的人。回家过年，多么理直气壮的理由，谁也挡不住。连应该扮演阻挡者角色的人其实也怀着这样的心理。似乎忙活这一年就是为了短暂的离开。这是生活的顶峰和极端。缺失了终极目的，他们平时的忙碌简直就是瞎忙。

与空空的城市相对应的，是拥挤在出城高速上的汽车，是火车站里长长的候车队伍。他们是过客，是谋生的旅行者。即便已经定居于此，孩子在这里上学，自己织出了自己的关系网，终究还是要"回家"的。那是他们一辈子的远方。

寂静而宽阔的马路边，一个短头发的女孩儿，穿着单薄的衣服，一边打电话，一边抹眼泪。她的身子一抖一抖。

我远远地看着她，为她担了一会儿心。

剩下的人们在安享这种安静，可以到深南大道上飙车，到深圳湾去散步。宽阔的道路，想怎么走就怎么走。

而看到空空的楼群站在道路的两侧，也会不由自主地想，都说深圳房价高，如果离开的人不回来了，房子还有人买吗？那么多的工厂，产值惊人，靠的是谁？每天那么繁忙的画面，还由谁来画就？

深圳像一个充满了危机感的富翁。他腰缠万贯，高楼别墅，但他不愿意一个人离他而去。他的快递员、外卖小哥，他的清洁工，他的厨师，他的汽车修配工，他的保安，缺一不可。他俯下身来，靠近他们，把裤兜里的物品分一些给他们。

其实富翁的钱还不是这些人给他挣来的？

互相感念，更容易落实到一个个具体的人身上。这个人和那个人轻轻松松就成了朋友。哪怕还不是很熟悉。先成为朋友，再慢慢熟悉。他们的客气是发自真心的。蒙古草原上的人热情好客，是因为平时见到的人太少了。好不容易来了一个人，必请你大碗喝酒，大口吃肉，不醉不归。在深圳，年终短暂的告别，无论留守还是离开，都回归了各自的孤独。

城市空空荡荡，留下的人相互珍惜，并等待着离开者归来。谁是这个城市呢？当然是这个城市里的人。新来的人慢慢被这个城市的气质同化。逐渐老去的人开始把这里当成自己的家。他们每个人都是这个城市的一部分。他们一个个勾连在一起，就是这一座城市。

此时你会时不时撞见官方发布的类似广告："过几年，再过几年，我就回去了。"这句话有可能是每一个人刚来深圳时，谈及未来最爱说的一句话。但慢慢地你发现，你回不去了。因为你爱上了这座城市。

她那么神奇，她不问你的出身、学历，不会鄙视你的家庭条件，她只看你是否努力、奋斗。

面对着一直念念不忘的故乡，以及一直恨恨地想逃离的深圳，我们还是留下来了。

坚守在深圳、奋斗在深圳的人们。

全世界只有一个深圳，年后，我们深圳见！

一个年轻人在留言中说，看到这句话，哭得稀里哗啦。

知乎网友麦客的一段话："除夕那天晚上，微博上北京人在感叹外地人走了路上多么通畅，上海人在秀外地人走了路上多么干净。深圳市政府的微博上发了一段路况视频配上文字：过去一年这里留下了你的泪水和汗水，城市空了，心不能空，深圳等你回来。顿时心中一万只羊驼奔腾而过，感慨当初选择来深圳是多么正确的选择。"

而那些离开者，那个已经沉溺于乡情的人，在广袤的田野上，在大山深处，在故乡饭桌上举起筷子的人，忽然打了个喷嚏，是谁在念叨自己？

也许是深圳。

深圳是谁？我在深圳又买不起房子，工资那么低，工作那么辛苦。深圳跟我有什么关系，到哪里还不是漂泊？这样发狠地想着，忽然心里就沉甸甸的。

那个城市的和暖，小巷里的炒米粉，干净的公园，五月盛开的通红的凤凰花，随时可以打开骑走的共享单车，买一个盒饭也被店主当成老板一样。

"来了就是深圳人"，最初看到这几个字，惶惶的心跳平静下来，但还是有所犹疑。在这个城市待的时间越长，就越感受到这句话的力量。一个字一个字像拳头一样，可以捶得人喘不过气来。

就算是泼出去的水，也都能重新聚拢。他们湿润一下外面的土地，然后匆匆归来，让这个城市刚刚缓下来的脚步，回归到自己应有的速度。

（选自《街巷志》，深圳报业集团出版社 2018 年 11 月版）

5

深圳之爱

我爱青青的翠湖

王渝飞

我喜欢深圳湾畔的中国民俗文化村，尤其喜欢村中的翠湖。

山水衬映，美不胜收；村寨林立，情景交融；歌舞升平，一派吉祥如意的气象。它最具魅力，每游民俗村，我必多游翠湖；每遇朋友，我都力赞翠湖。它像画，绚丽多彩，如坠乡情的甜蜜世界；它像诗，滚动着火红的情感，召唤着对生活的憧憬。

翠湖不大，对岸宽约五十来米，可呼应；两头长约千把来米，可相望。一头依耸立的石林，一头靠宽阔的大海。沿湖一条主环道，相连十来个村寨。从空中看翠湖，翠湖像个披了绿衣，翩翩起舞的姑娘。

翠湖上，有三座桥。

三座造型各异，风格不同的桥。它像彩带，一条挂翠湖姑娘的脖子，一条缠翠湖姑娘的腰，再一个像玉块，缀在动人的舞衣上。风姿绰约，让人恋看，给这柔情式的翠湖平添几分妩媚。

挂在脖子上的，是独龙族的藤桥。

藤桥没有桥墩，用藤织成绳，拴在两岸的大石头上，在藤上铺上木板。游人每至桥中，藤桥晃动，游人犹惊犹喜，失却往常的风度，互相取笑。藤桥栏杆上，还插有火把，夜晚火红一串。藤桥一边接芦笙之乡的苗寨，一边通月琴之村的彝寨，虽然民族之间的习俗相差甚远，走在一起却不费几分工夫。若是遇上吹树叶的村寨小伙，从桥上走过，那情景，能使不少的游人，回首凝望。

藤桥是独龙族人从古至今沿用的重要交通工具，是藤桥把独龙族的村寨连在一起，把独龙族的历史连在一起。

独龙族，分布在我国云南一带，自给自足的经济结构，大多在一种家庭式的伙耕共食的寨子里生活，就连婚配，也实行在固定的婚姻集团内婚嫁。婚姻集团，就是指本族或亲戚关系。甚至可以不考虑年龄和辈分的关系，所谓"水不外流"。现在看来，这些旧习在当今的社会中已适应不了发展，但是，正因为这个民族沿用这些旧习，才尚存至今，该怎样去看独龙族的历史？史学家们有否现成的答案？

这藤桥，该是有很多故事的。独龙族从藤桥上走过的日子，我想，不会平静。

站在今天民俗村的藤桥上，却是观石林飞瀑的最好地方。

飞溅的万般银珠，从二十多米的高处直泻翠湖，在阳光下，架起一条七色彩虹；瀑布掀起的波澜，荡漾着小船上的游客，顺着翠湖岸边，向远处浪去；湖面白鸭成群，湖里锦鳞翔底。每当节假日，湖上小船云集，龙船游巡，各民族村寨彼此间竞舟赛艇，锣声、鼓声、歌声、笑声，好不热闹。

在藤桥上，能听到苗寨小伙的芦笙，能看到瑶寨姑娘在木楼上梳理秀发，能嗅到布衣寨拦路酒的酒香，能听到彝寨口弦吹出的情歌……

若你遇着几朵，从桥下飞来的小水花，能否感到那些藤桥下的小船上，戏谑在幸福之中的人的美意，体会一下吧，那是很有乐趣的。

这些小船，洋溢着欢笑，向着风雨桥划去。

风雨桥，是缠在翠湖姑娘腰上的彩带，是侗族极具特色的交通建筑。这个散落在我国贵州、湖南、广西一带的侗族，虽然彼此间远隔千山万水，但建筑风格却是一致的。

风雨桥用青石砌墩，杉木铺面，上建瓦顶长廊，两侧设栏和长凳，每座桥墩上方都建宝塔形楼亭。长廊所有的瓦檐、柱头、栏杆，都精心雕饰，绘有历史故事、鸟兽图案等，色彩艳丽，栩栩如生。既有观赏价值，又可作为行人避风雨、躲日晒的休息场所，也是侗族青年谈情说爱的地方。

然而，今天专程来桥上谈情说爱的游客，大概是不会有的，但，两情相依，互诉衷肠的恋人不是没有。在这清如明镜的水的上面，说着坦诚的话，献着自己的心，多美的事啊。

翠湖的水，也显得特别的温柔，不浪起一丝波纹，好似等待着，让有情人的倩影沉入它美丽、晶明、透亮的心。四周倒映的绿树，像精致的镜框的边，把这丽影风光，镶在美丽的深圳湾畔。

轻轻漂来的，是湖上的打鱼船，它忙着，撑出长篙，点破水中的甜梦，搅得一湖春水，卿卿我我，沸沸扬扬。

风雨桥，爱情之桥，在它的家乡侗寨如此，在民俗文化村亦如此。

在翠湖的西岸，风雨桥相连着民俗村最大的寨子，高高挺立的鼓楼，气宇轩昂，每至夜晚，为音乐喷泉增添光彩的激光表演，就是从这里发射出去的。在深圳市区、蛇口、毗邻的香港，都能看到这灿烂的景观。侗寨还有水车、磨坊，在鼓楼前的小广场上，每天还有精彩绝伦的上刀梯表演，赤脚踩刀梯而上，不伤骨肉，不流血，观者惊叹不已。

杨柳，在翠湖的岸边，悠闲地舞蹈着，婀娜多姿地参与在这片光与影的景致中。在湖边长椅上小憩片刻，偶或会得到柳叶轻轻的一吻，印着初春的嫩绿，带着温馨的抚慰送来风和日丽的畅想。

在这春的怀抱，如若没有情人相伴，此情此景，也胜却人间无数。

被称为玉块的，是翠湖东南面的一条小溪上架的石拱桥。小溪通过这座石拱桥，向村寨的河汊港湾流去。石拱桥是江南风格，高高的圆门，秀美而娟丽。从这里乘了小船，游土家水市，游月亮湖，游村寨各领风骚的野趣风光，也能体会到小溪涓涓细流的含蓄和柔意。

如果登上石块铺砌的拱桥，浴着阳光，环顾四周，千般风姿飘逸而过。

谧静灵秀的傣家竹楼，高墙深院的白族民居，草顶泥墙的哈尼族蘑菇房，以及至今还生活在母系社会的摩梭人的木楞房，东巴文化的纳西族村寨……似装了一片天地，一段历史，一个捉摸不透的世界。

我喜欢登这石拱桥，总觉得它似古城苏州寒山寺门前的枫桥，一样的造型。每次走上这桥，想到唐朝张继的《枫桥夜泊》这首诗，总是那么强烈。这里的夜晚，有月落，有渔火，有乌啼，没有的是霜天，钟声，客船。也许，这也就是民俗村的"枫桥"多人走、多人赏、多人留影的原因吧。

沿岸的林荫道，葱茏、碧绿，是夏季南国深圳最好的地方。壮美的景观中，有不少花儿开放着，给这绿的世界扮得勃勃生气。

在这诗一般的岸边漫步，看着畅游民俗村而喜笑颜开的游客，也是一种愉快。

人固然有千种爱好，万般情趣，但是，不管什么人，怀有怎样的心情，只要从这里，从中国民俗文化村走出去，每一个人就能体会到喜悦，每一个人就会张开笑脸，每一个人都一样地幸福快乐。

翠湖，它算不上天下最美的湖，但，它有魅力。如果，你在它四周漫步，就能感悟到，它洋溢着世间最多的交口称誉，它坦露着人生最少的沉默寡言。因为，它映照蓝天，总是无私地坦露自己的胸怀，与天一样地蓝、一样地高远、一样地深邃。因为，它荡起波浪，总是毫不倦怠地摇着幸福的日子，与人们一样地笑、一样地歌唱、一样地欢畅。

这就是翠湖，就是我最喜欢的翠湖。

（选自《特区文学》1996 年第 6 期）

行道树（外一篇）

吴 筠

行道树

从新加坡樟宜机场往宿处的路上，城市如盖的行道树是最不能忽略的景致。这里的行道树主要是合欢，适逢花时，粉红色毛茸茸的小花远观如绯云片片。这种花在家乡是见过的，在吾城也多有，我儿时知道那花叫绒花，这树因而别称也叫作绒花树。然新国的绒花树又有特别，想是经过了后天的培育，姿态岸然，树冠如云，最是虬枝曲张而又收束有形，那是此树在别处不曾有的美致。

还见一种不知名的行道树，猜想是槐树一类的吧，树形不规整，透着一点野趣，花倒极特别，紫藤花串的形状，却不是垂下的姿态，有亮眼的黄，在风中轻盈灵动，似乎有一丝跳舞兰的韵致了。道旁最多的还是簕杜鹃，这里的色彩却多，粉、桃、黄、白、洋红，花繁形紧，一派盛景，与吾城市花簕杜鹃那种泼辣辣、明晃晃、活脱脱"疯"长的气象是不同，那更具一种不屈不挠、愈挫愈强的意象的，这里却多了一种驯化的、改良的意味，偏于春杜鹃的娇艳之色了。再有就是鸡蛋花，吾城小园常见的是白瓣淡黄花心的一种，这里却有鲜桃红色的，煞是惹眼的漂亮。

深圳的行道树，这些年新植的，最好看的是深南大道两旁的树。这树清秀隽拔，叶细枝密，张如双臂，形似叠伞，学名不易记，叫小叶榄仁，据说是自台湾引进的树种，还有一个俗名，叫变脸树。生在南国，却叶落知时，每岁早春委然叶落，新绿即着，若三两日演尽秋春之景，那是很可以给人一种惊心的提示的。记得今年正是年三十下午外出采年货，蓦然见得路旁树叶纷落，匝地风散，几日下来，已见树上新芽吐绿，再见是葱绿，很快恢复如常，是盛夏的浓郁之绿了。在岭南居久了，常常感慨的是四季的暧昧，渐渐对四时之变几自忽略甚至麻木，绿意葱茏成了当然的事，有时对北方四季分明给人的忧喜感应又那样地怀想，却是这树有鲜明的新旧更替，又如是迅疾，像是给人一个不期然的表情，或听闻一种心迹的急切表白，这过程，与蝶之蜕变羽化亦可相类了，是不能不令人见之动心的。

其实对很多行道树，每日下班经过小区花园，里面种植的花草，是叫不上名字的，如果不费些心思去查书，便不知上哪儿问去。从前知道香港渔农署有介绍本地常见动植物的小册子给市民，不知在我们居住的城市，除了大公园里名木老树的名牌，会不会对普通的花草，也有方便叫人辨识的办法，即便是身边的花园里装上小小的名牌，也是一种生活的"福利"了。物质怎样丰裕都好，生活在当下的人，对道旁楼盘或车子品牌的熟识大大甚于对花鸟草木的认知，虽是自得，也恐怕终有一天会发觉那是一件可惜而可悲的事罢。

一花一世界

本城早期的行道树多选了花果之树，很能看出建城之始，人们对这城市的未来有怎样花果飘香的期许。玉兰是多的，在一些已算老旧的道路和社区里随处可见。在这里花期长而多季，一年且开且落未知几番，花时清芬四溢，闻之气爽。家乡也有这树，记忆里却只是暮春时节才开花，约略正是樱桃上市的时候，会有可亲的老婆婆在路边，将用小铅丝穿起的一对对玉兰花苞卖于路人，女孩子会喜欢别在衣襟上，那算是最原初的香氛了吧。

芒果树做行道树，却是比较特别的创意。当年有建设一座理想城市的愿望，才会有这样近乎冒险的想法吧。果实累累的时候，这众目睽睽之下的诱惑便作为这个城市文明素质的长久的考验，近年来芒果能不能摘越发成了一个有关公德的诘问了。我倒想起魏晋神童王戎与李树的故事，戎见道边李树多子，诸儿竞走取之，唯其不动，人问之，答曰：树在道边而多子，此必苦李。取之信然。七岁小儿亦知道旁之果必不佳，今之令硕果曝于路人，倒不免有"慢藏诲盗"之嫌了。人是经不起考验的。这多少有悖常情的考验，原是不便引以为公德之论的，果子熟了该如何处

开满一树润白色穗状花的小叶榄仁（选自《深圳自然博物百科》）

置方是今时要想的事，却并不甚怪得那些自行摘果之人了。

还想起一种凤凰树，这是南方才有的。有一首歌《凤凰花又开》，近来听到陈楚生的演唱，很是喜欢，觉得那样一种云淡风轻、意远天高且蕴含浅浅青春忧伤的味道，确与青葱时代的特定记忆相勾连的。后来知道这是深圳中学的校歌。"暖暖的海风轻轻地吹来，凤凰花又盛开；远远地浮起一片片红云，我的梦做了起来……"觉得一首校歌，不曾在歌词里堆砌生硬的概念，也不曾讲整齐的校舍、宽阔的操场种种，只白描遍布校园的凤凰树，却是"凤凰花又开，回回令我感慨，朵朵叫我珍爱……"又有什么样的华丽辞藻能比得上一种鲜活的个性之树给人的记忆牵动与情感追溯更为真切的呢？我所以觉得这校歌是极好的。

对身边常见的花木叫不上名字，愈觉是件缺憾的事。古人云格物致知，又云"一物不知，儒者之耻"，诗词歌赋兴自名物，托物言事，借物抒情，令人文与自然有最微妙的抵达和交融，本是传统认知方式里极推崇的部分。《诗经》多以花木兴感寄情，学诗"多识于鸟兽草木之名"，以诗辨物，方可以言，或可作"不学诗，无以言"之别解了。一花一木一世界，察之得其精微与自在，如果不知其名，则身边这些花树，犹长年相伴，而对面不识，竟无一点内心深处的感应与对话，那或者也算"暴殄天物"的一种了罢。

（选自《到了深圳就好了》，广西师范大学出版社 2009 年 9 月版）

莲花山的故事

王一宪

　　先秦时期，如今的福田还在一片汪洋之中，海岸边隆起的丘陵，绵延不绝地向北延伸，与一座山岭相连。山岭上荒无人烟、长满松树，茂密的松林储存了大量雨水，汇成溪流沿沟壑而下。时间缓缓向前推进，海水渐渐向后退去，沙土裸露出来，形成高低不平的坡地，乱蓬蓬的野生植物自生自灭。朝代更迭，兵荒马乱，为避天灾人祸，中原地区不少家族在太公带领下，向人烟稀少的岭南迁徙。特别是宋朝前后，外族入侵，大批汉人恐慌性地逃离故土，寻找能够繁衍生息的地方，开垦荒地，扎篱建围。如今福田大多数"围村"（同一姓氏或建有祠堂的古村）的先祖，基本上都是那个时期进入岭南，随后迁入本地的。

　　初春，听说莲花山的桃花开了，我兴冲冲地驱车前往，刚进公园侧门，遇见岗厦文哥夫妻俩，他们远远地向我招呼道："早晨！"我一溜小跑，跟他们上了山。

　　文哥说："这座山过去是我村的祖山，知吗？"我笑道："我知，以前莲花山是岗厦村的后花园啊。""唔系！那时山上只有野草松树，与花园完全不沾边。南宋时，我们太公先到惠州，后来隐居宝安。六百多年前，文萃公来到这座山下，三座高岭分别叫'黎泰岭''大和岭''丁其岭'。风水先生说：'山下荒地广阔，南面有海，可种田可养鱼。此乃风水宝地也。'太公决定在山下建围，起初取名'瓦窑口'，随着子孙渐渐增多，族人继续南迁，建起新围，起名'岗下村'。"

2020 年，莲花山公园风筝广场（越众拍摄）

我们从山的东边上去，蜿蜒的山路像一条绿色腰带缠绕着大和岭，文哥说："我们现在沿着黎泰岭走。"提起黎泰岭，文嫂饶有兴致地指着路边林间说："以前哪有这么好的路啊，我们穿过这里面的小路去耕田。岗厦村田多，农活太累，其他村的女仔都不愿嫁来岗厦。过去满山的松树都没了，你看！这三棵桉树是旧时留下来的，下面的草坪以前都是我村的水田。"我随口问："听说莲花山以前叫'凤脑'？"文哥说："'凤脑'在如今岗厦西靠深南大道的地方，以前那里有一片好密的'水椰林'，从水椰林开始地势渐渐升高，远远望去，水椰林像凤脑，大和岭上的松林则像凤尾。如今中银大厦西南处，以前叫'泥沙'？估计是海水退去时泥沙堆积而成的。泥沙岭是岗厦祖先的墓地，特区开发迁坟时，村民从墓地里起出五十多个'金塔'（装有先人遗骨的器皿），至少有六百年历史了。"

我们来到"绿榕路"路标前，导游地形图像一朵倒扣的莲花，左边台阶上去是旗岭径，通向铜像广场，右边上去通向丁其岭。山路一边是荔枝林，另一边是绿色灌木，夹杂着各色鲜花，一阵风吹来，空气里涌出湿润的清香。文哥说："到上梅林地盘了，以前'围头人'以雨水流向确定山的归属，雨水向南流归岗厦村，向北流归上梅林村，黎泰岭边上几条村共有。"

我们沿着山路向西，穿过一溜水杉夹道，眼前一亮，上百株桃花在艳阳下千姿百态，犹如一条条粉红纱巾披在肩上。近看，光滑的桃枝上只有几片桃叶，却开满了花朵，正是："满树和娇烂漫红，万枝丹彩灼春融。何当结作千年实，将示人间造化工。"游客惊呼起来，纷纷举起手机、相机拍照。在一片荔枝林前，文哥停下脚步，弯下身子往里探了探说："这些荔枝树都是我们村民种的，改革开放深圳建立经济特区后，市政府扶持生产队致富，鼓励村民种荔枝，与村委会签了合同，种一棵荔枝，给种苗、肥料、打穴费各两元，以后每年还给两元管理费，连续给五年。莲花山一下子成了'聚宝盆'，村民的积极性被调动起来，人挖手栽，苦干了几个月，种下了几百棵荔枝苗。几年后荔枝丰收，有几个村民一年就赚了十多万，大家开心死了，谁见过这么多钱啊！上世纪90年代，我们返回岗厦，感觉村里变化好大，土地被征用，一个个小山包被推平，高楼一栋接一栋竖起来。如今市民中心、书城、音乐厅、博物馆、少年宫这一带，以前都是岗厦村的农田！"说完，文哥咧着嘴笑了。

1992年，深圳市政府为了兴建市民休闲公园，向岗厦村征用莲花山。赔偿方案很简单：山高一百多米，五十米以下，荔枝树以大小不同，每棵赔偿三百至一千元不等；五十米以上，荔枝树和山地归国家所有，不予赔款。1997年香港回归前夕，莲花山公园基本完工，局部对外开放。

不知不觉，我们走到湖边，这里种植了许多藤蔓植物和气根植物，有两股溪水穿山谷而下，顿时感受到热带雨林的清凉。文哥说以前这里没有湖，只是一块低洼的水田。建公园时，工人将溪流引到这里，形成一个人工湖泊，取名"漾日湖"。文哥站在湖边，仰起头指着山顶说："当年野草丛生，谁也想不到如今会这么靓。我们老两口当年去香港是被迫的，看我的三个仔多好，有分红、有屋收租、有社保、有工做，如果当年能吃饱饭，谁愿意去香港做苦力呢。"文嫂在一旁调侃道："哈哈！现在香港人不如村民有钱啦。"

清风扑面而来，我们登顶了。站在山顶向四周望去，三座岭错落有致地立在春意盎然的"碧波"中，广场白玉围栏如莲花盛开，孕育着新的生机。天上飘着风筝，草地上孩童嬉戏，整个画面与天地融合，彰显出勃勃生机。伟人塑像立在鲜花丛中，神色凝重，面向南方，迈着坚定的步伐。

我笑着对文哥说："要多谢你们太公，选了这么好的风水宝地，后代想不发达都难啦！"文哥摇摇头说："不完全是，你想想，我们祖祖辈辈都在'风水宝地'上搵食，日子过得好艰难，为什么这些年我们富裕起来了？人啊，不能不讲良心，我虽然文化不高，但心里好明白应该感谢谁！"

（选自《深圳特区报》2019 年 2 月 26 日）

墟落

宋唯唯

　　我们去一座山上。经过大梅沙海滩，盘山公路在山谷间迂回往上。阳光照耀着绿油油的山谷。山很静很静，车往上走，偶有一两辆对面车道上的车，互相错开后，依然是延展的山路。山上有一片水库，高高的坝，水库里约存了半库水。岸上的石头晒在阳光里，洁白，粗糙，寂静了很久的样子。山谷里的小树林，在风里招摇成一张帆，顺着山势的起伏，帆连着帆，绿得潮头涌起。洁白的云朵，像胖乎乎的棉花糖，就趴在山头上。而天空，碧蓝碧蓝的天空，在很远很远的高处。

　　转过山坡，一片平展地上生着齐腰的长草，瓦砾间的长草，疏落有致。它们迥异于山谷里的草莽气，无收管的荒蛮。靠近路口有郁郁的大榕树，而且，我们看见了竹林，竹子生长在半堵白粉墙壁前，墙上还开了一扇小窗，涂了蓝油漆。这小窗令这片空地生动了起来，我们顿时嗅到了往日的生活气息，人们的说话声，孩童绕着榕树追逐的嬉戏声，小窗下爆油锅的声音。风吹着竹叶婆婆轻响，这座无人的荒山，它原来也曾生息过烟火，养育过村庄呢。

　　从山顶望出去，陡然地出现绚烂的景物，绿茵茵的高尔夫球场，湖泊，欧式的酒店，城堡式样的尖顶。蔚蓝的天空白云朵朵，热气球升在空中。从地老天荒的山头望出去，人造的东部华侨城，像转个弯迎头撞见的童话。再远些，依然是青山延绵，山下是汤汤满满的蔚蓝大海。

另一片墟落，她在人迹罕至的大鹏湾半岛的尽头，沿着弯弯的山路，一直走，一直走，路尽头，远天连着大海。一片平地上，生息着一座小村庄。一幢幢白粉墙小楼，路边的人家，门前码着柴火堆，是劈得整整齐齐的木材，晒在阳光下，是做饭生火用的原料。菜园里种菜的农妇，头上戴着一种古老的斗笠，圆顶斗笠边，披下一片片的蓝布，遮住阳光，亦遮住她的面容，蓝布阴下有着原乡人家的绚丽，神秘无言。

　　古老的大榕树下供着土地神，祠堂，家庙，在村庄的中央。空气里充满了香火燃烧的檀香气息。翠绿的庙堂，供着关公，神龛上点着长明灯，宁静的阳光，斑斑点点地落在庙门前，芭蕉依着绿墙。风吹拂着庄前的草海，白鸟飞过竹林、芭蕉林，飞过山头，盘旋在夕阳西下的大海上。

　　你真的会感觉到，一种神秘的、阔大的、庇佑生计的庄严力量，在这宁静的原野上……她的烟火昌盛的情景，是王维的诗歌："斜阳照墟落，穷巷牛羊归。野老念牧童，倚杖候荆扉。雉雊麦苗秀，蚕眠桑叶稀。田夫荷锄至，相见语依依。即此羡闲逸，怅然吟式微。"

　　这是大鹏湾半岛的尽头，再往前，陆地不再厚重踏实。它不做解释，神秘变幻，衍生成为一片洁白沙滩。沙滩外是大海，是伶仃洋，亚洲南部的海。这是地尽头了。我想着这个村庄，她是怎样存在于此的呢？很久很久、很久很久以前的时光里，是谁第一个来到这里？是谁点燃了第一捧柴火？是大海阻挡了那些人远行的脚步么？那些人从哪里出发？出于什么样的理由，需要远离从前的家园故土，远离书籍、礼俗、繁华里的人声耳目，一直走到岭南陆地的尽头，走到这片半岛上来？这座夕阳下静静矗立的小村庄 ——她蕴涵着一个久远的故事，一次执拗地走到陆地的尽头的迁徙。一个千年那样久长，千里万里那样漫长的故事。

　　她从哪里来？

　　　　　　　　　　　　　　（选自《我的光辉岁月》，海天出版社 2020 年 8 月版）

夏夜，在汇食街

戴木胜

深圳有一条"汇食街"，报上早已登了消息，人们也常说那里如何有独特的韵味，而我直到最近才有空一睹它的风采。

那是一个南风拂面的夏夜。我发完电报，从邮电局出来，独自在街上踽踽西行。夜色朦胧中，两边的高楼如峻拔的山峦；光洁的深南东路宛如一条笔直的大江；那穿梭般往来的各色车辆恰似艘艘夜航的快艇。这瑰丽壮观的景色，正使我陶然欲醉，猛抬头，忽见一灯光招牌，那"汇食街"三个大字，一下子打动了我的情怀。平日忙于编务，无暇消受各式风味小食，今晚偏得宽余，何不尽兴体味一番呢？

踏着街口昏黄的灯光走进汇食街，眼前豁然明亮：一条宽不过三丈、长不足百米的小街，两边排列着几十间装修一新的小食店。五颜六色的灯光，闪闪烁烁，络绎不绝的人群，熙熙攘攘，空气中弥漫着肉香酒味，置身其间，仿佛到了天上的街市，令人有一种飘飘欲仙的感觉。

我怀着极大的兴趣，细心观察两边的店铺：这些食铺的面积大抵只有十五六平方米，最宽敞的恐怕也不超过三十平方米，除一二间写着"冷气开放，推门请进"外，其余都装了电风扇。店铺的招牌、字号，大多数含有兴旺发达的意思，鲜红的大字在灯光辉映下，耀眼夺目。再看各家力荐的风味食品，有北方水饺、桂林米粉、东江盐焗鸡、客家酿豆腐、广州太爷鸡、卓记肠粉、五华牛肉丸……林林总总，不可胜数。如此众多的食品，荟萃在一条小街上，我以为取名"汇食街"是最恰当不过的了。

汇食街的各家店铺自然不是吃"大锅饭"的。你看，家家门前都一字儿摆着桌椅，使本来就不宽的街道只有一条窄窄的通道，熙来攘往的食客只能摩肩接踵而过。我小心地穿行其间，每走几步，就会有一位衣着入时、搽了淡淡脂粉的小姐，热情地招呼你："先生，在这里吃吧！"她们诚心欢迎你在她的店里品尝美食，虽然店铺林立，竞争激烈，热情的背面藏着多赚钱的意思，但你不乐意，她们也不敢强拉硬拽，只是惋惜地望着你走过她的店位……

我在汇食街考察一番之后，在又一位小姐的盛情招呼下，欢快地踏进一家店门，尚未站定，就有两位年轻的女服务员迎上来，笑容满面地询问想吃点什么。我拣一当门的卡位坐下，点燃一支香烟，将店堂巡视了一遍：小小的铺面只有六个卡位，每个卡位的靠背高出人头，前后的座位互不干扰，给人安适的感觉。店内的灯光并不强烈，四周的彩灯散射出柔和的光，别有一番情趣。

也许这样的环境较适合亲朋小聚和情人约会吧，我孑然一身，未免有淡淡的孤寂感。斜对面的那个卡位，有两位少女相对而坐，一位穿白底碎花连衣裙，另一位则穿 T 恤、西装短裤。她们的台面上摆满杯盘碗碟，看样子，在我进来前已吃得不少了。我很羡慕她们"食不厌精"，无拘无束的风度，心想自己像她们那般年纪时，别说上馆子，就是在街边吃碗猪红汤，还要摸摸口袋哩。

"先生，你要的炒田螺和啤酒拿来了。"服务员的甜美声音，把我从沉思中唤醒。啊！一碟热气腾腾的石螺摆在面前，散发出诱人的香味，尽管我吃过晚饭不久，肚子并不饿，也食欲大振。刘禹锡曾用"白银盘里一青螺"的诗句来形容洞庭湖中的君山；今天，我这盘中可是有上百颗青螺呵，足够慢慢受用了。我悠悠地喝着啤酒，用牙签将螺肉挑出来，慢慢地送到嘴边，细细地咀嚼着。此时此刻，尘世的烦扰、工作的压力、脸上的倦容都消失了，先前的孤寂感也随之一扫而光，心中只觉得有无限的人生乐趣。

正当我喝得微醉时，进来一对年轻的恋人，而且就坐在我左侧的卡位里。他们将粉红色的"食谱"打开，一页页地看下去，慢声细语商量着、挑选着心爱的食品。他们眉目传情，时而喁喁细语，时而又开怀大笑，仿佛这小小天地都是他们俩人的。

我在这间小食店里整整消磨了一个小时，啤酒喝完了，碟中的石螺也所剩无几了，于是，起身到柜台付账。收款的是位胖大姐，我问她："生意不错吧！"她笑着说："麻麻地（过得去）啦！"再问她店铺营业到几点，她说一般要到凌晨二点左右才关门呢。当我离开时，她一再说："多谢，多谢，欢迎下次再光临。"

走出汇食街，来到解放路，又见灯火璀璨，车水马龙。人们在炎热的夏夜，似乎更显得热情奔放，充满活力。回家的路上，我默默地思索着：汇食街的独特韵味在哪里呢？深圳有不少装修豪华、气派不凡的大酒家，为什么许多人（包括港澳同胞、华侨、外国游客）却乐意光顾小小的汇食街呢？

我想起了香港专卖女性用品的"女人街"，大排档多得数不清的庙街，那些地方的经营形式与深圳的汇食街有许多相似之处，也是顾客如云，别有风韵。人们的爱好千差万别，有人喜欢"大江东去"，有人却偏爱"小桥流水"。丰俭由人，即使花不多的钱，也能品尝到可口的食品，得到良好的接待 —— 也许这就是汇食街的魅力吧！

（选自《深圳经济特区文艺丛书·散文选》，海天出版社 1990 年 8 月版）

深南大道上的穿行

杨东铭

时间对一个人，可能很残酷；对一座城市，却是很有意义的。每天在循序一种流动的工作生活，体验一种程式化又无定式的节奏，多数情况下多数人好像会麻木，会忘了时间的流走。但不经意间地回首，忽然会觉得自己慢慢变老了。而对一座新兴的城市来说，她却总有激情，充满活力，欣喜地迎接新一天、新一年。二十岁也罢，三十岁也罢，对一座城市来说，都还显得太年轻，还有无数的书写空间。对我而言，不知不觉间，猛一回头，竟有十年了。

幸运的是，不算年轻的我，能与这座中国变化最快的年轻城市结缘，并且一直居住在建区才二十年的南山区。回首之前的自己，蜗居在内地一个小城。或许我有点厌烦了生活多年的地方，也想往外走改变自己。恰好有友人到深圳且站稳脚跟，就联系我过来闯一闯。像许多人一样，初闯深圳基本都是坐火车来的。出火车站，从罗湖区经福田区到南山区，接我的友人开车时特意走了深南大道。这条路是这座城市东西向的主干道，两边高楼如影闪过，车流如梭，中间一条宽敞的绿化带，草茵花盛。年轻的城市给了我第一感觉，繁华匆忙，生机盎然。刚来到这里的我，兴奋好奇外当然还有点迷茫。

还好，不久我找到了来深后的第一份工作，正在深南大道一旁。我开始坐公交车上班，每天起早贪黑地在这个城市中穿行。虽然第一份工作只干了几个月，但我

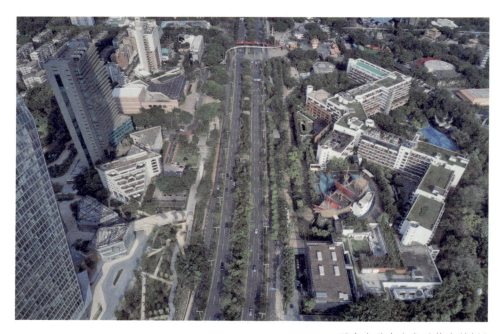

深南大道南山段（越众拍摄）

在城市的穿行中，渐渐熟悉起这座年轻的城市，并且适应了这座城市的节奏。后来我找到了更稳定的工作，也就是现在这个单位。地点换在主干道之西，南山之北。开始是坐单位的班车上下班，继续着城市的穿行。岁月流转，工作稳定下来，家庭也稳定下来。不久，我也拥有了一辆经济型小车。于是开始自己开车上下班，对这座城市的感觉更亲近了。开车也有几年了，每天基本就是，一个人握着方向盘，听着电台，融入滚滚的车流中。穿行在早晚的城市中，思绪与时光，喧哗与沉默，许多的东西在流动中积淀。

一座飞速发展的城市，每天每时每刻都有变化。十年，道路在变，两旁的建筑在变，广告在变，心情好像每天也在变。四季的树木与花草，某天也会猛然发觉比以前更繁茂更鲜艳夺目了，车流似乎越来越拥挤，望望天空感觉灰霾的日子在增多，走着的某段路某个早上忽然被围封起来，原来要修地铁，或者要改造路面。我清晰记得地铁开工时的热闹，接着是三年的期盼，然后就迎来了地铁开通的首日。我也于开通当晚，感受了首次在这座城市地下穿行的气氛。来自各地的建设者，改变着这座城市，我们也随这座城市在改变着。

不只是眼见的景象在变，城市的文化与精神也在聚集中发生变化。记得那年，网上有一篇叫《深圳，你被谁抛弃？》的网文，引发了市民们的热议与不安。由于当时"非典"笼罩，为这座城市多加了几笔迷惘的浓重墨色。或许认同一座城市需要时间，但正是在城市命运的热议与个人命运的焦虑中，人们会更加坚定自己的目标，更勇敢地正视自己的优劣与未来。

在共同的关注中，我发现身边有着众多深刻、冷静的思想者，他们关心这座城市的经济、教育、安全和民生，关注着产业的支撑、法制的完善和机制的创新。这些关注者，也许正是这座城市的中坚与脊梁。在这年轻的城市中，一座楼宇的建设可以产生一种速度，一条口号的喊出可以激发一种新思维，一位爱心人士的出现，可以闪亮全城的"红马甲"。三十年，或许积存文化、凝聚精神的时间还太短，但这座城市已经有了自己的文明脉动，有了自己的追求荣光。

我很幸运能与自己所在的单位走在一条探索中国职业教育发展的新路上，劈山开路，建设打拼。新校园的大楼耸立起来了，吸引一批有共同信念的人集结在这里。来自全国各地的学生从几十人发展到几百人，后来由几千人递增到万人。学校从摸索前行到全国示范，不仅做大做强，从规模到效益，从速度到质量，都有了让人刮目相看的分量。更重要的是，我们有了自己办学的特色与模式。或许正因为有城市的根基，我们才有这样的闯劲与创新，或许正是时代的大舞台，才让我们前行的步伐迈得坚实坚定。虽然还有许多挑战，但前景让我们信心百倍。

任何一座成熟的城市，总会有些记录这座城市奋斗印迹与精神底蕴的标志性步伐。我想年轻的深圳也不例外。三十年的奔行或许还有不曾实现的许多人的梦想，但足以让许多怀揣梦想的人来此城博弈，而且这种奔行也足以让许多人骄傲与震惊。我自豪能与这座城市的三分之一的时光相联，能与这座城市共命运，相依相行，风雨兼程。这里有每天的一样，每天的不一样。我能感觉得到这座城市中许多人与我一样，有相似经历的闯荡与在追求前程时心的搏动。

我当然知道这座城市在中国改革开放格局中的历史地位与分量，我也知道她承载了太多人的欢乐与痛苦，成功与失败，铭刻了太多人的梦想与辉煌。未来的这座城市，还将勇担"示范""试验""先行"的角色，还将展现更为波澜壮阔的图画。未来的南山和充满活力的校园，还将更加美丽光鲜。

大浪淘沙，时间是"过滤器"。正是来自五湖四海的人们，经过这么多年的穿行积淀，创造了这片土地，用智慧与实干凝聚出这座城市的深层内涵。

（选自《三十年城事》，现代出版社 2011 年 1 月版）

上大街情愫

廖虹雷

　　深圳东门老街没有改造之前，有条小街叫上大街，上大街是我的家，准确地说是我老婆的家。我老家在乡下，而我在县政府机关工作，单位没有房子，上世纪 60 年代末我"嫁"给了老婆，也就"嫁"到上大街，一住就住了近二十年，直至上大街拆迁，我才离开这具有岭南特色、最具深圳风情的青石板小街。

　　上大街本来不是住宅民居，它曾经是深圳历史上最辉煌最多店铺的商业老街。据县志记载，明末清初，深圳就"立墟"，这一立，上大街少说也有三百年历史了。

　　上大街在东门老街的"猪仔街""鸭仔街""鱼街"等街巷中，居然敢称"上"且"大"，没有点"斤两"那是不敢称老大的。上大街最"威水"的日子是解放前后那段时间，它是集中买卖布匹丝绸，印染布料，加工成衣、蚊帐、被褥、枕套之类的布匹专业商街。小街东西走向，街头到街尾上百号店铺，鳞次栉比，檐飞瓦叠，青砖墙，灰黑瓦，一间接一间，一座连一座，没有间隙，没有巷罅。有的两间铺，中间只一道墙，省去了另一道墙的人工和钱财。小街里头的房子，一般比较高，多数有二层或一个阁楼，好用作住家或货物仓库。

　　不要以为上大街很大，其实最宽处也就五六米，最窄的不足三米，刚够旧时县衙的"大轿"通过，也足够商贾挑担货物进出。店铺门面，三至五米不等。开铺时，把一块块高两米、宽一米的门板卸下来，拢叠靠墙一角，用麻绳子圈一圈。门板用了几十年，油漆早就老化斑驳，上门槽的顶端和下脚门橛都霉烂，剩下犬牙似的少许木头顶着。记不得哪间店铺，有块门板突然往街心倒去，险些压着行人。

街两边的屋，瓦檐对瓦檐，门窗对门窗，几乎伸个手就能搭到对面房子的窗椽，从底下往天上望，抵得上"小街一线天"的雅号。屋对屋的檐近了，野猫常常在屋顶跳来跳去。好端端的瓦筒，被蹭得东歪西扭。屋瓦顶被滚动得"嗦嗦"作响，接着猫撒下泡尿，顺着瓦槽往下流，不注意的人还以为是下雨呢。到了夜里，雌猫发情，散发出臊味，嗷嗷寻偶，酷似婴孩夜哭。雄猫听声，闻臊味，相聚，腾跳，滚动，两边瓦背顶被搅动得令人难以寝睡，只好个个从小窗户里探出个头，厉声喝道："死猫，快走！"

上世纪 50 年代深圳墟拆了西和街、谷行街等几条小街，打通建成了解放路。上大街的店铺纷纷迁往解放路、人民路。上大街顿时失去了商业功能，像时髦女郎卸下耳环首饰粉脂和时髦装束，刹那间失去了昔日的风采。一间间热热闹闹的商铺，成为城镇居民"静雀雀"的一家家住户。这条小街住的人多了，下了几天雨，一出太阳，每家每户翻出潮湿的被单、床褥、蚊帐、棉被及不常穿的厚衣，加上有孩子人家的裤衩、尿布和姑娘们的艳丽连衣裙、袜裤、通花内裤等晾在横竹竿上，你伸过来，我搭过去，一行行，一排排，密密麻麻，随风飘扬，几乎把那从"一线天"檐缝透进来的阳光遮住了。有好几次，好些外国游客，钻进这街巷里，专门猎拍这充满生活情趣的市井风情，吓得那些探出头晒衣服的妇女，赶紧把头缩回去。有哪家女人，衣服拧得不干，水老往下一滴一滴地淌，人们从这衣服滴水中穿过，以为是"大街太阳小街雨"景象中下着的"太阳雨"。

上大街岭南景致独特，市井风味的人情味也特浓。1969 年底我住进上大街 31 号时，这条凹凸不平的青石板小街，已住上好几百户人家。由于店铺变住宅，先天"设计"不足，没厨房，没厕所，屋内临时用木板间隔，楼上楼下挤住三四家人；那些改造成的小小的厨房，摆放着三四家人的蜂窝煤炉和三四套砧板、锅、煲，一天三餐你煮我烹，一刻也没停过炊烟，但是很奇怪，大家少有争吵。有谁家煤炉早上要"起燃"，把轻便蜂窝炉从厨房提到门外，在小街这头用柴草点燃，浓烟顺着风向往街那头窜去，恰似农村院落飘着袅袅炊烟，刚出门口被浓烟呛着的人，尽管掩鼻抹眼而过，也绝没有谁骂街。

我和邻居张嫂、魏叔、陈姨、黄伯和李大娘几家人左右相邻，对门而居，白天从没关门闭户，我家干什么，你家吃什么，"单眼仔看老婆，一眼望尽"。大家不仅不避忌，相反当时物质奇缺还"互通有无"，大有"远亲不如近邻"之感。

我当时在县机关工作，经常下到各乡村驻队，搞政治边防、反外逃、学大寨、开荒造田，一项运动接着一项运动，和农民同住同吃同劳动"三同"，没一年半载不回城。1971年6月的一天，我老婆怀孕快下产，她身边没有亲人，很着急；我即将首任父亲了，却"任务紧"不能请假回来，在农村干着急，整天心烦意躁。我老婆肚子疼的那天，街坊邻居告诉我单位，我单位打电话告诉我"三同"的公社，公社通知大队，大队派人找到我住的生产队，生产队长飞也似的跑到田头找到了我，折腾了大半天，已是晚上时分。晚上，任何公社都没有公共汽车去县城，我眼巴巴睁到天亮，等到县城开来的仅一趟大巴，好不容易买了车票挤上去，摇摇晃晃返回县城深圳，已过了大半晌。赶到医院见到产房门口的魏叔老婆和张嫂俩邻居，是她们昨天用人力三轮车把我老婆送来医院，办了住院手续，又送汤又送饭，照顾到我从乡下赶回来。在医院，听医生说我老婆早早"破了羊水"，十多个小时难产，正有气无力，我六神无主，脑里一片空白。忽然，见到街坊李大娘坐在她儿子的单车尾，从医院走廊颤颤巍巍过来，把在一个口盅里暖着的一个小茶杯递给我，说："这是高丽参汤，对生孩子有用。"我接过这珍贵的人参汤，马上由护士带进去给我老婆喝。我回过神来找李大娘，李大娘却又坐上她儿子的单车尾，一颠一颠地回老街去了。我责备自己没有向李大娘道一声谢，不应该就让李大娘这样悄悄走了。要知道，这高丽参，是老人的家人从香港带回来给她补身子的，而她一听到我老婆难产，舍不得自己吃，去帮助一个邻居，一个非亲非故的邻居！此时此刻，我感激得泪水直在眼眶里打转。老人不辞劳苦送来贵重的人参汤，还没听到半句新生婴儿降生的啼声，也不图街坊邻里的半句道谢，以一个女性的母爱，无私地温暖着邻里。李大娘佝偻的身影和这一小杯人参汤，在我心灵深处激荡了35个岁月。

以后，孩子稍有头烧脑热、病痛哭闹、临时接送托幼、看管关照，都少不了邻里们的帮忙。上大街家家户户门对门，谁家开饭，孩子嘴馋，"隔壁叔婆饭菜香"，不请自到，"噎噎噎"蹭上人家饭桌，喝东家粥吃西家饭。张嫂对孩子打趣道："你到我家吃饭，要带米来喔。"小家伙一本正经地趴在桌上："我家没米。"逗得大人们都笑出泪水。要知道那时米、油、鱼、肉、布，甚至肥皂都定量供应，家家不宽裕呀。在那物资匮乏的年月里，谁家拿出自家几个番薯、芋头、玉米或自制糕点或几只熟鸡蛋分送邻居，胜过如今赠送一盒盒"黄金搭档"和鸡精口服液……

上大街从东到西没有拐角，只有小巷中间有个岔口通往鸭仔街。那时没有电视，没有音响，只有县广播站一个入室喇叭，除了定时听新闻外，还听些革命歌曲广播。街上没有卡拉 OK 舞厅，也没有美容洗脚屋。那年头，巷窄人多，天气炎热，每到黄昏，一缕夕阳照进街巷，大家饭后在家门口石板上，趿拉着木屐或穿着人字胶拖鞋，扇着葵扇在自家门口石条上纳凉、聊天、下棋；有的拿把二胡弹奏广东音乐，有的在木板楼阁上吹奏悠扬的笛子、唱粤曲，乐韵随着晚风沿着青石板小街悠然漫去。女人在家门口石条上打毛衣，孩子们踢毽子、打玻璃珠子，男女老少，各有所乐。上大街街头街尾和中间共有三个公用水龙头，不用收费，大家自觉排队轮流挑水，没有人争先插队，没有人浪费用水。街上洗菜洗衣，谁家遗忘一盒肥皂，过了一夜没人拿，家家日不关门夜不闭户，没人偷东西。就是有了这些日复一日的买菜、淘米、洗衣、挑水、喝茶、聊天的生活细节，才积淀了老街浓郁的市井风情；也就是有了无数日出日落，邻里一针一线、一茶一水的相互关照，才沉淀了老街深厚的民情文化，孕育出岭南小街那种沉静、古朴、诚实和温润的气质。

1996 年 5 月东门改造步行街，现代化的挖掘机一砸下去，上大街没了，冒出个太阳城。从此，狭窄低矮的瓦檐相掩的、晾满衣服滴着水珠的长长小巷没了，变成七八层高的太阳城百货广场。但是，"太阳"一点也照不亮我心里。

南塘街、鸭仔街、猪仔街、南庆街拆了，东门老井填埋了，"思月书院"拆改翻新了，"鸿安旅馆"择地重建了，尽管一些"文物建筑"乍一看跟原样差不多，但没感觉，没味道。

百年老街，岭南气质，转眼间说没就没了。

东门还是东门，老街还是老街，地理位置没变，但整体环境变了。步行街变宽了，楼房变高了，街景现代化了，东门从古代的乡镇集市，走向今天的商业都市，整天弥漫着繁华的喧嚣、时尚和自豪，却也掺了几分浮躁和妩媚做作。有人说过，灯的发明，使白天越来越多地侵占了黑夜。东门的商业价值提升了，老街生态的人文价值却流失了。

时间是个过滤器，时间也是服沉淀剂。蓦然发现，真正让人留恋一辈子的不是钢筋水泥垒成的高楼大厦，不是五光十色的街景、琳琅满目的货物、摩肩接踵的观光购物人流；而是那凝聚着岭南风情的青石板、旧屋檐、粤语粤曲以及街坊邻里悠闲的小街情愫。

　　又一个十年过去了，那段生活，是那个年代的历史切片。面对时代的步伐，在享受现代文明成果的同时，我们对老街民情风俗流逝生出几分遗憾：为什么东门改造时非得要"不破不立"？难道世上真的没有"甘蔗两头甜"的兼顾？唉，"遗憾"永远不会回头，如今那弥漫古老风情的上大街，拆了；它，只能永远藏掖在我那辈人的记忆里。

　　　　　　　　　　　　　（选自《罗湖视点1998—2007》，花城出版社2007年11月版）

眺望红树林

安石榴

　　深圳最引人注目的树林不是在山上，而是在海边，就是处在深圳湾外的红树林。这一道簇拥在水陆交接之间的特别林带，像一条镶翡翠的腰带缠在城市的腹部，又像一条墨绿的围巾绕住城市的脖颈。在此之前，我对红树林一无所知，它一直都生长在我想象所及之外，那种神秘与隐匿遥不可及。我固执地认为，到达红树林的唯一方式只有眺望，除此之外，所有的常识、了解甚至实地探访都属于揣测与遐想。在我眼中，红树林就是一道不可言喻的暗红，这种归于梦想的颜色，永远变幻着神奇与诱惑，总有一种隐约的召唤使人欲即不至、欲罢不能。

　　来到深圳的第一年，我就得知深圳湾外有个红树林。那时我滞留在（原）关外的宝安，每次从深南大道西端进入市区，过了华侨城，到达竹子林路段时，便会看到一个指向海边的蓝色牌子，上面写着"红树林"。第一次我就被这个名字吸引住了，我真的以为从那里过去，就会看到一片红色的树林，由此对一个未知的去处陷入遐想。我想，红色的树林会是什么样子啊？像一团燃烧的草堆，抑或夕阳下的荒原？遗憾的是，几年来辗辗转转，我一直游离在深圳的景物之外，终日奔走在高楼大厦的阴影之中，被炫目的梦想和令人晕眩的仰望所牵制，不光去不成红树林，连世界之窗、锦绣中华这样的地方都没有去过。在深圳七年多，我几乎熟悉了市内的每一条街道，足迹遍及每一个街镇，探访过众多或远或近的村落，并觉得已与其中的某些地点声息同在。但我又几乎对深圳那些声名响亮的景点一知半解，也提不起多大的热情及亲近的兴趣。唯有去不成红树林成为我的遗憾，从最初触及名字的那一瞬起，就在心底打下了结，非亲历其间不可解。

接着听说红树林处在深圳与香港两地之间的边防管理线上，可算是一道铁丝网内的风景，等闲人轻易不得进去，真是可望而不可即，心底的结不由得越打越紧。又因为当时身处二线关外，不常在市区活动，所以也难有闲暇到红树林去一探虚实。向往的念头婉婉转转、忽浓忽淡地在心头盘桓着，渐成若有若无而又难以放开的牵挂。

机会终究还是来了，1998年下半年，我进入深圳市区工作，第二年年初，为庆祝香港回归一周年，便公私兼济地为供职的《深圳人》杂志策划了一个专题——走访深港之间的边防管理线，揭开这条烙满百年历史印痕的轨迹的神秘面纱。于是，经与深圳边防部队接洽，我在武警六支队宣传干事的陪同下，从粤港管理线的最西端蛇口大新码头出发，沿铁丝网一路东行至最东端的盐田港避风塘，进行了为期两天的采访。那两天对我来说真是福至心灵，我完全沉醉在沿途的风光里，没有人可以想象得出以新潮现代著称的深圳市区边缘，居然有着如此令人神驰的自然风光，尤其是红树林，简直开启了我被都市繁杂掩塞的心灵。

我终于进入了红树林。当我站在低矮而茂密的红树林带外侧，情不自禁地伸手抚摸红树细而厚实的叶子时，确实感受到了一种渴望已久的温情的传递，那种暖入心肺的、像脉搏一样的输送使我战栗。那一刻红树在我眼前忽然高大起来，密密匝匝的树丛间仿佛敞开了一片辽远的水域。在整个红树林区，我们缓缓开着车子，像一只小船在芦苇丛中轻慢地滑行。我趴在车窗上，贪婪地看着眼前这一片对着我轻声慢语的小树林，这一切多像梦幻的游移。红树的顶上，无数的白鸟或飞或栖，演绎无限生动的情景。那一刻我恨不得化为其中的一只白鹭，永远徜徉在红树林鲜活无比的树丛浅水间。

深圳的红树林是国内目前面积最小、唯一一个位于市区的国家级自然保护区，也是国家级的鸟类保护区，被国际生态专家称为"袖珍型的保护区"，全长约9公里，总面积约368公顷。1984年，深圳红树林保护区正式创建，1988年被定为国家级自然保护区，接着又被"国际自然与自然资源保护联盟"列为国际重要保护组成单位之一，同时也是我国"人与生物圈"网络组成单位之一。在此之前，在这里的大片天然红树林旁，是当地渔民用来养鱼的基围鱼塘和种植的果园，仅有一条狭小的道路相通，对面即是香港的米埔自然保护区。

红树林的名称，源自一种红树科植物——红茄苳——的特征，这种树的树干、枝条、花朵都是红色的。红树林泛指像红茄苳这类生长在热带、亚热带地区的河口、海岸沼泽区域的耐盐性常绿灌木或乔木树林。红树林又有"潮汐林"的别称，涨潮时，海水浸没河口区域，淹没红树林的生育地。红树林的树身下半部都泡在水中，只露出上半部，看起来像是长在水面上的森林。

有意思的是，红树林植物是"胎生"的，这种似乎只有动物才有的繁殖方式，是红树科植物独特的本领。胎生的红树林经由开花、结果产生种子，种子成熟了，并不从树上脱落，相反地，包藏在果实体内的胚芽开始发育，渐渐变为带有胚茎的胎生苗。胎生苗从母体吸收营养，继续生长到成熟可脱离母体，落下并插入软泥中，开始生根长叶，展开生命的新页。即使有些胎生苗落下时没有插入泥中，也能乘着潮水，漂流他方，重新落地生根。

红树科植物的种类有30余种，深圳的红树林就生长着木榄、秋茄、桐花树等27种。除红树科植物群落外，深圳红树林还生长着其他50多个不同品种的植物，此外还有各式各类的生物，主要有鱼类、甲壳类、贝类及鸟类，尤以鸟类为盛。深圳的红树林里栖居着白鹭、翠鸟、喜鹊、红嘴鸥等上百种鸟类，最多时曾有180多种鸟类，其中20多种属于国内甚至国际重点保护的珍稀品种。这里一直是珍稀鸟类的天堂，也是来自西伯利亚的候鸟南飞澳大利亚的最后一个栖息地，据称每年有白琵鹭、黑嘴鸥、小青脚鹬、大小白鹭等百余种十万只以上的南迁候鸟于此歇脚或过冬。远远望去，红树林上方众鸟翻飞，草树簇拥，水天一色，令人心醉神迷。

据资料介绍，1986年，世界自然基金会主席、英女王的丈夫菲利普亲王，在陪同英女王访华时，特意南下深圳，登上红树林的观鸟亭，饱览深圳湾湿地风光。丹麦野生生物基金会主席、丹麦女王的丈夫亨里克亲王也曾于1989年，兴致勃勃地到此观鸟赏景，并将红树林称为"绿色明珠"。

1999年10月，我辞去了杂志社的工作，成为一个自由职业者。不上班的一周内，我就撤离了闹市区，搬到红树林边的上沙村，在那里租了一间小小的屋子。屋子在顶楼，有一个极小的四顾空旷的天台，可以眺望不远的海湾、远处的蛇口半岛及对面的香港，也可以回望深圳市区鳞次栉比的楼群，眼前的一切都是那么美。而

深圳的红树林（越众拍摄）

最令我激动的是一眼就看得见红树林，它就在我眼前，又永远处在我的想望之中。我买了一副高倍的望远镜，常常在早晨和傍晚时分用望远镜观看红树林。在我眼中，红树林永远都是那么清晰、清新，绿得使人精神振奋、眼睛明亮，而一想到红树绿叶下隐藏的红色，我的眼中又多出一道梦幻的色彩。盘绕在红树林上方的鸥鹭仿佛是一个个洁白的音符，而红树林一直都是一张碧绿中泛着暗红的琴。置身在红树林的旁边，我的耳畔不停回荡着天地间最美妙的乐章。是的，这种观望与聆听是我迄今得到的最好的精神治疗。

在红树林边生活，我一面接受着平静的抚慰，一面又总是抑制不住地心潮澎湃。我像古代文人一样在自己的居所题了一首仿古体的诗，就用毛笔写在洁白的墙壁上：日出沙头边，处处人不似。朝见红树新，晚来观风起。

曾经有一个傍晚，我与几位朋友沿着滨海大道散步。穿过马路边上一块刚刚推出的空地，我们发现居然有人在低洼处用木板搭起了一道长长的小桥，桥头有一条小路直通红树林。正是日落时分，红树林内分外静谧旷阔，惊起的白鹭，起落竟然一点声响都没有。落日的余晖从远处的水面一路铺展而来，把树丛洒得金黄透亮。我们在草地上端坐良久，谁也没有说话，任由天籁静静地抵达我们的心灵。是的，那一刻，我们都经历了一场大自然的洗礼！

（选自《在每一座城市短暂驻留》，广西师范大学出版社 2020 年 6 月版）

深圳的中心与边缘（节选）

吴晓雅

小时工

在白石洲，一个洗碗的零工，每小时才 15 元工钱。

洗碗很偶然，去洗碗之前，我先在饺子馆洗了两个小时的菜。

下白石二坊附近有个小邮局，小邮局的所在像个交通岛，一左一右，岔开两条街，一条叫银河路，一条叫金河路。银河路上有个饺子馆，是东北人开的。白石洲有十来家东北饺子馆，有所谓标准化的加盟小店，也有这种自家小店。锅支在门外，外面煮，里面包，一份饺子 12 元到 15 元。饺子馆不会在春节关门，家家都想在除夕大赚一笔。打工的人们陆续回去了，店家都在这个时候贴出了招聘广告。我从邮局往前，和卖潮州特产的小店主聊了聊，出来看到斜对面饺子馆需要包饺子的，想问问老板娘包饺子的工人一个月多少工钱，两个大姐上下打量着我：多少钱？那得看包得咋样……先别问多少钱！这两天都有人问，试试手再看……你包啊？会包不？我说会包，包得不好看。瘦点儿的大姐说，那你这会儿试试？她看着我，等我意见。

我会包饺子，但速度不快，样子一般。我一想，试试就试试吧，包完交钱自己吃了，权当自己动手的下午饭。我去洗手，狭小厨房又黑又脏，水池里堆满碗筷，地下潮湿溜滑，感觉很不舒服。大姐推过来一个擀面杖。好，我自己擀皮。她俩一边包一边看我表现，不是我演技差，是基本功确实太一般，家常吃还行，应付小店，速度差远了。瘦大姐说，你包芹菜还凑合，韭菜的、玉米的，太慢！客人还不叫你给耽误跑了？我说韭菜、玉米都不好包，大姐说，好包我们自己包了，谁家的钱也不是大风刮来的，干啥要请人？上午来了一个女的，那包得快！眨眼工夫两盖帘儿（笸子）。她说着话，指了指冰柜，你看看，多少存货，就这都来不及。你干不了！一来就问多少钱！明白不？多少钱得看你行不行……这活儿，看着简单。

她说得没错。我包的饺子"不鼓绷"，样子也不好看。在我煮饺子的时候，她的儿子送餐回来了，说过两天订单还要多。她和儿子嘀咕了一会儿，转脸问我，今天下午你先给我洗洗菜行不？

"厨房哪有地方洗菜？"

"外面，隔壁有两个池子。"

好吧。自己包自己吃还交了钱，我索性把钱再赚回来。

这个钱可不是好赚的。我刚一坐下，三个大袋子就过来了，十几斤芹菜、十几斤韭菜、七八斤香菇。

"赶紧着……先择，择了洗，洗两遍就成，快着点儿……"说着示范了几下，说干活要找窍门，下死力气不见得快。中间，她来看了几次，是催促的意思，也有慰问的意思。所有的东西洗完晾好，花了 2 小时 25 分钟，那天阴冷，可我的脖子和背上都是汗，直起腰来头有些晕。不得不承认，还是平时干活少，而且，家庭厨房的劳动量，没法与饮食店相提并论。我擦了擦手回到厨房，她的儿子问，多长时间呀？我说，就算两个小时吧。

"对，两个小时。"她说。

两个小时的工钱是 30 元。

我想起梅林二村食街上卖饺子的母子俩人。他们雇了一对夫妻，那对夫妻女的擀皮，男的收拾桌子、洗碗、换碟、打包。擀皮的女人两年下来，腿部动脉曲张，颈椎疼、肩膀疼，那家生意好，一晚上几个小时都闲不下来，一闲下来，她用左手搓着右手，拧着眉毛嘀咕：疼啊！人们有一段时间没看到她，摊主说她去做手术了，腿部手术。摊主母子后来也不做了，把小摊转让了。这母子俩是我见过的脑子最好用的人。十几个人同时来，馅不同，份数不同，有煮的有蒸的，有人几样馅都各来一点儿凑成一份，他们记得清清楚楚，没乱过。附近的人遗憾没再见过那母子俩，后来听说，那个儿子与另一个打工妹好上了，她怀了孕，他和老婆闹离婚，当妈的劝不住，也没心思做生意就回东北了。

在拉面馆洗碗

路过拉面馆，戴头巾的年轻婆婆问：去哪儿呀，坐一下不？我说去买水果，她说急啥，晚上有特价的。我说，口渴，干了两小时的活，现在就想吃个苹果。"你在哪儿干？""饺子馆。""多少钱一个月？""就两个小时，钟点工。"

我还没走到超市，她就追上来了，说自己家的洗碗阿姨走了，年前人多，忙不过来，自己还要照顾孙女，问我愿不愿意帮几天忙。她问得很客气。

看来，我的洗碗生涯要从白石洲开始了。

第二天晚上八点，我准时来到拉面馆，进了拉面馆的后厨，厨房挺宽敞，两个灶台，一个炒菜，一个煮面，炒菜的灶台上三个火头。两个案板，一个靠墙在窗下，一个靠着冰柜，靠着冰柜的是拉面案子，上面包着白铁皮。两个水池挨着冰柜，在厨房的角落。厨房屋顶不算低，厨房内还有两个大抽风机，但水池所在刚好是一个拐角，油烟都蓄在那里，第一天下来就呛得咳嗽了。当晚人多，大媳妇也进来帮忙，妯娌两个你一句我一句问我问题：之前是干什么的？是不是没洗过碗呀？平时都干啥？同住的女孩子都是干啥的？

我知道了她们的名字，大媳妇的回族名字叫库图买，她的女儿叫萨日娜，"婆婆的名字嘛，我不敢说……说了不尊敬。我们都用汉族名字"。她俩的头巾有时垂着有时卷起来裹住后面的头发，把头包得紧紧的，前后都不露一点发丝。

一连三天，婆婆和妯娌两个都教我洗碗的便捷方法，各有特点，婆婆的单手旋转冲洗很厉害，手在盆里一旋一捞，虽然她说不上门道，但清楚牵扯些力学的道理。盘子上有牛油，单用洗洁精不行，需要加锅里的热面汤。第一天，婆婆在边上帮我，大媳妇也帮我运送；第二天，二媳妇指点顺序；从第三天开始，我觉得正式上道了。第五天开始，终于在两个小时之内干完了活，白盘子红盘子，大碗小碗，勺子筷子酱料碟，几百只，不仅能在两小时之内搞掂，并且，还削好了两盆土豆和洋葱。第一天回去腰酸背疼，过了三天轻松些，到最后一天，无感了。

水池边上靠墙放着一只大泔水桶，倒残渣剩菜时不小心把盘子掉了进去，做拉面的小伙子见了说：阿姨别急，我来。他套着一只塑料袋，弯腰进去帮我拣出来，他说，他刚开始也是从洗碗起步的，起初还嫌脏，慢慢就习惯了。不能再赞同，哈哈，我前三天就过了心理关，对油腻残羹有了免疫力。人就是这么奇怪，几天工夫就能改变几十年的习惯。

小萨日娜和她的小伙伴在店门口玩，小伙伴回去吃饭了，她就在店里穿梭，还跑进后厨来，妈妈看见了就让她叫人，调皮的她不肯叫，过了一会儿拿个苹果进来给我，说奶奶让给的。这样，我们就交上了朋友，我不忙的时候教她念古诗，她学得很快。萨日娜的脾气跟着发型改变，梳小辫时温顺乖巧，梳马尾巴时疯得像个男孩子，不高兴了还往菜篮子里钻，她奶奶叫了也不搭理。她在深圳出生，在广州见过她的外公。在广州做生意的外公有时候会打电话来，在电话那头问：萨日娜萨日娜，想我了没有？来广州了我给你做好吃的……

十天之后，我拿到了300元，老板很礼貌地把工钱给我。一小时15元，这是白石洲2017年厨房小工的普遍行情。

每天一只羊

楼下的食街，靠近交通岗亭有个烤羊肉串的，新疆人开的。下午五点一到就出摊，一只整羊挂起来，几个男人当场切块穿铁签子，小串5元，大串10元。每天晚上带着孜然和辣椒的油烟从街头飘到街尾，生意好得不得了。这个摊档似乎是合股的，老板一家和几个兄弟，兄弟有维吾尔族人也有汉族人，老板带着老婆和孩子，老婆瘦小，不爱说话，也不常来；孩子也很胆小，爸爸有时带他去萨日娜家的小店门口坐一下，他躲在爸爸身后不敢动，眨着大眼睛的男孩子只有在自己家摊档上，和爸爸妈妈在一起时才敢乱跑乱动。这里靠近地铁口，楼上就是KTV，生意一直能做到凌晨一两点。老板一家住在别处，另外几个人住在二坊附近。降温的那几天，大中午，皮肤较暗的那个中年人搬了两张红色的塑料椅子，到人行道上晒着太阳睡觉，尽管不舒服，却睡了一两个小时。不用问，他住的房间太阴暗。

每天卖一只羊，好的时候是两只，这对一般的烧烤摊来说，简直难以想象。他们有个无烟烧烤炉，大部分时间不用，如果有人投诉，投诉得厉害了，或者，检查卫生的来了，他们会做做样子。以前听人说过卖羊肉串的最爱炭炉子，就喜欢羊油滴在炭火上烧出油烟气来，好让香味飘得远一些招徕食客。

女主人不爱说话，没有机会去了解他们。我想起了另一个卖羊肉串的四川小伙子、他的老婆和他们的孩子，虎妞和虎子。他们在龙尾路口摆摊，住在梅林河背村。从 2013 年底之后，我很少再看到他们，因为我很少那么晚出去了，他们自己也因为投诉太多，出摊少了，而且十点不过不敢出来。油烟确实讨厌，我猜，如果不是怕城管突然出现，夫妇俩倒愿意买个无烟烧烤炉。烧烤炉太大，在灌木丛里藏不住。客人少，他们用小炭火，城管来了，还算客气，他把铁丝网端起来，城管把炉火倒在地上就走了，城管一走，炉火收拾起来装进去，继续烤。猫捉老鼠。

他出生在长江边上，十几岁出来。到了 18 岁，听父母的话娶了邻村姑娘带出来，生了两个孩子，老大送回去，老二跟着他们。夫妇俩喜眉笑眼的，住在附近的人们常去光顾。他爱讲家乡的事。他说小时候江里有大鱼，有个坐小船钓鱼的，遇上了霉运，连人带船被大鱼拖出去好远，在十几里外的岸边才找到尸体。这几年不同了，江水污染了。不过，家乡的树林还好，这几年禁止打猎，也禁止砍伐，但人们还是要在晚上偷偷出来打些野物。"到底是少多了，"他说，"我爸和我幺叔花了好几个晚上，才逮到一只山猪。"

他幼年还听人讲了一桩远近闻名的大事，复述给我们听。村人山中遇豹子，慌不择路。没命逃跑，跑啊跑啊，鞋子都跑掉了。不好！绊了一跤，回头一看，豹子正要扑过来，心想死定了。那人没别的想头了，闭上眼，就听嘭的一声，一睁眼，豹子没影了。猜是咋样？豹子用力过猛，撞在他身后石头上，死了。人们埋了豹子。豹子的幼崽，找到坟，把坟扒开，守了一天一夜才走。

他说，你看，命有多大，遇到豹子都还能活着回来！

我总觉得他讲的是故事，是《故事会》里的故事。他说不是，就是村里的事。

看到我在微信朋友圈发了白石洲的照片，虎子的妈妈问，那边烧烤生意好做不？我说，烧烤摊不少，生意有好有坏，不了解。她打了个表情符，说，知道大姐你不爱吃肉。哈哈，这是真话，我信不过肉，他们知道。虎子的爸爸自己都说，肉越来越难吃了，全靠调料和油。虎子妈说，听说过白石洲，想来看看。一两个月过去了，也没见她来，她自从生了孩子，剪掉了两条大长辫子，一天天胖起来，休息不好，眼圈常常黑着。人的精神头儿和刚结婚时没法比。她住在河背村靠街的一条路上，冬天冷夏天热，外面又嘈杂，孩子晚上不好好睡，她也睡不好。假如我说白石洲路口上一天卖一只羊，虎子的父母不知要多羡慕。我没说。

城中村的午托晚托

鸡犬相闻，声气相通，东家有事西家帮忙。对很多人来说，城中村不仅是事业起步的摇篮，还是可以享受传统邻里关系的所在。人与人从陌生到建立信任，最简便的条件，类似于一个方便面的广告语：××面，天天见！

祖籍湖北的小马老师，住金河路塘头五坊，靠近沙河小学。来深圳六年，现在是两个孩子的妈妈，大孩子一岁半，小孩子半岁。她觉得自己很快怀上第二个孩子，得益于顺产。小马老师不仅顺产，人生路也是顺利的，至少，她自己是满意的。满意是花钱买不来的好东西。中午放学的时候，她的婆婆抱着大孩子，她自己抱着小孩子在门口张望。陆续有小朋友回来，老师长老师短地一个个叫起来，她的午托班已经准备好了三菜一汤，等着小朋友了。小朋友都是沙河小学的学生。小马的托儿辅导班人数最多的时候，午间30人，晚间40人。小孩子出生之后，减少了一些。饭菜是她的妈妈准备的，"婆婆带孩子，我妈做饭，我老公在附近物业公司上班，公公也在附近打工。你看，一家人在一起呢。这就好啦。我要求不高"。皮肤白皙的小马坐在弟弟的店铺里跟我聊天，弟弟开了个照相馆兼简单的文件制作、打字复印。弟弟出去的时候，她或者婆婆在楼下看店，等小朋友们放学。这样，婆婆不心慌，孩子也能看街景。小姑子最近也来了，帮着她为学生辅导功课。一大家子人，楼下开店，楼上开班。

"城中村谁家不是一大家子在这里呀？邻居大部分都是这种情况。只不过干的事情不一样罢了。"小马说，在城中村做生意的，能做得下去的话，一般就扎下来了，很少转让的，大家都从外地来，就靠生意吃饭了，在她这里的学生，父母都是在白石洲长待的，为了孩子上学，也要待下去，孩子的父母、爷爷奶奶，都把她当街坊看。一个东北阿姨，从金河路下面走上来接孩子，站在门口聊了会儿，顺手从她婆婆手里接过孩子，说，老妹，我帮你抱会儿。小马的婆婆是河南人。"三门峡听说过没？"当然听说过，三门峡因为黄河蓄水发电工程和地上河出了大名。

小马是外语系毕业的本科生，在广州待过一年，来深圳三天后就找到工作了，第一份工作就是课外辅导，老板娘是单亲妈妈，她的两个孩子考上大学之后，不想干了，小马觉得自己有兴趣，接过来自己干。她来到白石洲租房，午托晚托的价格比商业小区里便宜一半，每个月午间500多，晚间800多。"这些人带着孩子出来打工，他们才能挣多少呀？贵了没人来。我在老家的时候，放了学可以在学校多玩一节课。"小马不是留守儿童长大的，父母一直在身边，但父母都忙着，学校的孩子这种情况比较普遍，校长决定开多一节课，完全免费，孩子们放学就在学校玩。说起自己的小学和中学生活，小马满是愉快的记忆，她在湖北孝感某县长大。

小学离沙河街道办比较近，街面干净，油烟也很少，碰到了几个戴着工作证做安检抽查的专业人员，他们受街道办委托来查"三小"安全隐患，十几个社区总共抽查 50 家，学校附近是重点区域。什么是"三小"？我特意问了一下。"三小"指小店铺、小饭馆和小作坊。小马弟弟的店铺，中间有木板间隔，属于易燃材料，门外的灯箱、电线和插头也不合格，安检人员提醒该拆的拆掉、该换的换掉。小马的三室一厅，就是住家和开班的地方不在检查之列。年前的防火检查，小马的房子不合格，现在的是新租的，离学校更近了。安全第一，小马完全认同。

（选自《白石洲：深圳的中心与边缘》，深圳报业集团出版社 2018 年 2 月版）

湾厦新村

陈 彻

前段时间我又去蛇口湾厦新村转了转，村的周围变化很大，路都认不出来了，但一到村口发现还是老样子。

深圳的城中村很难整体拆迁，这当然跟地价房价有关，但最主要的原因，是深圳需要城中村这种价廉物美的居住方式，二十多年来，它让数百万刚来深圳打拼的深漂青年，开启了他们难以忘怀的人生之路。

二十六年前那个四月的傍晚，我拎着简单的行李走下一辆黑乎乎的中巴车，来到湾厦新村的村口牌坊下。

在此之前，我先去了位于罗湖的一个老家邻居的姐姐家。在老家时邻居非常热情地把姐姐的地址电话抄给我，说到深圳可以先去她家落脚。而当我真的出现在她家小区门口时，她有些冷淡地跟我说她家晚上可以在客厅睡沙发，白天一整天是没人的。我赶紧说不用了，我已经找好了落脚地，只是过来打个招呼，毕竟之前邻居很热情帮忙。听到我这样说，她脸色立刻轻松起来，要拉我回家吃饭，我千恩万谢地推辞，慌忙转身上了一辆不知去哪刚好在路边停了一下的中巴车。

五年后，当我有了自己的家后我才理解了这位姐姐。有的人热情好客，会把自己的住处变成老家驻深圳办事处兼招待所，但有的人不是，这种人也没有错，家毕竟是自己的私密场所，不愿意接待外人也无可厚非。

而且，你拒绝接待的深漂他也会有他的另一条人生之路，那条人生之路也许坎坷、也许艰难，但也会很精彩。

在中巴车上我眼睛有些酸，但来不及让眼泪掉下来我就得想办法，现在已经晚上六点了，我得找住宿的地方。问中巴车的售票员这车去哪，他的广东话我完全听不懂，说了三遍才弄明白是"蛇口"。

那天晚上很幸运，我下了车打电话联系了一个朋友，她说她哥哥打工的公司在湾厦新村租了几套房做宿舍。我站在上海轻工总汇门口等了不到十分钟，她哥哥就来把我接走了。

那天晚上，这位哥哥请我吃了一盘炒米粉。坐在大排档的棚子下，我一边吃着米粉，一边顺着他的指点望向村后面大海对面的香港。那天晚上夜空清湛，清晰地看到对岸那一排如带灯光，一阵风吹过，海的气息扑面而来，海面上有渔火、有归船。

我在宿舍借住了一周时间就找到了工作，搬去公司宿舍住。三年后，我换到了第三份工作，终于碰到个薪水高点的，先生跟我商量租个房子，我第一时间想到的就是湾厦村。

那时租个两室一厅一厨一卫的六十平米农民房月租才 1200 块，交通还方便得很，早上走几步路到村口吃个早餐，坐上大巴三站地就到公司了。如果起床够早还可以步行，沿着青石板路一边看海，一边啃着包子去上班。

在那个房子里，我们经历过台风，风把窗玻璃吹破，大雨从窗外灌进来，床上的被褥都打湿了。

在那个房子里，每天晚上开灯都要做好老鼠窜过的心理准备，墙上还爬过巴掌大的黑蜘蛛，以及如亲密室友的大蟑螂。

我们被握手楼对面的邻居偷过衣服，拿了个竿子穿过窗户伸进来挑走挂在床头的裤子，裤子里面有钱包有身份证还有 BB 机。

在那个房子里，我们曾过了一个没有钱回老家的春节，年三十晚上我俩都发烧了，互相搀扶着去两条街外的人民医院打吊瓶。听着远处传来的鞭炮声，我们比谁笑得更大声，空无一人的街道上，笑声像两枚硬币跳跃着滚向远方。

那天打完吊瓶回到出租屋，住楼下的房东大叔端了两碗汤圆上来给我们，操着极其笨拙的广普憨笑着说："恭喜发财。"

他不许我们拖欠一天房租，还在电表上搞过鬼导致我们长达半年每月多交五十多块钱电费，我跟他大吵过，他退了我两百。但那天晚上的两碗汤圆，是真的滚热、香甜。

三年后我们工作变动，搬去南油继续租房。搬家的那一天下着毛毛雨，我把最后一个箱子放到搬家公司的车上，突然想起还有一件衣服晾在天台没有收。

我跑上天台收起衣服，回头又望了一眼村后面的海，那海上雾气茫茫，像行着一条白龙。白龙庄严地在海上浮着，隔开香港和蛇口，云层深处不时裂开细细的闪电，闪电的光为云层描出轮廓。

我拿着那件衣服匆匆下楼，泪湿眼眶。走出院门，忽然听到有人在二楼阳台喊了一声，我抬头看，是房东大叔在向我挥手告别。

搬家的车摇摇晃晃开出村口，驶上了工业大道。先生坐在副驾驶忽然说了句："我今天才知道，城中村的电费收的都是商用电价，本来就比民用电价贵。你跟房东吵着要回来的钱，都是人家贴补给你的。"

我一惊，连忙回头望湾厦新村，早已拐了好几个弯看不到了，又下起了毛毛雨，远处的海上白茫茫一片。

（选自《深圳特区报》2020 年 8 月 11 日）

走过景田（外一篇）

马继远

走过景田

景田是很适合去散步的，尤其在晚上。无论从外围哪条路，新洲路、香梅路，或者深南大道、北环大道，跨进景田，外边马路上呼呼不绝的车轮声旋即被抛在了身后。路灯洒下柔和温暖的光，行道树婆娑的身影营造出一片安静天地，人在其中漫无目的地走，恍惚之间，会疑心这里不是深圳，而是心中经常梦想着的远方。

整个片区，形似竖起来的四边形，面积不很大，走来走去，一个多小时，差不多能走个遍。不必担心迷路，片区内路网简单，命名也有规则，景田东、南、西、北路（街）支起框架，南北向的景田路、东西向的莲花路在框内交叉，画出十字架，大轮廓定下；再以莲花路为南北分界，两侧小街巷分别从一开始命名，景田南一街、南二街，景田北一街、北二街……大约一直排到了八街、九街。除此，还有东西向的红荔路、新闻路、商报路，也很好辨认。

大小街巷规则地交织连通，行走其间，让人想起"井田"。犹记得历史书上介绍"井田制"时这样写：田野上阡陌纵横，像井字形状，是为井田。景田片区在随着深圳特区发展开发建设起来前，必定是一片平坦田畴，田间有小径分割，块块田地成格，是名副其实的井田。景田之名，不知有没可能是从"井田"谐化而来。也有可能是，这里过去为农田时，稻谷飘香，风景优美，所以被人冠名以景田。

即便现在，景田也仍是美的。大小马路，不管机动车道宽窄与否，道牙两旁都留着宽敞的人行道和绿道。大叶榕、桃花心木等行道树高大粗壮，枝繁叶茂，与道旁小区栅栏内的绿化树牵手搭背，连成大片绿荫，人行树下，如穿林海。最惊艳的，是景田北街等几条路旁种植的木棉，三四月木棉花开，树树红花伫立道旁，意兴盎然，风华无限。"啪嗒啪嗒"不断落下的红花，地上铺就一片云锦。及至花事荼蘼，棉桃炸裂，棉絮满天飞，又是一地雪，颇能撩人兴致。

除了景田路、新闻路等几条商业街外，片区大多街巷两边，商家稀疏，多是住宅人家。栅栏里面的小区，绿意满满，有时候，里面还会伸出几枝花，迎风对着行人招招摇摇。偶有几团商家的霓虹，似夜色深处开出朵朵娇艳的花。零散几处饮食店里飘出的香味，则让景田的夜晚更添醉人香气。随意走着，路旁能遇见几个幽深的街心花园，有密林、小径、小广场，可进去小憩，或者，索性就在道边找个石凳石阶坐下，歇脚观景。

楼宇房舍很多，因了绿树灌木的隔分、掩映，并不显拥堵。小街上偶有车辆驶过，卷起几片落叶，很快恢复平静。少年骑着单车飘过，人行道上的影子跟着奔远。妇人牵着孩子的手走过，孩子咿咿呀呀说笑着，欢笑声在橘红色的灯光里消散。几个结束了饭局的中年人，依旧难舍难分地边走边叙，兄弟情谊人生悲欢尽被昏黄的街巷收纳。老人掂着捡到的饮料瓶，安详地走向拐角处的光影里……

方位凑巧的话，往南望去，能看到全城最高的摩天大楼的上半截楼体，夜色中光束满身，璀璨至极。大厦周边，此刻必定是熙来攘往，声色正浓。景田这片，倒是一处完全不同的所在，安静、温和、平淡。走过景田，人什么都可以想，也什么都可以不想，所有的思绪，和那些声音一样，终会消融在景田静谧深邃的夜里。

（选自《深圳特区报》2018 年 1 月 24 日）

东渔村，天后庙

下午四五点，暮春的太阳仍有几分燥热。从大亚湾海面吹来的暖风，带着浓浓的咸腥味。海面并不宽阔，很容易就能看见对岸大鹏所城那边的房舍，还有青色的排牙山。海里除了几艘不大的船只，星星点点浮着不少养鱼养蚝设施，让海面更显塞仄，举目望去，并没有多少心旷神怡的感觉。

这里是东渔村，位于大鹏半岛东面、大亚湾畔的一个小渔村，村子南面背靠着的，是绿意葱茏的七娘山。

村子不大，数十户人家，住的大都是农村常见的那种低层楼房。偶有几户，房舍是灰黑色的瓦顶，生着绿苔，有点年代了，墙身则尴尬地贴着彩色瓷砖。村里明显在发展海滨旅游，几处小楼小院，装饰成了民俗特色客栈，店名带着"海雅""蔚蓝""听海"等字样，入住的客人不多，生意有点清淡。

相较于附近的杨梅坑、对岸的较场尾，东渔村的名气、人气确乎要逊色些。漫步村道，见不到多少游人，只在几个小店，有一拨拨居民闲聚着搓麻将。村里养的狗不少，看见有陌生人走过，慵懒应付着吠两声，又趴下闭目养神。几处空地支有网架，晾晒着小鱼干，想必是要作为特产拿去售卖。生机旺盛的大榕树、簕杜鹃等树木花草，与别处并无两样。

村西侧是东山珍珠岛，盛产珍珠，建有专门售卖珍珠的商铺，还穿凿附会了一出"七仙女撒珠"的传说。说是远古时期七仙女游玩人间，流连东山岛美景，回天庭时不忍离去，挥泪而别，泪珠被贝壳吸纳，变成了颗颗晶莹的珍珠。传说很老套，听到了，只呵呵一笑，并不会让人对东渔村增添幻想和兴趣。

这样平淡的东渔村，如果意欲踏沙逐浪、凭海临风，大概不宜前往。而若想避开大鹏海滨热门景点的喧嚣，安静地在海边走走，感受海边渔村居民闲散的日常，东渔村倒真是个合适的去处，就像这个傍晚，像我从东大路无意间走入东渔村这样。有时候，说不定还会别有发现，譬如，遇见一座古庙。

是座天后古庙，立在东渔码头边上，隐藏在大榕树下面。榕树生得枝叶蓊郁，根部有大礁石。庙、树、石相互依存，从明朝开始，已守护东渔村数百年。庙不大，庙宇低矮，只一两进深，庙门上镌刻着"母仪堪配千古仰，后德参天护万民"的楹联，庙前香炉内，余香袅袅，庙内妈祖神像前供奉着水果。据说农历三月二十三"妈祖诞"，这座小小古庙便香火缭绕，热闹至极。

庙外，还有两三株大榕树居于庙两侧，一样生在大礁石间，枝繁叶茂，粗壮的树根把石头缠得紧紧的。十米开外，修建得规规整整的小渔港里，泊着不少独木舟式的小铁船，上面积满黑乎乎的捆起来的渔网，船上还扎着小红旗。夕阳下，两三艘船上，有渔人在梳理渔网，有渔夫划桨驶出了渔港，大约是要出海捕鱼了。渔民出海前，应该会像他们的先辈那般，在心里感念下妈祖，望一下海边这座天后古庙吧?

晚来翻看手机中拍的照片，忽然觉得天后古庙似曾相识。反复回忆，记起数年前好像也曾偶然踱步到这里。翻看空间里的旧相册，找到张照片，里面正是今天拍摄的天后古庙，拍摄的角度与今天几乎完全一样。不禁有点感叹。数年间，我的记忆抹杀了不少，古庙，绿榕，还有村东边扎入海里的虎头山却几乎没变。东渔村虽然平淡，因为这么座古庙，终不会让人遗忘。

黎明时分，海湾里不时响起"哒哒"的马达声，或许是那些夜晚出海的渔民，满载回到了东渔村。

（选自《深圳特区报》2018 年 4 月 17 日）

青春地铁（外一篇）

霍无非

青春地铁

我时常乘坐地铁3号线在益田站下车，那儿原先是个终点站，地铁停稳，车门打开，着黑制服的地铁安全员这时穿梭车厢，提醒催促乘客赶快下车，地铁马上要调头，往双龙方向发车，那是分秒不差的。

可是有一天到站，我发现调过头车厢里仍然坐着乘客，是在游"车河"？我以为这是地铁公司的人性化管理，想对车站员工一张张青春的面庞微笑致意，当两眼扫过站台屏蔽门上方标示的宋体字，我的笑容瞬间凝固，那上面的终点站"益田"，不知何时换成"福保"，就是说，地铁的行程延伸了。受好奇心驱使，某一日我突发奇想：坐过站，再返回。车到福保站，灯光更亮，乘客寥寥，站内显得大了，乘扶梯出站，福田保税区林立的楼房外，还是人少空旷天地宽，劳动者都在厂区里忙乎，这多像二十年前的深圳特区！

地铁是我们这座年轻城市迅速发展的缩影。十七年前，地铁1号线开通，深圳跻身国内不多的"地铁城"之列，这是个天大的喜讯，市民奔走相告，跃跃欲试，纷纷以搭乘头班车为荣，为乐。这些年，地铁线越开越多，迄今已开通了十一条线路，呈环形几乎覆盖整座城市，有的线路还与邻市接驳，到机场，赶火车，地铁是首选，因为不受地面交通灯和堵车的影响，站的上方就是航空港、火车站，地面人不多，地下人头涌，这种分流的先进设计理念得以实现。

在所有的地铁线路中，数先开通的1号线最为忙碌，不仅里程长，还是横贯城市东西的大动脉，家在宝安，在罗湖上班，或是家住福田，去宝安上班的"上班族"，都要搭乘这条线路的地铁。每天早晨七八点钟，地铁站呈现来去匆匆的景象，"时间就是金钱，效率就是生命"，这理念不过时，延续在年轻的深圳人的上班路上。青春的脚步是那样矫健，步态是那么紧凑，一路小跑赶车、转线，中老年人也不由得加快了步伐，让城市产生律动。再看一节节车厢，塞得满满当当的，不慎踩了谁一脚，碰了谁一下，说声"Sorry"，相互理解包容。

深圳地铁并不只是在地底穿行。在草埔，在机场，在凤凰城，在深圳北站等路段，当地铁冲出地面，眼前豁然开朗，窗外绿树翠岭，花拥街道，楼宇广厦，湛蓝海湾，一一纳入视野，我们这座城市有多漂亮，真是好山好水好地方哪！每趟地铁设"女士优先车厢"，给女性以关怀，尊老扶幼，让座于有需要人士，这也是一道优美的人文风景线。记得早春某日过安检，一位"大碴子"味的女孩给我测了体温，吐了一下舌头说：大叔，你体温咋这么低呀，才34.8度，注意保暖别冻着。我听了有些好笑，其实天气并不特别冷，不知她手里的测温仪准不准，话语稚气却暖心，不仅是父母的，也是乘客的贴心"小棉袄"。

青春是未来，青春是美丽的，青春的地铁载着青春的故事，驶向朝气不泯的明天……

（选自《深圳特区报》2021年5月20日）

满城不见担菜女

早先深圳火车站没扩建时，简陋的平房毗邻狭窄的站台，还停靠绿皮火车。

那年月，尚未实行周双休制，每个周六的下午，车站聚满了人，深圳的香港的内地的都有，喧嚷嘈杂，眼巴巴等车去广州，其中夹杂着一些头戴斗笠、身着碎花阿婆衫、肩挑农产品的中年妇女，很是让人注目。她们不像别的乘客乘坐全价二十二元的白皮空调火车，只乘绿皮挂电扇的廉价慢车，票价仅几元钱吧，上车扁担竹筐拢一起，撩起衣衫掏出兜内零钞清点，谈论各自收获，车到小站停了，阡陌深处的家园等待她们。

罗湖，早期深圳的中心区域，黄金商业圈，方柱楼体带圆顶旋转餐厅的国贸大厦，是人们心目中的"神"，那儿可是创造了三天盖一层楼的"深圳速度"啊，所以穿着朴素的内地人去，衣衫齐整的深圳人去，连衣装光鲜的香港人也去，而穿着土气显原生态的担菜女们也穿梭徘徊在这一带，国贸、新都、东门……向路人兜售担里的货物。担里装着什么呢，都是蔬菜鲜果混搭。春卖菜心春笋粉蕉，夏有荔枝黄皮豇豆，秋装石榴鲜橙蚬肉，冬放鱼干腊味西洋菜，每把扎得牢牢，码得利落。"买点啦，自已种嘅，冇污染嘎"，她们起劲兜售，广府话变异的土音一沉一拐，饶有情趣。早晨担来的农货卖完了，傍晚结队乘车回家，她们是朝来夕归一族。

曾几何时，罗湖的担菜女多了起来，有些是戴客家凉帽，着蓝黑大襟衫大裆裤的客家农妇，来自横岗龙岗一带，泾渭汇合，很容易辨别哪些是东莞的，哪些是深圳（原）二线关外来的。人多菜多，带来竞争，就看谁的货靓，价钱公道，还要能说会夸。我喜欢看她们交易，与买主讨价还价罢，麻利称起农货，秤杆翘得高高，秤砣快速下滑，旋即报出斤两，天，谁知足不足秤呀。我欣赏她们的耐劲，日晒天热口渴，宁饮自带白水，不肯咬担中鲜甜水果一口。我佩服她们的挑功，沉沉的担子左右换肩，吱呀吱呀，一颠一颠，走起路来双脚生风，体态协调自如。有时体恤她们的辛劳，索性也买下一只黄熟木瓜。

顾客的购物方式和喜好永远是与时俱进的，这么多年，大小超市如雨后春笋，四下冒出，货架上的鲜菜水果种类更全，品相更靓，瞅着也较放心，支付宝，扫二维码，瓜分了单一的现金支付。或许是超市的崛起，或许是担菜女的家境好了，愈来愈难觅见她们的身影，终于在罗湖销声匿迹了。可是我惊讶地发现，担菜女又在福田出现，虽然仅属个别。我家附近有个肉菜市场，里面的档口满了，市场外围也有些摆摊的小贩，记不清何时有位担菜阿婆来到这里，和门外小贩为伍。

她是二十多年前活跃在罗湖的担菜女吧，如今满头银丝，个头矮小，身子看似硬朗。担中的蔬果，还是那样水灵鲜嫩，带有自产自销的印记，只是品种与菜场的档口相比，量少样稀，买菜的人先瞅上一眼，也不停步搭讪，进菜场大袋小袋拎出来，没有的才在她担前补缺。如果遇到城管整顿乱摆卖，她不得不与其他小贩退避三舍，望着熙熙攘攘的菜场，眼神有点茫然。年长者操劳不易，渐渐光顾者多了，尤其是年纪相仿的老人，买菜闲聊不误。以后得知，她姓郑，来自龙岗，劳作惯了，不干不自在，隔三岔五就把自家和四邻收来的农货担来卖。

某一天，我看到她在菜场内也有个小档了，再不用在外面站着挨晒，我为她而高兴，她说这世上好心人多，优惠给她租下这档口。她不像别的档主全天候在档前，仅上午来，下午收档，不求什么，图有事做。

　　眼下，郑阿婆又在档上忙着，我不知道当年和她一起担菜游走四方的老姐妹们，现在是否和她一样。

（选自《深圳特区报》2018 年 5 月 22 日）

深圳的阳光

何小竹

　　迄今为止，我去过三次深圳。要问我对深圳的第一印象是什么？我的回答是：阳光。1998年，当我第一次来到深圳，就被它的阳光深深地刺激和诱惑了。感觉那么强烈，曾幻想被谁绑架，留在这里不走了。由此幻想，可能是因为我住在阴霾的成都太久了。

　　在第二次进入深圳之前，我开始为深圳的《晶报》写专栏，一写就是好几年。由于这个原因，这些年，我家里放的报纸是《晶报》，而不是《成都商报》。我阅读《晶报》，不知不觉中就把深圳读成了自己的城市，对这座城市发生的事情几乎了如指掌。不仅我是这样，我的家人也是这样。有一次，家里的洗衣机坏了，我老婆便翻开报纸，寻找分类广告中的维修电话。但打过去，对方说，我在深圳，来不了成都。这像个冷笑话。还有好笑的事，《晶报》送达到我住的小区门房的时候总要晚一两天。门房的门卫也是长期要"偷看"这份报纸的，有一次他对我说，这报纸登的消息要比我们成都的报纸晚一些哈？

　　2009年冬，我应《晶报》邀请，前往深圳参加第三届"诗歌人间"活动，是我第二次到深圳。

　　阳光依然是那么刺激和诱惑。整个会期，我都有点恍惚，有点晕。我甚至觉得，深圳的晚上都有阳光。记得那次我第一次渡过内伶仃洋，登上了内伶仃岛。这是一个荒岛，据说刚从珠海方面"收复"回来。岛上除了护林人的几栋房屋，没有任何建筑设施，更别说楼堂馆所。深圳市政府通过立法，确定不开发这个岛屿，让其永久保持原生状态。大家一致赞扬这个法立得好。何谓舍得？舍去短期的商业利益，而得到环境与生态平衡的长期效应。岛上的植被十分丰富，主要的野生动物是猴子。管理人员说，岛上的猴子分几个帮派，各自占据着一块地盘，互不侵犯。岛上的阳光也很好，只是在回返的时候，天突然阴下来，起了风，海浪翻腾着撞击着船舷，剧烈的摇晃让我彻底地晕了。时隔一年，即 2010 年 11 月，我又来到了深圳，参加第四届"诗歌人间"活动。这次改由《深圳特区报》邀请。这次我是和成都女诗人小安一起飞来深圳的。而上一届，与我一起到深圳的，是另一位成都女诗人翟老师。所以，我开玩笑说，我主要是陪成都女诗人来参加活动的，下一届再陪一位成都女诗人。

"诗歌人间"不啻为诗歌界的一个阳光活动，选择在每年的 11 月举办，就是让居住在北方的诗人们在这个季节离开寒冷的所在，到这里来温暖一下。这一次，来得最远最北，温差跨度最大的，是哈尔滨诗人桑克。他在一天之内，从零下二十多度的地方，来到了"零上"二十多度的地方，真是冰火两重天。他一下就感冒了，上火了，以至于扁桃体发炎，说不出话。但他太兴奋了，坚持用一种气声滔滔不绝。他说，在哈尔滨，他足不出户，现在一下见到这么多同道，不说话不行。他也为南方报业的开放与兴旺而感慨，因为他也是媒体人。

在深圳的最后一晚，我喝醉了。换了两个地方喝酒，还听人唱了歌，我自己也唱了歌。直到深夜回到酒店，我感觉阳光一直照耀着我，没一点酒后的寒意和沮丧。

（选自《深圳特区报》2010 年 12 月 16 日）

深圳自然笔记（节选）

南兆旭

迁徙的人和迁徙的鸟要相亲相爱

很早很早以前，远远早于 7000 年前在中国南海边择岸而居的深圳先民，无数的鸟儿就已经本能地把深圳当作迁徙中的栖息地。每年，上百种候鸟会降临深圳，它们最南来自新西兰、澳大利亚，最北来自西伯利亚、阿拉斯加。经过长途跋涉，它们在中国南海边的湿地上歇息，补充营养。大部分会继续终点在远方的长途迁徙，有一些鸟儿就留在了深圳，筑巢觅食，生儿育女，和同样是迁徙而来的深圳人一起生活。

鸟儿为什么要迁徙？是为了找寻更丰富的食物源，为了投奔更适合的栖息地，增加生存机会。法国导演雅克·贝汉在《迁徙的鸟》中说："鸟的迁徙是一个关于承诺的故事，一种对于回归的承诺。它们的旅程千里迢迢，危机重重，只为一个目的——生存。候鸟的迁徙是为生命而战。"

在深圳，每 100 种鸟中，大约有 40 种是春秋季过境的迁徙鸟，迁徙途中在深圳进行短暂休息后，再继续南迁或北返；有 30 种是冬候鸟，秋季飞来深圳越冬，春季离开；还有 5 种是夏候鸟，春季飞来深圳，秋季才离开。候鸟的比例占到深圳野生鸟种类的 75%。

1979 年 3 月，宝安县变身为深圳市，全市只有 33 万人，也就是从那一年起，上千万人开始向深圳迁徙。今天，在这个城市定居的人口已超过 2000 万 —— 相当于澳大利亚的人口移民到了只占其三千八百分之一的土地上，相当于香港特区 3 倍多的人口在 30 多年里迁徙而来。这是史诗般的投奔，是中国百姓带着梦想上路，为了改变做出的选择。

背井离乡、选择新的栖息地、探寻新的生活 —— 在这一点上，迁徙的深圳人和迁徙的候鸟有着一样的基因。所以，我们应该相亲相爱。

请你做我们的市鸟吧

每年 10 月下旬，黑脸琵鹭开始乘着北风，启动漫长的南下迁徙的旅途。它们从辽宁沿海的小岛和朝韩之间的"三八线"军事隔离区出发，越过渤海湾，经过黄海，穿越台湾海峡，飞过闽浙和广东海丰，来到深圳，度过整个冬天。

这段旅途几乎贯穿了整个中国的海岸线，一般要半个月。有些身体健壮、心情急迫的黑脸琵鹭会在数天内就完成数千里的旅程。

令深圳自豪的是：它不仅给了上千万移民一个投奔、落脚、生活的家园，还是上百种候鸟歇息、补充营养再出发或永远定居下来的栖息地。在南来北往的候鸟中，黑脸琵鹭深受深圳人的盼望和喜爱。它们姿态优雅，一身雪白的羽毛强烈地衬托出一张宽大的黑嘴巴，犹如熊猫般可爱，也如熊猫般珍贵，是世界"极度濒危"的鸟类，也是国家二级保护动物（2021 年列为国家一级保护动物）。它是濒危程度仅次于黄胸鹀（wú，也叫"禾花雀"）和朱鹮（huán）的水禽，国际上已把它列入濒危物种红皮书中。

黑脸琵鹭的命运跌宕起伏。1989 年，因为环境的恶化和人类的捕杀，全球仅剩下 288 只，这已是一个物种濒临灭绝的临界线。在香港观鸟会的呼吁下，保护黑脸琵鹭引起了全球重视。1995 年，数十个国家和地区在中国台湾共同起草签订了《黑脸琵鹭行动纲领》，全球联手保护，黑脸琵鹭才开始恢复了一线生机。2017 年全球观察到的黑脸琵鹭有 3941 只。

深圳湾是黑脸琵鹭在全球的第二大越冬地。2017 年，在深港两地观察到黑脸琵鹭 375 只，这是一个让深圳欣喜的数字。一个城市，在经济高速增长的同时，多样的物种也在增长，是一个城市真正宜居的美好。

黑脸琵鹭飞行姿态平缓优美，性格安静柔和，尤其是生命中迁徙的特征，与这个城市的气质息息相通。所以，就选择温良、敦厚、珍贵的黑脸琵鹭作为深圳的市鸟吧。

它们让水泥森林有了生命的体温

截至 2017 年 12 月 31 日，在深圳已观察到有记录的野生鸟类达 372 种，约占全国鸟类总数的四分之一。幸运的深圳人在任何一个绿化好的住宅区，都能见到 10 种以上的鸟。尽管大部分鸟类都选择安全宁静的山岭、湖畔、海岸落脚，仍然有一些鸟儿愿意与人相伴，选择在车水马龙、高楼林立的都市里安家。它们在我们窗外歌唱，在水泥和玻璃幕墙的森林里穿行，在嘈杂喧闹的噪声中鸣叫，甚至在我们的阳台上搭窝孵卵……都市鸟为这个城市带来了灵性的温暖。

对这些愿意和人朝夕相处的都市鸟来说，每天被人丢弃的食物给它们提供了生活的保障，密集的高楼形成盘旋的气流，减轻了飞行的体力。此外，摩天大楼和高架桥的角落也为喜欢在高处筑巢的鸟儿提供了宿舍，人来人往的活动为它们驱赶了一些天敌。最重要的是，绿化树和公园给了都市鸟觅食落脚的地方——要知道，深圳的绿化率和公园数量在全中国的大都市里名列前茅。

地上行走的人与天空飞翔的鸟有多远的距离？大约两亿年前，鸟类与猿类的进化开始分道扬镳，鸟类的大脑是丛状的，没有进化成为人类那种高度发达的大脑皮层。事实上，在七娘山里，曾遇到不明身份的鸟儿藏好的果实，那是它为往后的时日储备的早餐。留心听一听，梅林公园里雄性椋鸟的鸣叫是那么花样翻新，因为雌鸟是以雄鸟求偶时鸣叫的"创新力"为择偶标准。在生命之树上，人类和鸟儿的智力只是在不同的枝干上长出了不同的形状。今天人类能统治地球只是一次进化的偶然。

想象一下，如果进化的过程有什么闪失，我们完全有可能生活在一个由鸟儿统治的星球里。所以，敬重一切生命，敬重鸟儿，尤其是那些愿意在城中与你同甘共苦的都市鸟。它们清晨时在窗外把你叫醒，上下班的途中与你相伴，它们蜗居在高架桥和路灯的缝隙里，和你一起呼吸浑浊的空气，和你一起忍受车水马龙的嘈杂——都市鸟让深圳的水泥森林有了生命的体温。

飞翔的花儿

每年冬天，北方寒风凛冽，万物凋零；在深圳，斑斓的蝴蝶仍在花丛草木中翩翩起舞。

在中国一线大城市中，深圳拥有的蝴蝶数量和种类应该是最多的。整个中国有记录的蝴蝶有 1700 多种，深圳就有超过 200 种。

2012 年 11 月 5 日，和同伴在马峦山徒步，无意中在一个僻静的山谷里发现了成千上万只蝴蝶，像一片片叶子，层层叠叠地挤在一起，落在溪谷两边的鹅掌柴树上。成群结队的蝶影穿行在枝叶间，嬉戏追逐，张开的双翅在阳光的照耀下，发出紫蓝的颜色。

所有的同伴都惊呆了，每经过一株"长"满蝴蝶的树，每看到群起而飞的蝴蝶，每发现一个新的蝶种，大家都发出一声声的惊叹。

最初的惊喜过后，所有人都安静了。大伙沿着陡峭的山坡，慢慢前行，仰起头贪婪地观察，不停地用相机拍摄。远离市嚣的山谷里一片寂静。能听到镜头的咔嚓声，能听到脚踩到枯叶的咕吱声，能听到鸟儿时高时低的鸣叫。随后，我们都是平生第一次，似乎听到了蝴蝶飞翔的声音 —— 那是上万只蝴蝶一起扇动翅膀时发出的声音。

2012 年的 11 月是一段幸福的日子。每隔几天，都会和同伴悄悄赶到那个山谷，去探望那些聚集在一起的斑蝶。随后，广州和香港研究蝴蝶的学者也赶来观察记录，这里已成为近年来粤港境内极为罕见的"蝴蝶谷"，是斑蝶长途迁徙中短暂的栖息地。据他们统计，里面聚集的 6 种斑蝶共超过 3 万只。

看着这些单纯而又奇妙的生命挤在一起取暖，看着它们禅修般安静地落在枝叶上，看着它们迎着阳光欢快地飞翔，有点感动：上苍是多么厚待深圳，世界上有几个上千万人居住的都市，会有数万只蝴蝶居住的蝴蝶谷？ —— 深圳人生活在一个多好的家园。

11 月 26 日，一场阴雨后，再赶去蝴蝶谷，发现蝴蝶一下消失了。空旷的山谷里，山风依然吹过，鸟儿依然啼鸣，草木依然青翠，数万只斑蝶没有留下一丝痕迹，好像从来没有出现过，真是一场蝶梦。

以爱火竞入，世间凡夫亦如是

有一个数字可能会让你吃一惊：深圳山野里蛾子的种类差不多是蝴蝶的数倍。

因为翅膀上都覆盖着鳞片或毛，蝴蝶和蛾都属于鳞翅目昆虫。整个鳞翅目有18万种昆虫，其中只有10%是蝴蝶，其余90%都是蛾类。只是蛾子的生活方式隐秘低调，大部分在夜间飞行活动，被我们留意到的机会要小得多。

我们对蝴蝶的了解和喜爱远远要比蛾多，在东西方文化中，不约而同地认为蝴蝶是"飞行的花朵"，是美丽、阳光、爱情的象征。而蛾从黑暗、角落里飞出，是阴森、厄运的象征。其实，蛾的漂亮华丽一点也不亚于蝴蝶。好在，昼伏夜行的蛾并不因为人的评价而自卑，它们自由自在、缤纷绚丽地生长在大自然里。

每次在山野里露营，夜晚点亮营灯，就会有大大小小的蛾子围上来。飞蛾为什么扑火？佛经里说是因为爱，"以爱火竞入，甘自焚，世间凡夫亦如是"；诗人说是为了追求光明，"不安其昧而乐其明，是犹夕蛾去暗，赴灯而死也"；有的科学家解释道：蛾只是把灯光当成了晨曦，夜间飞行的蛾白天要找地方躲藏起来，当黎明的阳光刚刚出现时，蛾会向着阳光飞去，寻找最佳的藏匿地点，而我们点亮的灯火恰恰扰乱了它进化了数万年的本能。

究竟该相信谁？大家自己选择吧。

与蜻蜓相处的方式

深圳的郊野、山岭和溪谷里，最常见的飞行昆虫，除去蝴蝶，就是蜻蜓。

1842年，深圳所处地域属清政府的新安县管辖，人口一共22万，占地3076平方千米——是现在深圳总面积的三倍。从1842年起，清政府和英国陆陆续续签订了《南京条约》《北京条约》和《展拓香港界址专条》，将新安县南部的1055平方千米土地割让、租借给了英国。从此，以深圳河为界，深圳与香港划境分治。

平心而论，尽管兵临城下签订的条约不公平，尽管英国人占据的这片土地离他们的本土是那么遥远，英国人并没有过度掠夺和糟害。1844年，实际上就是殖民统治刚刚两年，当时的政府部门就颁布了《良好秩序及洁净条例》，严禁损害乔木和灌木。同时，大批英国学者开始在香港研究香港的动植物与生态。1854年，殖民统治12年后，学者Baron de Selys Longchamps 就发现了香港第一个本土蜻蜓品种——方带幽蟌（cōng）。

自 1842 年以来，香港一共发现、记录了 116 种蜻蜓，其中两种为香港独有。这个数字超过整个中国已发现蜻蜓种类的 10%——要知道，这是在只占全国国土面积的万分之一的土地上发现的。在香港，政府渔农自然护理署专门成立有"蜻蜓工作小组"，民间有企业赞助的蜻蜓爱好者协会与网站。

深圳和香港，原本就是一片土地，没有自然生态的隔离和差异。现实是，深港两地蜻蜓落脚的丛林、寄生的植被、产卵的溪水、流连的湿地，以及人与它们的相处方式，"一国两制"，大不相同。

蜻蜓被称为"有翅膀的宝石"，深圳是世界上最大的珠宝生产与加工基地，什么时候，深圳能开始关注这些"有翅膀的宝石"，关注这个城市里一同生长的其他生命，那将是一个美好城市的真正开始。

繁华都市里超现实的光芒

2003 年夏天的一个深夜，和几位同伴从南澳徒步到西冲海岸，准备在那里露营，看第二天的日出。

一弯新月挂在天空，没有一丝人工光的七娘山黑黢黢的，像一只蹲伏的巨兽。四周一片宁静，只有大家沙沙的脚步声。忽然，路边的草丛中锐利地一亮，一点荧光摇曳着飞起，伙伴激动地喊道：萤火虫！那点光一明一暗，飘飘荡荡很快就消失在了没有尽头的黑暗中。

从那天以后，我才知道，在这个光电璀璨的繁华都市里，萤火虫微弱的光依旧亮着。

后来，在夜行中，在梧桐山、马峦山、七娘山靠近溪水的草丛里，都曾零零星星地遇到过萤火虫，只是它们大都形单影只，最多只有三五只，稍纵即逝。

2012 年 4 月 12 日，和同伴到红树林自然保护区，看成千只鹭鸟在涨潮的海滩上觅食；看滩涂上密密麻麻的弹涂鱼宣示争抢地盘；看夕阳一点点从深圳湾落下，把海面染得一片通红；看深港两岸亮起万家灯火，霓虹灯闪闪烁烁……不知不觉，已到夜里 8 点，忽然，在靠近茅洲河口的草地上，亮起一点荧光。接着两点、三点，随后一大片，在红树林间，在草丛里，在河水边四下飞舞。它们落在树叶上，就把叶片映得翠绿；它们落在溪水边，水面上就倒映出一粒珍珠。星星点点、成群结队的萤火虫把黑暗装点得无比美丽。那一刻，大家都惊呆了，抬头看看远处大厦楼顶上夺目的电视荧屏，恍若幻境——要知道，在一个承载着上千万人的、拥挤的都市里，能看到成群结队的萤火虫是多么超现实。萤火虫是对环境最为敏感的昆虫之一，要看到这样美丽的生物光，必须要有以下的条件：洁净的水源，天然生长、没有喷洒杀虫剂的草丛灌木，安静黑暗、没有人工光的背景——而这一切，在这个城市里是多么难得。

在吉卜力工作室的动画片《萤火虫之墓》里，人们愿意相信萤火虫是人死后的灵魂。这样的相信充满寓意：我们正在竭尽全力地用人工光照耀大地，在如此炫目的都市里，萤火虫的光是如此微弱、珍稀——犹如我们游荡、焦躁、无处安身的灵魂。

它们的身影，"美得让我落泪"

在这星辰闪耀的夜晚，星光洒满大地，也温情地拥抱着我。仰视北方的夜空，一切都平静安详。盛夏温暖着大地，心中充满暖意。在这星辰闪耀的夜晚，极目最远处，孤星的影子，美得让我落泪。

——［美］詹姆斯·艾吉

为什么要仰望星空？在这个中国内地人口密度最高的城市里，生存压力是那样大，遥望星星是最不靠谱的举动之一。与养家糊口、安身立命的大事相比，遥不可及的星空似乎那样渺小，毫无用途。

只是，星空在那里，尽管我们用浑浊的废气遮蔽了它们，尽管我们塞满着各种欲望的心思没给它们留一丝空间，它们依然在那里，在看不到起点、望不到尽头的岁月里，那一片繁星始终在那里，因遥远而神秘，因神秘而美丽。

7000多年前，最早在深圳生活的先祖们聚居在大小梅沙的海边。那时，没有电脑和手机的屏幕，没有电光声色的酒吧，连书本也没有，天空是那样清澈，满天星星是那样明亮，他们对星空的注视一定比我们多得多。人类的先祖们一定不约而同地认为发光的星辰和自己的命运息息相关，所以就有了东方二十八星宿和西方的八十八星座。

要在夜空下看到满天繁星必须同时具备三个条件：清澈透明的空气、没有光污染的环境和开阔的视野。在深圳的市中心和西部，三个条件同时具备已是遥不可及的奢望。在深圳看星星，要到大鹏半岛的东部和南端，越往南走，夜空越清澈，星星越多，也越明亮。

天气晴朗的日子里，夕阳西下，夜幕降临，东西冲的上空星星开始浮现，午夜前会慢慢布满黑蓝色的天幕。尤其是东西冲都有能下海的沙滩，浮在沁凉的海水里，抬头仰望，星星密密匝匝地挤在一起，好像扑面而来。

在梅沙尖顶、大雁顶、马峦老村露营，也可以看到星星。在夜色中北望，繁华的市区将西北方的天空染成了粉红色，渐渐往东南，天空恢复了本来的漆黑色，星星也开始出现。

欣赏星星的好去处还有东部的一连串海岛。这些海岛远离市区，人迹稀少，有的甚至连电源都没有。夜色更加浓黑，星星更加明亮，不安的海面和璀璨的夜空看上去相隔万里，最终却在天边连接起来。

英国作家王尔德说："我们都生活在阴沟里，但依然有人仰望星空。"也许，正因星空是那么遥远，永远也无法到达、无法触及，反而与心灵特别容易接近。

仰望星空，倘若有悟性，便能望穿金钱与权力的游戏，能看到欲望应该停下来的边界，能发现心底原有的敬畏和怜悯，能找到回家的路。

如果我对云说话，你千万别见怪

如果我真的对云说话，你千万不要见怪，城市是一个几百万人一起孤独地生活的地方。

——［美］梭罗

1989 年 11 月 26 日，第一次走进深圳，让我惊叹的不是高楼大厦、繁华街景，而是碧蓝的天空和大朵大朵变幻不定的云团。

云，其实是我们身边变化最多的自然景象之一，只是忙碌的人们不太留意。记得张艾嘉导演的电影《心动》里，金城武和恋人失散 10 多年，寄托自己思念的方式就是在不同的地方随手拍一张云彩的照片。10 多年里，思念的情感没有变，照片中的云彩，却没有一朵相同。

云被称为"天空中的海"，在离地面一万米高度的范围内，无数微小的水滴和冰晶组成了云。细心观察，你会发现深圳的云会随着一年四季的变化而变化。

每年 2 月至 4 月的春季，深圳最常见的云是层积云和显得有点阴郁的积雨云。这个季节，梧桐山和七娘山日夜被云雾缭绕，难见真容。

5 月，深圳进入漫长的夏季，这是一年里赏云的最佳季节，晴朗的天气多，能见度高，暴雨、台风、炽热多变的天气带来千变万化、精妙绝伦的云彩。常见的云有鱼鳞般的层积云、棉团般的淡积云和暴雨前的积雨云。深圳的平均入秋时间在 10 月下旬，秋季常常只有两个多月，云层变得少而薄，多见的只有卷云。秋高气爽的日子，常常万里无云，只有碧蓝的天空。

1 月，深圳开始了短暂的冬天，云层的变化好像也随着气温的降低而变得呆滞，最常见的云是高积云和层积云。

深圳赏云的最好去处是梧桐山顶和海岸边，"行到水穷处，坐看云起时"和"黑云压城城欲摧"的景象特别壮观。

你看，你看，它们的脸

在深圳观察到的野生动物 —— 当然，不包括人工饲养的猫狗和圈养在动物园里的动物 —— 那些自由的生命面对我和镜头时，并没有露出明显的表情，它们大都面容呆板，肌肉僵硬，目光冷峻，没有表情变化的面孔有点拽拽的酷。

在深圳遇到表情最多变的野生动物，是内伶仃岛上的猕猴，在深圳它们是除人之外唯一的灵长类动物，也是少有的和人类一样长有表情肌的动物。它们七情上面，喜怒哀乐一眼就能看出来。只是，当雌性猕猴和雄性猕猴交配，龇牙咧嘴，面目狰狞，发出尖利短促的叫声，从表情上看，似乎不是在享受，而是在受苦，其实，那恰恰可能就是猕猴欢乐陶醉的表情。

子非鱼，焉知鱼之乐? 不管生物学家如何用科学的方法来解释，我仍然相信大部分动物的喜怒和恐惧可以从眼神里看出来，因为有亲身经历和观察：在马峦山发现一只被捕鸟网戕害的凤头鹰，它的表情是仇恨毒辣的，当把它解救下来后，它的表情是柔和安静的，那眼神历历在目，终生难忘。

160 年前，进化论的奠基人达尔文就在《人类和动物的表情》一书中做出了解答：动物和人类各种不同的情绪所呈现出来的表情有着共同的根源。在漫长的进化中，动物产生了表情，但它们产生表情不仅仅是为了好玩，而是为了适应环境。比如，当动物遇到敌人时，就会露出尖牙，显得威风凛凛，让敌人望而生畏。达尔文认为，人类表情正是由动物表情进化而来的，这就是为什么人类种族、肤色、语言甚至手势都不同，但喜怒哀乐这些基本的情绪，全人类所呈现的原始表情却惊人地一致。

所以，在人们居住的深圳，2000多万张面孔不约而同地在快乐时眉开眼笑，愤怒时咬牙切齿，恐惧时张口结舌，厌恶时撇嘴皱眉……

它们的世界里没有飞涨的房价

有一个安全舒适的家，不仅仅是人类，也是许多动物的追求。

在老村的屋檐下，燕子用干草枝叶和泥巴搭建小窝；在灌木的枝叶间里，蜘蛛用丝网织成了空中楼阁；在高高的树干上，黄猄蚁修建起足球一样大的巢；在海底，寄居蟹背着蜗居踽踽前行……

地球上所有的生物里，只有人类有地产商。动物们就地取材，顺应自然。自己设计，自己施工，建造了适合自己的住所，却没有高房价。和人类的房屋相比，动物对巢穴空间的要求大多是能容身就好，只有人类，对居住面积有着没有止境的追求。

2012年5月，一对红耳鹎竟然把窝搭在了深圳大学管理学院办公室里的发财树上，并孵出了四只幼鸟。这一家大小立刻成了"明星"，学生和市民通过微博和实时录影看到了红耳鹎一家搭窝、觅食、生儿育女的全过程。

让大家遗憾的是，不到一个月，等到小红耳鹎刚刚能张开翅膀飞翔的时候，鸟儿一家就弃巢而去，再没有回来。

和人类一样，飞翔的鸟儿会用各种方式为自己建起各种各样的家，有趣的是，对一些鸟儿来说，筑巢已成为它们繁殖行为的一部分。已经配对的鸟儿修建新房时，身上会发出浓烈的性气息，相互吸引着对方。这一点和人类有点相似！一对伴侣在共同置办一套住房的时候，可能是最相依相托、相亲相爱的时候。

雌鸟和雄鸟在这个家里相濡以沫，哺育后代。但有些鸟儿与我们人类不同，只要幼鸟长大，当初恩恩爱爱的雌鸟和雄鸟就会离开鸟巢，翅膀硬了的幼鸟也对这个家没有留恋，全家各奔东西。鸟巢只是这些鸟儿为了繁衍后代临时搭建的一个客栈，所以，在它们的世界里，永远不会有飞涨的房价。

冬季到深圳来采蜜

有首歌唱道：冬季到台北来看雨。那么，应该也有人写一首歌：冬季到深圳来采蜜。一个 2000 多万人居住的大都市，冬日里依然盛放着形形色色的花朵，依然吸引着蜜蜂，依然能给它们安身的家，是一个城市的和美与厚道。

每年入冬后，北方寒风凛冽，万木萧条，位于亚热带的深圳郁郁葱葱，花儿盛开。追随着花朵的养蜂人从福建、广西、浙江，甚至更远的北方动身，带着成千上万只蜜蜂，来到深圳。他们在深圳的山野里搭起帐篷，风餐露宿，照料着一箱箱忙忙碌碌飞进飞出的蜜蜂。

在绿道、山野里行走，和养蜂人套套近乎，寂寞的养蜂人其实很喜欢聊天。如果聊得开心，可以请养蜂人打开蜂箱，看一看井然有序的蜜蜂王国。

在深圳，群居和独居的蜂类超过 100 种，已经发现的蜜蜂只有两种：西方蜜蜂和东方蜜蜂。

西方蜜蜂是养蜂人带来深圳的移民，容易控制，产蜜多，我们常见到养在蜂箱里的大多是西方蜜蜂，是目前世界上最普遍的蜂种。东方蜜蜂则是深圳的原住民，它们大多把家安在野外，自由自在，不容易受人的操控，岩洞、树洞、隐秘的草丛树丛都是它们安家的地方。

蜜蜂是进化高级、智力发达，与人类关系密切的昆虫。在人类所利用的 1300 多种植物当中，有 1000 多种需要蜜蜂授粉，它是自然界里最大群体的授粉昆虫，也是人类唯一可以控制的天然授粉者。

时至今日，杀虫剂和除草剂的大规模使用，对蜂群无节制的索取和改良，导致蜜蜂的种类和数量急剧减少，中国独有的中华蜜蜂在国内一些地方已濒临灭绝。我们应该明白：蜜蜂不仅仅辛劳地为人酿蜜，它们身为传粉者的价值远比制造蜂蜜的价值大得多。

自然好声音　从早唱到晚

追根溯源，我们都是从没有声光电的年代进化而来，内心埋藏着对"明月松间照，清泉石上流"的向往。有机会，在山水间行走，可以享受片刻宁静，聆听自然之声。

当都市日常的喧嚣 —— 汽车的轰鸣、音乐的声响、人声的鼎沸 —— 沉寂下来后，一片宁静中，天籁就会渐渐清晰：风儿掠过枝叶的声音，鸟儿高高低低的鸣叫，昆虫穿梭在草丛中的响动……忽然，一片硕大的树叶飘落到地面，发出一声轻轻的"咔嚓"声，像极了相机的快门……

鸟儿的鸣唱始终是自然界的主题曲，天刚蒙蒙亮，迫不及待发出鸣叫的就是鹊鸲，"哥哥苦，哥哥苦"是珠颈斑鸠的倾诉，"不如归去"是四声杜鹃的呼唤，"行不得也哥哥"是鹧鸪的广东话发音……

夏日，太阳出来后，蝉鸣成为主角，每只雄蝉都声嘶力竭，用鸣叫吸引异性，以获得交配的机会。夕阳西下前，百鸟归巢，八哥、麻雀、红耳鹎、白头鹎各自成群，雀跃地聚在一起，用只有它们才懂的语言叽叽喳喳地交谈。

太阳下山后，鸣虫和蛙类开始登上舞台，蟋声轻柔，螽音清脆，蝗鸣响亮……是特别悦耳的"自然好声音"。如果正好有一场阵雨即将降落，蛙的求爱进行曲就会格外亢奋，像合唱团里的男中音，与鸣虫细柔的叫声配合在一起，此起彼伏，远比汽车马达、空调冷却机的声音悦耳得多。

夜色深沉，生命不安

夕阳西下，夜幕降临，我们可以去参加一次酒酣耳热的聚会，可以回家看一集狗血淋头的连续剧，也可以在灯下静静地读书……其实，还有一种独特的方式度过夜晚，就是和同伴一起，在公园、山岭里行走，观察那些在黑沉沉的夜里才会活跃起来的生命。

黑夜里，那些在阳光下飞行奔走的昼行性动物已经找好隐身的地方，安静了下来。而夜行性动物才刚刚苏醒，开始觅食、求偶、游荡，浓重的夜色是它们逃避天敌的屏障，也是它们对平安的寄托。只是，螳螂捕蝉，黄雀在后，每一个求食者的背后都有另一个求食者，大自然中生生不息的食物链不会因为昼夜的变换而断裂，黑暗是躲避掠食者攻击的掩护，却也是掠食者接近猎物的伪装。夜幕下，不安宁，也不安全。

在深圳的山野里，常见的夜间动物有大声鸣叫的蛙、悄然穿行的蛇、花草间飞行的数百种蛾子，如果黑暗里正好有一盏明亮的灯，就会成为它们的聚集地。

在红树林保护区深处的池塘边，米埔萤点亮身上的灯笼，寻找配偶；在笔架山公园的空旷地上，大蹄蝠无声地滑过，我们的肉眼根本看不到它捕食的对象；在园博园里，棋盘脚只有在夜间才绽放花朵，散发出浓烈的气息，吸引无眠的飞蛾来帮助授粉……

走累了的时候，找一个没有人工光、没有噪声的地方，在一片黑暗里坐下来，听鸣虫的低吟浅唱，听鸟儿半睡半醒的啼叫，听不知名的小动物穿过草丛时的窸窣声，抬头看看天空，会发现几颗平时根本没有注意到的星星，那一刻，会明白，不管我们觉得自己多么伟大，大自然其实已经给我们安排好了一切——日月交辉，明暗更替，生离死别。

心有猛虎，细嗅蔷薇

"春有百花秋有月，夏有凉风冬有雪"，事实上，在亚热带的深圳，南来北往的风、阴晴圆缺的月、盛放凋零的花，都有，唯独没有的，就是冬天的雪。

在年平均气温22.5℃的深圳，一年四季，鲜花盛开，世界上能开花的植物有25万种，深圳开花的植物超过3000种。这些植物有在深圳繁衍了千百万年的本土植物，也有归化了的外来植物，它们像这个城市里的上千万移民一样，已在深圳落地生根；还有在深圳生长了数百年的古树名木，它们是这片土地上最高龄的生命体。

花，是植物繁衍传播生命的性器官，盛开的花朵吸引了我们的目光，是我们了解植物的钥匙。细细观察一朵花，你会相信世界上真的有造物主，要不然，谁可以设计出这样奇妙精巧、浑然天成的结构？谁能描画出这样匪夷所思、千变万化的色彩？谁能调配出这样风情万种、勾魂夺魄的芬芳？

天地万物，皆为自然所恩赐。俯下身，仰起头，细细打量一朵盛开的野花：哪一个是雄蕊，哪一个是雌蕊？为什么有的花瓣有花纹，有的没有？那些游荡在花中的小动物，谁是花的媒人，谁是花的食客？哪一些花色是采蜜的路标，哪一片花瓣是专供蝴蝶降落的平台？为什么白色的花比有颜色的花香气更浓，为什么同一株灌木上的花会有不同的颜色？

500多年前，哲人王阳明说：你未看此花时，此花与汝心同归于寂；你来看此花时，则此花的颜色一时明白起来。在这个纷繁杂乱的世界上，始终有盛开的花在等你，心有万千猛虎，细嗅一枝蔷薇。

从前有片风水林

2000 多万人口的深圳，100 岁以上的老人不足 100 位，但 100 岁以上的老树，超过 2000 棵，这些百年老树大都生长在风水林中。

在遥远的年代，本土先民在安家落户时，会选择"藏风""得水"的地方。为了"挡煞气""乘生气"，先民们很早就在村后栽培养育风水林。他们把树木的生长态势当成家庭乃至全村兴衰的标志。

风水林生动演绎了人与自然和谐相容、互利互惠的关系——村民因相信林木能给他们带来好运而用心培育、呵护，茂密旺盛的风水林不仅成为村民信仰的寄托，还能给予现实的回报——台风袭来时，风水林可以减弱风速，炎炎夏日里，风水林可以降低气温，可以保持水土，阻挡塌方和泥石流……深圳的风水林一般面积都不大，却是一个立体的植物园，高耸的乔木榕树、樟树、秋枫犹如巨伞，把风水林里遮挡得昏暗阴凉；往下是稍低一些的乔木——假苹婆、土沉香、浙江润楠和肉实树，树干上常常长满苔藓植物和其他攀缘植物；再低一点的就是灌木层，以九节、马缨丹、罗伞树等植物占优势；紧贴地面的是形形色色的蕨类和草本植物。

完整的风水林是野生动物觅食处和栖息地。浓密的树冠给飞鸟提供了筑巢的遮蔽，繁茂的枝叶是昆虫的落脚点，盛开的花朵吸引着蜜蜂和蝴蝶，小小的密林是一个生机勃勃的生态系统。

1979 年前，深圳的田野、山岭、海岸边分布着 2000 多个村庄。几乎每个村庄的背后，都有一片生长了数百年的次生林或针阔叶混交林。在急速的城市化进程中，90% 的风水林已完全消失——我们选择了忘记，忘记我们曾是大树上的动物，忘记树木曾经给我们的庇护和恩惠。

植物学家弗朗西斯·阿雷在《从前有座森林》里说：我们人类的寿命不足百年，没能完全理解树木这样数百上千年的生命。我们认为树木是静止的，因为我们看不到它们的生长；我们认为树木是沉默的，因为我们听不到它们说话。一棵数百上千年的古树，我们在几分钟内就可以砍伐摧毁它们。

阿雷说："每每想到这些，想到一己之身的无能为力，我心中就涌动着难以平复的愤怒和深深的悲哀。"

蔚蓝海面下的另一个深圳

碧蓝的海面，像一张巨大的幕布，遮挡住了海底生命的缤纷绚丽。

一直以为，30 多年里人们对深圳近海的填埋、污染和滥捕早已使深圳的海底一片荒芜。跟随王炳老师在大鹏湾、大亚湾潜水后，为深圳海底生命难以言喻的绚丽震撼，为大自然顽强的生命力感动，也为我们深圳人不珍惜造物主赐予的美丽而痛心。

每年夏季，海南海流把温暖且含盐量高的表层海水从南中国海带到深圳；冬季，黑潮海流携带同样温暖的海水，由太平洋经吕宋海峡来到深圳。其间，季候风还会把台湾海流温和且盐度低的海水带到深圳。

来自各个方向的温暖海流，让深圳海域的温度常年保持在 14℃～ 27℃之间，滋养了丰富多变的热带及亚热带物种。

从西部的珠江，到东部的坝光河，深圳有近百条汇入大海的河流，咸淡水交接处，也是海洋生命的聚合地。此外，珊瑚礁、滩涂、红树林，迂回曲折的岩礁、沙滩、深湾，多样的地形为多样的海洋生命提供了栖息地。如果没有人的侵扰，深圳近海可以供热带北端至温带南端的大部分生命存活。

海洋的生态多样性远远超过陆地 —— 地球上的生物分类有 33 个门，包含海洋生物的就有 32 个门，其中 12 个门的生物，仅仅生存在海洋中。只是，缤纷的生命掩藏在碧蓝的海面下，我们很少有机会去了解。

面朝大海，撩开那碧蓝的幕布，领略深圳近海生命的丰盛、多样和美丽。

再没有一种树和深圳人如此相像

在深圳 260 千米长的海岸上，在位于市中心的深圳湾畔，在陆地的尽头、海洋的开端，生长最多的植物就是红树。它是唯一在海滩上生长并可承受海潮浸润的木本植物，是陆地与大海交接处唯一的森林。

在种类繁多的红树中，生长在潮起潮落的滨海湿地、蔓延着呼吸根，并能适应咸淡水交汇的红树，被称为"真红树"。整个中国的"真红树"共计超过 30 种，生长在深圳海岸边的不到 15 种。

因为选择了在大地和海洋的交接处生长，一棵红树的一生，会遇到无数的磨难，涨潮的海水会淹没低矮的幼苗，让它无法呼吸；退潮的海水会带走养分；栖息的滩涂湿地脆弱而不稳定；扎根的土地中含盐量高到足以致命……

面对生存环境的严酷和威胁，红树进化出了对应的办法：它长出密集而发达的支柱根，牢牢扎入淤泥中，形成了稳固的支架；它长出呼吸根，挣扎着从水面和污泥中伸出，吸取空气；它将体内的盐分聚集在肥厚、光亮的叶片里，形成晶体，落叶时，盐分便随树叶脱落；最奇特的是，它还会采用胎生的方式繁殖后代，增加种子的生存机会。

它们生活在大陆和海洋的交接处，聚合在一起组成丰富的生态系统，在严酷的环境中找寻生机，在迁徙的过程中落脚生长 ——世界上，再没有一种树和深圳人如此相像。

（选自《深圳自然笔记》，商务印书馆 2019 年 7 月修订版）

编后记

　　九十年前，巴金先生在《南国的梦》中写道："记得赫尔岑曾说过这样的话：人一到了南方，他就觉得自己的年纪变轻了，他想哭，他想笑，他想唱歌，他想跳跃。南国的景物的确是很迷人的。单是那明亮的阳光就够使人怀念了。"在深圳的街头、海边，沐浴着那明亮的阳光，感受这座城市特有的氛围时，我不由自主地想到巴金先生的这段话。深圳是一座来了就永远忘不掉的城市：那些鲜活的、生机勃勃的年轻面孔，那些激情满怀说干就干的奋进者，总是感染着我；在这里，激情和干劲相生相伴，理想与现实间隔得最小。他们仿佛不知艰苦、不知疲倦，硬生生地把这边陲小镇变成了国际化的大都市，在惊讶和赞叹中，我感受到这里的雷厉风行、锐气十足，却又十分亲切、包容。在这里，每一个人都能听到他的乡音、找到家乡的口味，更重要的是心理认同感，一位北方女孩曾对我说：大学实习时我在深圳待了两个月，当时就下定决心，我将来一定要来这里生活、工作。

　　时光疾驶，城市以炸裂般的速度在壮大，人们内心中的情感土层越积越厚，春去秋来，草木荣枯，在行色匆匆的脚步中，大家也许并未在意。然而，总有那么一刻，面对眼前熟悉或是已经陌生的街景，心弦被拨动，"他想哭，他想笑，他想唱歌，他想跳跃"，也可能心有波澜却默默无语。城市的历史书中，折腾着一个个人的生命时光。吃早茶的小店，不见了；曾经服务的公司，转行了；当年并肩披星戴月的人，远走高飞了……与此同时，自己从出租屋搬进了高层公寓；当年背着包来闯荡天下的年轻学生如今已经为人父母，每天开着车接送孩子出入校门；某一个城中村拆迁了，某一条路延伸了，又有很多熟悉的地名在城市改造中销声匿迹了……面对这些，与这座城市一起成长、生活的人们会无动于衷吗？那些生活的记忆就此随风飘散吗？

当然不会，城市有记忆，人也有记忆，支撑记忆的是情感，情感会穿过坚硬的物质也会穿越漫长的时光，而它的最好的贮存器则是文字。深圳是一座有着文化自觉的城市，关于这座城市的文字出版了很多，当我零星接触一二时，不禁心生贪念，要是能把它们集中起来读，那将多么过瘾。这里有从荆棘中走出的来时路，有令我心生崇敬的拓荒牛的心语，有来自全国各地的惊喜目光，还有生活在深圳的各种切身体验，以及对这座城市的热情颂歌。它们分属不同时代，却都真诚、坦率……我的这些想法，立即得到了坪山图书馆工作团队的积极呼应，我们携手开始搜集素材。尽管已有《深圳读本》等不少选本在前，但是还是有众多散落在各书刊中的篇章，值得我们深深品味，本书的编选正是在前人和既有成果基础上的再一次打捞。

我们放弃了小说、诗歌等体裁的文字，将目光集中在散文、随笔等记事、抒情的文字上。从编者的本意上讲，期望这些文字，既可反映深圳城市发展的历程、变化和重要节点，又容纳个人对城市的印象、体验、记忆、情感，也就是追随城市的脚步，捕捉个人的情感记忆。情感和记忆，在水泥钢筋森林般的城市中，在轰轰烈烈的历史进程中，看不见、摸不着，似乎无关紧要。但它们却是一座城市灵魂的组成部分，它们触动每个人对城市的认同、热爱，将来又会以此把城市变成自己的心灵归宿地。从另外一个角度看，一座城市，产业壮大，经济腾飞，建设壮观，并不外在于心，恰恰要内化于心。一座城市如果不能给每一个人留下更多的温暖记忆，怎么可能是幸福的家园呢？我们很荣幸也很自豪能有这样的机会以自己的微薄之力，捡拾这座城市的情感碎片、记忆的落叶，给它增加一点温柔的目光和感性的力量。

具体工作起来，在欣喜和兴奋的过程中，难免又为难、苦恼：我们搜集的素材远远多于可以纳入本书中数量，篇幅限制，很多精彩的篇章不能不忍痛割爱。同时，尽管我们努力搜求，一定还有很多文字未能被打捞出来，不能不有遗珠之憾。

这是条件和能力的限制，只能请求作者、读者原谅，也期望更多的人帮忙，将来在增补本中弥补。为了强调历史感，也使读者对"曾经的深圳"形成共同记忆，本书选材和内容上并不与时间的幅度平衡，大体上"史前"深圳和建市前二十年的深圳所占比重更大，而近二十年的深圳发展和变化的华彩篇章，打算留在今后沉淀成更厚实的记忆时，再以"续编"的形式予以补充。

还有一点需要说明，书中所选文章出自不同时代、不同作者之手，里面的一些说法、提法和观点，未必适合或符合当下的通行说法或规范，为了保持历史文献的原真状态，除了明显的错别字之外，本书编者均不做改动，于此种种，相信读者在阅读中都能够做出自己的判断。另外，虽然我们努力联系到大部分作者取得授权，因年代久远、信息不全，还是有部分作者未能联系到，期望他们见到本书后，能与深圳出版社联系，在此，要向所有的作者衷心道一声感谢。

本书的编选是编撰组各位成员集体努力的结果，大体分工如下：

周立民：总策划、选题、审稿选稿等

陆其美：策划、统筹、工作进度安排等

赵功群：初始素材选稿、文本收集、电子稿件搜集、文字编辑审校等

胡蓝云：初始素材选稿

陆子洋：初始素材收集、文字转换校对

马　源：文字转换校对

在编选中，还要感谢各方面和各界人士的大力支持和关心：吴筠女士、邓艳东先生、周国平先生对本书编撰工作的指导和支持；雷子源先生、雷宇先生向香港地区作者的稿件征集；深圳出版社谢芳女士、孙艳女士对本书编辑的辛苦付出；《宝安日报》王国华先生、《特区文学》王语咒先生对稿件征集的大力支持；南兆旭先生为本书文稿配图，并亲自撰稿；王俊先生的供稿；还有很多未能列出名字的默默支持者……尽管花费时间不少，然而，毕其功于一役实在是不可能的事情，本书仅是"初稿"，希望各界人士包括广大读者继续支持，使本书能够以更加完美的面目呈现在读者面前。

对于深圳而言，我只是她的一个粉丝，对之了解、认识都很肤浅，更不敢以"旁观者清"而自居，本书的编选倘有什么不当之处，完全是我的水平和能力不够，还望各位方家及时批评和指正。于我个人而言，编书的过程乃是一个宝贵的学习机

会，读着那些令人感动的文字、想象着这片土地上发生的壮观景象，仿佛享受着深圳的阳光，温暖沁人心田，灼热又让人激情满怀。我贪恋这种感觉，我深深地祝福深圳阳光明媚、光明无限。

周立民

2023 年 8 月 30 日夜于上海